D1562007

BEST SELLER

WITHDRAWN

Salva Rubio (Madrid, 1978) es escritor, guionista y algunas cosas más. Posee una licenciatura en historia del arte por la Universidad Complutense y un máster en guión de cine y TV por la Universidad Carlos III. Como guionista, trabaja en cine, televisión, animación y cómic; en la actualidad se encuentra escribiendo y coescribiendo varios largometrajes. Ha ganado diversos premios de guión y fue finalista del prestigioso Premio SGAE de Guión Julio Alejandro. El corto *Checkout*, escrito y codirigido por él, fue preseleccionado para los Premios Goya 2010. Disfruta pintando retratos al óleo y realizando fotografía arquitectónica. *Zíngara: buscando a Jim Morrison* fue su primera novela y después llevó a cabo la adaptación a novela de la exitosa serie televisiva *El Príncipe*.

Para más información, visita la web del autor:
www.salvarubio.info

SALVA RUBIO

El Príncipe

DEBOLS!LLO

Primera edición en Debolsillo: abril, 2016

Bajo licencia de Mediaset España, S. A., 2014
© 2014, Salva Rubio, por la adaptación de los guiones originales
© 2016, Penguin Random House Grupo Editorial, S.A.U.
Travessera de Gràcia, 47-49. 08021 Barcelona

Printed in Spain – Impreso en España

ISBN: 978-84-663-3411-2
Depósito legal: B-3.501-2016

Impreso en Novoprint
Sant Andreu de la Barca (Barcelona)

P 334112

Penguin
Random House
Grupo Editorial

Aquí todo acaba en agua salada: en lágrimas
o en el fondo del mar.
EL PRÍNCIPE

«*El Príncipe* es una historia de amor
como la de Romeo y Julieta».

JOSE CORONADO

«En *El Príncipe* no somos ni buenos ni malos. Cada uno tiene
los motivos que tiene para hacer lo que hace».

ÁLEX GONZÁLEZ

«*El Príncipe* está basada en la realidad de una barriada
de España que muchos desconocíamos. Lo curioso de
este barrio es que está en la frontera con
Marruecos y es un tanto conflictivo».

HIBA ABOUK

«El barrio es un caldo de cultivo para narcotraficantes
y terroristas islámicos, y en medio de todo esto dos personas
que luchan por su amor en un ambiente difícil».

ELIA GALERA

«Estoy convencido de que *El Príncipe* será un éxito».

RUBÉN CORTADA

A Aitor, César, Verónica, Carlos, Joan, Susana,
por idear y crear esta historia.
A Jose, Álex, Hiba, Rubén y todo el equipo artístico
y técnico por darle vida.
A Pablo y Ana, por invitarme a contarla.

NOTA DEL AUTOR

Esta adaptación novelada se redactó partiendo de los guiones originales antes de que la serie de televisión fuese emitida. Por ello, el lector encontrará lógicas diferencias con la versión televisiva en descripciones, caracterización, puesta en escena, localizaciones, diálogos, etcétera. Asimismo, algunas tramas se han resumido o simplificado necesariamente.

S. R.

Prólogo

Nunca había oído hablar de la barriada del Príncipe antes del 16 de junio de 2008. Ese día un titular de *El País* me llamó la atención: «El CNI utiliza policías locales para investigar a islamistas y mafias chinas». Leí la noticia entera e inmediatamente vi sus posibilidades dramáticas. Es un tic que tenemos todos los que nos dedicamos a escribir. La mayoría de las veces ese impulso se agota enseguida. En este caso fue todo lo contrario. Empecé a investigar más y más sobre el Príncipe y, como decían en una película, era como una cebolla, cuantas más capas quitaba más ganas tenía de llorar. Pero ¡de llorar de emoción, claro! Cada recorte de periódico era una película. Cuando ya me había leído todo lo que podía encontrar en la hemeroteca, llamé a mi socio, César Benítez, y le conté que creía que había encontrado la serie policiaca que los dos llevábamos tiempo buscando. Le pasé toda la información que había logrado recolectar —que tampoco era mucha— y César se entusiasmó más que yo y me animó a escribir un primer guión. Pero no era fácil. El mundo en el que me estaba adentrando era completamente ajeno a mí, así que me tomé mi tiempo. Viajé a Ceuta. Me entrevisté con todas las personas que pude y, sobre todo, traté de captar el espíritu de ese lugar tan magnético. Y entonces me entró el miedo. El peor miedo de todos: el de la autocensura. Porque cuanto más conocía la realidad del barrio más evidente se me hacía que muchos de los protagonistas de la serie debían ser árabes o musulmanes. Y nosotros estábamos preparando una serie para una cadena de televisión española (todavía no sabíamos cuál) y temíamos que «el mundo musulmán», como le llamábamos nosotros, provocara rechazo en las cadenas y en los espectadores. Además, durante el proceso de documentación había descubierto que el coche de El Chino, uno de los terroristas del 11-M, había aparecido precisamente en el Príncipe, y que los servicios secretos hacía años que tenían el barrio en el punto de mira porque se estaba convirtiendo en un foco de captación yihadista. La lucha sin cuartel contra el narcotráfico en la zona había hecho que las mafias cambiaran de negocio y se pasaran al contrabando de personas, las famosas pateras, y después a la captación de chavales descontentos del barrio para mandarlos a Siria o a campos de entrenamiento. Todo junto era material inflamable: musulmanes, yihadismo, narcotráfico, frontera... Era un camión de nitroglicerina.

No sabía qué hacer. No sabía cómo enfrentarme a todo eso. Por un lado tenía, lo sabía, un material dramático de primer orden. Cada frase que leía escondía un conflicto, que es de lo que vivimos quienes escribimos de forma dramática. ¡¡Y encima eran conflictos reales, que estaban sucediendo aquí y ahora!! Pero cuanto más me gustaba lo que tenía entre manos más evidente se me hacía que quizá era demasiado para una cadena de televisión generalista.

César y yo valoramos pros y contras y siempre nos salían más contras que pros. Pensamos mil opciones distintas: cambiar de escenario, no meter musulmanes protagonistas, no hablar de terrorismo..., y cuando estábamos a punto de tirar la toalla, me aferré a un dato que se me había pasado por alto: que soy vasco. Soy vasco y nací en los setenta. Mi infancia y adolescencia habían coincidido con los años más sangrientos del terrorismo, los años ochenta. Había oído hablar de muchas familias rotas. Las de las víctimas, por supuesto, pero también había oído hablar de familias en las que un hijo adolescente había acabado en ETA y había desaparecido de su casa para pasar a la clandestinidad… Eran historias que no se contaban de viva voz, solo te llegaban retazos, historias que había que leer en la oscuridad, pero que yo conocía bien y supe que eso me ayudaría a escribir *El Príncipe*.

Sabía que ni Al Qaeda tenía nada que ver con ETA o los GAL ni por supuesto Euskadi tenía nada que ver con el Príncipe. Todo era distinto: la problemática, el contexto político, el social, la época…, pero había algo en común: las personas. Eso era lo que me acercaba a ese mundo tan alejado de mí. Si éramos capaces de plasmar el dolor de una familia que ha perdido a uno hijo adolescente, poco importaría que fueran musulmanes o los padres de un terrorista. Eran ante todo una familia. Un padre y una madre, unos hermanos, que estaban sufriendo por su hijo. ¿Cómo era posible que un chaval de quince años al que nunca le había faltado el amor de su familia acabara convertido en un fanático terrorista? Yo había escuchado esta misma pregunta muchos años atrás en mi Donosti natal…

Dicen que escribir es mezclar memoria y deseo. Eso fue lo que hice para escribir el primer guión de *El Príncipe*. En aquella primera versión la serie empezaba con un larguísimo prólogo de catorce páginas en las que una voz en off nos situaba en el barrio… Las sucesivas versiones fueron acortando ese prólogo quizá porque cuanto más íbamos atinando menos falta hacía contextualizar qué era *El Príncipe* o quizá también porque, en el fondo, tampoco somos tan distintos ni estamos tan alejados los unos de los otros como nos parece. Eso es al menos lo que quisimos transmitir todos los que hicimos la serie, desde Mediaset, a los que siempre agradeceremos su valentía apostando por ella, hasta los directores, guionistas, actores y el resto del equipo técnico y artístico que hizo posible *El Príncipe*.

Gracias de corazón a todos ellos.

Si tenéis este libro entre las manos, supongo que es porque os gustó la serie. Os lo agradezco. Pero permitidme un consejo: olvidad la serie ahora. Olvidad incluso la portada de este libro. Tratad de borrar de vuestra mente al estupendo Jose Coronado, a la bella Hiba Abouk, al enigmático Álex González o al inquietante Rubén Cortada. Olvidad sus rostros, los decorados, los vestuarios y permitid que sea vuestra imaginación la que genere un nuevo Príncipe… Si lo conseguís, estaréis como estaba yo cuando empecé a imaginar por primera vez a Fran, a Morey o a la familia Ben Barek, y podréis disfrutar mucho más de este libro magníficamente escrito por Salva Rubio.

Muchas gracias,
AITOR GABILONDO

1

BIENVENIDO AL PRÍNCIPE

El móvil del cadáver comienza a sonar. Fran parpadea, despierta de su ensoñación, retira la vista del horizonte. Pero ni él ni ninguno de los otros dicen nada, por el momento. Fran retorna su mirada más allá del sucio parabrisas del coche patrulla, hacia la amplia, magnífica y difusa perspectiva del estrecho de Gibraltar que el todavía distante amanecer comienza a perfilar para él. Tantos años en Ceuta, piensa, y todavía no puede evitar que ese largo instante le atrape la mirada, le fascine, subyugue e hipnotice como la primera vez que llegó allí como policía novato.

«La frontera», cavila Fran, como pensó ya entonces. El móvil sigue sonando, insistente, irritante, recordándoles a los tres ocupantes del coche patrulla lo que acaban de hacer. Y lo que se disponen a acometer.

Fran siente ahora la mirada de Quílez, que conduce a su lado, esperando instrucciones. El bueno de Quílez, grande, fuerte, fondón, de mirada tan sincera como sus ojos azules; su mano derecha, obediente, fiel, todo un compañero desde que ambos llegaron a su puesto en Ceuta, con el que ha vivido alegrías, penas y traumas que ambos se han propuesto olvidar. Pensar no es lo suyo y lo sabe, pero de eso ya se ocupa Fran. Quílez sabe hacer algo más importante: cumplir cualquier orden sin hacer preguntas, como ha hecho hace unos momentos y como volverá a hacer dentro de muy poco. Si Fran lo manda, es por algo. Quílez aguarda que llegue esa orden. Pero Fran sigue callado.

Fran continúa, o finge continuar para no tener que hablar, absorto por ese horizonte, que lleva viendo ya doce años y que se ha convertido con el tiempo en un símbolo de tantas cosas en su vida, como persona y como policía, que se condensan en la palabra que le martillea la cabeza. «La frontera».

El Estrecho que él sabe infranqueable para sí, para todo lo que en realidad le importa, para todo lo que conforma su vida: es la frontera entre África y Europa. Entre España y Marruecos. Entre moros y españoles. Entre musulmanes y cristianos.

El móvil, aún en el bolsillo del muchacho muerto, sigue sonando desde el maletero.

Una frontera que, Fran piensa, separa esos dos mundos, dos historias, dos universos, culturas, religiones, filosofías, poderes, ambiciones, formas de vida que para él son absolutamente irreconciliables y que en su mente están y estarán eternamente condenados a la antipatía, a la enemistad, y quizá, a la guerra.

«Definitivamente», medita Fran, «a la guerra».

Una guerra que lleva librando más de una década en su puesto como inspector de policía, un conflicto que tiene lugar entre su presente, o mejor dicho, su falta de futuro, y su propio pasado, y que lleva atormentándole desde entonces. «Una guerra que nunca tendrá fin». Y que se libra en el centro mismo de esa frontera. En la ciudad autónoma de Ceuta. Y más concretamente, en el barrio del Príncipe.

—Fran, es el móvil del chico.

Esta vez, quien insiste es Hakim, joven e inexperto, casi recién salido de la academia; pero quien le confunda con un novato se llevará una sorpresa. Porque Hakim, o «Joaquín», como le gusta que le llamen, es musulmán español: nació en Ceuta, se crio en sus calles y desde chaval las manchó con sangre propia y ajena hasta que Fran, como un padrino protector, le convenció para unirse al Cuerpo y trabajar para él. Hakim es su salvoconducto en el barrio, su pasaporte, su embajador, una proyección de su poder: habla español, habla árabe y aunque no siempre calla cuando debe, es un buen muchacho. Quizá su único defecto real es la irreflexión, la temeridad, la impaciencia que ahora mismo muestra.

—Ya lo oigo. Sigue —por fin, Fran habla, y por breves que sean sus palabras calman a sus subordinados.

«Fran sabe lo que hace», piensan.

El alba parece ya a punto de romperse sobre el Estrecho. El coche patrulla de la Policía Nacional continúa su silenciosa marcha, hacia algún punto al norte en el Monte Hacho, irónicamente cerca de los cementerios locales y lo más lejos posible del maldito barrio donde «Fran», como todos conocen al inspector Francisco Peyón, reina con puño de hierro, pies de plomo y boca de sierpe: la barriada del Príncipe Alfonso, también llamada barrio del «Príncipe». Y el móvil sigue sonando.

* * *

—Cógelo. Venga, cógelo, Abdú, por favor. Por favor…

Fátima respira despacio para evitar que la angustia le cambie la voz. Porque sabe que cuando su hermano Abdessalam, a quien todos llaman Abdú, coja por fin el teléfono (porque seguro que lo hará) se sentirá triste si sabe que ha preocupado a su hermana de nuevo, como lleva haciendo desde que eran niños, casi desde que el chico nació hace ya quince años.

—Por favor…

Fátima, en pijama, sus profundos ojos verdes dilatados por los nervios, está en casa de sus padres, donde toda la familia Ben Barek vive aún junta menos, desde esta noche, Abdú. Fátima vuelve a marcar.

—¿No contesta?

Fátima se sobresalta. Es la severa voz de Aisha, su madre. Su hija está a punto de darle alguna excusa, de tratar de encubrir de nuevo la escapada nocturna de Abdú, pero ya van demasiadas veces. Y a una madre como Aisha, sobreprotectora, orgullosa y seria, no se le puede esconder nada. El contestador del móvil vuelve a saltar, y Fátima marca la rellamada inmediatamente.

—¿Dónde se habrá metido este crío…?

—Madre, no lo sé, de verdad que…

—No me mientas, Fátima. No le protejas, como siempre.

—Madre, de verdad que esta vez no sé dónde está. Ni con quién.

—Pero ¿qué os pasa? Se os oye desde la cama… —Es Hassan, el padre de Fátima, llegando en bata y babuchas por el pasillo. Bastante triste y deprimido parece últimamente como para preocuparle con las idas y venidas de su hijo.

—Este hijo tuyo ni siquiera se digna a contestar el teléfono.

—¿Está todo bien? —Ahora su nuera, Leila, y su hermana pequeña, Nayat, aparecen por el pasillo también.

—Leila, llama a Faruq, a ver qué sabe.

Fátima marca de nuevo, y se dice una y otra vez que no es su culpa. Y no lo es, pero como siempre se siente responsable por todo lo que ocurre en su familia, aunque por mucho que se esfuerza, no puede protegerles a todos.

—Abdú, soy Fátima. ¿Dónde estás? Es casi de día y no has llegado a casa… Ven cuanto antes, o al menos, llama… Por favor…

Y de entre las sombras del pasillo, una voz grave, recia, seria y segura se impone sobre el bisbiseo de la familia, que calla, impresionada, como cada vez que alguien siente llegar su presencia.

—¿Cuál es el problema?

Faruq ya está aquí, ahora todo irá bien. O eso esperan.

* * *

El cadáver es perfectamente irreconocible. El disparo que le ha destrozado la cara, sumado a la sangre, los hematomas y los desgarros casi no permiten distinguir que se trata de un adolescente, o que sus rasgos son de estirpe bereber. Nada, salvo quizá, esos peculiares ojos verdes, ahora yertos e inmóviles. Ojos que ya no van a ver más la luz.

—Daos prisa. Va a salir el sol.

Quílez y Hakim obedecen a Fran. A la de tres, levantan el pesado cuerpo del maletero, tomándolo por las esquinas de la lona plástica, y lo depositan, aún con cierto respeto, al pie del acantilado. Fran saca una cuerda y un bloque de obra de hormigón, cuando el móvil vuelve a sonar, sobresaltando a Quílez.

—¡Mierda de móvil! Coño…

Hakim saca el *smartphone* del bolsillo del cuerpo. Pero cuando ve la fotografía en la pantalla, no puede evitar que su cuerpo se bloquee un momento.

—Qué. ¿Qué pasa?

Hakim solo atina a enseñarle el móvil a Fran. En la pantalla está llamando Faruq. Hakim y Quílez aguardan la reacción de Fran. Un insulto, un *mecagoendios*, una patada a la rueda del coche. Cualquier cosa, para saber qué siente, si es que siente algo. Pero Fran solamente les mira, e indica con un gesto de cabeza que el mar les espera. Y finalmente, como para liberar la tensión que le atenaza, Hakim lanza el móvil lo más lejos que puede, hacia el amanecer.

Los tres hombres levantan el cadáver y sin más ceremonias, lo lanzan acantilado abajo, hasta que parece romperse contra la oscuridad de ese mar que también es otra frontera más, piensa Fran. La frontera con el mundo de los muertos. Sin intercambiar más palabras, montan en el coche patrulla y se encaminan de nuevo hacia su reino. Vuelven al Príncipe.

* * *

Solo es necesario que Faruq esté con ellos, solo hace falta que esté presente y llamando a Abdú por su móvil, para que todo el mundo esté más tranquilo, piensa Fátima. Porque Faruq solo necesita caminar por la calle para que los hombres se aparten y las mujeres bajen la cabeza, para que los chiquillos bajen la voz y la policía mire hacia otro lado.

Quizá sea porque Faruq es alto, mucho más alto que nadie en la familia. O por su atractivo, con esa barba tupida y cuidada, o por el apretado cabello pulcro, cortado escrupulosamente a cepillo, o por su colgante de la buena fortuna que nunca deja su cuello. O muy seguramente, por los transparentes ojos verdes que conforman la más reconocible herencia familiar, y que no obstante, tan diferente impresión provocan si se miran en su hermana Fátima. En ella, son grandes y bondadosos. En él, fríos como la piedra esmeralda. Faruq cuelga su teléfono.

—No contesta. «Apagado o fuera de cobertura».

—Voy a llamar a su novia —decide Fátima.

—Sí, por favor, llama a Sara. Igual está con ella. —Aisha le apoya, por fin.

—Yo voy a buscarle por ahí. —Faruq se guarda el móvil, se pone una camisa y sale.

Y mientras cada uno vuelve a su habitación, Fátima piensa en por qué ella no se siente más tranquila. Al contrario, está mucho más nerviosa que antes. Quizá sea porque fue la única que ha visto, oculta bajo la camisa de Faruq, una pistola.

* * *

Tres meses después

10:23 AM. La recepción de la transmisión encriptada, vía satélite desde París, llega correctamente a la proa del EuroFerry con destino al puerto de Ceuta. Morey reconoce la voz de Serra, su superior, comandando la reunión que le ha de servir de *briefing*.

—*... hemos confirmado la presencia de una célula yihadista que está captando a jóvenes descontentos del barrio del Príncipe, en Ceuta, para convertirlos en terroristas suicidas...*

A Morey le cae bien Serra, pese a que sea su jefe. Cuando él está de por medio, todo es orden. No hay imprevistos. Todo ocurre según lo planeado y nunca ha existido un error. Porque el primer error en sus respectivas profesiones suele ser también el último. Por eso el nombre de Serra suena para ser el siguiente jefe de operaciones de CNI y Morey trabaja bajo su mando.

—*... como el chico que se inmoló hace unos meses en Tánger, Tarek Bassir, matando a once personas.*

Morey recibe en su tablet las imágenes del antes y después de lugar del atentado, varios muertos, incluido el suicida y decenas de heridos, hombres, mujeres, niños. Serra continúa su discurso:

—*El Príncipe se está convirtiendo en un verdadero foco de captación...*

—*Gracias, en parte, a la corrupción de la Policía Nacional española, ¿no es así?* —alguien le interrumpe.

Es la voz de Ralf Schäefr, director de operaciones del SITCEN, un rival político de Serra que mina el trabajo de los agentes españoles cuando se le presenta la ocasión. Serra prosigue, sin caer en la provocación.

—*Exactamente. Corrupción policial. Creemos que policías corruptos de la comisaría del Príncipe están colaborando con yihadistas a cambio de dinero. Para investigarlo, hemos infiltrado a uno de nuestros mejores agentes en la comisaría del barrio.*

Nuevas fotos llegan al dispositivo de Morey. En blanco y negro, tomadas con teleobjetivo: el principal sospechoso de corrupción en el caso.

—*Ahora mismo está llegando a Ceuta, donde trabajará bajo una identidad falsa. Desde dentro de la comisaría será más fácil identificar a los colaboradores y desactivar la célula.*

En las fotos, un hombre corpulento, de ademanes decididos, con gafas de sol y de paisano. Es el inspector de la comisaría del barrio del Príncipe. Su nombre es Francisco Peyón. Todos le conocen como «Fran».

—*No hace falta que diga que la amenaza es real y el peligro de atentado es inminente.*

La sirena del ferry anuncia la llegada a Ceuta. Morey coge su maleta y se dispone a salir. Pero antes se permite un momento para observar la ciudad. Y la escruta fijamente con sus ojos oscuros como un cazador a una presa, como un combatiente a su objetivo, como un boxeador a su adversario. Con pasos precisos, estudiados, marciales, Javier Morey se encamina hacia ella.

* * *

Morey pisa el muelle y, siempre alerta, acostumbra sus oídos al acento local, a la mezcla de español, haquetía, dariya e inglés que le rodea, cautamente mezclado entre los viajeros. De repente todo su cuerpo se tensa ante un grito de alerta.

—¡Adil, ven, cuidado!

Un niño en pantalón corto corre detrás del balón que se le acaba de escapar… hacia la carretera. Antes de que nadie pueda darse cuenta, Morey ya corre tras el niño, su memoria muscular disparando sus instintos como si de una máquina se tratase. Una mujer corre a su lado, a la que no tarda en dejar atrás. El balón ya está a punto de caer en la carretera. El niño no ve la furgoneta que se le viene encima. Morey se pone en el camino de la furgoneta, sus manos extendidas, su respiración al máximo, su cuerpo listo para rodar sobre el capó si es necesario. Un frenazo… Y la furgoneta se detiene a unos centímetros de sus dedos. Morey exhala y se vuelve para localizar al niño. Le ve en manos de la mujer que echó a correr a su lado. Morey toma la pelota del suelo y se acerca a ella.

—Toma, campeón. Y gracias, señorita…

—Gracias a usted. Me llamo… Fátima.

Por un momento Morey no sabe lo que le pasa. Durante esos segundos que se antojan larguísimos se siente paralizado, nervioso, extraño. Mientras, ni él ni Fátima parecen poder dejar de mirarse o de pronunciar palabra, ni siquiera cuando la madre del muchacho se lo lleva de la mano.

—Vamos, Adil, y no te vuelvas a soltar, ¿me oyes?

Leila y las amigas de Fátima se acercan a ellos, algo preocupadas: Morey y Fátima se están mirando en público más de lo que resulta prudente. Leila intenta «despertarles» tirando de ella.

—Fátima, tenemos que irnos… Fátima, vamos…

Fátima se deja llevar por su cuñada, sin que ninguno de los dos deje de mirarse. Sus amigas Asun y Pilar la empujan, tomándose la situación con mucho más humor que Leila. Y solo cuando desaparecen tras una esquina, Morey parece despertar de nuevo. Está seguro de que Fátima es la mujer más hermosa que ha visto en su vida.

* * *

Morey se pone en alerta cuando advierte a un sujeto acercándose a él, sin embargo, pronto ve que es un hombre despreocupado, algo desgarbado, sonriente. Pero por debajo, Morey capta algo más: una inaprensible intención de agresividad soterrada que no termina de extrañarle, pues cree conocer, o más bien, reconocer, a ese hombre. Es el hombre de las fotos. Su sospechoso número uno.

—¿Inspector jefe Morey? Soy el inspector Peyón, pero todos me llaman Fran.

—Encantado, Fran. No esperaba que viniese a buscarme en persona.

—Siempre lo hago. —Fran le mira por encima de las gafas de sol, socarrón—. Ya es una tradición. Es usted el quinto jefe que recojo en dos años.

—El quinto en dos años… ¿Y qué hace usted con ellos?

Fran le invita a caminar hacia el coche con un gesto.

—Nada. Se van solos al poco de llegar. —Pero su sonrisa está pronto de vuelta—. ¿Le han reservado habitación en el hotel o le mandan a los apartamentos?

—Apartamentos. Pero prefiero ir primero a comisaría… si no le importa.

A Fran parece importarle, de hecho. Pero sonríe de nuevo.

—Como usted quiera. Jefe.

* * *

Nadie parece recordar para qué se construyó a principios de siglo XX el edificio de la comisaría del Príncipe, pero seguramente fue una especie de oficina de comercio y exportación, que con sucesivas reformas, embargos y arreglos terminó siendo uno de los destinos comunes para un gran porcentaje de la juventud del barrio.

Por su puerta salen Mati y Fede. La primera es una vista poco frecuente en el barrio: Matilde Vila, *Mati*, una joven mujer policía con un carácter ambicioso, profesional, poco impresionable, y muchas veces, gélido, como bien saben los hombres de la comisaría. A su lado, Fede, un veterano de los que han preferido dejar los ascensos para los demás y calentar la silla de la comisaría antes que patearse las calles para arreglar una ciudad que, está convencido, no tiene arreglo.

Amables pero serios, Mati y Fede acompañan a la calle a Aisha, madre de Fátima, y a su hija pequeña Nayat, una niña de grandes e ilusionados ojos y un exuberante cabello rizado, que aún no ha de cubrir con el hiyab. Aisha les habla con la voz cansada de la insistencia:

—Han pasado tres meses y no sé nada de mi hijo Abdú, y ustedes no me dan noticias… Compréndanme, por favor…

—Yo la comprendo, mujer. Cómo no lo voy a hacer, si soy padre también. Pero si no hay novedades en la investigación, no tenemos nada que contarle…

—En cuanto sepamos algo, la llamaremos —finaliza Mati, menos paciente que Fede, por una buena razón: el coche de Fran llega con Morey a su lado.

—Mati, Fede, guapos, saludad a vuestro nuevo inspector jefe.

—Bienvenido, inspector jefe. Encantada de conocerle, soy…

—Lo he oído, usted es Mati. Encantado. —Morey le ofrece la mano, y se la estrecha tan fuerte como haría con cualquier hombre. Un gesto que Mati aprecia y al que corresponde sin dudarlo.

—Inspector, yo soy Fede…, «el de la puerta», para los de aquí. Pase, por favor.

Antes de que Morey pueda acceder a la oficina interior, nota cómo alguien tira de su manga y le alarga un pasquín con la cara de un adolescente bajo la leyenda «Desaparecido», y le habla, respetuosa, pero decidida:

—Perdone, he oído que es usted el nuevo jefe. Yo me llamo Aisha Ben Barek y estoy buscando a mi hijo.

—Señora Ben Barek —vuelve Fede—, le he dicho que la llamaremos cuando haya novedades, así que…

—Espere, dígame, señora Ben Barek. ¿En qué puedo ayudarla? —pregunta Morey, amable, tomando la foto y memorizando el rostro de Abdú. Ni Aisha ni Nayat parecen creerlo por unos momentos.

—Es mi hijo Abdú, Abdessalam, de quince años. Lleva tres meses desaparecido y sus compañeros no me dicen nada sobre…

—Disculpe, señora —la corta Fran—. En cuanto haya novedades, no dude de que llamaremos… Inspector jefe, venga por aquí.

Fran da unos pasos y se detiene al ver que Morey no le sigue.

—Usted tampoco hará nada, entonces… —Aisha insiste, desilusionada.

—Acabo de llegar. —Morey la mira a los ojos, sincero—. Deme tiempo. Le prometo que me informaré de su caso.

Esta vez Fran sí que logra llevárselo para dentro.

—Lo siento por esa mujer —exclama Morey.

—A quien debería pedir explicaciones es a su otro hijo —explica Fran—, Faruq, el mayor…, uno de los principales traficantes de hachís del barrio. Al hermano pequeño le ha podido ocurrir algo como represalia…, un ajuste de cuentas, quizá. En fin, venga a conocer a los demás.

Fran abre la puerta a la oficina, un amplio espacio con viejos ventanales donde una decena de policías hablan entre ellos. Fran les llama la atención.

—Os presento a vuestro nuevo inspector jefe, Javier Morey, quien os quiere saludar. —Morey parece sorprendido y Fran, socarrón, continúa—. Porque lo quiere hacer, ¿no?

—Gracias. Hola a todos… Ya me han dicho que soy el quinto jefe en poco tiempo e imagino lo poco que esperan de mí… pero haré lo posible para no decepcionarles… mucho. —Hay un rumor de risas, la prueba está superada—. Así que para empezar bien, hoy saldré a patrullar durante todo el día.

Las risas cesan en seco. Fran, Quílez y Hakim se miran, sorprendidos.

—Creo que es lo razonable —continúa Morey— si quiero dirigir bien esta comisaría, tengo que conocer bien el barrio. Fran me acompañará. De uniforme, por favor. Gracias a todos. ¿Mi despacho?

—Aquella puerta —indica Mati, y Morey desaparece tras ella.

Los policías se dispersan, animados. Pero Fran, Hakim, Fede y Quílez parecen más serios.

—¿A patrullar? ¿Ha dicho que a patrullar? —pregunta Hakim.

—Al menos, mueve el culo… —puntualiza Mati.

—¿Y vas a ir con él, Fran? ¿Y… de uniforme?

—Claro que voy a patrullar. —Fran sonríe, burlón—. De uniforme de guardiamarina, si hace falta.

—Bueno, pero cuando puedas, dile que me llamo Joaquín. No Hakim. Que se entere bien, ¿eh?

Fede, Mati y él se separan del grupo. Fran y Quílez quedan solos, y borran rápidamente las sonrisas de sus caras. Quílez se encoge de hombros, señalando con un gesto hacia Morey.

—En el despacho queda bonito. —Sonríe Fran—. Veremos qué tal se le da la calle.

* * *

El Sol y Sombra, como su nombre indica, es posiblemente el bar más castizo y peninsular de Ceuta. Con todos los tópicos (jamones colgando, listas de tapas, menú del día y manteles de papel) que hacen que el español medio se sienta razonablemente como en casa, es el lugar favorito para comer de los policías del Príncipe, la mayor parte de ellos provenientes del otro lado del Estrecho. Fran guía a Morey hacia dentro, seguidos por Hakim y Quílez mientras Fran comparte los últimos datos del rifirrafe.

—… y el hermano de Abdú, Faruq, se cree el puto príncipe del puto Príncipe. La gente le ve como un benefactor porque da trabajo trapicheando a los chavales, lo que pone el plato en la mesa de mucha gente. Muchos de ellos se enfrentarían a nosotros sin dudarlo para defenderle.

—Es como el chiste ese, jefe…

—No tortures al jefe con tus chistes malos, hombre, que acaba de llegar… —exclama Quílez.

Todos se encaminan a su sitio habitual en una mesa junto a la ventana. Mati les está esperando en la barra:

—Veo que no hay manera de librarse, Hakim, cuente, cuente… —le anima Morey, para romper la tensión.

—… pues esto es una familia de moros que se va a vivir a España. —Hakim se crece contándolo—. El primer día, el niño vuelve del cole y le pregunta a su padre: «Oye, papá, ¿ya somos españoles?». El padre, mosqueado, le mete una hostia y el niño se va llorando a ver a su madre, que le pregunta: «¿Qué te pasa, hijo?». Y el niño contesta: «Nada, que solo llevamos un día en España y ya tengo problemas con los putos moros».

Todos menos Mati y Morey se echan a reír.

—No tiene gracia —exclama Mati—. ¿Cómo puedes contar esos chistes, tío? ¡Eres marroquí!

—Hey, hey, soy de origen marroquí, pero ciudadano español… ¡Además, si el chiste es bueno, es bueno!

Todos sonríen por fin, mientras la dueña del bar se acerca para tomarles nota. Es Marina, cuya belleza está un poco gastada por las penurias que le obligaron a abandonar su anterior matrimonio, la Península y a empezar de cero en Ceuta. Cuando se acerca a la mesa, tanto Fran como ella se dedican una rápida mirada cómplice.

—Marina, te presento al nuevo inspector jefe que nos han mandado para tu cumpleaños…

—¿Ah, es su cumpleaños? Felicidades… —responde Morey.

—Gracias, «jefe», pero por muy poli que sea, no va a conseguir que le diga los años que cumplo…

Esta vez, todos ríen sinceramente. El móvil de Morey suena, y este sale para hablar en la calle. Fran se acerca, carta en mano, a la barra para pedir el menú, pero lo hace por otra razón.

—Marina…, ¿va «usted» a celebrar fiesta de cumpleaños esta noche?

Ella sonríe, pícara e irónica.

—Huy, he invitado a toda la *jet set* de la ciudad… Anda ya, Fran. Me quedaré en casa viendo la tele sola, como siempre. A no ser que… vengas con ese uniforme. Qué escondido te lo tenías…

* * *

Morey habla con su superior, Serra, gastrónomo irredento, que sale del mejor restaurante de París, hablando discretamente por el manos libres.

—Serra, no puedo hablar mucho. ¿Qué tal la reunión?

—Los del SITCEN ya están informados de que estás entre esos corruptos hijos de puta, lo que quiere decir que mi culo está en la diana. ¿Qué tal son el tal Fran y sus amigos?

—Simpáticos. Unos simpáticos corruptos hijos de puta. Te cuento luego.

Morey cuelga y vuelve a entrar al bar, justo cuando Fran cuelga también y anuncia:

—El tiroteo de ayer. —Todos asienten, le prestan atención. Fran aclara para Morey—. Un adolescente disparó cerca del cafetín de Faruq y una bala perdida alcanzó a un bebé.

—¿A un bebé? Pero cómo puede haber… —Morey no puede evitar extrañarse.

—¿Se lo había dicho ya? Bienvenido al barrio —Fran prosigue—. En fin, encontraron el arma en una alcantarilla y tiene huellas de… adivinad de quién, que no es difícil.

—De Lillo —la respuesta de Hakim, Mati y Quílez es automática. Fran aclara a Morey.

—Es un trapichero que vive en el puerto. La mitad de lo que se roba en Ceuta pasa por sus manos.

Morey hace ademán de levantarse, pese a que están comiendo. Todos le miran extrañados. Fran sonríe:

—Jefe… le aseguro que ni Lillo ni esta paella se van a ir a ninguna parte… Y si dejamos el plato en la mesa, Marina se nos mosquea. ¿Le parece bien que comamos… y luego vayamos a por él… sin uniforme?

Hakim, Mati y Quílez se ríen por lo bajo. Morey se sienta de nuevo. Está empezando a cansarse de que Fran siempre se salga con la suya.

—Claro. Luego iremos. Sin uniforme, no se preocupe.

* * *

En el coche K, ya sin uniforme, Fran y Morey se dirigen hacia el puerto. Morey está satisfecho, al menos ha conseguido que la comida no se alargase hasta el postre, el café, la copa y el puro... Ahora deben encontrar a ese tal Lillo y... pero Fran interrumpe sus pensamientos.

—¿Está usted casado, Morey?

—No. —Las preguntas personales no son lo suyo.

—¿Novia?

—No.

—¿Marica? Que sepa que yo no tengo ningún problema con eso, eh.

—No. Soltero..., sin hijos... Capricornio..., tipo A positivo... ¿Algo más? —Se vuelve hacia él, molesto.

Fran ríe y la tensión está rota. Fran señala a un individuo, un hombre mayor que habla con unos marroquíes junto a un barco amarrado.

—Ahí está. Lillo.

Fran derrapa el coche, los marroquíes salen corriendo y el viejo Lillo se queda paralizado. En dos pasos, Fran se encara con él: es un hombre bajito, enjuto, con barba blanca marinera, un ratero que ha recibido muchas palizas y que ya no confía en nadie.

—Fran, no, Fran, yo no he sido.

—¿No has sido tú quién? ¿El que mató a Kennedy? ¿El que hundió el *Titanic*? ¿Qué no has hecho tú, Lillo? ¿Ves? Ya me has dado razones para sospechar. ¡Contra el coche, vamos!

Fran da en el clavo rápidamente y le saca del bolsillo una papelina de coca.

—¿Y esto, Lillo? ¿Consumo personal o «consumo del personal»? Anda, vamos a comisaría.

—¿Me vas a empurar por unas papelas? ¡Fran, que somos amigos!

—Pues o me ayudas, u hoy mismo se acaba eso que llamas amistad. Casi se cargan a un bebé con una pipa que llevaba tus huellas. Explícamelo.

El rostro de Lillo se vuelve tan albo como su barba.

—¡Yo, yo no he disparado a nadie! ¡Y menos a un niño, por el amor de Dios! Además, tengo una coartada.

—Vaya. Una coartada. ¿Me has oído decir algo de la hora o el lugar del crimen? Pues empieza a cantar o tendrás problemas muy serios.

—Vale, Fran, vale. Era un crío. Un moro. Me dijo que necesitaba la pistola.

—¿Le vendió usted una pistola… a un niño? —Morey interviene.

—Me dijo que era para asustar a las ratas. —Lillo se encoge de hombros.

Fran y Morey se miran, un momento de complicidad: así es el Príncipe. Fran no afloja el agarre.

—Una rata como tú. Vamos a comisaría, que nos lo vas a contar allí.

* * *

Por fin, solo en su apartamento, y tras una muy necesaria ducha reparadora, Morey puede relajarse. ¿O no? El móvil suena: Serra.

—Tienes una flor en el culo, chaval —Serra habla desde Madrid, mientras entra en la sede del CNI—. Me acaban de confirmar que el chico desaparecido, el tal Abdú, es uno de los que teníamos controlados como desaparecidos.

—¿Piensas que ha sido captado?

—Su perfil encaja. Pero aún hay más sobre Tarek Bassir, el otro habitante del Príncipe que se inmoló en Tánger y se llevó a once más al otro mundo.

Morey despliega un panel oculto, lleno de recortes, fotos, papeles: todo tipo de información sobre el atentado y la misión que le ha llevado allí. Entre las fotos de los sospechosos, hay una de Fran. Morey clava en su tablero la foto de Abdú, recortada del pasquín que Aisha le dio.

—Tarek. Le recuerdo.

—Balística nos ha confirmado que la pistola que llevaba encima salió del depósito de armas de la comisaría del Príncipe… Así que no es que esos policías hijos de puta miren a otro lado por cuatro putos euros, es que colaboran activamente: fueron Fran y sus amigos los que le pasaron la pistola al terrorista.

* * *

Morey está acomodándose en su despacho nuevo, colocando cajas, papeles y ficheros, cuando la puerta suena. A su voz de paso, Fede le abre la puerta y Morey se queda sin palabras unos instantes: es Fátima, la chica del puerto.

—Buenos días, señorita. Nos volvemos a ver. Siéntese. Por favor.

Fede le da paso y cierra la puerta al irse.

—No se extrañe; Ceuta es muy pequeña —comenta Fátima, igualmente emocionada de verle de nuevo—. Yo soy profesora del Centro Cívico. De hecho, vengo porque sé que han detenido a Ahmed, un muchacho que a veces viene por allí. Una pena; tratamos de sacarles de la calle, pero no siempre se puede…

—Haremos lo posible por procurarle el mejor trato.

—Por otro lado, mi madre ha estado aquí esta mañana; creo que ya le ha hablado de mi hermano Abdú.

—Abdessalam Ben Barek.

—El mismo. Hasta ahora los policías de esta comisaría no nos han hecho mucho caso. Así que solo quiero decirle que agradezco mucho la atención que ha prestado a mi madre esta mañana.

—Cumplo con mi deber. Pero le prometo que haré lo que pueda por encontrarle. Hábleme de él. ¿Qué cree usted que le ha pasado a su hermano? ¿Cree que se ha podido ir de Ceuta, como tantos otros?

—¿A traficar? ¿A malvivir a la Península? ¿A Europa a buscarse la vida? No. Abdessalam no es como Faruq. Tiene sueños, objetivos. Quiere estudiar y ser médico. Y yo le apoyo, como hago con otros chavales del centro. Pese a lo que ustedes piensan, no todos quieren ser como mi hermano mayor. Si no sabemos nada de Abdú, es porque no puede o porque no le dejan contactar con nosotros.

—¿Quien cree usted que no le deja…?

Llaman a la puerta y sin esperar respuesta, Fran entra, sorprendido de ver a Fátima allí.

—Jefe, Lillo ha identificado al chico al que vendió la pistola, el tal Ahmed. Está listo para interrogarle; la fiscal de menores también está avisada.

Morey asiente, y le hace un gesto para que espere.

—Gracias, Fran; antes, por favor, tráigame el dosier del caso de Abdessalam Ben Barek…

Fran tarda un segundo en reaccionar. Detrás de él, Quílez y Hakim, que lo han oído, se traicionan mirándose.

—Tendría que sacarlo del archivo —protesta Fran.

—Hágalo. Ya que está aquí, respóndame: ¿qué se hizo en este caso?

Fátima se vuelve a mirar a Fran, acusadora.

—Se consultó el registro del ferry y no aparecía. Pensamos que cruzó la frontera con Marruecos. Ya sabe que muchos niños se bajan al moro para trabajar en los campos de hachís…

—¡Abdú no es de esos! —Fátima no puede resistirlo, defiende a su hermano—. Y aunque lo fuera… si esto fuese Burgos o Sevilla, lo seguirían buscando. ¡Es un menor! ¿Por qué a él no? —La última pregunta va dirigida a Morey, quien responde sin escurrir el bulto:

—Tiene usted razón. Estudiaré bien el informe. Confíe en mí.

Fátima tan solo asiente y sale del despacho, sin mirar atrás.

—Quílez, prepare el interrogatorio con el niño y la fiscal de menores. Fran, usted y yo lo seguiremos desde mi despacho. Eso es todo.

Fran cierra la puerta y Hakim le aborda.

—Fran, esto no es bueno. No me gusta nada.

—Le ha prometido delante de todos que buscará al hermano. —Quílez se suma al corro.

—Puede prometerle la luna —les calma Fran— que nunca lo va a encontrar.

* * *

Minutos después, el interrogatorio está listo. Ahmed, un chico con una llamativa camiseta naranja, demasiado joven para el lío en que se ha metido, se encuentra ante Quílez y Cristina Ruano, la fiscal de menores, contestando tímidamente a sus preguntas. Desde el despacho de Morey, este y Fran observan el interrogatorio.

—Me dijo que tenía que solucionarle un problema.

—Vale, ¿y quién te lo dijo? —pregunta, bonachón, Quílez.

—Eso no lo voy a decir.

—Vale. Pero dinos al menos qué te pidió esa persona.

—Me dijo que necesitaba dar un susto a alguien.

—¿Te pidió que dispararas a la tienda?

—Me dijo que me daría seiscientos euros si le ayudaba. Ese dinero era para mi madre. Y me gasté doscientos en la pistola…

—Y casi matas a un bebé.

—Yo no sabía que allí había un bebé. Solo me dieron la dirección.

—Sí, te dieron la dirección y la cagaste. Si hasta te la dieron por escrito, hombre. Te la encontramos al registrarte. —Quílez saca el papel con la dirección.

—Déjeme ver eso —Cristina Ruano se extraña—. Ahmed, ¿qué pone aquí?

—Calle… Pueblo… 17.

Quílez y Ruano se miran de reojo. Ambos entienden lo que ha ocurrido.

—Ahmed, no sabes leer, ¿verdad?

El chico niega con la cabeza.

—Se aprendió la dirección de memoria y se equivocó —concluye Morey, que sale de su despacho y se dirige a la sala de interrogatorios. En ella, Cristina prosigue:

—Ahmed, aquí pone «Avenida de los Poblados, 17», no «Calle Pueblo, 17».

Y Ahmed se encoge de hombros. Morey entra en la sala, dejando la puerta abierta.

—Ahmed, ¿quién te pidió que disparases?

—No puedo decirlo. Me matarían.

—Te protegeremos —Morey insiste—. Pero nos tienes que decir quién te lo pidió.

—Ahmed, el inspector tiene razón —le dice Ruano—. Si nos lo dices, será bueno para ti. Te lo prometo.

Unos segundos de silencio… y Ahmed cede.

—Faruq. Fue Faruq.

* * *

En la calle, Fran y Morey se bajan del coche, acompañados de Quílez y Hakim, que les cubren las espaldas. La gente empieza a congregarse alrededor de los coches patrulla, la electricidad empieza a cargar el ambiente: si la policía viene a casa de los Ben Barek, solo puede ser por una razón. Al verle, Fátima no puede disimular su confusión.

—Inspector Morey, ¿qué pasa? —La voz de Fátima está teñida de un presentimiento de alarma.

—Buenas tardes, señorita. —El tono burocrático de Morey altera más sus nervios—. Venimos a hablar con su hermano Faruq.

Las voces del gentío suben de volumen al conocer las intenciones de los policías. Fran y los demás, con la mano cerca de la pistolera, piensan que Morey no sabe lo que hace, ni dónde les está metiendo. De repente la intensidad de las voces baja. Faruq ya casi sale por la puerta. El gentío se abre respetuosamente a su paso.

—Faruq Ben Barek, traigo una orden de arresto —anuncia Morey.

—Cada vez que ocurre algo —Faruq habla con suavidad, casi con gentileza, pero serio y autoritario—, siempre venís a por nosotros, los moros… Los españoles moros…

La frase altera los ánimos de la muchedumbre, formada por chavales, adolescentes, jóvenes desocupados, hasta que casi están gritando. Los policías miran en todas direcciones, inquietos. Faruq simplemente levanta una mano, y el silencio cae como una orden.

—Estáis perdiendo el tiempo. Pero no me voy a resistir. Vamos.

Fran aprovecha el estupor de la multitud y esposa rápidamente a Faruq. Fátima rompe el silencio, entre la decepción y el llanto.

—¿Por qué? ¿Por qué lo detenéis?

—Un detenido ha declarado —explica Morey, no del todo contento— que fue su hermano quien le contrató para que disparase. Lo siento, señorita. No puedo hacer otra cosa. Es mi deber.

* * *

De nuevo en la sala de interrogatorios, no es ahora el interrogado el temeroso, el inseguro, el preocupado, sino que más bien la presencia de fiera dormida que Faruq impone es la que domina la sala.

—La estáis cagando, Fran, pero bien. La estáis cagando —expone Faruq.

—¿Ah, sí? Tenemos un niño que dice que le pagaste seiscientos euros para pegarle un tiro a uno de tus clientes. Por desgracia para ti, el chico se equivocó de objetivo y acabó disparando a un bebé.

—Yo no he pedido nada a ningún niño. ¿Quién es? Traedlo para que me lo diga a la cara. O a lo mejor no existe y lo que decís es mentira.

Morey sale de la sala de interrogatorios y hace una señal a Fran para que le siga.

—Mati, traiga al detenido. A Ahmed. Quiero someterles a un careo.

—¿Está loco? No puede usted llevarle al niño… ¿Quiere que lo mate?

—No va a tocarle. Y ese niño no es ningún santo. Casi mata a un bebé.

—Morey, no lo entiende, en este barrio no se puede…

Mati aparece con Ahmed. Morey le coge y le mete para dentro. Mati se extraña.

—Fran, ¿llamo a Cristina… o qué?

Pero Fran tan solo cierra la puerta de la sala de nuevo. Dentro Morey está perplejo. En lugar de venirse abajo ante la evidencia, Faruq parece crecido. Ahmed está blanco, no se lo esperaba.

—¿Tú eres el que ha dicho que he sido yo? Levanta la cara, a ver si te conozco.

Quílez le da un codazo a Fran: el muchacho se está orinando encima. Por fin Ahmed levanta la vista.

—Bien. Ahora, diles quién te ordenó que dieras mi nombre si te pillaban —y por primera vez Faruq levanta la voz, sobresaltando a todos—. ¡Contesta!

—Aníbal. Fue Aníbal —se apresura en contestar Ahmed.

Morey busca respuestas alrededor: «¿Quién es Aníbal?».

—Veo que usted aún no le conoce —explica Faruq—. Es el hijoputa que me carga todos sus muertos a mí.

—Y casualmente, también es un traficante de hachís que te hace la competencia —añade Fran.

—Y al que, casualmente, Fran, tú proteges a cambio de pasta —repone Faruq.

En una décima de segundo Fran se tira a por Faruq, pero antes de que pueda golpearle, los demás les separan. Faruq se levanta lentamente.

—Creo que no tienen más razones para retenerme, ¿verdad?

Morey niega con gravedad. Faruq pasa entre los policías, mirándoles a los ojos, y sale. Quílez, a una señal de Fran, sale detrás. Morey está apoyado en la mesa con los puños, no mira a Fran. Su primer error.

—Ahmed nunca testificará ante un juez, ni contra Faruq, ni contra Aníbal —insiste Fran—. Se comerá un año de reformatorio antes de enfrentarse en la calle a quien le mandó disparar.

—Entonces nunca sabremos lo que pasó. —Morey respira hondo.

—Lo sabremos, lo intuiremos, da igual… —Fran se encoge de hombros—. Pero no podremos hacer nada. Se lo he dicho una y otra vez, «bienvenido al Príncipe», bienvenido a este lugar donde nada es como debería ser. Se acabará acostumbrando.

—No. No me acostumbraré. Vamos entonces a por el tal Aníbal.

—Ya le digo que…

Morey no espera respuesta, se arranca hacia la calle. Fran cruza una mirada cansada con Quílez.

—Fran, si va a por Aníbal, nos busca la ruina.

* * *

Minutos después, Morey y Fran van en la patrulla en busca de Aníbal, recorriendo el barrio. Morey sigue sin entrar en razón, por mucho que Fran insista.

—… y ese chaval irá una temporada al centro de menores, y aunque le parezca increíble, eso es más de lo que conseguiremos la mayoría de las veces.

—Pues sí, la verdad es que me parece increíble.

—Y mientras el chico esté en el reformatorio, Faruq o Aníbal, el que le haya pagado, le dará ocho mil o diez mil euros a la familia, y con eso vivirán un año. Y todos contentos.

—Pero ese chico… casi mata a un bebé.

—¿Y qué?

—¿Cómo que «y qué»? —La frustración de Morey no hace más que aumentar—. O sea, que casi mata a un bebé y no pasa nada… Desaparece un chaval de quince años y no podemos hacer nada… ¿Qué coño pasa en este barrio? Y no me diga «bienvenido al Príncipe», porque…

Para desconcierto de Morey, Fran frena el coche en seco.

—¿De verdad quiere saber lo que pasa? Pues que le han mandado al puto culo del mundo, jefe. Que esto no se parece a nada que haya visto, y no se rige por ninguna regla que usted haya aprendido en ninguna parte… Que los polis como yo nos matamos aquí abajo para que toda esta mierda no suba para arriba, de donde usted viene… —Fran se detiene un momento, frustrado—. Mire… Los de aquí decimos que en el Príncipe todo acaba en agua salada… O sea en lágrimas, o en el fondo del mar.

Morey le mira sin dar su brazo a torcer.

—Ahora no lo entiende, claro —insiste Fran—. Pero seguro que lo acabará entendiendo.

Morey va a contestar, cuando la radio les interrumpe:

—*Adelante H-11 para todas las unidades. Tenemos un 2-1-3 en la plaza General Gamero.*

—Eso es en la plaza del cafetín de Faruq —aclara Fran—. Usted decide.

—Adelante K-9 para H-11 —responde Morey—, respondemos al código 2-1-3 en General Gamero.

Fran, complacido, sonríe. Arrancan de nuevo y se pierden en las profundidades del barrio.

* * *

En el salón de los Ben Barek la conversación transcurre entre Aisha, Hassan y los padres del futuro marido de Fátima. Ella le sirve té. Khaled es un joven atractivo, elegante, delgado, de cabello y barba cuidados. Llevan prometidos desde que era una muchacha, y pese a ello, no le ha visto más que en un par de ocasiones. Un buen partido para la familia. Un misterio para Fátima. La madre del novio prosigue, orgullosa.

—… y Khaled se licenció en Económicas y Empresariales. En realidad es la misma carrera. Pero se la sacó por la Universidad de la Sorbona. Con dos matrículas de honor. ¿O eran tres, hijo?

—Solo dos, madre. —Khaled parece algo abochornado.

Fátima le alarga su vaso de té. Ella le sonríe con cortesía y algo de distancia, pero los ojos de Khaled parecen anhelar mucho más. El padre de Khaled prosigue la «venta» de las virtudes de su hijo.

—Al volver de París, Khaled ya montó su propia inmobiliaria con dinero de un grupo inversor francés. Y a día de hoy es la tercera constructora más importante de Tánger.

Murmullos de aprobación. Ahora es el turno de Hassan, que se levanta para mostrar un título enmarcado, y lo pasa para que circule entre los convidados.

—Nuestra Fátima tiene el título de maestra, y da clases en un Centro Cívico. A Fátima le gusta ayudar a los que más lo necesitan. Y por eso estamos tan orgullosos de ella.

—Mis otros hermanos también son muy buenos estudiantes —aclara Fátima, modesta—. Nayat saca unas notas fantásticas. Y Abdú quiere estudiar medicina en Málaga.

Un frío silencio cae entre los congregados cuando se menciona a Abdú. Aisha toma la palabra.

—Mi hijo pequeño. Cuando vuelva. Ya saben ustedes lo ocurrido.

Todos asienten con respeto, un momento solemne… roto por el sonido de las sirenas entrando en la plaza. Todos se miran, extrañados. Faruq se hace cargo y mira por la ventana.

—Es la policía. Puede que pase algo. Si me disculpan…

* * *

Fran y Morey atienden a una niña que tiene el labio partido. A su alrededor se ha congregado una muchedumbre que les mira con desagrado por verles allí de nuevo, y esta vez están ellos dos solos. Algunos insultos se empiezan a oír de fondo. Morey cruza una mirada con Fran. La tensión va en aumento, y la llegada de Faruq tan solo envalentona más a la muchedumbre.

—¿Qué ha pasado aquí?

—Una pelea entre chavales, Faruq… Le han pegado… Han llamado chivato a Ahmed, y…

Faruq levanta su dedo hacia los policías, acusador.

44

—No creáis que esto es cosa mía. Esto es culpa vuestra, por meteros en nuestros asuntos.

Su gesto anima a los vecinos a increpar a los policías, cada vez más alto, cada vez más voces en árabe.

—¡La culpa es vuestra! ¡Fuera del Príncipe! ¡No somos unos chivatos! ¡Fuera! ¡Fuera!

Fátima, Nayat y Khaled llegan en ese momento. Fátima se enfrenta a Morey, con Khaled a su lado, que se sorprende por la familiaridad de su tono.

—¿Qué le ha pasado?

—Una pelea. Tranquila. Hemos llamado a una ambulancia.

—No —interviene Faruq—. Fuera de aquí. Es nuestro barrio. Nos ocupamos nosotros.

Morey se da cuenta de que la muchedumbre está cerrando el círculo.

—Fran, sabes que es mejor que os vayáis —advierte Faruq, sin perder la calma.

—Jefe, nos tenemos que ir. —Fran tira de Morey—. Esto es muy peligroso.

Morey mantiene la calma, busca una salida para no tener que irse. Pero entonces, una piedra impacta contra el coche, resquebrajando la luna delantera. Morey se da por fin cuenta del peligro que corren, sean o no policías.

—Nos largamos, o nos matan —el tono de Fran es muy serio.

—¿Y el herido?

—No le pasará nada, yo me ocupo —media Fátima, a la que tampoco le gusta el cariz que están tomando las cosas—. Tiene razón, tienen que irse de aquí.

—Vámonos —asiente Morey al verla tan preocupada.

—Por fin, jefe. ¡Vamos! —Fran recula hacia el coche, pero…— ¡Nos han rajado las ruedas! Morey, sígame y a lo mejor salimos de esta. ¿Entendido?

Un chaval se sube al techo del coche K y parte las luces de una patada. Fran saca su arma y pega dos tiros al aire. El caos se desata y la multitud retrocede un momento, abriendo camino.

—¡Ahora!

Fran y Morey escapan por el hueco abierto, pero la multitud se reagrupa y les persigue. Fátima ve cómo Faruq hace una señal a su lugarteniente, Mohsen, para que les siga.

* * *

Fran corre por delante de Morey. Un grupo de chavales con palos y navajas les sigue de cerca. Fran trata de orientarse en el laberíntico barrio. Gira una esquina y se encuentra con una pared.

—Joder, este muro no estaba aquí la última vez que estuve…

Fran se encarama al muro y cuando se vuelve, ve que Morey ya no está con él.

—¿Jefe? Mierda, se lo van a comer vivo…

Por su parte Morey callejea todo lo rápido que puede, izquierda, derecha, derecha… Pero aunque ya se creía a salvo, al girar una esquina se encuentra de frente con el mismísimo Mohsen, que sonríe desafiante al verle. Sin mediar palabra, el lugarteniente de Faruq le ataca con una estaca de madera. Morey lo esquiva por los pelos. Morey se abalanza contra él para desequilibrarle, pero Mohsen resiste el empujón y le mete un puñetazo en la cara. Fran, desde lo alto de un muro, ve a Morey recibir el golpe. Fran saca el arma, pero no tiene ángulo.

—Mierda… por su culpa nos van a matar a los dos…

Mohsen está a punto de rematar a Morey, pero este esquiva el golpe y reacciona con una *kata* de Krav Maga, enlazando varios golpes que terminan fulminando a Mohsen con un puñetazo a la nuez. Todo ha sido tan rápido que Fran no puede creerlo.

—¡Jefe! ¡Jefe! Mierda… —Porque Morey ha vuelto a desaparecer por las callejuelas—. Nos veremos fuera, si es que sale.

Morey dobla una esquina y se vuelve a encontrar de frente con la multitud. Se vuelve y corre todo lo que sus piernas dan de sí, hasta que les deja atrás unos metros, pero para su sorpresa, alguien surge frente a él. El primer impulso de Morey es atacar, hasta que ve que es… Fátima.

—Aquí, rápido, sígame.

Fátima lleva a Morey a un rincón donde a duras penas caben los dos. La muchedumbre pasa por su lado, sin darse cuenta de que están allí. Pero esos segundos les parecen eternos minutos a ambos, pues sus labios, sus bocas, sus cuerpos están pegados en ese escaso espacio, sin atreverse a mirarse, pero inmersos los dos en el golpe de adrenalina, de corazones a cien, de cuerpos temblando… La muchedumbre sigue adelante, y aunque el peligro inmediato ya ha pasado, Fátima y Morey siguen juntos unos segundos más de lo necesario. Finalmente, ella rompe el silencio.

—Sígame, por aquí podemos salir…

—Espere, ¿y Fran?

—Él conoce el barrio, logrará salir. ¡Vamos!

Con valentía y descaro, Fátima le conduce por varias callejuelas, callejones e incluso atraviesan, para estupor de sus habitantes, varios patios y casas. Por fin, ambos salen a un descampado.

—Baje esta calle hasta el final y llegará hasta la carretera principal.

Fátima va a marcharse, pero Morey le sujeta la mano.

—Espere. Espere, por favor. No se vaya. No era mi intención causar todo este daño. Yo solo…

—Le entiendo… —Fátima sonríe, irónica pero comprensiva—. A mí también me pasa lo mismo… En este barrio, cada vez que quieres hacer algo bien, se estropea más… Musulmanes, cristianos, españoles, moros. Todo el mundo parece empeñado en dividirnos.

—Yo no pienso así. —Fátima ve que Morey está hablando en serio.

—Usted acaba de llegar, inspector. Aún tiene que aprender que ni todos los moros somos narcotraficantes, ni todos los policías cumplen la ley.

Morey se queda boquiabierto. Es la primera vez, desde que ha llegado, que oye a alguien decir algo simplemente razonable. Ambos notan esa mutua comprensión que solo se puede adivinar al mirarse en los ojos del otro…

—Es verdad. Pero usted trabaja con niños. Eso quiere decir que tiene esperanzas.

Fátima esboza una tímida sonrisa, cada vez más segura de que ese hombre es diferente.

—Sí, inspector… pero es nuestra responsabilidad hacer un mundo en que puedan ser felices. Y ahora —concluye ella— debe irse.

—Una cosa más: detuve a Faruq. ¿Por qué me ha ayudado?

—Porque sé que usted me va a ayudar a encontrar a mi hermano pequeño.

—¿Solo por eso?

Fátima sonríe, por fin, abiertamente, mientras se sujeta el velo para que el viento no lo lleve. «Nunca he visto una mujer tan hermosa», piensa Morey.

—Inspector. Si no entiende una mirada… tampoco entenderá una larga explicación.

Morey se queda confundido un momento. Fátima se da la vuelta y desaparece en el barrio de nuevo. Unos segundos después, por otra calle aparece Fran, casi sin aliento, pero con una sonrisa en los labios. De admiración, de complicidad, de respeto, por fin. Impresiones que, como siempre, se ocupa de contradecir con sus palabras.

—Con tal de no hacerme caso, usted prefiere perderse solo en el barrio. ¿Qué le ha pasado ahí?

—Me he caído. —Morey se toca el golpe en la cara.

Fran asiente con la sonrisa de quien no se cree ni una palabra. Ambos echan a andar colina abajo.

—¡Otro coche menos, jefe! Ya se han cargado dieciséis en un año. Prepárese para la bronca del comisario.

—Bah. Usted écheme la culpa a mí.

—No lo dude ni por un momento. Le echaré la culpa de todo lo que se me ocurra.

Ambos siguen caminando, pero Morey no puede evitar mirar hacia atrás un momento. Y mientras ambos se encaminan hacia la ciudad, sus miradas se pierden en ese distante mar, ese mar que también es tantas fronteras en una, como el Príncipe, como Ceuta. Y si sus ojos pudieran mirar mucho más lejos, a varios kilómetros de distancia, podrían ver algo más, algo que esa frontera está devolviendo a la orilla, como si fuese algo maldito que ni siquiera el agua quiere. Verían llegando a la playa un cadáver envuelto en una lona.

2

AGUA SALADA

Fran, ha aparecido en la playa.

Un escalofrío recorre la espina dorsal de Peyón. Se incorpora de su cama. No hace falta que le expliquen a quién han encontrado. Solo puede ser una persona. Fran piensa, trata de reaccionar ante algo que jamás hubiera esperado.

Muy lejos de allí, en una cala, Quílez y Hakim acordonan el área, mientras Morey inspecciona el cadáver aún envuelto en la lona. Hakim coge un rollo de precinto policial en el maletero, mientras maldice por lo bajo.

—Estamos esperando al forense —continúa Quílez—. Morey nos dijo que no te llamáramos, que él se hacía cargo, pero... Ni peso, ni hostias... Por lo menos está más irreconocible aún, lleno de algas, tendrías que verle... o mejor no... Estamos jodidos, Fran...

Arrodillado junto al cuerpo, Morey levanta con un bolígrafo una medalla de plata del cuello del cadáver, cuya leyenda confirma sus peores sospechas: pone «Abdessalam». Le hace unas fotos al cadáver y las manda por mail a Serra. Acto seguido Morey extrae la cartera de Abdú, sin dinero, DNI u otros elementos identificativos... excepto una foto con su hermana Fátima, que le confirma sus peores sospechas. Morey escucha pasos. Es Quílez, que viene con el móvil en la mano:

—Inspector, es Fran.

—Fran. —Morey se pone al teléfono—. Al final el chico no se había largado del barrio. O quizá es que se refería usted al «otro» barrio. En fin... voy a informar personalmente a la familia Ben Barek. Me pidieron que lo encontrase y... ya que no ha aparecido vivo, no creo que sea justo que se enteren por una notificación.

—¿Sabe usted lo que esto significa, jefe? —responde Fran—. Faruq querrá vengar la muerte de su hermano... Va a culpar a Aníbal. Prepárese para una guerra entre bandas en el Príncipe.

—Pues ya sabe usted cuál es nuestro lugar en una guerra así. Entre los dos bandos.

* * *

Justo a la misma hora, Fátima sale de casa y cruza la plaza delante del cafetín de su familia, aún sonriente por el encuentro de ayer con Morey. Tras hablar con él, y después de ver cómo la miraba, sabe que ese hombre es diferente. Tiene que serlo. Quizá sea, por fin, el que devuelva el sosiego a sus vidas, el que arregle los problemas del barrio, el que pueda traer la paz a tantas guerras que se libran allí a diario.

Un coche se detiene junto a ella y su mirada se ilumina cuando ve bajar de él precisamente a Morey. Pero hay algo extraño: está muy serio, con cara de circunstancias. Lleva algo en la mano. Fátima lo identifica de un vistazo. No podría olvidarlo, se lo regaló ella misma a su hermano. Es el colgante de Abdú.

—No... no..., Abdú...

Fátima se quiebra por dentro.

—Abdú no... Dime que no...

—Lo siento mucho, Fátima.

Ella pierde el sentido y se desmaya. Morey reacciona y la sujeta antes de que caiga.

—¡Ayuda! ¡Avisen a su familia!

* * *

Minutos después, dentro de la casa, todas las mujeres, Aisha, Nayat, Leila y Fátima lloran desconsoladas. El imán del barrio, un hombre delgado, serio y gris trata de confortarlas mientras Morey termina sus explicaciones.

—Le encontramos esta mañana en la playa. Pronto les haremos llegar el resto de sus objetos personales. —Morey alarga la medalla de Abdú a Fátima, que la toma con dedos temblorosos—. En cuanto terminen la autopsia, les entregaremos el cuerpo para el entierro. Podrán lavarlo y amortajarlo lo antes posible.

—Gracias —expresa un dolido Hassan—. Que conozca nuestras costumbres lo hace un poco más fácil.

—¿Y eso es todo lo que van a hacer por esta familia? —es el imán quien dice lo que nadie se atreve a plantear.

—Les prometo que vamos a investigar el crimen. Pero vamos a necesitar su ayuda. Su colaboración. ¿Entienden?

Todo el mundo en la habitación sabe lo que eso quiere decir: tendrán que elegir entre la justicia de la policía o la del Príncipe. Fátima responde por todos:

—Le ayudaremos en todo lo que nos pida.

—¿Un crimen?... —pregunta Hassan, incrédulo—. Mi hijo no tenía enemigos.

—Abdú no. Pero Faruq... —Fátima responde por Morey.

Aisha rompe a llorar y las demás mujeres entonan el llanto con ella.

—Les prometí que encontraría a su hijo, y lamento que haya sido de esta manera —concluye Morey—. Ahora les prometo que encontraré a quien le ha hecho esto.

Fátima le clava la mirada: entre la tristeza, la rabia, la impotencia… surge la esperanza. De repente se oyen gritos en el exterior.

—Llega Faruq.

Morey se levanta y sale sin dudarlo.

* * *

Faruq cruza la plaza como un toro rabioso, acompañado de su lugarteniente Mohsen y se encuentra con Morey saliendo de su casa. El resto de la familia sale tras él para impedir que Faruq haga una tontería. Khaled sale de un coche aparcado cerca, y un testigo más toma nota mental de todo lo que ocurre. Un tal Karim, un veinteañero de mirada torva, camiseta de baloncesto, gorra de visera plana y palillo en la boca.

—¿Qué le han hecho a mi hermano? —brama Faruq.

—No puedo darle los detalles. Hay una investigación en marcha. Pronto podrán saber más.

—¿No lo saben? Pues se lo voy a decir yo: Aníbal. Quería guerra y la ha provocado derramando la sangre de mi hermano.

—¿Está usted acusando formalmente a Aníbal de su muerte? Si quiere poner una denuncia, no tiene más que acompañarme a comisaría.

—¿Denunciar a Aníbal en comisaría? Pero si sois sus perros. No. Ya me cuidaré yo de Aníbal.

—Faruq, no hagas tonterías —media Fátima—. Inspector, yo le ayudaré en lo que haga falta.

—Tú no vas a hacer nada —tercia Faruq—. Y menos, ayudar a la policía. ¿Por qué crees que ha pasado todo esto? ¡A casa!

—No. —Fátima no se deja intimidar—. Yo quiero saber lo que le ha pasado a Abdú.

—¿Es que hasta un día como hoy tienes que llevarme la contraria?

—Hijos míos. No lo hagáis más difícil. Tenemos que estar unidos. Por favor.

Hassan ha logrado el silencio. Khaled interviene:

—Mi tío tiene razón, Faruq. Debemos calmarnos. Ya habrá tiempo.

Faruq asiente, insatisfecho y reacio pero, por una vez, obediente a su padre. Todos, uno a uno, vuelven a entrar en casa, excepto Fátima. Khaled va a llevarla a casa, pero se da cuenta de que Morey no se ha movido de allí. De lo que no se ha dado cuenta es de cómo se miran el inspector y su prometida.

—Inspector, gracias por su trabajo. —Khaled le ofrece la mano—. Contará con nuestra colaboración, pero, por favor, entienda que necesitamos tiempo para asimilar estas terribles noticias. Ellos no hablan con la cabeza ahora mismo, sino con el dolor. ¿Me entiende?

—Por supuesto. Mi más sentido pésame. —Morey toma una nota mental: un hombre razonable.

—Vamos, Fátima.

Khaled pasa su brazo por detrás de Fátima. Un gesto que no le pasa inadvertido a Morey. Este vuelve a su coche, seguido por la mirada de Karim...

* * *

En comisaría, las noticias de la inminente guerra son expuestas por Fran. Mientras habla, la respuesta es unánime y silenciosa: brazos cruzados, gestos nerviosos, soplidos, suspiros.

—... el cadáver ha sido identificado como el hermano de Faruq. Esperamos por su parte una reacción inmediata, violenta y posiblemente letal. Así que os quiero a todos patrullando con los ojos bien abiertos.

Belinchón, un veterano algo quemado, de los que ya no se cree nada, suelta una carcajada.

—Como que va a servir de mucho, Fran. Harán lo que les dé la gana, y como siempre, ni veremos ni oiremos nada.

—Esta vez, no, Belinchón. Quiero detenciones por cualquier altercado, como si es por robar chicles. Quiero el barrio en calma, como si pasara la peste misma por las calles. Por abrir la boca, tú mismo vas a averiguar qué se sabe de los hombres de Aníbal. Quizá se están moviendo ya. Hakim, habla con tus moros, a ver cómo respira la cosa por su bando. Y tú, Quílez, para ti la peor parte: soportarme. Me vas a ayudar a organizarlo todo. Todos a trabajar.

El grupo se disgrega, pero Fran hace una discreta seña a Quílez y Hakim. Ambos le siguen a la sala de descanso.

—Fran, se nos está yendo de las manos —Quílez es el primero en hablar—, tenemos que hacer algo. Esto no tenía que haber pasado. ¿Qué hicimos mal, joder, Fran, qué hicimos?

—Hicimos lo que había que hacer, y lo sabes —Hakim le ataja, atrevido como siempre.

—No. La cagamos. —Quílez no levanta cabeza—. Joder, somos policías y eso, eso de tirarle al mar, ¿cómo se nos ocurrió?... El nuevo, el jefe nos la va a liar, veréis.

—Escucha. —Fran le pone las manos sobre los hombros—. ¿Crees que a mí me gustó? No. Pero había que hacerlo y estábamos de acuerdo, ¿no? Y lo seguimos estando. Así que cálmate. ¿Calmado? —remata Fran. Quílez asiente por fin. Fran le da una palmada en el pecho y salen de la habitación.

En medio de la oficina, Morey da voces para llamar la atención de todos, con un papel en la mano.

—¡Atención! ¡Atención todos! ¡Escuchen! ¿Esto es todo lo que hay en el informe de la desaparición de Abdessalam Ben

Barek? ¿Esto? Una simple hoja. La denuncia que interpuso la familia. ¿Nada más? ¿De un crío de quince años?

Nadie parece dispuesto a contestar.

—Quizá… Igual se hizo alguna diligencia más, inspector —aventura Quílez—. Puede que no se archivase.

—Pues todavía peor, subinspector Quílez. No solo no le buscaron, sino que ni siquiera se preocuparon en disimular que no lo hicieron. ¿A qué se dedican ustedes en esta comisaría? ¿Eh?

Los policías bajan la mirada, abochornados. Fran da un paso al frente.

—Lo que ha pasado es culpa mía, inspector. Nunca pensé que detrás de la desaparición habría nada que investigar. Lo vemos todos los días. Chavales que se van del barrio y nunca vuelven.

—Ustedes no tienen que suponer, Fran, tienen que investigar. Aunque solo sea por terminar bien este trabajo, se lo advierto a todos: este caso no se va a cerrar hasta que sepamos qué le pasó a este chico.

Mati, atenta a la orden y posiblemente al quite, da un paso al frente:

—Inspector, precisamente hemos recibido el informe preliminar del forense. —Mati le alarga el dosier—. El cadáver llevaba unos tres meses en el agua. Tenía dos disparos de bala. Recibió el impacto mortal por la espalda, le atravesó el corazón. El tiro en la cara fue realizado *post mortem*. Ya cadáver, le ataron un lastre y lo arrojaron al mar.

—El mismo tiempo que llevaba desaparecido. O sea, que hubiera dado igual que lo buscáramos —interviene Hakim. Pero esa mirada de reojo quiere decir que Morey no se toma muy bien el comentario.

—Gracias, Mati. Ahora, por favor, hágale llegar las pertenencias del muchacho a la familia. Y Fran, ya sabe lo que tienen que hacer.

Morey entra en su despacho y cierra con un sonoro portazo.

* * *

Sentado frente a su ordenador, Morey controla la comisaría a través de la cristalera que le aísla del resto. De hito en hito mira la pantalla de su tablet, donde Serra, a saber desde qué país y qué oficina esta vez, analiza la situación con él.

—Maldita comida de avión, me ha destrozado el estómago. Aunque tampoco ayudó que me mandaras la foto del fiambre. No sé, Javi. No es el estilo de nuestros alegres amigos los yihadistas. Huele demasiado a ajuste de cuentas.

—Lo parece, sí. Pero el chaval tiene el perfil de los que la yihad capta últimamente.

—Ya... pero si lo captaron, ¿por qué lo convirtieron en comida para peces? No tiene sentido. ¿Has avanzado con la pistola de Tarek, la que robaron de la comisaría?

—Todo rastro borrado del registro. Estos cabrones están metidos hasta el cuello. Dame más tiempo. Me estoy ganando a la hermana del chico.

—Eso suena bien. Pillín.

—Creo que puede ser un buen contacto para saber más de lo que ocurre aquí. Es profesora, la conoce todo el barrio. La respetan y sabe lo que pasa.

—Claro, cabrón. Y además está tremenda, que ya he visto las fotos. Así que gánatela, gánatela, que ya verás cómo estas chavalas reprimidas se abren en privado. Si sabes lo que quiero decir, ¡ja, ja!

Morey no entra al trapo. Si algo no le gusta de Serra, son estos juegos. Además, en ese momento, ve cómo precisamente Fátima y Khaled entran a comisaría. ¿Quién es él? ¿Por qué la abrazó antes?

—Tengo que dejarte. Luego seguimos —remata Morey.

—La próxima vez que me mandes fotos de carroña flotante, avísame para no desayu... —Pero antes de que termine la frase, Morey cuelga.

* * *

Cuando Fátima entra en la comisaría, piensa en las veces que ha pisado ese lugar para nada. ¿Será esta vez diferente? ¿De verdad que el nuevo inspector podrá ayudarles? ¿Puede confiar en él? Fede les abre la puerta y Fátima ve a Morey venir a recibirles.

—Inspector, es Khaled, mi... —no sabe por qué, pero le cuesta decir «mi prometido»—, mi primo.

—Nos vimos antes. Encantado, Khaled. Pasen a mi despacho. —Morey le hace una seña a Fran—. Y usted también, Fran, por favor.

Fran no es el único sorprendido por el gesto y les acompaña dentro del despacho.

—El inspector Peyón se encargó de la investigación cuando su hermano fue declarado desaparecido, y...

—Y no hizo nada. —La voz de Fátima está teñida de reproche. Fran se reprime, no dice nada.

—Disculpe que sea tan brusco, pero según el informe preliminar del forense, su hermano murió de un disparo. —Fátima recibe las noticias con entereza y Morey continúa—: Todo parece indicar, obviamente, que se trata de un homicidio. ¿Tiene usted idea de si su hermano tenía enemigos?

Ante la sorpresa de ambos, Khaled interviene, hablando serio y seguro.

—Mis tíos no se atreven a decirlo, claro, y les entiendo. Pero Faruq tiene muchos enemigos. Creemos que fueron a por mi primo pequeño, en vez de a por él.

—Entiendo. —Morey asiente—. ¿Tienen en mente a algún posible agresor?

Fátima mira con ira apenas contenida a Fran y responde.

—Sí. Alguien llamado Aníbal. Alguien a quien, todo el mundo lo sabe, la policía protege. Usted no, claro. Acaba de llegar. Los otros policías.

—La señorita se refiere a mí —Fran habla lentamente, sin dejar traslucir ningún tipo de ira o nerviosismo—. Pero solo hacemos nuestro trabajo: por ejemplo, su hermano Faruq Ben Barek ha sido detenido en repetidas ocasiones por presunto narcotráfico. No es precisamente un santo.

—Quiero dejarle claro —Morey decide intervenir para rebajar la tensión— que si alguien de esta comisaría estuviese implicado en la muerte de su hermano, sería tratado como cualquier otro delincuente. Pero le aconsejo, Fátima, que no realice acusaciones tan graves si no puede respaldarlas con pruebas.

—Entonces ¿por qué no buscó a Abdú? —El tono de Fátima es más duro, acusador—. Tres meses… Y ¡ni siquiera le estaban buscando!

Khaled la conforta tímidamente, poniéndole la mano en el hombro.

—Le pedimos disculpas por los errores que hayamos podido cometer —admite Morey—. Pero, por favor, explíqueme lo que le dijo a los agentes cuando desapareció.

—Una noche, hace tres meses, me desvelé y me di cuenta de que Abdú no había dormido en casa.

—¿Eso no era lo habitual?

—No, nunca pasó la noche fuera de casa sin avisar. Era responsable, bueno, estudioso. Mantenernos en vilo toda la noche no iba con él.

—¿Y quién fue la última persona que lo vio… vivo?

—Sara, su novia.

Fátima saca del bolso una fotografía. Sara, en la foto, es una adolescente cristiana, rubia y de aspecto delicado, que sonríe subida en un *scooter* detrás de Abdú. Fátima continúa:

—Al parecer, Abdú estaba enfadado, muy triste, porque le habían denegado una beca para estudiar en la Península. Quiere..., quería ser médico. Todo esto ya se lo contamos en su día. Pero ustedes ni siquiera han ido a hablar con Sara.

—No se preocupe. Hablaremos con ella.

Alguien llama a la puerta. Sin esperar respuesta, se abre: es Mati.

—Jefe, un incendio en la tienda de la familia de Aníbal. Posiblemente un ataque. Hay varios heridos.

—Faruq se ha dado prisa... —Fran no se corta delante de Fátima—. Jefe, si no necesita mi presencia aquí, voy a echar un vistazo con Quílez y Hakim.

—Iré yo también. Deme un segundo.

Morey se levanta, pero antes de salir, se sorprende de ver a Fátima cogiéndole del brazo. Khaled está igualmente sorprendido. Fátima habla con seguridad, sin reparar en su gesto.

—Si se confirma que el de los cócteles ha sido Faruq... Por favor, no lo pague con mi familia. No deje de investigar lo de Abdú. Por favor.

—Se lo prometo. Ahora debo irme.

* * *

Aparte del olor a gasolina quemada, poco más queda del almacén de «Mamá Tere», madre del traficante Aníbal, una mujer con obesidad mórbida, una larguísima coleta negra despeluchada y un sinnúmero de pulseras de oro, a la cual llevan con dificultad unos sanitarios sobre una camilla.

—¡Cuidado ahí vosotros, que me tiráis! —Mamá Tere inhala furiosamente de una mascarilla—. Le digo, inspector, que como si vienen con un lanzallamas. ¡A mí de mi barrio y de mi casa no me saca ni Dios!

—Señora, necesito más detalles, una descripción de los atacantes —le pide Morey.

—Hable con el tarambana de mi hijo. —Ella señala despectivamente al otro lado de la calle, donde Fran habla con Aníbal. Morey se encamina hacia ellos, pero aún no puede escuchar lo que dicen.

Fran hace caso omiso de los aspavientos de Aníbal, un personaje de unos *treintaytantos* mal llevados, que se quedó en la moda de la era del «bakalao» y que ha heredado de su madre el descaro y el gusto por la joyería dorada.

—¡Esos moros hijos de puta! ¡Casi se cargan a mi madre, Fran! ¡Mi madre, Fran, que me los voy a cargar a todos!

Fran ve venir a Morey y abrevia su discurso:

—Tú te vas a quedar quietecito, como está mandado. Tu madre está bien, fuma más que un carretero, así que un poco más de humo no la va a matar.

—¡Que no, Fran, que te juro que Faruq va a ir al mar, como su hermano!

Morey está casi encima. Fran habla entre dientes.

—Olvídate de eso. Faruq es mío. —Fran se vuelve hacia Morey, y continúa—. Inspector, parece que nadie ha visto nada. Podemos irnos ya.

—Ni se imagina lo que he oído hablar de usted —se presenta Morey— y eso que solo llevo aquí tres días.

—Pues a ver lo que le habrán contado. Y eh, chst, por si las dudas, que yo no me he cargado al hermanito de Faruq, ¿eh? Aunque por mí…, un moro menos «pa» dar por culo.

—De verdad, mira que eres burro —tercia Fran, con evidente familiaridad. Se despide de Aníbal con una palmadita en la cara—. Cuida de tu madre, ¿eh, Aníbal? —añade—. Y llama al seguro, que esto te lo cubre, hombre.

El inspector Morey se aleja con Fran, y Aníbal continúa hablando para sí.

—El seguro… El seguro de tu puta madre.

* * *

Más tarde, y ya solo, Morey detiene el coche en una sombreada calle del barrio y se acerca a una puerta. Lo que va a hacer no es estrictamente correcto, y quizá tampoco legal, pero va entendiendo que en el Príncipe uno no siempre puede ir con la verdad por delante, con la sinceridad por tarjeta y con la honestidad en el verbo. Morey llama al timbre y le abre una adolescente con unos profundos ojos azules, rellenita y el pelo recogido en una coleta. Él le enseña la placa.

—Eres Sara, supongo. Soy el inspector Morey. ¿Me dejas pasar? Quiero hablar contigo sobre Abdú.

Los ojos de Sara se abren increíblemente. Minutos después, el té que ninguno ha tocado se enfría poco a poco, mientras Sara solloza quedamente.

—¿Usted… de verdad lo ha visto muerto? No puede ser…

—Me temo que sí, Sara. Ahora lo que necesito de ti es que me digas si se había metido en algún lío.

—No…, pero… ya no sé… —Sara solloza de nuevo—. Es verdad que estaba un poco raro… Pero no…

—Intenta recordar. Si había cambiado de amigos, adónde solía ir… Por favor.

—Es verdad que… parecía cambiado. —Sara se va calmando poco a poco—. Iba a rezar a una mezquita nueva. Quedábamos menos, discutíamos más… Pero nunca pensamos en cortar. Aunque estoy segura de que Tarek le hablaba mal de mí.

—¿Quien es ese Tarek? —El nombre alerta a Morey.

—Uno de sus amigos. Abdú, bueno, a veces me dejaba colgada para irse con él.

—¿Podría yo hablar con ese Tarek? Para hacerle unas preguntas.

—No, bueno. Tarek está muerto. En el atentado de Tánger. Era él… quien llevaba la bomba.

Bingo. Morey decide seguir haciéndose el despistado.

—Pero… ¿Abdú era amigo de un terrorista? ¿Cómo podíais…?

—No, no. Nadie sabía que era algo así. Todo el barrio se enteró el día del atentado, cuando vieron la foto en la tele. Abdú no sabía nada, aquello le afectó mucho… Aunque es verdad que…

La puerta de la casa se abre, y una cantarina voz de mujer les interrumpe.

—¿Sara? Ya estamos aquí…

Por la puerta entran Dolores, la madre de Sara, una mujer algo estropeada por los años y una viudedad nunca superada. Le acompaña un tipo enorme con el uniforme del Ejército de Tierra, que entorna la mirada y se pone en guardia al ver a Morey.

—¿Tú quién eres? ¿Eh?

—Soy inspector de policía… —Morey enseña su placa, pero Ramón no cambia su expresión ofendida—. He venido a comunicarle a Sara que su novio Abdessalam ha aparecido muerto en la playa.

—¡Dios mío! ¡Mi niña…! —Dolores se abraza a su hija y ambas salen, sollozando.

Morey se dispone a irse, pero Ramón se interpone.

—Una cosa: Sara nunca ha tenido un novio moro, así que no creo que pueda contarte nada, ni ahora, ni nunca más. ¿Entendido, inspector?

—No se preocupe. Ya habíamos acabado. No les molesto más.

* * *

La noche cae en las oficinas del CNI, pero Serra, cenando una pizza recalentada pese a sus refinados gustos culinarios, aún está trabajando, más concretamente, hablando por el manos libres con Morey.

—Así que volvemos a estar en el camino correcto —confirma—. Tarek y Abdessalam... amigos.

Morey le contesta desde el coche, mientras conduce por la carretera junto al mar.

—Sabía que tenía que haber algo más.

—Bueno, eso está por ver... Si Abdú ya estaba captado, no veo por qué razón querrían matarle.

Morey le pisa el final de la frase, ya tiene una teoría:

—Quizá se rebeló. Quizá Tarek murió, vio de verdad lo que le esperaba y quiso desertar. Una cosa es hablar de las vírgenes del paraíso, y otra ponerse un chaleco con explosivos.

—O sea, que según tú, para entonces ya sabía demasiado y se lo cargaron. Pero entonces no me cuadra qué tienen que ver tu querido Fran y sus sicarios con la pistola.

—Por el momento solo sé que no quiso investigar a Sara. Por algo será.

—Estoy de acuerdo. Puede que no te lo haya contado todo. Tienes que conseguir hablar con esa cría de nuevo.

* * *

Lejos de allí, en un recóndito descampado donde pocos cristianos se atreven a entrar, la piel clara, ojos azules y brillante pelo pajizo de Sara destacan poderosamente al ser la única mujer que se atreve a pisar ese lugar y se abre paso, sin miedo alguno, entre los jóvenes huidos de casa, los inmigrantes ilegales marroquíes y los macarras del barrio cercano que juegan una violenta pachanga de fútbol.

—Karim. ¡Karim!

En uno de los córneres, el mismo Karim que observaba a Morey en la plaza del cafetín, se sorprende al ver allí a Sara. Corre hacia ella, antes de que se acerque demasiado al grupo. Sara le aborda con palabras a bocajarro:

—La poli ha venido a casa. ¡Dicen que Abdú ha aparecido muerto en la playa!

—¡Baja la voz, imbécil! ¿Qué estás diciendo?

—¡Que Abdú está muerto!

—No, no, lo de la policía… ¿Has hablado con la policía?

—¿Qué importa eso? ¿Qué le habéis hecho a Abdú?

Karim la agarra bruscamente del brazo y se la lleva tras una furgoneta.

—Baja la voz. Yo no le he hecho nada. Lárgate de aquí, y como digas algo, te enteras, ¿entendido?

—Cabrones, sois unos cabrones…

Sara se vuelve y se aleja de allí, llorando. Karim se queda un momento solo… Y entonces escucha unos pasos irregulares y arrastrados. Se vuelve para ver a Ismail, algo mayor que él, que soporta su cojera con la ayuda de una muleta. Es barbudo, de mirada penetrante como la de un perro de presa.

—Tranquilo, Ismail. No dirá nada. La tengo controlada.

—No la tienes controlada… Al final, hablará con la familia de Abdú… Ya lo has visto, habla con policías…

—De que no hable me encargo yo. —Para reforzar sus palabras, Karim saca una navaja automática y acciona el filo—. Confía en mí.

—Te lo dije…, te lo dije…, Karim…

* * *

La habitación de Abdú, que nadie se ha atrevido a tocar desde su desaparición, es en apariencia como la de cualquier otro chico de su edad, musulmán o cristiano: pósteres, recortes de revistas, muchos libros de texto, un ordenador y un poco más de desorden de lo que le gustaría a su madre, presente en el registro junto a Fátima, Nayat y Morey.

—Gracias por dejarme verla.

—Está tal y como la dejó —confirma Aisha, emocionándose de nuevo—. Nayat, quédate con ellos. No cerréis la puerta.

Aisha se aleja hacia la cocina, entre lágrimas. Ya solos, Morey escanea la habitación con los ojos, que saltan rápidamente de un lado a otro, buscando algo diferente, atípico, extraño, que no sea propio de ese lugar.

—¿Ha visto cuántos libros? —Fátima rompe el silencio—. Ya le dije que Abdú era muy estudioso. Se pasaba las horas aquí, estudiando, sin que nadie tuviese que decírselo…

—Si no les importa —Morey señala al ordenador—, nos lo llevaremos para echarle un vistazo.

Por fin Morey la encuentra. La pieza que no encaja. Toma un sobado libro, que parece haber pasado por decenas de manos. Extrañado, lee el título en voz alta.

—*Al-Ándalus: por qué debemos recuperarlo y expulsar a los infieles*. ¿No le parece una lectura un poco fuerte para un adolescente?

—¿Es que usted está de acuerdo con todo lo que lee? —Fátima se encoge de hombros, sincera.

—Solo intento tener una idea más clara de qué había en la cabeza de su hermano.

—Claro. —Fátima se cruza de brazos, ofendida—. Porque era un musulmán del Príncipe. Y solo por eso ya es sospechoso de muchas cosas. De verdad… Usted solo lleva unos días en el barrio y ya piensa como ellos.

Morey deja el libro de nuevo sobre la mesa, prefiere no contestar. Fátima, cada vez más nerviosa, cierra la puerta en la cara de Nayat y se acerca a Morey, angustiada.

—Dígame la verdad: ¿sufrió Abdú al morir?

—Le aseguro que no. Pero necesito saber algo más. He estado hablando con Sara —Fátima asiente esperanzada, por fin un policía les hace caso—. Pero creo que sabe más de lo que me va a contar. Fátima, le quiero pedir que hable con ella. A usted quizá le cuente más.

—¿No estará haciendo todo esto para proteger a sus compañeros?

Morey da un paso adelante, hacia ella, a una distancia que en público sería sospechosa. Y la tutea.

—Fátima, solo quiero ayudarte. Créeme.

En ese momento la puerta se abre y Leila irrumpe con un vaso de té. Por detrás Nayat hace un gesto de disculpa: «No he podido impedirlo». Leila habla, cortante:

—Khaled ha venido a buscarte, Fátima. —Leila alarga el vaso a Morey—. Mejor tómeselo en el salón.

Morey asiente en silencio, toma el vaso y sale de nuevo al salón, donde tantas miradas y cuchicheos se le dedican. Allí, siente que es el momento para decirlo:

—Escuchen, no quiero entrometerme, pero… el cuerpo está en muy malas condiciones. Quizá Faruq sea el indicado para hacer el lavado ritual, en lugar de Hassan.

Tras el estupor inicial, es Leila, la mujer de Faruq, la que toma la palabra.

—Gracias, inspector. Faruq nunca se las dará, pero yo quiero hacerlo. Quizá Fátima tiene razón, usted no es como los demás policías.

Antes de que Morey pueda responder, todo el mundo en la sala se encoge instintivamente. Dos disparos. Fuera. Ruedas contra el asfalto. Gritos. Morey saca su arma y ya está en la calle, mira alrededor: dos personas en el suelo, sangre. Ve a Faruq, arrodillado junto a su ya cadáver lugarteniente Mohsen, que yace en un oscuro charco de sangre. Unos metros más adelante Morey se acerca a la segunda víctima: es una de las mujeres que estaba en casa de los Ben Barek, atropellada por los asesinos de Mohsen en su huida.

—No la toquen, aún tiene pulso. —Morey ve llegar a los invitados, con Aisha a la cabeza, las manos en la boca. Morey se siente frustrado, decepcionado, harto ya de ese barrio y de su gente. Grita en medio de la plaza—: ¿Quién ha visto lo que ha pasado? ¿Quién lo ha visto? ¿Eh?

Pero todo el mundo mira hacia otro lado. Solo Fátima y Morey se miran fijamente, unidos por la duda de si algo puede cambiar, de verdad, en ese barrio.

* * *

Un rato después, Fran y Morey se mueven con experiencia y seguridad por la escena del crimen, donde el cadáver de Mohsen sigue tapado por una manta térmica. Fran la levanta y observa sus heridas.

—Se dará cuenta de que esta es la guerra que le anuncié —explica Fran—. La represalia por el ataque al almacén de Aníbal.

—El lugarteniente de Faruq, nada menos —aclara Hakim—. Y la mujer mayor atropellada ha muerto antes de llegar al hospital.

Miradas de preocupación entre los cuatro hombres. Se les está yendo de las manos.

—Joder. —Fran resopla—. Una cosa es que estos mierdas se maten entre ellos… y otra que empiecen a caer inocentes. El barrio se nos puede echar encima. ¿Dónde coño estabais, Hakim?

—Fran, patrullando el barrio, como ordenaste… pero somos pocos, lo sabes. No podemos estar en todas partes.

—Cuidado —Quílez avisa de la llegada de Faruq, quien llega con las manos manchadas de sangre y un tono de indignación, rabia y nerviosismo que se cuida de no reprimir.

—Primero mi hermano, y ahora, un hombre que era un hermano para mí. ¿Y qué pasa con Aníbal? ¿En la calle, no?

Fran no se deja achantar:

—Eso mismo nos ha preguntado él de ti después de que casi abrasaran a su madre con cócteles molotov.

—No sé de qué coño me estás hablando, Fran. Yo solo sé que íbamos a enterrar a un musulmán y ahora vamos a enterrar a dos —Faruq se dirige a Morey—. Esta no es la manera de conseguir nuestra ayuda.

Los policías se quedan en silencio. Faruq les da la espalda y vuelve con su familia.

—Sé que soy el nuevo —expone Morey, mirando fijamente a Fran—. Que no conozco el terreno. Que este barrio tiene otras reglas. Que aquí se asesina a dos personas en plena calle, en pleno día y a ustedes les da igual. Pero yo creo que todo eso quiere decir que no estamos haciendo algo bien. Y eso, no pienso permitirlo. —Morey se vuelve para irse, pero vuelve para ponerle a Fran un dedo en el pecho—. Todo el mundo dice que es usted quien controla el barrio. Demuéstremelo.

* * *

Casi una hora después, Morey y Fátima están en la sala de espera del Instituto Anatómico Forense, aguardando mientras Faruq, como sugirió Morey, lava el cuerpo de Abdú. Llevan en silencio mucho rato. Por fin Fátima habla:

—Gracias. Aprecio que haya hecho esto por nosotros. Y Faruq también, aunque nunca se lo dirá. Váyase a casa si quiere, no tiene por qué estar aquí.

—No se preocupe.

—Necesito saberlo, Morey. ¿Qué le pasó a Abdú? ¿Cómo acabó así?

Morey decide ser completamente sincero. Ha de ganarse su confianza, y de alguna manera... se lo debe.

—Sara me dijo que Abdú era amigo del terrorista suicida de Tánger. Tarek Bassir.

—Abdú no era el único amigo de Tarek. —Fátima frunce el ceño, molesta—. De hecho era un chico muy conocido en el barrio, muy popular. Fue una sorpresa para todos que... hiciera lo que hizo.

—Pero, según Sara, no debió ser una sorpresa para Abdú. De hecho iban juntos a cierta mezquita.

—O sea, que según usted, que mi hermano conociera a un terrorista, ¿quiere decir que lo era?

—No digo eso. Digo que Abdú se movía en ese entorno, y que ahora está muerto. Aníbal es un criminal, un indeseable, pero no creo que matara a su hermano. No se ofenda, si le pregunto todo esto es para ayudarles a usted y su familia.

Fátima va a responder, pero le interrumpe el llanto desgarrado de Faruq desde el interior de la morgue. Fátima se queda en silencio unos segundos. Finalmente reacciona.

—Nunca..., nunca había visto a mi hermano llorar. Aquí todo acaba en agua salada, ¿sabe?

—Conozco el dicho.

Como para confirmarlo, Fátima parpadea, las lágrimas rebosan sus pupilas, caen sobre sus manos. Morey reflexiona por unos instantes. ¿Por qué una mujer como ella debe pasar por todo eso? ¿Por qué no busca otro futuro? ¿Otras oportunidades en la vida?

—Fátima, ¿nunca ha pensado en irse de aquí? ¿En dejar este mundo?

—¿«Este mundo», Morey? Esto es mi vida. El barrio, la gente, los chicos. Es lo que he elegido, no porque me guste, sino porque quiero cambiarlo. Para que tengan un futuro. Como el que tenía Abdú.

* * *

Horas después, ni siquiera una larga ducha le ha servido a Morey para relajarse como necesita, y la conversación con Serra no termina de ordenar sus pensamientos, sus sensaciones, sus sentimientos.

—Entonces lo único que tienes es a un chaval de quince años con un amigo terrorista. Poca cosa.

—Tengo que sacarle más a la novia. Hubo mucho que no dijo, estoy seguro. Además, me contó que le encontraba muy raro últimamente.

—Igual le estaba poniendo los cuernos, Javi, a saber, es una cría. Hasta que tengas algo sólido, esto es un ajuste de cuentas. Si no por Faruq... a lo mejor fue el hermano de ella, el «militroncho». Le hemos vinculado con grupos de extrema derecha. Quizá cogió al morito que se estaba zumbando a su hermana y le dio pasaporte...

—No creo que...

—Javi, estoy de coña. Yo tampoco. Solo quiero que no nos agarremos a hipótesis inverosímiles sin pruebas. Estamos buscando una red terrorista internacional, y todavía no veo cómo encaja este cuerpo.

—Quizá sabía demasiado. —Morey lanza ideas, posibilidades, teorías. No se rinde.

—Quizá, quizá, quizá. Llámame cuando tengas alguna certeza. —Serra cuelga.

Y de entre todas las piezas del puzle desplegado ante sus ojos en el panel, Morey observa fijamente unos ojos: los de Fátima.

* * *

Sentado en la terraza del cafetín, Faruq observa a familiares y amigos entrar en su casa para dar el pésame y velar el cuerpo de su hermano, que ha lavado como mandan los cánones islámicos unas horas antes. Faruq siente aún el peso de los sentires reprimidos, de los momentos que nunca tuvo tiempo de compartir con su hermano pequeño, de los consejos que nunca le dio… Y que nunca le podrá dar ya.

De casa sale Hassan y se dirige hacia su hijo, cansado, encorvado, con las manos a la espalda. Le besa y se sienta a su lado.

—Quiero decirte que has honrado a tu hermano y a tu familia. Gracias.

—No, padre. No las merezco. No cuidé de él.

—Eso lo debería decir yo, que soy…, era su padre.

—No supe protegerle. Voy a cargar con esta culpa toda mi vida.

—Todos lo haremos, hijo. —Hassan le toma de las manos—. Y te voy a pedir algo: no vengues su muerte. Déjale descansar en paz.

Como por instinto, Faruq retira las manos, se revuelve ante cualquier orden, incluso si viene de su padre.

—No, no puedo, te aseguro que…

—Faruq. No quiero perder a otro hijo. Ni poner en peligro a las mujeres. ¿Entiendes? No quiero más sangre ni más lágrimas. Ya hemos sufrido bastante y no quiero que lloremos más. Promételo.

Faruq duda. No tiene argumentos, solo su rabia, su ira y su orgullo. Pero lo dice:

—Te lo prometo.

* * *

Dentro de la casa, Nayat observa con ojos de niña, entre curiosa, atemorizada y acongojada, el coreografiado ritual del mundo de los adultos ante la muerte de un ser querido. Nayat ve sonrisas comprensivas y no sabe si debería llorar. Ve llantos desconsolados y no sabe si sirven de algo. Ve, en el centro de la sala, el ataúd cerrado con la foto de Abdessalam y no sabe si de verdad es posible que el que fuera su hermano, un ser vivo de carne, sangre y espíritu, esté guardado dentro. Nayat ve entrar a Sara y su madre, Dolores, las dos de negro, y Aisha se acerca a recibirlas, con gestos de agradecimiento.

—Lo siento, lo siento tanto… —Dolores rompe a llorar, mucho menos entera que su hija—. Yo lo quería mucho…

—Lo sabemos, hija, lo sabemos. Ven a sentarte con nosotros.

Aisha tira de su mano, va a llevársela junto a la familia, pero Dolores la detiene.

—En realidad, hemos venido solo a dar el pésame… nos íbamos ya, no queremos molestar.

Aisha se hace cargo, pero Sara interviene:

—Yo sí quiero quedarme. Este es mi sitio, madre.

—Sara —Dolores baja la voz—, si tu hermano se entera de que hemos estado con… ellos, ya sabes cómo se va a poner.

—Que se ponga como quiera. Abdú era mi novio, le guste o no. Me da igual cómo se ponga, vete tú.

Dolores suspira y termina yéndose de allí. Aisha lleva a Sara junto a Fátima, que la conforta cuando casi pierde las fuerzas junto al féretro. Fátima no lo duda, tiene que saberlo, susurra.

—Sara, ¿tú sabes quién le mató?

—¿Yo? —Sara se ve acorralada—. ¡Yo no sé nada!

Sara se zafa y sale de la habitación. Fátima se disculpa con un gesto y la sigue hasta el cuarto de Abdú, donde la encuentra llorando, acariciando la cama.

—Entiendo lo que sientes —comienza Fátima—. Ambas le hemos perdido. Pero creo que no se merece que actuemos como si nada hubiese pasado. No estás sola en esto. Yo estoy contigo, puedo ayudarte.

—No…, hay cosas que no tienen arreglo. Íbamos a irnos juntos. Me dijo que volvería, que no estaría sola. Y ahora, ¿qué voy a hacer yo?

—Sara, ¿te dijo eso antes de desaparecer?

—No puedo decírtelo…, se lo contarás a los policías.

—Sara, soy su hermana. Si sabes algo, tengo derecho a saberlo.

Sara respira hondo, con dificultad, congestionada.

—Abdú… se fue con unos amigos de Tarek, gente que conoció en la mezquita. Les pregunté y me dijeron que estaba bien. Que volvería a por mí. Pero ahora está muerto…

—¿Por qué no nos dijiste nada? Después de tres meses, ¿no ves cómo hemos sufrido?

Sara no puede más, termina por derrumbarse del todo. Su voz se vuelve un hilo.

—¿Y yo…? ¿No estoy sufriendo completamente sola…? No lo entiendes, ¿qué voy a hacer yo? Estoy embarazada de Abdú… —Fátima se lleva una mano a la boca abierta. Sara la coge los hombros—. Pero me tienes que prometer que no dirás nada. Me lo tienes que jurar. O vendrán a por nosotras…

* * *

Morey está en su despacho, un taco de papeles a cada mano, tratando de poner orden en el revuelto burocrático que sus antecesores descuidaron tras darse cuenta de que no iban a tardar mucho en dejar el cargo. Alguien llama a la puerta; es el bueno de Fede.

—Perdón, inspector, la forense ha venido a verle.

Morey se extraña, deja los papeles en la mesa. La doctora entra, nerviosa. Empieza a hablar sin siquiera sentarse.

—Inspector, pensé en llamar, pero finalmente preferí venir… —Morey asiente, le invita a continuar—. Es por el caso de Abdessalam Ben Barek. Estábamos archivando los materiales forenses… y me llamó la atención algo que no vi en un primer momento. No fue culpa mía, a cualquiera se le podría haber pasado…

—No se preocupe. Hable con libertad.

—El cadáver tiene todas las muelas del juicio, algo que no es habitual en un chaval de quince años. —La forense pone sobre la mesa la radiografía—. Decidí hablar con el médico de la familia, y me puse en contacto con el odontólogo. Estas son placas de su boca, muy recientes. Efectivamente aún no le había salido ninguna de las muelas.

—¿Qué me está queriendo decir?

—Que a partir de este dato, he realizado más análisis y puedo asegurarle que el cadáver hallado en la playa no es el de Abdessalam Ben Barek.

Morey se toma unos segundos para reaccionar. Lo que acaba de averiguar tiene enormes consecuencias y debe estar seguro antes de dar su siguiente paso.

—Venga conmigo.

Antes de que la forense salga de su estupor, Morey le guía ante Fran y Quílez, que se miran extrañados.

—La doctora me dice que el cadáver de la playa no es Abdessalam Ben Barek.

Fran y Quílez parecen de verdad sorprendidos. La prueba era ver si no se extrañaban. Pero Morey se da cuenta de que lo están, e incluso *demasiado*.

—Hemos encargado algunas pruebas más a partir de las muestras que conservábamos… —prosigue la forense— pero personalmente me responsabilizo de lo que les digo: no es el chico.

—Pero… —interviene Quílez— llevaba la medalla con el nombre, la foto de la hermana, su ropa… La familia reconoció el cuerpo, el hermano le ha lavado… Entonces ¿quién es?

—Exactamente —exclama Morey—, ¿quién es el muerto? ¿Dónde está Abdessalam? ¿Y quién se ha molestado en montar esta farsa?

Fran levanta las manos, trata de calmarle.

—Morey, esto es también una buena noticia. Si el muerto no es el chaval Ben Barek, Faruq no tiene motivos para vengarse de Aníbal. Los ánimos van a calmarse.

—En cualquier caso, debemos informar a la familia. ¡No pueden enterrar ese cuerpo! Debemos seguir con la investigación.

Fran aún apostilla lo que está en la mente de todos:

—¿Se da cuenta de que quizá no van a creernos?

* * *

El imán del barrio entra en casa de los Ben Barek, acompañado de Faruq y Hassan. Todas las mujeres saben lo que eso significa. Aisha se siente desfallecer, pero recoge fuerzas para levantarse.

—¿Ya os lo lleváis?

—Es la hora. El Señor está esperando a tu hijo.

Las mujeres se retiran, mientras los hombres cargan el féretro. Todo es sobrio y solemne. No hay flores ni nadie va de negro. Aisha se aferra a la fotografía de Abdú: lo único que le queda. Nayat se da cuenta, por fin, de todo lo que el ritual significa para la familia, y rompe a llorar como no lo ha hecho antes.

—Madre…, ¿por qué se lo llevan? Yo quiero ir también al cementerio…

—Nosotras no podemos hasta mañana, Nayat…

Las mujeres se quedan en el salón para compartir su dolor: Aisha, Fátima, Nayat, Leila… y Sara.

Fuera, el cortejo fúnebre traslada entre cánticos el ataúd. Una veintena de hombres, entre ellos, Karim, les rodean, mientras los vecinos miran en silencio. Un momento de recogimiento roto por la llegada de un coche K de policía.

Todos levantan la vista. ¿De verdad esto va a ocurrir? ¿Van a interrumpir hasta la ceremonia más sagrada? ¿Van a insultar a la familia Ben Barek hasta este punto?

Fran y Morey bajan del coche y caminan hacia el cortejo, hacia la creciente indignación de los asistentes. Antes de que Fran y Morey se acerquen, el imán les sale al paso, ofendido.

—¿Qué hacen aquí? Alá, señor nuestro…, déjennos enterrar en paz a nuestros muertos. ¡No perturben más el dolor de esta familia rota!

Fran y Morey le esquivan y se acercan al ataúd, pero el imán vuelve a ponerse frente a ellos.

—¡Les he dicho que nos dejen en paz! ¡Esto es asunto nuestro! —Se dirige a los congregados—. ¿Vamos a aguantar que la policía no nos deje ni enterrar a nuestros hijos?

La muchedumbre comienza a soliviantarse, y la situación empieza a volverse tensa y peligrosa. Fran busca contacto visual con Faruq, pero este, personalmente ofendido, no va a hacer nada por ellos. El imán prosigue sus advertencias e incita a la multitud, que les increpa.

—¡Cabrones! ¡Perros! ¡Siempre contra nosotros…! ¡Alá es grande!

Desde la casa las mujeres se arremolinan alrededor de la ventana, pero no distinguen lo que ocurre. Y no pueden salir a comprobarlo. Pilar, la amiga no musulmana de Fátima, se ofrece:

—Si queréis, salgo a ver qué pasa.

—No, hija, espera.

—¿Seguro? Está la policía.

Fuera, la multitud casi ya se enfrenta cuerpo a cuerpo con Fran y Morey. Este echa mano a su arma reglamentaria, pero Fran le detiene discretamente con un gesto y busca la mirada de…

—¡Hassan! —La voz de Fran acalla un momento las iras—. Yo también he perdido a un hijo. Tenía la edad de tu Abdessalam. Yo también tuve que enterrarle. Y no me atrevería a interrumpir este momento de dolor si no fuese importante.

Los ánimos se acallan. Hassan se queda quieto, su autoridad reconocida, pero no sabe bien qué hacer. Para sorpresa de todos, Faruq calma los ánimos.

—Escuchad. Escuchad a mi padre.

Los ánimos se calman. Fran da la palabra a Morey.

—No queremos molestarles, y menos insultarles. Pero hemos descubierto que su hijo puede estar vivo. Este cuerpo no es el de Abdessalam. Lo acabamos de saber.

Caras de incredulidad, estupefacción, sospecha.

—Mi hijo… ¿no está muerto?

Hassan se emociona. Todos buscan una confirmación, una verdad, antes de creerlo. Hassan llora de la emoción. Uno de los vecinos entra a casa de los Ben Barek para avisar a las mujeres:

—¡Dicen que Abdú está vivo! ¡Que el muerto no es él! ¡Está vivo!

El mismo momento de sorpresa, de escepticismo, de recelo. Y la explosión de alegría: Nayat, Fátima y Leila se abrazan a ella.

—¿Habéis oído, hijas?

—Sí madre… ¿Has visto, Sara? ¿Sara?

A través de la ventana Fátima ve que Sara ha salido fuera… y decide seguirla. Al fin y al cabo, ya no está haciendo nada prohibido, ¿no? Entre los congregados, Karim ve salir a Sara. ¿Qué hace ella allí? ¿No le dijo que se alejara de la familia?

Pese a la alegría general, Faruq no es tan fácil de convencer.

—No me creo ni una palabra. No les creas, padre. ¡Solo quieren proteger al asesino de Abdú!

—Hijo, por favor. Hagámosles caso —le interrumpe Hassan—. Nos traen una esperanza… No la rechacemos. —Hassan se gira a la multitud—. Gracias a todos por estar con nosotros. Ahora, todos a casa, por favor, todos a casa…

Mientras la confundida muchedumbre se disuelve, Sara se acerca a Karim, que iba a escabullirse.

—¿Es verdad? ¿Es eso verdad? ¿Va a volver conmigo?

—Vete. Vete. —Karim se larga, hablando entre dientes—. No te conozco.

Pero antes de salir de la plaza, Karim ve a Fátima hablando con Morey, y entrecierra los ojos. «Todo se está complicando demasiado», piensa.

—¿Es verdad? —Fátima necesita saberlo de boca de Morey.

—Sí, lo es. Abdú no está muerto.

—Yo… tengo que contarle algo, pero no puedo hablar aquí. Nos vemos en el mirador.

* * *

Minutos después Morey llega al mirador, y la ve volverse, sonriente, aún llorando de felicidad. Sin poder reprimirse… Fátima le abraza.

—Gracias. —E inmediatamente da un paso atrás para mirarle—. Dígame que no me está engañando. Por favor. No podría soportarlo.

—No, Fátima, no. ¿Cómo iba a hacer algo así? Lo que lamento es el dolor que os hemos causado con la confusión…

—Pero ¿quién es, entonces? ¿Por qué llevaba su ropa, su medalla?

—Aún no lo sabemos. —Morey mira alrededor, comprueba que nadie se fija en ellos—. Pero usted me ha dicho antes que tiene algo que contarme.

—Sí… pero, por favor, debe quedar como algo extraoficial, prometí no contarlo… Usted tenía razón con lo de los amigos de Abdú… pero además Sara está embarazada de él.

—¿Embarazada? —exclama Morey—. ¿No os dijo nada? ¿Lo guardaban en secreto?

—Aún no lo sé, intentaré averiguarlo. Solo le pido una cosa…, que no hable de terrorismo a mis padres, por favor. No hasta que estemos seguros… Porque va a seguir buscando a mi hermano, ¿verdad?

Fátima le mira, emocionada, plena de euforia, de esperanzas, de admiración… Morey vuelve a sentir esa especie de euforia que le llenó el cuerpo la primera vez que la vio, la segunda y cada vez que está delante de ella. Él ha estado con muchas mujeres, pero nunca ha sentido antes el tipo de atracción, fascinación y, ha de reconocerlo de una vez, enamoramiento que siente por ella. Así que Morey decide no resistirse… Y simplemente, la besa. Fátima retrocede.

—Yo… no puedo, no puedo hacer esto —murmura ella.

—Lo sé. Lo siento. Pero he querido hacerlo desde la primera vez que la vi, Fátima.

Morey se acerca otra vez a ella, va a besarla. Ella podría retroceder de nuevo… pero no lo hace. Y esta vez, Fátima responde a su beso.

3

CONFÍA EN MÍ

Cientos de personas, en moto, bicicleta, coche o camión conforman una peculiar marea humana en la particular hora punta de Ceuta que cada día, a lo largo de la carretera del mar, forman todos aquellos que cada mañana cruzan la frontera de Marruecos para ir al norte, a España, a Ceuta. Y entre todos ellos, uno, solo uno, corre en dirección contraria: el inspector jefe Javier Morey, realizando su sesión de ejercicio diario, hablando por el manos libre con Serra, que desayuna todo lo que su médico le ha prohibido desayunar en su lujosa casa del centro de Madrid. Serra engulle otro cruasán y sigue exponiendo su teoría:

—... así que matan a un cualquiera, a quien nadie se va a molestar en reclamar. Lo disfrazan de Abdú, lo tiran al mar... y esperan a que este lo devuelva, pero con su ropa y elementos de despiste.

—Y con un mensaje claro: «Abdú ya está muerto» —responde Morey, sin perder el ritmo de la carrera—. Así, nadie le busca y el chaval se puede ir tranquilamente a poner bombas donde le digan los zumbados de sus jefes.

—Sigo sin ver tan clara la conexión yihadista, pero tenemos que saberlo: presiona a tu nueva amiga Fátima para que le saque más información a la adolescente preñada.

—Serra…, si la yihad está de por medio, Fátima podría llegar a estar en peligro.

—Con esos locos en Ceuta, todos estamos en peligro. Anda, sigue husmeando, a ver qué más encontramos.

* * *

En comisaría Hassan, Aisha y Fátima Ben Barek se presentan en recepción, ante la mirada escéptica de Fede y Mati.

—Mi familia y yo queremos saber: si el cadáver que apareció en la playa no es el de Abdú… —insiste la incansable Aisha—, ¿dónde está mi hijo? Aunque no sé para qué hablamos con ustedes. Llame al jefe, por lo menos, él sí que nos entiende.

—Señora Ben Barek, lo siento, pero el inspector aún no… Vaya, precisamente aquí llega.

—*Salamo Aleikum*, señores.

Morey se sorprende de verles a todos allí, o más bien, de ver a Fátima. «Qué difícil es fingir normalidad después de besarnos», piensan ambos mientras disimulan.

—*Aleikum Salam*… Hemos venido a hablar con usted.

—No se preocupe Fede, yo me encargo. —Morey se vuelve a Mati—. Necesito que me traiga las pertenencias del cadáver de la playa.

Mati obedece. Hassan toma la palabra de nuevo, antes de que Aisha se ponga nerviosa.

—Solo queremos asegurarnos de que seguirán buscando a mi hijo después de lo ocurrido.

—Estamos reconfortados de saber que puede estar vivo —apunta Aisha—, pero como comprenderá, no es tranquilizador que hayan encontrado un cadáver con su ropa, sus pertenencias y la medalla que le regalamos. ¿Saben quién era ese pobre muchacho y cómo acabó así?

—No tengo aún las respuestas, señora Ben Barek. La investigación sigue abierta; comprenda que lleva su tiempo. Pero estamos haciendo lo posible por esclarecer todo lo ocurrido, especialmente el paradero de su hijo. Además —Morey sopesa lo que va a decir, pero como Serra dice «a veces, hay que mover el avispero» y prosigue—: la noticia del embarazo de su novia nos abre otras posibilidades.

Aisha y Hassan se miran, sorprendidos.

—¿Está seguro de lo que dice? ¿Sara, embarazada de mi hijo Abdú? No…, no sabíamos nada.

Morey mira a Fátima, y un diálogo silencioso se entabla entre ellos: «¿No les habías dicho nada?». «¿No te dije que era un secreto?».

—Primero la noticia de su muerte, su supervivencia y ahora un bebé… —Aisha se lleva las manos al pecho, angustiada—. Hassan, ¿es esto una bendición o una maldición? ¿O es una prueba divina?

Hassan la lleva fuera de la comisaría, suplicando antes de salir:

—Por favor… tan solo encuentre a nuestro hijo. Haga que esto acabe lo antes posible.

Fátima se queda en silencio. Una mirada acusadora es suficiente. Debe mentir mucho mejor para poder engañarla.

—Fátima, ¿puede venir a mi despacho?

* * *

Tras horas de angustia, sola en casa, Sara decide hacer lo único que le ha sido prohibido expresamente, tanto por su hermano como por su madre, como por los amigos de Abdú: volver al descampado donde los amigos de Abdú, lejos de cualquier responsabilidad, del trabajo, del instituto, simplemente dejan pasar las horas entre motos, música y pachangas de fútbol. Karim llega con su *scooter* y cuando se quita el casco, se sorprende de tener a Sara delante. No puede evitar mirar en todas direcciones para que no le vean hablando con ella.

—¿Qué… qué coño haces aquí? ¿No te dije que no me conoces? —exclama él.

—No me contestas los mensajes… Quiero verle, no aguanto más.

—No sé nada de él. Déjame en paz. Lárgate. ¡No me pueden ver contigo!

—Pues dime con quién tengo que hablar. ¡Tiene que saber que estoy embarazada!

Karim mira a su alrededor, alarmado. Nadie les ha oído.

—¡Te he dicho que te calles, coño! ¿Se lo has dicho a alguien?

—No, te prometo que no.

—Pues sigue así. O no le vas a ver nunca más.

—Pero ¿qué tengo que hacer para verle?

—Callarte y esperar. No es tan difícil.

Harto de ella, Karim se pone el casco de nuevo y la deja sola. Detrás de una furgoneta el cojo Ismail no ha perdido detalle. Y no le gusta lo que ha visto.

* * *

Morey cierra las persianas de su despacho. Prefiere exponerse a las habladurías de sus agentes, a que alguno deduzca cuáles son sus intenciones.

—Solo te estoy pidiendo ayuda, Fátima.

—¿Ayuda? ¿Qué forma es esa de ayudarme? Te dije que no dijeras nada, y le has soltado a mi familia lo del embarazo. ¡No vuelvas a hacer algo así!

—Lo siento. No tenía forma de saber que no se lo habías dicho tú misma.

—Además, ¿ayudarte cómo? Eres hombre, policía y cristiano. Para vosotros, para esta comisaría, solo somos unos moros...

—Sabes que para mí, no. —Morey clava los ojos en Fátima, desarmándola—: Fátima, necesito que Sara confíe en ti. Lo suficiente para que te cuente todo lo que sabe sobre Abdú. —Morey mira a su alrededor, baja la voz y se acerca mucho a ella—. Necesito que entiendas que solo puedo fiarme de ti. Ni siquiera puedo confiar en mis hombres.

Fátima nota su pulso acelerarse, tanto por la revelación como por su cercanía. ¿Cómo no acordarse del beso que le robó ayer? ¿Cómo volver a fiarse... en un sentido o en otro? Morey insiste:

—Estamos solos en esto. Somos los únicos en esta comisaría que queremos que aparezca tu hermano.

Llaman a la puerta. Morey y Fátima se separan. Es Mati.

—Jefe. —Mati vacila, no le ha pasado inadvertida la cercanía de ambos, pero decide disimular—. Ya tengo las pertenencias del cadáver. Voy a proseguir investigando... con Fran.

* * *

Aisha toma aire, se aferra al paquete que trae bajo el brazo y llama a la puerta de la casa de Sara. Y es esta quien abre, sorprendida de verla allí. Pero Sara no le da paso, ni siquiera abre la puerta más que una mera rendija, y se vuelve a observar dónde está su hermano Ramón: puede aparecer en el recibidor en cualquier momento y se metería en un lío si la ve hablando con una musulmana.

—Te traigo unos dulces por…

—Gracias, un momento, que llamo a mi madre.

—No, no, son para ti.

—¿Para mí? ¿Por qué?

Aisha nota que, por alguna razón, no la va a dejar entrar, y aunque preferiría decírselo de otro modo, finalmente baja la voz y enseña una sonrisa:

—Sé lo del bebé… y solo quería darte la enhorabuena.

Para su sorpresa, Sara se queda blanca de miedo.

—¿Quién le ha dicho que…? No, señora, ¡se equivoca! —Sara mira de nuevo hacia adentro. Su hermano está terminando de cocinar, va a aparecer pronto. Pero Sara no es capaz de cerrar la puerta sin más; además Aisha podría llamar de nuevo y sería él quien abriese. Sin darse cuenta de la situación, Aisha continúa:

—Sh, sh, tranquila, mi niña, no he venido a pedirte explicaciones. Solo necesito saber si es verdad que el bebé es hijo de Abdú.

Sara se vuelve de nuevo y ve venir a Ramón por el pasillo. Él se extraña de verla en la puerta. No ve con quién está hablando. Con su voz grave y amenazante, le espeta:

—¿Quién coño es?

—Váyase, por favor. Ahora no puedo.

Sara toma los pasteles por la rendija de la puerta, intenta cerrarla, pero Aisha es insistente, y sube la voz poco a poco.

—Cuenta con nosotros para lo que necesites. ¡Ahora eres como de la familia! Si no podemos abrazar a Abdú, por lo menos tendremos con nosotros a vuestro hijo.

—¡Por favor, váyase!

Sara le cierra la puerta en la cara, y se queda en silencio, respirando a oscuras en el recibidor. La voz de su hermano la asalta desde atrás.

—¿De qué hijo está hablando?

* * *

En su camino de vuelta a casa, una vez acabada su corta jornada en el Centro Cívico, Fátima vaga por la calle, perdida su atención en el recuerdo de los últimos acontecimientos, y muy especialmente en la imponente presencia del inspector Morey. Aún le parece sentir sus labios en los suyos… De repente nota que hay alguien delante de ella. Fátima sonríe al reconocer a Sara, quien, sin embargo, no le devuelve el gesto amable; todo lo contrario:

—¡Te dije…, te dije que no dijeras nada del embarazo! ¡Tu madre se ha presentado en casa sin avisar!

—Lo siento, lo siento tanto, pero entiéndela… —Fátima se acerca a ella, la toma del brazo—. Abdú puede estar vivo, y ahora nos enteramos de lo del niño. Nos da tanta alegría…

—¡Entiéndeme tú a mí! —Sara le retira la mano—. ¿Sabes el problema que me ha causado en casa?

Solo entonces Fátima repara en la ceja de Sara, y se da cuenta de que está demasiado cargada de maquillaje. Pero un hematoma tan oscuro apenas puede disimularlo: le han golpeado recientemente.

—Sara, ¿qué te ha pasado ahí? ¿Te han hecho algo?

Al verse descubierta, Sara se viene abajo, le cuesta hablar.

—Es que… No quería decirles nada… Y… y ahora mi hermano se ha enterado… Y él… quiere…, quiere que aborte… ¿Por qué tuviste que decir nada?

Fátima la abraza, buscando su perdón.

—Lo siento mucho. Tranquila. Le diré a mi madre que no vuelva a ir a tu casa. Ni ella ni nadie, hasta que tú nos lo permitas. —Fátima se separa, la mira a los ojos—. Pero quiero que sepas que no tienes por qué abortar. Pase lo que pase, nosotros cuidaremos de ti y del niño.

Al oír sus palabras, Sara se relaja poco a poco. Necesita tanto este tipo de palabras de apoyo, de seguridad, de tranquilidad... Aliviada, comienza a desahogarse con Fátima:

—Es que, Fátima..., este tonto de Abdú... a ver si vuelve y con el niño se le pasa la tontería... A ver si así deja de ir a la mezquita todo el santo día... Se puso tan raro después de lo de Tarek, ¿sabes? —Fátima escucha, tensa el gesto. Sara continúa—. No le veía el pelo. Todo el día en la mezquita esa. Quizá vosotros no lo sabíais, pero...

Sara mira con precaución en todas direcciones para asegurarse de que no hay nadie cerca y le aprieta la mano a Fátima, por fin con una expresión esperanzada.

—Ahora no te puedo decir más —explica Sara—. Pero ya verás cómo vuelve. Cuando se entere de que va a tener un hijo, volverá.

Sara, por fin, sonríe. A Fátima le cuesta más. No las tiene todas consigo.

* * *

—Me dijo que estuviera tranquila, que Abdú vendría. Parecía muy convencida. Pero no lo sé...

Morey escucha a Fátima mientras habla en su despacho, esta vez uno a cada lado del escritorio, para intentar conservar una apariencia completamente profesional entre los dos, y especialmente, ante el resto de policías. Pero Morey no la escucha del todo.

—Perdona, ¿y ese pañuelo? Antes no lo llevabas...

—¿Esto? Es un regalo de..., de...

Morey la anima a seguir con un gesto. Pero a Fátima le cuesta decir «de Khaled». ¿Por qué se siente así? ¿Es decente que oculte que está prometida? ¿Dejará Morey de mirarla así si se entera? ¿No será peor si se lo sigue ocultando? ¿Qué pensará de ella si sabe que está prometida y lo oculta? Por fin Fátima decide confesar:

—… de mi prometido.

—Lo sospechaba. —Morey le muestra una sonrisa forzada—. Enhorabuena, supongo. ¿Hace mucho que… estás prometida?

—No…, bueno…, sí… Nuestras familias… —Fátima duda—. Lo cierto es que nos casaremos pronto. Supongo. Con todo lo de mi hermano, no sabemos cuándo… pero ahora lo importante es encontrar a Abdú.

Morey acepta el cambio de tema, y vuelve a lo que les ocupa:

—De eso quería hablarte. ¿Me acompañarías a hablar con Sara? Es la única que tiene alguna pista sobre él, pero no sé si querrá hablar conmigo de nuevo, y menos, en su casa.

—Lo intentaré… —Fátima libra una batalla interior para preguntarle algo más—. Pero quiero saber una cosa, y tienes que ser completamente sincero conmigo. ¿Crees de verdad que mi hermano está en la yihad?

Morey piensa que le gustaría saber más, para quizá al menos poder mentir sobre el tema. Pero en realidad…

—Sinceramente, no lo sé aún.

Fátima contraataca con un discurso bien meditado.

—Pues yo creo que no. No solo porque conozco bien a mi hermano, y él nunca haría algo así. Pero además: ¿aceptarían en la yihad a alguien con una novia cristiana y, encima, embarazada?

* * *

Precisamente en el lugar adonde le advirtió que nunca debía volver —el descampado— es donde Karim ha citado a Sara.

Pero no la espera solo: junto a él, severo, taciturno, el cojo Ismael, presionándole.

—Creíamos que lo tenías todo controlado. Y no nos vas a ser útil si sigues actuando por tu cuenta. Todo el mundo sabe aquí quién es tu hermano. Tú no tienes derecho ni autoridad para tomar estas decisiones, así que más vale que sepas lo que estás haciendo.

—Creí que hacía bien, que Sara le había contado todo a la hermana de Abdú. Así que cuando la vi hablando con ese poli...

—Pues cálmate un poco. Necesitamos que la cosa vuelva a estar tranquila y depende de cómo resuelvas esto, creeremos en ti o no.

—Lo voy a arreglar. Te lo prometo, Ismail, ya lo verás.

Ambos ven a Sara venir andando, agobiada y con prisas.

—Más te vale —remata Ismail, y se aleja, cojeando.

Karim aguarda a que Sara llegue a su altura y la arrastra del brazo hacia un callejón cercano.

—Eh, tranquilo, llego tarde, pero...

—Cállate y escucha. Tengo un mensaje para ti de Abdú.

—Habla, por favor. Di.

—Quiere que sepas que todo lo que hace lo está haciendo por ti. Y que pronto tendrás noticias suyas.

—¿Pronto? ¿Cuándo es pronto, Karim? —Sara se lleva una mano al vientre—. Yo no puedo, no podemos esperar...

—Parece mentira. Deberías estar satisfecha con esto que te he dicho. Pero nunca tienes bastante. Me estoy cansando de ti, ¿sabes?

—Me da igual. No estoy contenta, no lo estoy, Karim. ¿Cómo voy a estarlo? Quiero verle, y punto. O viene a verme o lo cuento todo.

Karim la toma del brazo de nuevo, esta vez mucho más fuerte, hasta que le hace daño, para que hable más bajo. Pero consciente del efecto que tienen sus palabras, Sara no se acobarda y sigue amenazándole.

—Sé mucho más de lo que crees que sé. Abdú me lo contaba todo. Lo que hablabais, los sitios donde os reuníais. Todo.

—Vale. Cállate. Mira… Es posible que venga. Puede que venga a verte, sí. Pero no andes jugando, Sara. Si cierras la boca y no hablas con nadie, quizá lo veas antes de lo que piensas…

* * *

Mati aguarda impaciente a que Fran termine de hablar por teléfono con su contacto en el Centro de Estancia Temporal de Inmigrantes. Ante ellos, sobre la mesa, la bolsa con la ropa interior del cadáver, en la que las siglas «M. S.» pueden leerse perfectamente escritas en tinta indeleble sobre la etiqueta del centro.

—Estamos seguros —prosigue Fran—. Es ropa de vuestro centro, y tiene marcadas dos iniciales… Sí, eme, ese… Tendrá entre quince y ventipocos. Deberíais de haberlo perdido hace unos tres meses… Sí, espero.

Fran se quita el auricular de la boca. Mati se muerde los labios. Unos segundos más. Fran prosigue.

—Sí, dime, Roberto… Sí. Dos, vale, dime. Maia Selsouli. No, no, no puede ser, buscamos a un hombre. ¿Mustafá… Sahib? Pues de momento encaja bien con lo que buscamos.

Al escuchar el nombre, Mati inmediatamente se inclina sobre el ordenador para teclear su nombre en la base de datos policial. Fran sigue recabando datos por teléfono, apuntando en su libreta.

—Argelino, sí. Y desapareció justo hace tres meses. Okey, pásame la ficha por mail. Luego hablamos, Roberto, gracias. —Fran cuelga y se dirige a Mati—. ¿Qué tienes?

—Antecedentes. —Ella señala la pantalla.

La ficha de Mustafá Sahib aparece en pantalla. Por la foto, es difícil decir si se parece al cadáver.

—Mírale. Estuvo detenido aquí, en comisaría. Tráfico de estupefacientes, robo, hace tres meses. Nacido en Orán. Tiene que ser él.

Fran lo medita un momento… Y abre la puerta del despacho contiguo.

—Morey.

* * *

La ficha de Mustafá pasa de mano en mano en la comisaría, mientras Fran da las últimas noticias a los uniformados.

—En un rato notificaremos a las autoridades argelinas, y si como parece probable, nadie reclama el cadáver del tal Mustafá, pasaremos consulta a la delegación del gobierno para, o bien repatriar el cuerpo, o enterrarlo aquí.

—Lo que aún no sabemos —Morey toma la palabra— y queremos que averigüen es qué sucedió. ¿Por qué llevaba este argelino la cadena y otros efectos personales de Abdessalam Ben Barek?

—Fácil. Se los robaría —propone Hakim.

—Es una posibilidad —Morey asiente—. De hecho, en esta misma comisaría, uno de los delitos que se le imputaron fue el robo. ¿Alguno recuerda al detenido?

Quílez suelta una de las suyas.

—Como para acordarse de todos.

Morey hace caso omiso de las risas que despierta y continúa:

—Le detuvieron en el Quemadero con una buena cantidad de hachís encima. A los policías que le detuvieron les confesó que se lo acababa de robar a otros camellos. No es una operación infrecuente. Sin embargo, lo que viene a continuación me parece menos normal. —El tono de Morey se vuelve más autoritario—. No hay ni un solo papel más referente a Mustafá Sahib en nuestros archivos. Nadie le tomó declaración. Nadie firmó su puesta en libertad. O si alguien lo hizo, los papeles se han perdido.

—Aquí no nos gusta mucho el papeleo, eso es verdad… —interviene Fran, jocoso.

Morey se gira hacia él. Comienza el uno contra uno.

—Vaya, Fran, pero con otros detenidos, esto no ocurre. ¿Por qué con este sí? Precisamente este. El que días después terminó en el fondo del mar.

Fran sabe que se juega el respeto delante de sus compañeros. Ataca:

—¿Y sabe usted la respuesta a todas esas preguntas, comisario?

Morey abre los brazos:

—No.

Fran prosigue, reforzado:

—Pues nosotros, tampoco. ¿Por qué nos reúne aquí? ¿Para echarnos un rapapolvo? Si quiere acusarnos de algo, aquí nos tiene. Dígalo a las claras.

—No estoy acusando a nadie. Pero son preguntas que no pueden quedar sin respuesta.

—Ya le he dicho que en este barrio las cosas se hacen de manera diferente, y lo digo con todos los respetos. Así que espérese a ver lo que usted mismo tiene que llegar a hacer para salir adelante en él.

Morey se queda en silencio un momento. Después asiente.

—Gracias por el consejo. Ocúpese personalmente de los trámites con la delegación. Vuelvan a trabajar, por favor.

Los policías circulan, pero Fran se acerca a Morey. Le habla bajo, con calma pero con autoridad, para que le vean los demás polis de la oficina.

—Estos hombres se juegan el tipo cada día por cuatro perras. No es justo que sientan que se les acusa porque falta un papel. Ni siquiera en esto es usted el primero, ¿sabe? Es como los otros: llega formal y apegado al reglamento, pero se irá sin haber logrado nada. Y vendrá el siguiente a jodernos.

Morey le sostiene la mirada.

—Haga lo que le he pedido.

* * *

Más tarde el coche de Morey se detiene cerca del Centro Cívico, saliendo al paso de Fátima, que se sorprende de verle allí. Él le hace un gesto para que suba, pero ella duda: ¿A plena luz del día? ¿Y si les viese alguien? ¿Qué pensarían? Pero ante la insistencia de él, ella decide subir, no sin antes mirar en todas direcciones para asegurarse de que ningún conocido la ve.

—Gracias, Fátima. ¿Podemos hacer lo que te pedí? Llama a Sara, por favor, a ver si podemos verla ahora.

Fátima asiente y marca. Espera un rato, y al final, cuelga,

—No me lo coge. Quizá esté en clase ahora.

—Si la ves luego, lo primero, pídele perdón —Morey asiente, habla con seguridad—. No teníamos que haberle contado a nadie que está embarazada. Que vea que estás de su lado. Está sola, asustada y necesita ayuda. —Fátima no puede evitar verse reflejada en sus palabras. Él continúa—: Dile la verdad…, así tomará confianza y al final hablará.

—Pero ni siquiera sé qué preguntarle…

—Adónde iban Abdú y Tarek. A quién veían. Un nombre. Una dirección. Con eso podemos trabajar.

Fátima asiente, nerviosa, como si lo que fuesen a hacer no estuviese del todo bien. Pero sí lo está, ¿verdad? Todo eso lo hacen para encontrar a Abdú, que es lo que Sara también quiere…

—Vas a hacerlo muy bien.

Por un momento se miran de nuevo. Podría besarla, piensa Morey. Pero Fátima no le invita a ello. Tan solo le observa, seria, como si esperase algo. Él se imagina el qué.

—Yo… tengo que pedirte perdón. Te di un beso y… bueno, ya sabía que estabas prometida. No fue una buena idea.

—No. —Fátima suena fría como un cuchillo.

—Comprendo… que no te gustara.

Fátima sale del coche. Antes de irse, le habla por la ventanilla.

—Yo no he dicho que no me gustara.

* * *

Quizá por impartir una asignatura que a todos les interesa, el simpático Omar, un profesor musulmán muy occidentalizado, es de los pocos profesores que se las arregla para mantener su clase del Centro Cívico llena de muchachos callados e interesados en lo que dice. Como hoy, que explica las bases para editar un vídeo en un ordenador. Pero una de sus alumnas, sentada en la última fila, no presta la más mínima atención, perdida en sus preocupaciones: Sara. Alguien toca a la puerta, y Fátima se asoma, sonriente.

—Perdona, Omar…, estoy buscando a Sara. La espero fuera, cuando terminéis.

—¡Hola! No te preocupes. En realidad, ya hemos acabado. Sara, puedes salir. —Pero al ver a Fátima, ella no se mueve, así que Omar insiste—. Sara, por favor, te están esperando.

Por fin, a regañadientes, sale del aula, pero en lugar de caminar junto a Fátima, pasa de largo. Fátima va tras ella.

—Sara, me iba para casa y he pensado que podríamos ir a tomar algo juntas. ¿Te gustaría?

Sara se vuelve, o mejor dicho, se revuelve.

—¿Qué quieres de mí?

Fátima se sorprende de su tono cortante; no se siente capaz de disimular.

—Sara, lo único que quiero es… volver a verle, como tú. —Sara suspira, sus barreras caen cuando habla de Abdú—. Tú y yo somos las dos personas que más le quieren en este mundo.

—Lo sé. Abdú se pasaba el día hablando de ti…

—Y a mí me hablaba muchísimo de ti. Y a mi familia. Nunca nos llegaron a presentar, pero estoy segura de que le queríamos igual que tú. Por eso necesito saber quién le metió esas ideas en la cabeza. ¿Fue Tarek?

Sara cambia su expresión, se pone a la defensiva de nuevo.

—Lo siento, pero me tengo que ir.

—¿Vas a casa? Espera, te acompaño.

—No, no quiero ir a casa. Me quiero ir sola. Déjame.

Sara la deja atrás, pero algo raro ocurre. Parece mareada, a punto de desvanecerse. Fátima corre hacia ella, la sujeta a tiempo antes de que se caiga redonda.

—¿Qué me pasa? Me quiero sentar. Suéltame. ¿Qué…?

Fátima observa, aterrada, el cordón de sangre que mancha el pantalón de Sara, muslo abajo.

* * *

En Urgencias, mientras Asun, la amiga enfermera de Fátima, cambia el suero a Sara, Morey solo tiene ojos para el móvil de la chica, colocado sobre la cómoda junto a su ropa y sus efectos personales. Fátima está sentada junto a Sara, con su mano entre las suyas. El médico entra y al verla dormida, habla en confidencia con Morey y con Fátima.

—Por suerte, la placenta no ha llegado a desprenderse del útero. La hemorragia se ha detenido y no hay síntomas de infección. Así que una bolsa de suero más, para estar seguros, y se puede marchar.

—Menos mal. Cuando vi toda esa sangre, me temí lo peor... —Fátima, por fin, respira.

—Lo que me preocupa es otra cosa. —El tono del médico cambia a más bajo y grave—. Esta chica ha recibido una paliza de muerte. Tiene hematomas por todo el cuerpo.

—¿Nos está diciendo que la hemorragia ha sido provocada por los golpes? —apunta Morey.

—Podría haber perdido el niño solo por esta razón —asiente el doctor—. Mi obligación es dar aviso a los Servicios Sociales.

—Soy inspector de policía. —Morey enseña su placa—. Yo me encargo personalmente, páseme toda la documentación.

—Bien. Manténganla vigilada. Y si vuelve a sangrar, tráiganla lo antes posible —ordena el médico, antes de salir.

Cuando el médico sale, Fátima se vuelve hacia Morey:

—Ha sido su hermano, seguro. Todo el mundo le conoce: es un racista, una bestia. No soportaba que tuviese un novio musulmán. Pobre Sara.

Morey asiente, toma nota mental: cuadra con lo que saben de él. Al verles cuchichear, Sara despierta poco a poco, y les pregunta con un hilo de voz:

—¿Qué ha dicho el médico?

—Que deberías poner una denuncia —exclama Fátima. Para su sorpresa, Sara no se inmuta.

—No es la primera vez que me pega. Ni va a ser la última.

—Por eso mismo —insiste su profesora—. ¡No lo puedes consentir, y menos embarazada!

—No lo entiendes. Si me quedo en Ceuta... —mientras hablan, Morey retrocede un paso y con las manos a la espalda, escamotea el móvil de Sara. Esta termina su frase—: ...mi hermano me obligará a abortar. Está loco, él... no va a dejar que tenga un hijo con un musulmán. Tienes que ayudarme a salir de Ceuta, como sea...

—Perdón. Tengo que hacer una llamada. —Morey se encamina hacia la puerta.

Fátima le aborda, le suplica con sus ojos verdes.

—Tenemos que ayudarla a salir.

Morey duda un momento. No sabe si está en condiciones de prometer eso. Sara se queja, distrayendo la atención de Fátima.

—Me duele mucho la tripa otra vez…

Antes de que Fátima se dé cuenta, Morey ha salido de la habitación.

* * *

Ya en el pasillo, Morey dobla la esquina y entra en una habitación desocupada. Desde la puerta entreabierta, controla el exterior. Con rapidez, como resultado de practicar una y mil veces en su entrenamiento, envía un mensaje desde su móvil al de Sara. Morey abre el mensaje y al hacerlo, un programa empieza a ejecutarse. Morey llama a Serra desde su móvil.

—No tengo mucho tiempo. Te mando el acceso al móvil de la niña. Clónalo, ya.

En su oficina Serra se pone al trabajo rápidamente.

—Lo tengo, chaval, borra el mensaje enviado. Estoy accediendo. Llamadas… no tiene muchas. Mensajes, entran a todas horas. Mira: «Pórtate bien». «Sería una pena tener que hacerte daño». «Hazme caso o tendrás problemas». Joder…

—¿Quién es el remitente?

—No hay nombre de contacto. Es un prepago marroquí. Tengo la agenda. Mira, leo: el primero, Abdú. Más: Ana, Amina, Ángel, Carmen, Driss, Esteban, Emet, Fátima, supongo que es nuestra Fátima. Sigo, José Luis, Juanjo, Karim, Marcos, Mohammed y… ¡Tarek! ¡Joder, Javi, esta chica es una mina!

—Pues está en peligro. Si no la sacamos de Ceuta, el hermano se la acabará cargando de una paliza.

El tono de Serra cambia. En el despacho se levanta de la silla, se lleva una mano a la frente.

—Eh, eh, Javi, tranquilo. No. Repito: no vamos a sacarla de Ceuta. Me da igual las penas que me cuentes. Sabes que nuestro trabajo no es arreglarles la vida a los demás, sino obtener información. No te creas tanto el papel del poli bueno, ¿vale?

Morey va a contestar, pero se contiene: no tiene sentido discutir en ese momento, y necesita devolver el móvil antes de que Sara se dé cuenta.

—Lo que quieras. Date prisa, que el móvil quema.

—Sí, vale, pero mira, lo del hermano: aprovéchalo. Ahí sí que tienes que hacer de poli bueno. Pórtate bien con ella, que sienta que la proteges. A ver si consigues que se fíe más de ti. Y que nos diga quiénes son estos nombres, y a quién hay que seguir.

Morey asiente en silencio. Se está tragando muchas palabras. Pero no es el momento. Serra remata:

—Mira, escucha este mensaje: «¿De verdad quieres volverle a ver? Solo tienes que hacer lo que te pedimos».

* * *

Mientras, en la habitación, Fátima sigue cogida de la mano de Sara, confortándola.

—Estoy segura —confirma Sara—. Quiero tenerlo. Desde que supe que estaba embarazada… Y quiero que sepas otra cosa. Cuando nazca, como voy a ser de vuestra familia, me quiero convertir al islam.

—Sara… es una decisión muy importante. Debes considerarla muy bien.

—Hace mucho que lo he decidido. Abdú lo sabe. Quiero ser como vosotros, que sois una familia de verdad. Y casarme con Abdú, como tú vas a hacer con ese chico tan guapo…, ¿cómo se llama tu novio?

Fátima parece dudar un momento del nombre que debe pronunciar.

—Khaled.

Sara sonríe, empieza a relajarse poco a poco. Está más tranquila. Sigue hablando.

—¿Tú también echas de menos a Abdú, verdad?

—Todos los días, Sara, a todas horas.

—Pues te contaré pronto. Porque voy a ir con él. Me lo han prometido.

—¿Quién? ¿Quién te ha dicho eso?

Sara parpadea, se frena. Quizá está hablando demasiado. Pero entiende la angustia de Fátima.

—¿Dónde está? ¿Quién te va a llevar con él?

—Un amigo de Abdú y Tarek.

—¿Quién es? ¿Le conozco?

—No creo. Se veían en la mezquita. Bueno, no pone que es una mezquita, pero lo es.

—¿Cómo se llama ese chico? ¿Qué sabes de él, Sara?

Ella duda antes de responder. Pero decide confiar.

—Karim. Quizá de nombre no te suene, pero si lo ves, le reconocerías, es del barrio.

—Karim.

En ese momento la puerta se abre y Morey entra. Ambas esbozan una sonrisa de disimulo.

—¿Sabes, Morey? Le estamos buscando nombre al bebé.

Morey asiente, con una sonrisa comprensiva. Se quita la chaqueta y la deja junto a la cómoda. Aprovecha el movimiento para dejar el móvil sobre la ropa de la chica.

* * *

Un rato después, Fátima sale de la habitación de Sara y ve a Morey, en mangas de camisa, hablando por el móvil en el pasillo. Al verla venir, cuelga y le revela las noticias:

—Vamos a proceder a detener a Ramón, el hermano de Sara.

Fátima se sorprende, sus sentimientos están encontrados. ¿Y si esto hace que Sara no vuelva a confiar en ellos? Pero tampoco pueden dejar que vuelva a tocarla… Morey continúa:

—Sé que quizá Sara se moleste, pero es mi obligación. Tenemos el parte de lesiones y además de que puede dañar a una testigo, no podemos tener un maltratador en la calle. ¿Cómo está ella?

—Le han dado el alta ya. Se está vistiendo. Ha venido la madre.

—Bien, acompáñalas a casa. Creo que cuando lleguen ya estará detenido. Por favor, haz que entienda por qué lo hacemos. No queremos que pierda la confianza en nosotros.

Fátima asiente, algo le quema dentro. De nuevo, le ha prometido a Sara que no diría nada, y eso la hace sentir culpable. Pero ¿cómo van a encontrar a Abdú si no se lo revela a Morey?

—Me ha dado un nombre. Me ha pedido que no lo cuente, pero…

—Fátima, confía en mí. Tenemos que encontrar a Abdú.

—Karim. Al parecer, es un amigo de Abdú y Tarek. Iban juntos a una mezquita que no conozco.

—¿Tienes el apellido? ¿Le conoces? ¿Sabes cómo es?

—No. Solo que parece que sabe dónde está. Es el que le ha prometido a Sara que Abdú volverá… si ella no cuenta nada de todo esto.

* * *

Una noche más Morey reporta a Serra mientras come un sándwich vegetal. Serra le habla desde su oficina, engullendo un asado recalentado a la salud de su gastroenterólogo.

—Sí, me acuerdo —asiente Morey—, Majid al Salam. El tipo que estrelló una furgoneta llena de explosivos en Damasco el verano pasado.

—Pues flipa: Majid al Salam nació en Ceuta, ¿lo sabías?

—No, pero no entiendo qué tiene que ver eso con Sara.

—El tal Karim le escribe los mensajes desde varios números, así que cambia de móvil con frecuencia. Lo fuerte es que una de esas tarjetas la habíamos identificado como perteneciente al teléfono de Majid, el mártir de Damasco. ¿Por qué iba el mártir Majid a usar el mismo teléfono que Karim, te preguntarás? Agárrate: porque son hermanos. Te he mandado una foto.

Morey busca en el correo entrante: efectivamente, una foto de dos jóvenes muy parecidos sonriendo. La foto ha sido tomada en el Príncipe. Pero lo más importante: esa barba, esa alopecia, esos rasgos.

—Tan cerca, joder…, ¿cómo no lo teníamos controlado, Serra?

—Bueno, Javi, es que…

El timbre de la casa suena.

—Espera.

Sin soltar el móvil, Morey ya ha cogido su pistola y se acerca con sigilo a la puerta. Sin hacer ruido, Morey se asoma a la mirilla… Allí, en el recibidor, está Fátima, con su chaqueta en la mano. Morey mira el perchero: se la dejó en el hospital. Sin más, cuelga a Serra, guarda la pistola y abre.

—Me llamó Asun desde el hospital. —Fátima, algo avergonzada por llamar a casa de un hombre a esas horas, se explica, aturullada—. Te la habías dejado. Como le diste a ella tu dirección por lo de Sara, pensé que…

—No te preocupes. Gracias. ¿Quieres pasar?

Fátima desvía la mirada, confundida. ¿De verdad le está preguntando eso? ¿No se da cuenta de lo que implica que ella entre en casa de un hombre soltero? Pero... Fátima mira a su alrededor. En el descansillo de ese edificio de apartamentos nadie la ve, nadie la conoce. Todo es anónimo, como si no estuviera en Ceuta. Como si no estuviera en el mundo en que se ha acostumbrado a vivir... Y antes de pensarlo dos veces, entra y avanza por el apartamento, asombrada de su aspecto moderno, frío, europeo.

Llega hasta el amplio salón, donde Morey está abriendo en el ordenador la foto que le ha enviado Serra.

—Mira. Este es Karim. ¿Le conoces?

—Su cara me suena, pero no sabría decirte...

—En cualquier caso, ahora será mucho más fácil dar con él, seguirle, y así llegaremos hasta tu hermano. Fátima, ¿me oyes?

Fátima le oye, pero no le escucha. La cercanía, la intimidad, el anonimato y las posibilidades de su encuentro hacen que antes de poder arrepentirse, haga lo que lleva secretamente deseando desde el día anterior: besar a Morey. Un beso largo, deseado, ansiado, fantaseado desde que se conocieron, desde que tuvieron que guardar las apariencias en la comisaría, desde que él derribara todas las barreras que les separaban en el mirador. Él detiene el beso un segundo.

—No quiero que te arrepientas. No quiero complicarte la vida.

—Ya lo has hecho.

Ambos se besan de nuevo, se acarician, se agarran con fuerza el cuerpo. Ambos se detienen un momento, se miran, jadeantes y ansiosos. ¿Se atreverán a dar el siguiente paso? Entonces suena el teléfono de Fátima. Por un momento intentan fingir que no está ahí, pero finalmente les devuelve a la realidad.

—Me están esperando en casa.

Fátima se levanta y se recoloca la ropa, mientras Morey la mira desde el sofá. Ella, frente al espejo, se arregla de nuevo el pañuelo que le regaló Khaled. Antes de salir por la puerta, Morey aún le dice:

—Hasta mañana.

Por toda respuesta, Fátima sonríe.

* * *

«Por fin en casa», se dice también Fátima, mientras se quita el hiyab al entrar. Pero no ha hecho más que cerrar la puerta, cuando llaman de nuevo. No al timbre, sino con los nudillos, a un volumen muy bajo, como para que nadie más se entere. Fátima abre con la cadena echada y toda la precaución que puede.

—¡Sara! ¿Qué haces aquí?

—Estaba esperando en la plaza a que llegaras... ¿Puedo..., puedo dormir aquí? Han detenido a mi hermano, pero mi madre me ha obligado a no ponerle una denuncia, así que ya está fuera. He discutido con ella y me he ido. Sabe que estoy aquí, pero no quiero volver a casa si mi hermano no se marcha.

Aisha aparece en el vestíbulo. Antes de que pueda asimilar la situación, Fátima se adelanta:

—Sara va a dormir aquí esta noche, conmigo. Nayat puede dormir en el salón, ¿verdad?

Aisha nota que Fátima la está poniendo en un compromiso, pero se hace cargo de que algo grave debe de estar ocurriendo. Y después de todo es la madre de su futuro nieto.

Asiente.

* * *

Mucho más tarde, algo antes del amanecer, Sara entreabre los ojos, y durante unos momentos se siente desorientada. ¿Dónde está? ¿Por qué no está en su cuarto? Por fin, recuerda lo ocurrido la noche anterior, y por primera vez en muchos meses, siente que puede seguir durmiendo tranquila: está entre los suyos, por fin cuidada, protegida y con un futuro prometedor… Pero entonces su teléfono comienza a vibrar. Y ella termina de despertarse de un golpe cuando ve el nombre del llamador. Responde, hablando en voz baja entre las sábanas.

—¿Sí?… ¿Ahora?… Estaba dormida… ¿Dónde?… Karim, no estoy en casa, necesito un poco más de tiempo para… ¿Seguro que va a venir? ¡Karim! ¡Karim!…

Han colgado. Sara se levanta, tan nerviosa que siente que le falta la respiración. Llega un mensaje. Lo lee, se levanta, se sienta de nuevo. Se viste rápido. Pero antes de salir de la habitación, se detiene. Observa a Fátima, aún dormida. No quiere hacerle eso, después de la hospitalidad que han mostrado con ella. Y tampoco quiere ir sola.

—Fátima, Fátima, despierta —habla en voz muy baja.

Fátima entreabre los ojos un momento, luego se despierta de un golpe.

—¿Qué? ¿Qué ocurre?

—Fátima, me han llamado. Abdú, Abdú viene a verme, como me prometieron. ¿Quieres venir conmigo?

* * *

Solo un minuto después Morey está en casa, vistiéndose a toda prisa, espabilado por la llamada de Serra. Tiene el móvil con el altavoz puesto mientras se calza, y el ordenador encendido en la mesilla. Morey requiere más información:

—O sea, que la han llamado desde el número que la amenazaban. Debe de ser Karim.

—Exacto —confirma Serra—. Te paso la conversación.

Serra le manda un archivo de sonido, Morey lo abre con un doble clic. La voz de Karim completa la conversación que han tenido ambos hace un momento.

—¿*Sí?*

—*Si quieres ver a Abdú, tiene que ser ahora.*

—¿*Ahora? Estaba dormida.*

—*Dentro de media hora.*

—¿*Dónde?*

—*Ahora te lo digo por mensaje.*

—*Karim, no estoy en casa, necesito un poco más de tiempo para...*

—*No. Media hora. Tú sola; si no, no le verás. ¿Está claro?*

—¿*Seguro que va a venir? ¡Karim! ¡Karim!...*

La conversación se interrumpe, y la voz de Serra vuelve al altavoz.

—Tienes solo quince minutos para llegar.

* * *

Quince minutos después Fátima y Sara llegan a una zona distante, un cierto descampado donde los primeros rayos del sol dibujan duras y largas sombras sobre el terreno. En uno de sus lados, desembocan dos avenidas de casas, donde Fátima aparca el coche. No hay nadie a la vista. Sara va a bajar, Fátima la detiene un momento.

—Quiero ir contigo.

—No. No bajes, por favor. No pueden verte, se supone que he venido sola.

—Pero es mi hermano, no sé si voy a poder...

—No, por favor, Fátima, no les conoces. Vamos a hacer lo que han dicho y ya veremos, ¿vale?

A Fátima le cuesta, pero asiente.

* * *

No lejos de allí Morey se asoma con cautela por una esquina, controlando el coche de Fátima y el resto del descampado. Morey ve a Sara bajar y dirigirse al centro del descampado. Aguarda inmóvil asomado a la esquina, preparado para adelantarse a lo que pueda ocurrir. Entonces lo distingue en la distancia: un motorista ha entrado en el descampado.

Sara también le ve, y su alegría le desborda al comprobar que monta la moto de Abdú, y lleva puesto su casco. El motorista se detiene, desmonta y sin quitarse el casco camina hacia ella con los brazos abiertos. Sara sonríe y echa a correr hacia él.

—¡Abdú!

Pero dentro del coche, Fátima nota algo. Es la moto, el casco, la ropa de su hermano, sí. Pero algo falla, algo que solo una persona que haya pasado con él toda la vida puede distinguir. Quizá sean los andares, la postura, el aura… pero Fátima está segura: ¡no es Abdú! Fátima sale del coche y corre hacia ellos. Sara ya está en brazos del motorista.

—¡Sara, no es él!

Morey ve a Fátima gritando y sabe que algo falla. Decide descubrirse y echa a correr hacia Sara y Abdú, pero está más lejos. Demasiado.

Porque tras abrazar a su amado, a su novio, al padre de su hijo, cuando Sara da un paso atrás para verle la cara, también se da cuenta de que algo falla al ver esos ojos castaños, no verdes, tras la visera del casco. Pero es demasiado tarde. Sara nota un empujón, una leve sensación de angustia en el estómago. Se mira al vientre: tiene una navaja automática clavada. Sara no dice nada, solo está perpleja, solo puede decir un nombre.

—Karim…

Este ve a Fátima venir, retrocede y sube en la moto de nuevo. Morey, aún lejos, le ve alejarse. Saca la pistola, piensa en disparar, pero no puede con las dos mujeres tan cerca.

Fátima, sosteniendo a una Sara que se desangra, se sobre-salta al notar a alguien llegar. Y se sorprende aún más al com-probar que es Morey. ¿Qué hace allí? Los dos vuelven la aten-ción a Sara. Está perdiendo mucha, muchísima sangre. Morey intenta detener la hemorragia, le toma el pulso. Pero no parece que puedan hacer mucho. Fátima rompe a llorar, y más que decirle, le grita:

—No era él. ¡No era Abdú!

4

HAZ LO QUE TENGAS QUE HACER

lgunas gotas caen sobre su vestido, gotas de agua que ennegrecen más aún la sangre seca. Pese al temblor de manos, Fátima logra beber y dejar de nuevo el vaso sobre la mesa sin que se derrame, todo un logro porque no solo Sara acaba de morir en sus brazos, sino que ahora debe enfrentarse al interrogatorio de Fran, cuyas maneras implacables, estilo severo y ojos impenetrables son tan diferentes de los de Morey. Este está presente, pero por el momento, no va a intervenir.

—¿Puedo irme ya? Por favor…, tengo que hablar con su madre, es como de la familia…

—No se lo aconsejo —responde Fran, inflexible—. Acaban de matar a su hija. Y Sara estaba contigo. Vamos, que… tú la llevaste.

—¡Yo no sabía nada! —reacciona Fátima—. ¡Si lo hubiese sabido, no le habría dejado ir! Estaba convencida de que se iba a encontrar con mi hermano…

—¿Y viste a tu hermano?

—Ya le he dicho antes que no. Montaba la moto de Abdú, y llevaba su casco. Pero no era Abdú.

—¿Cómo lo sabes? ¿Pudiste verle la cara? Descríbelo.

Fátima se muerde los labios, niega con la cabeza, no sabe cómo seguir.

—Rubio —interviene Morey.

—¿Rubio? —Fran deja de escribir y ojea a Morey, sorprendido.

—Aquí tiene la descripción —Morey le alarga un papel—. Yo lo vi mejor. Fátima estaba más lejos.

Fran lee la hoja, incrédulo.

—Alto, uno ochenta, ojos claros, bigote rubio, unos 40. Aparte de que no sabía que hubiese vikingos en Ceuta, ¿cómo le vio tan bien? ¿Llegó a tenerle a dos metros o menos?

—Es suficiente, Fran. Encárguese de que todas las unidades tengan una copia, y los ojos abiertos.

Fran sale de la oficina, murmurando.

—Ya te dije que no sé mentir —se excusa Fátima.

—Y yo te dije que podía hacerlo por los dos. —Morey se permite una sonrisa, para calmarla—. Has hecho lo que había que hacer. Hay cosas que no quiero que Fran sepa. Y quiero encontrar a Karim por mi cuenta. Confía en mí.

—Acabas de confesar que sabes mentir y quieres que confíe en ti...

* * *

Fátima abre la puerta del despacho para salir, y se detiene al ver a Ramón, hermano de Sara, abrazando a Dolores, su madre. El cuerpo de la madre tiembla por el llanto.

—¡Manda huevos! ¿Para qué quieres saber dónde estaba esta mañana? ¡Yo no maté a mi hermana!

—Nadie ha dicho que lo hicieras —Quílez se arma de paciencia—, pero tenemos que…

Ramón se vuelve y ve a Fátima. Se levanta como un resorte para increparla. Automáticamente, varios policías le rodean.

—¡A esa tenéis que preguntarle! ¡Es la que llevó a mi hermana al matadero!

Fátima palidece, e instintivamente se acerca a Morey en busca de protección.

—Cálmate, ¿vale? —ordena Quílez a Ramón—. Hazlo por tu madre. Vamos, acompáñame a la sala de interrogatorios.

—No le hagas caso —dice Morey—. Le duele mucho lo de su hermana, pero ayer él mismo la mandó al hospital de una paliza.

Ramón obedece, no sin antes echar una última mirada asesina a Fátima, que se va, acongojada.

* * *

Morey entra en su despacho, aún preocupado por lo que Fátima podría haber dicho en el interrogatorio si él no hubiese intervenido cuando su móvil suena.

—Serra. ¿Qué te han dicho?

—Decirme, no me han dicho mucho. Pero por la cantidad de veces que han ido al baño durante la reunión, nuestros colegas europeos están más que cagados. Creen que si han matado a Sara a plena luz del día, es que no tienen nada que perder.

—Lo que quiere decir que…

—Se teme un atentado inminente. Así que dame buenas noticias, o la úlcera me va a explotar.

—Sabemos que el asesino es Karim, y estoy intentando desviar a Fran de nuestras pistas para que no interfiera.

—Bien. Dos de los nuestros están ya en Ceuta. Uno me confirma que a esta hora Karim no ha vuelto a casa. El otro ha encontrado la moto de Abdú quemada. Me aseguraré de que Fran no la encuentre hasta que nos convenga. Necesitamos pillar a esos cabrones preparando el atentado, no antes… ni después, claro. Así que mantén lejos a Fran hasta que tengamos algo sólido. Si trabaja con ellos, nos jodería la operación entera. ¿Y la chica?

—La chica… me sigue la corriente. Me ha costado convencerla, pero confía en mí. Lo que no sé es cuánto aguantará la presión.

—Pues esperemos que aguante, así que escúchala, refuérzala y cógela de la manita, pero la necesitamos tranquila hasta que aparezca Karim…

—Debe habérselo tragado la tierra. Será difícil encontrar… —Morey mira a través de las persianas. Se queda paralizado—. Luego te llamo, Serra.

Porque Karim acaba de entrar por la puerta de la comisaría.

* * *

Morey sale de su despacho y observa la escena: Mati lleva esposado a un joven cristiano con el pelo cortado a cepillo, completamente borracho. Quílez lleva del brazo a Karim, sin grilletes. Morey se acerca a ellos, momento en que Karim, aterrado, le reconoce. Pero no dice nada, tan solo baja la cabeza. Quílez formaliza el arresto. Karim entrega sus objetos personales: cartera, cinturón, cordones… y un llamativo reloj plateado que Morey graba en su memoria.

—¿Y estos?

—Una pelea de bar entre un borracho y un moro —explica Fran, enseñándole una papelina de coca—. El borracho llevaba esto encima, así que seguramente por drogas.

Morey va a irse, pero se detiene cuando Mati se acerca:

—Fran, ya están pedidas las grabaciones de las cámaras del polígono. Media hora antes del asesinato y media hora después.

—O el asesino no es de Ceuta —explica Fran a Morey— o es tonto. Citó a la chica en uno de los pocos lugares donde las empresas tienen cámaras de seguridad. Como mínimo, tendremos la llegada o la huida del asesino.

Morey aún se queda unos segundos pensando. Sin decir nada, se va. Mati tuerce el gesto.

—Está raro…

—Es raro —sentencia Fran.

* * *

López, o «Súper López» para sus amigos, no parece un agente del CNI, sino un tipo cualquiera, lo cual le es notablemente útil a un espía: alto, de pelo claro, desgarbado, una cara fácil de olvidar y una mueca de despiste que parece totalmente natural. Quizá por eso rara vez llama la atención cuando realiza un trabajo, como ahora mismo, que con la excusa de atarse un zapato, está colocando un dispositivo de seguimiento en los bajos del coche de Fran. Justo a tiempo: Fran, Quílez y Hakim salen de comisaría y van hacia el coche. Fran da instrucciones:

—Bueno, pues id a recoger al secretario judicial y os vais a casa del borracho a efectuar el registro.

Quílez y Hakim montan en su propio coche camuflado. Desde el suyo López abre su portátil y comprueba cómo el coche de Fran se mueve por un mapa. Saca el móvil y marca.

—Inspector jefe Morey.

—Qué pena, macho —contesta López—. ¡Qué bajo has caído! Hace un mes, infiltrado con los Nicolau y conduciendo un Ferrari, y ahora, en el culo del mundo…

—¿López? No me jodas que eres uno de los que ha venido a Ceuta.

—Estoy con Ballesteros. Bueno, se acabó la nostalgia. Le he puesto un «rabo» al coche de tu amiguito Fran para tenerle controlado. Si tiene que ver con la muerte de esa chica, quizá se encuentre con el Karim ese.

—No te lo vas a creer, pero ya se lo ha encontrado, y de hecho, lo ha detenido.

—¡No me jodas!

—Sí. Demasiada casualidad. Además, no le ha detenido por la muerte de la chica. Me da que Fran se ha inventado una pelea por drogas. Voy a intentar agilizar el tema para que pise la calle lo antes posible, o la operación se va al traste.

—¿Serra lo sabe?

—Las malas noticias dáselas tú.

—Cabrón...

* * *

Más tarde, en la oficina, Morey da las noticias a Serra en tiempo real, mientras ve a Fran, Hakim y Quílez aparecer por la puerta con cajas precintadas con el sello del juzgado.

—Ya están aquí. Han ido a registrar la casa del borracho... Un mero trámite... Ok, retiro los cargos y pongo a Karim en la calle. Vosotros le seguís y con suerte, nos lleva a sus superiores. Avisa a López para que esté al tanto.

Morey cuelga y sale del despacho, decidido.

—Fran, ¿qué pasa con las grabaciones de las cámaras de seguridad del polígono?

—Nos están dando largas, pero yo creo que esta tarde las tendremos. De momento hemos registrado la casa del borracho.

—Bien, pues no sé a qué espera. Que el juez le tome declaración por tenencia y me pone al árabe en libertad. Nos está ocupando una celda y tenemos el calabozo a tope.

—Me temo que eso no va a poder ser.

—¿Y se puede saber por qué no?

Sin dejar de mirarle, Fran mete la mano en una de las cajas y saca un aparato electrónico. Morey lo reconoce al instante: es un detonador. Fran sigue reportando:

—Porque lo que tenía ese borracho en casa no era droga, como esperábamos, sino detonadores. Es militar. Manuel Portadella. Un cabo en los regulares. Parece ser que robaba material del polvorín.

—¿Y todo eso tiene algo que ver con el otro detenido?

Fran se cruza de brazos, no puede creer que Morey esté ignorando la evidencia. Se lo explica, con tono de profesor:

—Es que a lo mejor, el moro quería comprarle explosivos. ¿No cree que hay razones para interrogarle?

Ambos intercambian una dura mirada. Pero Morey no tiene argumentos.

—Mientras no descuiden la muerte de Sara…

—No se preocupe. Tengo a todas las patrullas ocupadas buscando rubios naturales y de bote.

Morey no dice más. Se da la vuelta y entra a su despacho. Marca rellamada.

—Problemas.

* * *

Al cabo Manuel Portadella ya se le ha pasado la borrachera, y ahora medita en el oscuro calabozo policial si el calabozo militar será igual de cutre y sobre si la comida será mejor o peor, sobre lo que no tiene muchas esperanzas. En cualquier caso, va a pasar en un lugar similar, mucho tiempo… Un tintineo le hace levantar la cabeza. Es Fran, haciendo sonar un botellín contra los barrotes.

—¿Una cervecita fresca?

Manuel disimula su estupor.

—Ya he bebido bastante. ¿De qué va esto?

—Adonde vas a ir no podrás probar una de estas en mucho tiempo. Aún está fresca. Fran le alarga el botellín a través de las rejas. Manuel duda, pero finalmente lo coge y le da un trago.

—¿Qué quiere?

Fran se abre otro botellín.

—Hablar.

* * *

—Inspector, el periodista ya está aquí.

Morey simplemente asiente, y Fede da paso al «periodista», que no es otro que López, con quien Morey tiene un pique más o menos amistoso, según la situación, desde que ambos entraron en el cuerpo. En su papel, López se deja caer en la silla, saca una grabadora y se la pone en la cara.

—Bien, inspector Morey. Para *El Faro de Ceuta*: ¿cuándo cojones piensa poner en la calle a ese hijo de puta? Esperamos que antes de que nos joda toda la operación.

Morey se limita a sacar del cajón el reloj de Karim y se lo lanza a López.

—Es suyo; ponle un micro y algo tendremos cuando salga.

—¿Y eso va a ocurrir…?

—Este sitio es un nido de víboras. No puedo dar un paso más, por el momento. Estoy solo.

—Ni que fueras nuevo. ¿Qué necesitas, un equipo de operaciones especiales para este trabajo? De verdad…

—Ya querría verte en mi puesto a ver cómo lo resolvías.

Morey ve pasar por el fondo a Fran y a Quílez con… Aníbal. Y sabe que algo raro se está cociendo de nuevo. Morey despacha a su visitante con una sonrisa forzada:

—Ya están aquí. Te veo luego. Se supone que estoy hasta arriba de trabajo y que no tengo tiempo para hablar con... un periodista de mierda.

—Es un placer ver lo gilipollas que te vuelves con el tiempo y los galones —responde López, igualmente sonriente.

Para guardar las apariencias, ambos se dan la mano.

* * *

Fran sabía que Morey no tardaría mucho en venir a pedirle explicaciones si le veía con Aníbal en la comisaría, y mucho más si este está en calidad de visitante, sin esposas ni orden de detención.

—¿Qué tal con el periodista, jefe? Si supiera lo que publican esas ratas hoy en día...

—¿Qué está pasando aquí? ¿Qué hace Aníbal en mi comisaría?

—Usted no quiere saber eso. Lo que quiere saber es a quién vendía material explosivo el militar, ¿no? Pues se lo voy a decir, pero tiene que dejarme que haga las cosas a mi manera.

—No, no, no. Esta vez no. ¿Qué tiene que ver Aníbal con este caso?

—Lo que le digo siempre: es un problema que no conozca bien el barrio y lo que se cuece en él. Verá, resulta que el militar, antes de ser militar trabajó para Aníbal pasando hachís cerca de un cuartel. Pero le robó mucho dinero y Aníbal le dejó vivir para que le pagara lo que le debía. Se metió al ejército para estar más cerca de su clientela, y una vez dentro, se dio cuenta de que había muchas cosas que robar y vender para saldar su deuda, que sigue sin estar saldada. Así que he convencido a Aníbal de que colabore con nosotros, porque ese militroncho le tiene más miedo a él que a usted o a mí.

—¿Y qué le ha prometido usted a Aníbal a cambio?

—Eso sí que no viene al caso ahora. —Fran sonríe con total descaro—. Voy a interrogar al sospechoso. Si no cree todo lo que le acabo de decir, véalo usted mismo.

Sin más, Fran camina hacia la sala de interrogatorios. Intrigado, y sin posibilidad de hacer nada más, Morey entra en su despacho y enciende el monitor del circuito cerrado de la sala de interrogatorios, donde precisamente Aníbal acaba de hacer su aparición.

—Me cago en mi vida, ¿qué hace él aquí? —El cabo se levanta y retrocede, pero Quílez le sienta de nuevo en la silla.

—Qué ganas de verte tenía, macho. Porque te veo y no veo al gilipollas que eres, sino a los cincuenta mil euros que me debes.

—La pregunta es muy sencilla —interviene Fran—. ¿A quién vendías los explosivos?

—Pero ¿qué coño queréis, preguntándome eso? ¿Buscarme la ruina? ¿Y qué hace este aquí? Aníbal, te lo juro, yo no he dicho nada contra ti. Te lo juro, tío, te lo juro.

—Vamos a ver si nos entendemos —continúa Fran—. Tú estás jodido porque le debes pasta a Aníbal. Yo quiero saber a quién le vendías los explosivos. Así que te propongo un trato: Aníbal se olvida de la deuda si tú me cuentas lo que quiero saber.

—No, no, no, no. No me lo creo…

—Pero mira que eres gilipollas, me cago en mi puta madre. —Aníbal se acerca más a él—. ¿No les estás oyendo? ¿No ves que te conviene, imbécil?

—Déjame insistir —prosigue Fran—, no solo te libras de pagar los cincuenta mil, sino que me olvido de esto —Fran saca del bolsillo la papelina— y de toda la mierda robada que había en tu casa. Y lo único que tienes que hacer es decirme a quién le vendías los detonadores y para qué los querían.

—¡Fran! ¿Le puedo dar un par de hostias? —tercia Aníbal—. Que se las merece, por gilipollas. Escúchame bien, «mierdaseca». Mírame a los ojos antes de que te los arranque. Cuéntaselo todo a estos y yo me olvido de que te he conocido.

—Se los vendía al moro —cede Manuel—. Al que trincasteis conmigo. De verdad, lo juro, no sé para qué los quería. Yo nunca hago preguntas.

—Me debes una que vale por cincuenta mil —le advierte Aníbal a Fran.

Todos salen de la sala, menos Fran, que se queda mirando con fijeza a la cámara de vigilancia, con una sonrisa triunfal. La misma que lleva en la cara cuando, minutos después, entra en el despacho de Morey, y aún se permite un:

—Y usted que quería soltar al morito…

Pero Morey no está para sarcasmos, e iracundo, le levanta la voz:

—¿Le parece a usted normal lo que ha hecho? ¡Pactar con un delincuente! Olvídese del trato que acaba de hacer. No voy a permitir que deje en la calle a un traficante de droga y explosivos. ¡Qué poca vergüenza!

—Sigue usted sin enterarse de nada —advierte Fran—. A mí, que ese inútil o cualquier otro roben explosivos, me da igual. Lo que quiero es saber quién los compra y a quién se los lleva, porque esos…, esos sí que son peligrosos. Si alguien compra bombas, es para usarlas, ¿me oye? ¡Y gracias a mi «poca vergüenza», eso no va a ocurrir!

Fran sale dando un portazo.

***

Minutos más tarde Morey marca el número de Serra para pedirle explicaciones.

—López. Haciéndose pasar por periodista para presionarme. ¿Ha sido cosa tuya, Serra?

—López. Un chico simpático. Un agente con iniciativa, que logra hacer lo que le pido. —Serra está en un restaurante, no sube la voz, mantiene un tono risueño y animado.

—¿Estás diciendo que yo no?

—Solo digo que estás tardando mucho en soltar a Karim.

—No es tan fácil.

—Ni tan difícil.

Morey toma aire. Cuando Serra se pone impaciente... Está acostumbrado a la presión, pero cada vez se siente más solo. Decide seguir adelante:

—Serra, la única forma de sacar a Karim es que alguien se coma el marrón en su lugar. Alguien que confiese que las bombas eran para él, y que Karim no tenía ni idea de que lo que estaba comprando eran explosivos.

—Un poco traído por los pelos. Pero puede funcionar. A estas alturas, no tenemos tiempo para otra cosa. Pero ese papel ya no puede ir para López, el periodista intrépido al que todos en la comisaría han visto la cara.

—También tienes aquí a Ballesteros, ¿no?

—Adjudicado. Por cierto, ¡qué buenos están los corazones de pollo ceutíes!

—Serra..., ¿es que estás en Ceuta?

***

Después de asistir al entierro de Sara, donde no han sido precisamente bienvenidos, los Ben Barek llegan a casa, donde el silencio lo rompió precisamente quien siempre trataba de pasar inadvertido, Hassan:

—Fátima, dinos la verdad: ¿fue Abdú el que mató a esa pobre chica?

—¡No, padre, claro que no!

—¿Le conocías? —tercia Aisha—. ¿Era alguien que conociéramos nosotros?

—Entonces, ¿cómo consiguió la moto de Abdú? —insiste Faruq.

—¿Y por qué mataron a Sara? ¿Qué les había hecho la pobre chica? ¡Esto no tiene ni pies ni cabeza!

Fátima va a salir de la habitación cuando se detiene, congelada al oír las palabras de su hermano:

—No tiene ni pies ni cabeza porque nos están mintiendo. Abdú, la policía… o Fátima.

—¡Faruq! —interrumpe Hassan—. ¡No os permito que habléis así entre hermanos! ¿Por qué se nos rompe así esta familia, por qué?

Hassan desfallece. Leila, Aisha y Nayat le sostienen.

—Faruq, vamos, ayudadle a ir al dormitorio —ordena Aisha—. Que descanse.

Cuando sus otros hijos han salido de la habitación y están ya solas, Aisha se dirige directamente a Fátima, con palabras cargadas de decepción:

—Y yo que siempre decía, cuando eras pequeña, que nunca mentías…

—Madre, no he mentido.

—¿Eso quiere decir que has sido completamente honesta con nosotros?

Fátima no puede evitarlo: su mirada se desvía. Suspira y trata de ser sincera, diciendo lo menos posible:

—El inspector me pidió que no dijera nada de la moto.

Aisha se cruza de brazos, y con un «lo sabía» en su expresión:

—Ese hombre otra vez. ¡En mala hora lo conocimos!

—Madre, si me callé fue para poder ayudarle a que encuentre a Abdú.

—Fátima, lo peor de mentir no es engañar a tu familia, sino creerte tus propias mentiras.

De nuevo Fátima no sabe qué decir. El timbre suena. Aliviada, abre la puerta y... Khaled se le echa encima, abrazándola.

—Alabado sea Alá, estás bien. —Khaled repara en la sorprendida Aisha—. Disculpe la confianza, tía, pero pensé que le podía haber pasado algo. Estaba en París, vi las noticias y cogí el primer vuelo a Tánger. Acabo de llegar. ¿Seguro que estás bien?

Fátima solo asiente, su culpa la oprime tanto como el abrazo que acaba de recibir.

—Pasa, Khaled, descansa con nosotros —le invita Aisha—. Te agradecemos que hayas venido. Eres lo único bueno que nos ha pasado en todo este tiempo. ¿Verdad, Fátima?

* * *

Morey conduce hacia el apartamento con Serra de copiloto, mientras le explica los últimos acontecimientos.

—... y ahora la chica debe de estar soportando muchas preguntas de su familia. Está haciendo un gran trabajo y resistiendo bien la presión. Sé que no hablará de Karim.

—Ya, Javi, pero... qué quieres que te diga, te veo un poco raro.

—¿Qué insinúas?

—No es la primera vez que usamos una chica como ella para obtener información. Las miras con esos ojitos tuyos, les dices cuatro tonterías y cantan la gallina. Pero esta, no sé...

—Sé perfectamente lo que hago.

—En serio, Javi, no es una de esas putillas que rondan alrededor de los narcos. Será porque es virgen, porque se va a casar, porque está buena... pero espero que no te dé un síndrome de Estocolmo, ¿vale? Haz lo que tengas que hacer para que nos ayude, pero espero que tu mente y tu polla estén donde tienen que estar. ¿Entendido?

Morey cambia de marcha y asiente, incómodo.

—No tienes de qué preocuparte —cambia de tema—. ¿Has traído lo que te pedí?

—Para eso he venido en persona al culo del mundo.

Serra abre un portafolio y saca una ficha policial. En la foto hay un hombre rechoncho, cincuentón, con una buena mata de pelo oscuro en la cabeza, un rostro bien afeitado y una llamativa verruga bajo el ojo. Es Ballesteros.

* * *

Karim reza en dirección a La Meca dentro de la sala de interrogatorios. Tras tanto tiempo entre rejas, solo su paciencia, su devoción y sus enseñanzas religiosas son capaces de mantenerle tranquilo, sereno y preparado. Pero no puede evitar un sobresalto cuando la puerta se abre. Es Morey, que trae dos tés en vaso de plástico.

—Le he puesto un sobre de azúcar al tuyo. Tengo más, si quieres —Morey pone las tazas humeantes sobre la mesa—. Tranquilo, no está envenenado.

Pero Karim no toca el té ni se sienta. Morey rodea la mesa y desconecta la cámara de grabación. Karim se pone tenso, busca refugio en la pared, pues cree que le va a agredir.

—No voy a pegarte. Relájate y siéntate.

Karim tarda unos segundos, pero obedece. Morey le mira a los ojos durante un largo rato, y habla:

—¿No te has preguntado por qué no te hemos acusado de la muerte de Sara?

—No fui yo —Karim palidece—. Me confunde con otro. Para ustedes, todos los árabes nos parecemos.

—Claro, y para ti, todos los cristianos somos iguales. Pero conmigo te equivocas. Te vi muy de cerca y sé que fuiste tú. ¿No te ha extrañado que antes no te delatara? Tú y yo tenemos más en común de lo que crees. Los dos admiramos a la misma persona. Tu hermano. Murió por sus ideales. Y yo eso lo respeto, sin importar cuáles fueran.

Karim se cruza de brazos, se muerde el labio, inseguro. Sabe que todo lo que dice es verdad. El policía podría haberle delatado en cualquier momento. ¿Qué quiere conseguir ese poli con todo eso?

—¿Te extraña que un policía de esta comisaría sienta… respeto por tu lucha? No todo es lo que parece. Y te puedo demostrar que es verdad. Voy a dejarte libre para que continúes tu trabajo.

—Pues suélteme. Lo tiene fácil.

—No te creas. Vas a tener que poner de tu parte.

Morey saca el dosier con la ficha policial de Ballesteros.

—Este hombre está dispuesto a cargar con la compra de explosivos. Solo tienes que decir que él te mandó a recoger la mercancía a casa del militar, pero que no sabías lo que había en los paquetes. ¿Entiendes?

Karim lee atentamente la ficha. Por fin levanta la vista hacia Morey, y por toda respuesta, toma el vaso de té y bebe.

* * *

Minutos más tarde, Fran entra en comisaría con un par de bolsas de la compra, y se topa con un gesto jocoso, casi amistoso, de Morey. «Parece que hoy está de buen humor», piensa Fran.

—¿Aprovechando la patrulla para hacer la compra?

—Bueno, ya sabe. Mezclándonos con la ciudadanía. ¿Quería algo de mí?

—Tenga. —Morey le alarga el informe policial de Ballesteros y se sienta en su mesa—. El hombre que pagaba a Karim para que le consiguiera los explosivos. Fran lo hojea, incrédulo.

—¿De dónde lo ha sacado?

—Me lo ha contado él mismo.

—¿A usted? ¿Por qué? Llevo dos días intentando que hable y…

—Es lo que tiene ser el poli bueno.

Morey le deja con un palmo de narices y regresa a su despacho. Sin perder tiempo, Fran consulta la base de datos, encontrando una ficha falsa plantada por el CNI: «Honrubia Jiménez, Eduardo». Pasmado, observa la ficha y hace un gesto a Hakim y Quílez, para que se acerquen.

—¿Y este capullo quién es? —pregunta Hakim.

—Según Morey —puntualiza Fran—, el tío que compraba los explosivos al «militroncho».

Miradas de estupor. Quílez lee en voz alta:

—Especializado en atracos con explosivos. Dos bancos en Málaga, tres en Sevilla… menudo pájaro.

—Otro que viene a comprar a Ceuta pensando que todo está más barato. —Hakim trata de romper la tensión.

—¿Qué piensas tú, Fran?

Pero él solo se lleva un dedo a la boca y les manda a trabajar con un gesto. Fran coge la copia impresa del documento y vigilando que Morey no le vea, se dirige al control de cámaras, donde rebobina las grabaciones del día, hasta que ve a Morey entrar en la sala con los tés… y apaga la cámara.

—Maldito cabrón.

* * *

Driss es uno de los alumnos favoritos de Fátima, y es bien conocido en el Centro Cívico por su implicación en actividades, clases, cursos… Tiene apenas quince años y Fátima sabe que dispone de un potencial tremendo, sensibilidad y talento para las artes, aunque exteriormente parezca un alumno más. Todos le conocen por sus camisetas del Barça, con las que, como si cada número fuese para un día de la semana, siempre se presenta a clase. Pero hoy, al salir del centro contento tras recibir un par de halagos por dar respuestas correctas en clase y solo una amonestación por charlar —nadie dice que Driss sea perfecto— su buen humor cambia radicalmente a la ira más fuerte cuando ve a Ramón, el hermano de Sara, escribiendo con espray en el coche de su adorada profesora Fátima: «Asesina». Sin dudarlo, pese a que es medio cuerpo y quince años más pequeño, Driss interpela al militar.

—¡Borra eso! ¡Que lo borres!

—Pírate de aquí, *mediahostia*, o te voy a…

Driss sorprende a Ramón y le da un puñetazo en el estómago, que Ramón no parece ni siquiera sentir. Pero antes de que Driss pueda retirar la mano, Ramón se la atrapa y sin decir más, comienza a sacudirle. No lejos de allí, Khaled acompaña a Fátima fuera de clase.

—Fátima, no te entretendré mucho. Un café nada más, te lo prometo.

—Está bien, la verdad es que lo necesito. Pero después, tengo que… ¡No, Driss!

Fátima y Khaled ven a Ramón, machacando a Driss a puñetazos. Para sorpresa de todos, Khaled le coge del hombro y le derriba, propinándole una hostia que le sacude la cabeza. Por un momento Fátima y Ramón sienten la misma estupefacción.

—¿Has escrito tú eso?

Ramón asiente y escupe sangre.

—Y lo que me queda.

Sin aviso previo, Khaled le da tal puñetazo que le derriba contra el coche. Ramón cae contra la puerta, manchándose de la pintura de espray.

—¿Estás bien, Khaled? —pregunta Fátima, impresionada. Al verle asentir, prosigue—: Vamos a llevar a Driss al hospital, por favor.

Fátima abre la puerta opuesta del coche y el muchacho entra. Mientras, Ramón consigue levantarse y se aleja, señalando en el dedo a Khaled.

—Os vais a acordar de esto. ¡Voy a ir a por todos vosotros!

Fátima, ya con Driss sentado en el coche, se vuelve hacia Khaled.

—Por favor, no le digas nada de esto a mi madre.

—¿Y cuando se entere de lo que ha pasado? Le sentará peor saber que no le has dicho nada. No, Fátima, si me pregunta, se lo diré. Yo tampoco sé mentir. —Khaled sonríe, y continúa—. Tenemos más cosas en común de las que crees.

* * *

Horas después, mientras Fátima y Khaled aún están en el hospital con Driss, Aisha camina hacia su casa con las bolsas de la compra. Salir y ocuparse de las labores domésticas le sirve para relajarse, pensar en otras cosas, tratar de olvidar, aunque sea momentáneamente, sus pesares y los de su familia.

—Shh, ¿adónde vas?

Aisha oye el comentario, y como siempre que escuchamos una frase que creemos que no va dirigida a nosotros, hace caso omiso.

—¿Que adónde te crees que vas? —Pero la voz insiste, y Aisha se vuelve.

Un grupo de personas la está siguiendo de cerca: son varios hombres y una mujer. Tres son jóvenes, dos son más mayores. No hay nada en ellos que llame la atención al principio. Hasta que ve a Ramón, el hermano de Sara, entre ellos, con un ojo morado y varios cortes en la cara.

—¿No me has oído? —insiste Ramón.

Aisha comienza a sentir una extraña sensación en el estómago, algo que le dice que no responda y siga andando, sin mirar atrás. Pero uno de ellos le corta el paso. Intimidada, trata de razonar:

—A mi casa.

—Eso, vete a Marruecos y te llevas a tu puta familia.

Aisha se gira hacia la mujer que ha hablado. Es de la edad de Fátima. Aisha responde:

—Yo nací aquí. Esta es mi casa, soy española.

—Pues si eres de aquí, no necesitas eso.

La mujer alarga la mano hacia el velo de Aisha y se lo arranca.

—¡No! ¿Qué hacéis? ¿Por qué?

Aisha, sintiéndose desnuda, se tapa la cabeza con las manos, busca refugio en un callejón, se aleja de allí lo más rápido que puede. Deja atrás a los atacantes, que hacen trizas el velo.

* * *

En la comisaría, Hakim y Quílez entran, orgullosos, con su flamante detenido, Ballesteros, para ellos «Eduardo Honrubia», localizado exactamente en la dirección donde Karim les indicó durante su interrogatorio, y que memorizó gracias a que leyó en la ficha policial. Fran se acerca a ellos para formalizar el arresto, y Morey llega a la vez, para controlar que todo salga como espera.

—¿Le han leído sus derechos? A ver si por un error de novato hay que ponerle en la calle.

—Mis chicos le habrán leído los derechos —apuesta Fran— y el *Marca* de hoy.

—Por eso está tan triste —Hakim continúa la chanza—. Ha perdido el Osasuna.

Fran va a rematar la broma, cuando la voz de Mati se impone sobre el murmullo habitual de la comisaría:

—¡Venid! ¡Han apuñalado a un detenido!

Fran y Morey se miran, un segundo de reconocimiento entre ellos. Solo puede haberle ocurrido eso a uno.

* * *

Sentada en el salón, Fátima escucha la puerta cerrarse, y oye el sonido tan familiar de los pasos de su madre. Tras su anterior encontronazo, Fátima decide empezar de cero, ponerle su mejor sonrisa y…

—¡Madre! ¿Qué te ha pasado?

Aisha entra lívida, llorosa y sin velo. Fátima le acerca una silla, Aisha la toma, se cubre la cara con las manos.

—Nada.

—¿Cómo que nada? ¿Y el velo, madre? ¿Qué ha pasado?

—Ramón. Y algunos de sus amigos. Me han quitado el velo y… dicen que somos unos asesinos.

—Madre, lo siento, lo siento tanto.

—Este barrio, hija…, estos problemas…, esto no va a acabar nunca, va a ir a peor.

Aisha se vuelve hacia ella, le coge un brazo con una mano, le acaricia la cara con la otra. Las lágrimas rebosan sus ojos, pero trata inútilmente de hablar con convicción y normalidad.

—Hija, haznos caso de una vez. Cásate ya. Vete de este barrio con Khaled. Él te puede dar una buena vida en Marruecos, lejos de esta frontera… Por favor, hija. Por favor. Por favor…

Fátima se queda quieta, no sabe qué contestar.

—Sí, madre. Sí. Cumpliré mi palabra. Me voy a casar con Khaled.

Aisha se abraza a ella, aliviada. No ve que la expresión de Fátima es de todo, menos convincente.

—Y por favor, de todo esto, ni una palabra a tu hermano. No quiero que Faruq se entere de…

—¿De qué no me tengo que enterar?

Sangre en el suelo, sangre en la pared, en la ropa de Karim.

—Me quería matar, me quería matar…

—Tranquilo, chaval —Hakim le quita hierro— que yo me hago cortes más profundos afeitándome.

Los sanitarios terminan de vendarle el brazo a un lívido Karim, que no para de repetir que querían matarle. Mati y Fran tienen cara de circunstancias. A Morey le suena el móvil, se retira a un rincón discretamente y responde. La voz de Fátima suena quebrada:

—No puedo más. No puedo seguir mintiendo. Se nos está yendo de las manos.

—Fátima, tranquila. ¿Qué ha pasado?

—Unos… racistas, ultras, lo que fuese, han atacado a mi madre. Tenemos que contar la verdad, yo no puedo resistir más…

—Tranquila. Vamos a hablarlo. Nos vemos en una hora, en mi apartamento.

Fátima se queda callada, de repente. Y quizá traicionándose a sí misma, asiente:

—Sí. No, espera, no sé si… Sí. Iré. Una hora.

Morey cuelga y suspira de alivio, a tiempo para ver a los sanitarios salir del calabozo.

—Quiero una explicación.

—Un moro que detuvimos esta mañana —explica Hakim— traía una hoja de cúter oculta en la sandalia. No sabemos por qué le atacó… pero hemos tenido suerte.

—¿Suerte? ¿Le parece que esto es suerte? ¿Sabe el riesgo que hemos corrido? —Morey decide desahogarse con él—. Esto es una cagada, podría haberle matado y estaríamos otra vez abriendo telediarios. Como si no hubiésemos tenido bastante con lo de Sara. ¿Es que no se cachea a los detenidos?

Hakim se encoge de hombros y desvía la bronca:

—Pregúntele al agente encargado del calabozo —dice, señalando con la cabeza al agente en cuestión—. Es el que debería haberlo hecho.

—Ya no quiero más excusas ni explicaciones. No va a volver a ocurrir algo así, o abriré un expediente —zanja Morey.

* * *

Minutos después, Fran observa la apariencia de Ballesteros en la foto de su ficha. Levanta la vista y la compara con el hombre que tiene delante. Efectivamente, es el mismo. Pero hay algo raro en él. Algo que su instinto de policía nota y que no puede explicar… aún.

—¿Cómo conociste a Karim? —comienza Fran.

—No veo a mi abogado.

—Es que es difícil aparcar en este barrio, pero seguro que llega pronto. Mientras tanto, vamos adelantando: ¿cómo le conociste?

Ballesteros tamborilea los dedos, sin cambiar su cara de póquer.

—Me lo recomendaron. Me dijeron que era lo bastante estúpido como para hacer de correo sin preguntar.

Fran frunce el ceño.

—¿Karim no sabía que estaba comprando explosivos?

—Ese qué coño va a saber, sabe leer con suerte. Mientras le pagara, haría lo que yo quisiera. El pobre es… un «matao».

Veinte minutos después Fran sale de la sala, extrañado y sabiendo que algo raro está ocurriendo, pero sin poder describir qué y cómo. Lo que no es tan extraño, piensa Fran, es ver a Morey dirigiéndose directamente a él. «Cuánto le interesa este caso al inspector jefe. Tengo que averiguar por qué».

—¿Ha confesado, Fran?

—Sí. Ha admitido que compraba explosivos para un atraco que estaba preparando en la Península.

—¿Karim era su cómplice, pues?

—Según él… era un simple correo. No sabía nada del plan.

—Bueno, pues tenemos la confesión del comprador. Caso cerrado.

—Sí, jefe, solo que… —Fran observa cuidadosamente la reacción de Morey—. Nunca he vivido un interrogatorio así, y menos con un tipo con su historial delictivo. No ha tratado de ocultar nada. Incluso me ha contado cosas que no le he preguntado.

—Y ¿qué le preocupa? ¿Que a veces las cosas se resuelvan demasiado fácilmente?

* * *

Morey entra en la sala de interrogatorios, y cierra la puerta tras de sí. Ballesteros sigue con su actuación:

—Si el otro era el poli bueno, usted es el malo, supongo.

Sin mediar palabra, Morey desconecta la cámara y le muestra un pulgar hacia arriba a Ballesteros.

—¿Qué? ¿Me das el Goya al actor revelación? —pregunta Ballesteros.

—Yo diría que has estado un poco sobreactuado. Fran está con la mosca tras la oreja. Pero para lo que necesitamos, nos sirve.

—¿Recibiste el reloj de Karim con el micro plantado? —inquiere Ballesteros.

—Sí, hace un rato. Se lo llevará puesto, no te preocupes.

—Y ¿qué pasa conmigo ahora?

—Vas a declarar ante el juez, que decretará prisión. Pero en ese momento llegarán papeles de cierto juzgado de Málaga pidiendo tu traslado a la Península, para interrogarte por otro caso. Fin de tu carrera criminal.

—Qué pena. Estaba empezando a gustarme. Solo por no soportar a Serra…

Morey le ríe la gracia y vuelve a activar la cámara.

* * *

Mientras tanto, Fran ha entrado en el despacho de Morey, y se dirige directamente hacia el archivo donde se guardan los expedientes de cada policía de la comisaría, y empieza a buscar uno. Pero no coge el suyo, ni el de Quílez, ni el de Hakim… sino el de Morey. Se lo esconde bajo la chaqueta, justo cuando…

—¿Qué hace usted aquí? —exclama Morey, entrando por la puerta.

—Esperándole.

—Bueno…, empiece las gestiones para soltar al tal Karim.

—¿Está usted seguro de lo que hace?

—No tenemos más remedio. Con la declaración del comprador es suficiente, y además… así evitamos que el abogado nos dé problemas por la agresión que ha sufrido en el calabozo, que es responsabilidad de sus agentes.

—Entiendo —concluye Fran, caminando hacia la puerta.

—Pero ¿qué quería? ¿Me estaba esperando, no?

—Quería decirle que… tiene usted razón —Fran improvisa—. El caso está resuelto y bien resuelto. Vamos, que por una vez… hemos ido en línea recta.

—Me alegro de que lo vea así.

* * *

Morey adecenta su apartamento —como haría cualquier soltero— para preparar la venida de Fátima. Mientras, habla con Serra por el manos libres.

—Serra, es normal que la chica falle. No está acostumbrada a este tipo de presión.

—Ya, bueno…, bastante ha aguantado… No es que viva precisamente en la Moraleja… Mira, no sé… Te digo lo de siempre… Haz lo que tengas que hacer. Y en estas situaciones, ya sabes a qué me refiero.

Suena el timbre, Morey cuelga sin despedirse, se peina con los dedos según camina hacia la puerta, abre. Fátima está sofocada, acongojada, entra sin saludar, como un vendaval.

—Lo siento, lo siento, no aguanto más esta situación… Mira, yo puedo soportar muchas cosas. Pero no quiero que esto salpique a mi familia ni les ponga en peligro. No voy a consentir que me llamen asesina o que agredan a mi madre.

—Fátima, céntrate, ¿qué ha pasado? ¿Qué quieres decir?

—Voy a hablar con Ramón para contarle la verdad. Que busque él al asesino de Sara y nos deje en paz. Mi familia no ha hecho nada.

Morey sopesa la situación por un momento. Decide romper la baraja, llevar la conversación a otro sitio.

—Tienes razón, Fátima. Me he equivocado.

Ella no sabe qué contestar al principio. No se lo esperaba. Morey prosigue:

—Lo siento. Estaba tan obsesionado por conseguir una pista que me llevara a tu hermano, que no he pensado en la presión que estaba poniendo sobre tu familia.

Fátima muerde el cebo.

—¿Y tienes ya esa pista?

—Desgraciadamente, no —suspira Morey—. Necesito un poco más de tiempo. Poco, quizá unas horas. Es el tiempo que necesito para poner en libertad a Karim y que podamos seguirle…

—¿Karim está detenido? Pero ¿cómo no me lo has dicho?

—Le detuvieron por un delito menor, sin relación con el caso. He estado trabajando para ponerle en libertad y que nos lleve hasta Abdú.

Fátima lo piensa unos segundos, pero termina sacudiendo la cabeza. Se levanta, coge su bolso.

—Ya no sé qué puedo creer de ti.

Fátima va hacia la puerta, pero Morey se interpone. Da un paso hacia ella, hasta que sus caras, sus ojos, sus labios están demasiado cerca.

—A ti nunca te he mentido.

Morey la besa. Fátima duda por unos segundos… pero finalmente se deja llevar.

* * *

Al mismo tiempo, en el bar de Marina, Fran, Quílez y Hakim revisan el expediente de Morey.

—Primero estaba como loco por soltar al moro de los explosivos, luego encontramos «casualmente» al atracador, después le interroga con la cámara apagada… ¿por qué? —pregunta Fran.

—Bueno, es evidente —responde Hakim—, a mí a veces se me apaga la cámara también sin querer. Justo las veces en que se me va a ir la mano con el detenido.

—No, Morey no es de esos. Pero son demasiadas cosas raras.

Quílez levanta la vista de los papeles y señala unas líneas a sus compañeros.

—Aquí pone que estuvo destinado en Zaragoza. En estupefacientes.

—Lo he leído. Pero no me cuadra.

—¿Crees que es de Asuntos Internos? —Quílez le mira por encima de las gafas de lectura.

—¿De incógnito? No, suelen ir a las claras, sacan más en claro acojonando al personal. No, algo se nos escapa en este tipo. Dame el número de Zaragoza.

No lejos de allí, Serra lee el periódico, mientras disfruta de una típica cazuela de pescado con fideos gordos. A medio bocado, ve un aviso en su ordenador: «Llamada a código A52. Desvío activado». Serra sonríe, abre un fichero con datos y contesta la llamada desde el ordenador.

—Brigada central de estupefacientes de Zaragoza, dígame.
—Su tono es aburrido y burocrático.

—Buenas, mire, le llamo desde la jefatura superior de policía de Ceuta. Quiero hablar con el comisario Ayerra.

—Pues, a ver… No, el comisario no está. Yo soy el inspector Pacheco, si puedo ayudarle en algo…

—Sí, bueno, era una consulta sobre el inspector jefe Javier Morey, creo que trabajó con ustedes…

—Claro, Javier. ¿Qué es de él? ¿Está con vosotros?
—Eh, sí, sí. Perdone, ya les llamo mañana.

En el bar, caras de estupor.

—Parece que estuvo en Zaragoza —confirma Fran—. Pero ese cabrón oculta algo, y quiero averiguarlo ya. Voy a echar un vistazo a su apartamento. Cuando vaya a comisaría, entretenedle con cualquier cosa.

* * *

En el citado apartamento, Morey y Fátima se besan apasionadamente, y aún en silencio, sus cuerpos, sus movimientos, sus gemidos y gestos conforman una conversación propia, en un idioma que solo ambos entienden y en el que se dicen que quizá, por fin, ya no hay barreras entre ellos.

Morey empieza a desabotonarse la camisa… y deja que ella termine de hacerlo. Fátima le besa el pecho, el cuello, la boca, plena de sentimientos. Morey respira hondo, emborrachándose con el perfume de sus cabellos. Él le desabrocha un botón de la blusa... Y Fátima se separa de él. Morey está seguro de que va a pedirle que paren... pero inesperadamente, ella misma se desviste, con manos inseguras.

—Estás temblando.

—Sí...

Fátima se deja caer en sus brazos de nuevo, y Morey le desabrocha el sujetador con un leve movimiento de la mano. La prenda cae entre ellos y Morey le besa cuello, pecho, senos, bajando hasta el vientre. Fátima se deja caer hacia atrás, mientras Morey sigue besándola...

* * *

Tiempo después, la noche de Ceuta ya puede verse por la ventana del apartamento. Morey y Fátima yacen desnudos en la cama, tumbados de lado, con él abrazándola por detrás. De repente suena una alarma del móvil y Fátima se sobresalta. Como recordando que tiene una casa a la que volver y una familia a la que mirar a la cara, su expresión cambia, su voz se agudiza.

—Tengo que irme. —Fátima va a incorporarse, pero se detiene—. Date la vuelta.

—¿Por qué? —Morey está genuinamente sorprendido.

—Tengo que vestirme.

—Pero... acabamos de...

—Hazlo. Por favor. —Su tono ahora es serio, muy diferente al de antes.

Morey se da la vuelta en la cama, mientras Fátima se viste rápidamente, sin que él la vea. Y sin que vea las lágrimas que acaban de traicionar su dureza. Fátima termina de colocarse el hiyab y va a salir por la puerta, cuando Morey se levanta y la detiene. Sin decir nada, solamente la besa. Fátima no responde al beso, y sale.

* * *

Mientras, en el exterior, Fran vigila el apartamento, cuya luz sigue encendida. Saca su móvil para llamar, pero se detiene, sorprendido, al ver a Fátima salir a toda prisa. Ella entra en su propio coche y se mira en el espejo para asegurarse de que nada la delata, y arranca. Fran deja que se aleje antes de llamar a Morey.

—Fran. ¿Algún problema?

—Sí, jefe. Tenemos un marrón en comisaría. Venga, por favor.

—¿De qué me está hablando? ¿Qué ocurre?

—Ahora le cuento. Venga ahora, por favor.

Fran cuelga. Minutos después ve a Morey salir a toda prisa de la casa. Espera a que se aleje y solo entonces, entra en el edificio de apartamentos. La puerta del de Morey se abre inmediatamente, gracias a la ganzúa y a su mano experta. Una vez dentro comienza por el recibidor: cajones, armarios, ropa, ha de registrarlo todo.

* * *

Cuando Fátima llega a casa, aún no ha conseguido que su pulso se calme; son demasiadas emociones, demasiados sentimientos, demasiados secretos… Fátima camina por el pasillo adelantándose a la bronca que le va a caer por llegar tan tarde…

—Perdón a todos por el retraso, hemos tenido mucho lío en el centro y…

Y se encuentra a Khaled, junto a toda su familia, mirándola sonrientes y expectantes. Es Aisha la que, emocionada, rompe el silencio:

—Alegra esa cara, hija, Khaled tiene una sorpresa para ti. Díselo, Hassan.

—Fátima, ya tenemos fecha para la boda. Mejor díselo tú, Khaled.

—*Inchaallah!* Dentro de cuatro meses. Nuestros padres han dado la aprobación.

—¿Estás contenta, hija?

—Sí... un poco... sorprendida.

Todos estallan en risas y se acercan a ella para abrazarla, incluso Faruq.

—Felicidades, cuñada. —Es Leila, emocionada.

—Ya era hora de perderte de vista. —El siempre serio Faruq le guiña un ojo.

—Felicidades... pero ¡que sepas que te voy a echar de menos! —Nayat parece a la vez tan alegre como afligida.

Y entre todos ellos Fátima contempla a Khaled, sonriente como el que más. Por fin Aisha rompe el abrazo:

—Anda, Khaled. Idos a tomar algo. Tendréis tanto de que hablar...

* * *

En casa de Morey, Fran registra todo rápidamente, pero con cuidado, tratando de no dejar huellas y de no cambiar nada de sitio. Por fin llega a un armario. Tira de las puertas, pero no se abre como debería. Fran se extraña, busca en los bordes y ve un papel saliendo detrás de una de las hojas, donde no debería estar. Busca cuidadosamente y se da cuenta de que tiene un mecanismo que oculta algo. Fran tira de uno de los paneles... Y ante él se despliega un tablero con documentos, reflexiones, pistas, y una multitud de fotos, de Tarek, de Abdú, de otros sospechosos... y de él mismo. Y por poco Fran confunde la presión que siente en la nuca con los escalofríos que le bajan por la espalda. Pero el sonido de un arma amartillándose le confirma sus sospechas.

—Hijo de puta. Muévete y te vuelo la cabeza.

5

CIRCULAR 50

Una de las pocas maneras que hay de ocultar que se llora consiste en esconderse en la soledad. Pero cuando ni siquiera estar sola es suficiente para ocultarse las lágrimas a una misma, cuando esas lágrimas parecen estar hechas de agua sucia, y cuando esas lágrimas parecen ensuciar la piel, la cara, el cuerpo… ni la más pura de las aguas, ni el jabón más aromático, ni el más largo de los baños pueden hacer desaparecer la culpa de la conciencia. Por eso, no importa cuánto tiempo pase Fátima bajo el agua de la ducha, ni cuánto se irrite la piel hasta el dolor frotándose el cuerpo, ni cuántas veces intente aclararse el revuelto cabello: su pecado no se borra, su falta no se enmienda y su pureza… ya no vuelve.

La puerta del baño se abre, y Fátima se encoge sobre sí misma, instintivamente. Es Nayat, que sabe, pero no entiende qué, que algo va mal.

—Fátima…, dice mamá que salgas ya. Khaled quiere enseñarnos los planos de la casa y ya no sabemos cómo entretenerle…

Pero no obtiene respuesta inmediata.

—¿Fátima?

—Ahora voy.

Nayat sale y, por fin, Fátima cierra el grifo. Y cuando sale de la ducha, solo puede mirar su móvil, mudo.

* * *

«Qué ironía», piensa Fran. Las bridas que habitualmente le sirven para reducir a los detenidos ahora sirven para mantener sus muñecas clavadas a los brazos de la silla donde le ha dejado Morey. Duelen más de lo que pensaba.

A su lado, el panel en el que terroristas como Tarek, un desaparecido como Abdessalam y sospechosos como Karim están dispuestos alrededor de muchas otras fotos, entre ellas, la suya propia. De la terraza le llega un rumor indistinto de voces donde Morey habla bajo con otro hombre, que llegó hace unos minutos y al que Fran no ha podido ver la cara. En esa terraza Serra discute con Morey.

—Era una misión de infiltración, Javi. Y ha salido mal. No pasa nada. Punto. Seguirá otro.

—No tiene ningún sentido abandonar ahora.

—No, claro. Precisamente el policía al que veníamos a investigar nos acaba de colocar. La misión ha sido un éxito.

—Serra..., ya no tengo tan claro que sea a él a quien buscamos. Fran tiene maneras poco ortodoxas, pero tiene moral. A lo mejor nos puede servir. Y en el punto que estamos, Fátima también nos puede seguir siendo útil.

—¡Olvídalo! Seguirán otros. Lograremos que Fran sea destinado lejos de aquí. Y a Fátima se le dirá que te han trasladado. Fin del rastro.

—Vale. Llama. —Morey le ofrece el móvil a Serra—. Diles que no hemos conseguido nada. A ti te mandan de nuevo a Jerusalén. A mí, no sé, lejos, a Caracas. Si de verdad crees que no hemos conseguido nada, llama.

Serra no coge el móvil. En su interior no lo tiene tan claro. Niega con la cabeza.

—¿Y solo en el supuesto de que sigamos…, qué hacemos con ese?

Dentro, Fran fuerza las muñecas, busca una manera de liberarse. Pero detiene sus intentos cuando nota que Morey está tras él, inmóvil. Y todos sus sentidos se disparan cuando ve un cúter frente a su cara. Fran aprieta la mandíbula… y ve cómo Morey corta las bridas de un tajo.

—No sois policías, ¿verdad? ¿Qué sois… militares?

Fran se levanta y se encuentra con Morey, con una pistola, y con un curioso hombre, ya en los cincuenta, aún con buena planta pero al que la buena comida y la buena bebida le están haciendo perder el fondo atlético que una vez tuvo. Barba cuidada, traje gris marengo, gafas de montura al aire y detrás, desmintiendo su apacible aspecto, unos ojos que harían desconfiar incluso al tigre más hambriento.

—Tenemos mucho de que hablar, Fran. ¿Puedo llamarle así, verdad?

* * *

Lejos, muy lejos de allí, en la zona portuaria, el recién liberado Karim hace lo que cualquier subordinado con ánimo de despejar las sospechas que se ciernen sobre él haría: ir personalmente a dar la cara ante sus jefes. Camina entre barcos, almacenes y lonjas cerradas, hasta que entra por una puerta de servicio indistinguible de las decenas que hay alrededor.

—Lo tengo —López comunica por radio—, ha entrado en un local de la calle 4 del puerto. Todo cerrado, no puedo ver más.

De vuelta en casa de Morey, Serra se vuelve a Fran:

—Calle 4 del puerto. ¿Es una tapadera, una mezquita de barrio?

—No tengo ni idea. —Fran se encoge de hombros.

—López, quédate ahí. Cualquier cosa, nos cuentas.

Serra hace una señal a Morey. Su turno. Morey señala en el panel la fotografía de un arma de fuego calcinada e interroga a Fran:

—¿Le suena?

—¿Sabe la de pistolas que he visto en mi vida?

—Se lo pregunto porque esta pasó por su comisaría. Fue requisada a un detenido y desapareció. Nunca le llegó al juez. Hasta que, por fin, apareció en Tánger. Exactamente, aquí. —Morey señala una foto del atentado—. En manos de Tarek Bassir —Morey señala su foto y sigue la línea trazada hasta otra imagen— que casualmente era amigo de Abdessalam Ben Barek. ¿Este ya le suena algo, no?

Fran mantiene su cara de póquer y levanta un índice hacia su propia foto.

—¿Y qué hago yo ahí?

—Eso es lo que nos preguntamos nosotros —interviene Serra—. Porque alguien de «su» comisaría le facilitó esta pistola a un terrorista suicida que mató a once inocentes en un atentado.

—¿«Mi» comisaría? Eso es una gilipollez.

—¿Y el cadáver de la playa? ¿Tampoco fue «nadie» de «su» comisaría?

Fran guarda silencio esta vez. Morey continúa.

—¿Por qué Karim mató a Sara?

—No me cargue ese muerto. Usted sabrá. Estaba delante cuando lo hizo.

Serra mira a Morey, niega con la cabeza: «No colabora, no hay nada que hacer».

—¿Sois espías? —pregunta Fran.

—Somos gente que cree que no son terroristas solo los que se inmolan… —explica Morey—, sino también los que les adoctrinan, les entrenan, les dan armas y explosivos. Fran, ayúdeme. —El tono de Morey es más cercano—. Ayúdenos a quitar su foto de ese panel.

Fran se va dando cuenta del tipo de sospechas y cargos a los que se enfrenta. Serra insiste, directo:

—¿Por qué simularon la muerte de Abdessalam Ben Barek y arrojaron un cadáver al mar?

—Nosotros no…, no simulamos nada. Quílez y Hakim le encontraron muerto en un callejón, no lejos del almacén de Aníbal. Dedujimos, por la ropa y lo demás, que era el pequeño de los Ben Barek. Nos temíamos que en lugar de ajustar cuentas con Faruq, los de Aníbal lo habían pagado con su hermano pequeño. Si Faruq se enteraba, iba a haber una guerra y muchos muertos. El chico estaba cadáver y no tenía remedio. No les voy a mentir, no era la primera vez que hacíamos algo así. Solo tratábamos de evitar más sufrimiento y que muriesen más inocentes. Luego nos enteramos de que el cuerpo no era de Abdú. Pero ya era tarde.

Fran se frota la cara con una mano, vuelve a la realidad: está en casa de Morey y su secreto se ha desvelado. Simplemente, les ofrece las muñecas.

—Si quieren detenerme…

Serra y Morey se observan, de hito en hito. Le creen. Y además, ha empezado a hablar. Y algo más importante, a colaborar. Serra se sienta frente a él.

—Fran. No somos policías. No detenemos a nadie. A nosotros… solo nos interesa la información.

—CNI —confirma Morey. Fran asiente y trata de decidir si esto es demasiado grande para él. Morey prosigue—: Me infiltraron en la comisaría para desmantelar una célula yihadista que está captando a jóvenes del barrio.

—Con la colaboración de «su» comisaría —apunta Serra.

—Con la «supuesta» colaboración «de alguien» de la comisaría —le corrige Morey—. Necesitamos identificar a los miembros de la célula para poder evitar nuevos atentados. Y usted puede ayudarnos colaborando con nuestra investigación.

—Yo soy policía —Fran niega, tajante—. No «colaboro» con nadie. Cumplo la ley y la hago cumplir.

—Precioso. —Serra saca su tablet y se la enseña—. Emocionante. Pero aquí tenemos un dosier de más de doscientos folios sobre los chanchullos absolutamente ilegales de su comisaría, entre ellos, los pagos a Aníbal, las falsas redadas y, por supuesto, la desaparición del cadáver. Todo. ¿Sigue estando tan seguro de que no quiere colaborar?

—Si tengo que ir al trullo por algo —Fran eleva la barbilla, desafiante—, iré. Pero no acepto órdenes de nadie que no sean mis superiores.

—Fran —continúa Serra—, hace rato que se habrá dado cuenta de que en nuestro pequeño dúo…, yo soy el poli malo.

Serra muestra una foto de su hija Ruth, una niña guapísima de unos doce años.

—No, ¡ni se os ocurra, hijos de puta! ¡Ni se os ocurra!

—Tranquilo —prosigue Serra—, nosotros no le haremos nada. Pero si te meten en la cárcel, y con tu mujer en un manicomio…, ¿qué pasará con la niña, Fran? Seguramente, la meterán en una institución…

—Ayúdenos y todo irá bien para usted —sentencia Morey—. Y para su familia, Fran.

* * *

Ya de mañana, Morey aparca junto a la comisaría, sale de su coche… y tiene los reflejos justos para atrapar un objeto que volaba hacia su cara. Es el localizador que le pusieron a Fran.

—Algo me decía que usted no era del cuerpo —le espeta el susodicho—. Y lo de «Morey» será otra mentira. Un nombre falso.

Ambos echan a andar hacia la comisaría.

—Es mi nombre. Mientras esté aquí, por lo menos.

—¿Cuántos de ustedes hay ahora mismo en Ceuta?

—Puede usted hacer todas las preguntas que quiera…

—Uno o dos siguiendo a Karim… y el que se comió el marrón de los explosivos ayer, ¿no?

—… pero no le garantizo que vaya a responder a ninguna.

Ambos llegan a comisaría, acceden y Fede les da paso. Ambos callan hasta llegar al despacho de Morey, y Fran contraataca.

—Así que al pequeño de los Ben Barek se lo han llevado a la Guerra Santa. ¿Y lo de usted con la hermana? La vi anoche, saliendo de su apartamento. ¿También es parte de la misión?

—No tengo por qué darle explicaciones de nada. —El tono de Morey tiene un fondo de furia, y Fran lo nota—. Y una cosa más —puntualiza Morey—, si le cuenta a alguien, si alguien se entera de quién soy o qué hago aquí, se acabó el trato.

Fran esboza una sonrisa, la más irónica de su catálogo.

—«Jefe». No hemos hecho ningún trato. Esto se llama chantaje.

—Puede creerme o no. Pero yo confío en usted. Hágame caso. No se enfrente a mis jefes. Si me delata, acabarán con usted y con la vida que ha construido. Confíe igualmente en mí y todo irá bien.

Morey lo deja atrás y entra en su despacho. Fran observa cómo se va consciente de que está en sus manos.

—¿Qué coño pasó? Te he estado llamando toda la noche, Fran, estaba preocupado. —Quílez y Hakim se acercan a él.

—Tenía el teléfono apagado. —Fran siente la mirada de Morey a través de la cristalera.

—¿Encontraste algo en el apartamento o qué?

—No pude entrar. Me lo crucé y salí del paso dándole largas.

—¿Quieres que… —Hakim baja la voz— le entretenga y probamos otra vez?

—¿Qué pasa, que no tenéis nada que hacer? —Fran reacciona y los otros se sorprenden de su brusquedad—. Cada uno a su mesa.

Hakim y Quílez intercambian una mirada de extrañeza por su reacción. Fran habla al teléfono, tapándose la boca con disimulo.

—Hola, guapa, soy Fran, del Príncipe… Sí, ja, ja, ya sabes que aquí la princesa eres tú. Oye, pásame con el comisario… Ah, ¿y va a tardar mucho? Vale… Dile que quiero informarle de algo personalmente. Y dile que es urgente, por favor.

* * *

Un tipo vestido con mono de trabajo, con gafas de sol de mercadillo y masticando un chicle con la boca abierta llama a la puerta del local sin distintivos de la calle 4 donde Karim entró la noche anterior: López está irreconocible. Un magrebí barbudo abre apenas una rendija para hablar.

—¡Hola, jefe! Perdone la tardanza. Vengo para el trabajito del desagüe…

—Se ha equivocado. —El magrebí va a cerrar, pero López mete el pie en la puerta.

—A ver, a ver, sh, sh, jefe, no corramos tanto. —Mientras le entretiene, López espía por encima de su hombro, y ve alfombras en el suelo, dos hombres más, arrodillados, y escucha rezos—. A ver, este es el catorce, ¿no?

—Este es el cuatro. El catorce es más adelante.

El magrebí le cierra en las narices, sin más. López escupe el chicle y se dirige hacia una vieja furgoneta aparcada no lejos de allí. Según avanza hacia ella, marca un código en el móvil.

Dentro de la furgoneta, se enciende un piloto verde. Serra abre y le deja pasar.

—El de la puerta y tres tíos rezando. A lo mejor hay más.

Serra asiente, llama al número de Morey.

—Esto va para largo —le confirma—. Nuestro querido Karim no ha salido desde anoche del local. Hay al menos tres tíos más, Abdú podría estar entre ellos, a saber. ¿Tú, qué tal?

En el Centro Cívico, Morey disimula mirando el tablón de anuncios. Ve a Fátima dentro de la sala de profesores y responde:

—Voy a contarles a los Ben Barek que sospechamos que Abdú ha sido captado por la yihad. Poco más podemos hacer, y no quiero perderles. A ver cómo reaccionan. Hay que mover el avispero, como siempre me dices.

—Tú mismo. Por cierto, a nuestro amiguito Fran le ha faltado tiempo para llamar al comisario.

—Era de suponer. Yo me ocupo. Adiós.

Fátima sale de la sala de profesores y se encuentra a Morey ante ella. Los dos se quedan el uno frente al otro, sin decir nada.

—Javier. Quería decirte que… no quiero seguir mintiendo a mi familia.

—¿De qué me hablas? ¿De lo de tu hermano? ¿De lo de Sara? ¿De lo nuestro?

—De todo. —Fátima suspira, superada por el alcance que está tomando la situación.

—Me hago cargo. Pero debes tener paciencia. Tenemos controlado a Karim, y esperamos que tarde o temprano nos lleve hasta Abdú.

—Pero mientras tanto, mi familia…

Morey finge que se lo piensa, que le cuesta decirlo, que al final se decide.

—De acuerdo. Reúneles en tu casa. Yo mismo les contaré todo lo que sabemos de Abdú.

—Pero eso… les puede hacer aún más daño…

—No podemos evitarlo, Fátima. Como tú dices, tienen derecho a saber toda la verdad.

Morey da un par de pasos, como para irse, se pone a su altura y le roza discretamente la mano. Susurra:

—Llevo unas horas sin verte y me han parecido años.

Fátima esconde una sonrisa.

—A mí también.

Varios alumnos salen de clase, entre ellos, Driss con su camiseta del Barça. Fátima y Morey se apartan. Ella dice lo que le quema en la lengua:

—Voy a casarme con Khaled. Mi familia ha fijado la fecha. Será dentro de cuatro meses.

Morey asiente, digiere la revelación. Afectado, se despide con un gesto de cabeza y solo añade:

—Iré a ver a tu familia en una hora.

Fátima se queda sola, en el pasillo, y no puede evitar hablar en voz alta.

—¿Por qué todo tiene que ser tan difícil…?

* * *

Un rato después, en comisaría, Fran resiste el impulso de inculparse respondiendo a la mirada asustada que Hakim y Quílez le dirigen, porque… Morey está entrando por la puerta con el comisario.

—Fran. Con nosotros, por favor.

Sin discutir, Fran les sigue.

—Ya se ha liado. —Hakim susurra a Quílez—. Por soltar al Karim ese, seguro.

En el despacho de Morey este cede su silla al comisario, Juan Lechado, un tipo grande, calvo excepto en las sienes, vestido con traje gris y corbata beis. Es famoso por su mano izquierda con sus subordinados, cosa que demuestra enseguida:

—Es un gusto verte Fran, coño. Menos mal que todavía hay policías como tú y yo, veteranos, de los que hemos visto de todo. Gente como nosotros hace falta, Fran, para que estos chavales nuevos puedan aprender cómo se hacen las cosas —y precisa—: Cómo se hacen bien las cosas, Fran. Estaba esperando tu llamada. Sé cómo debes sentirte. Pero el agente Morey tiene una misión importante, y nuestro deber es colaborar en su investigación.

—El comisario Lechado en persona autorizó mi incorporación —añade Morey.

—Fran… —prosigue Juan—, un chaval de este barrio, sin antecedentes, estudioso, de una familia decente, todo lo contrario a un criminal… se ha inmolado en Tánger y llevaba encima una pistola que salió de esta comisaría. No podemos consentir que nuestra gente ayude a esos hijos de puta.

—Abdú puede ser el siguiente —añade Morey—. Necesitamos saber quién recluta a estos chavales, quien les entrena y les arma.

—Fran —prosigue Juan—, quiero que averigües si hay aquí dentro alguien que trabaje para ellos.

—¿Y tú también pensabas que yo podía ser ese «alguien»? —Fran explota—. Porque podría ser cualquiera de los que están ahí fuera, no solo mis hombres. Hay interinos, administrativos, uno de los jefes que ha pasado por aquí. ¿Por qué no la señora de la limpieza, que es marroquí?

—Fran, no es momento para…

—En Ceuta hay quinientos policías, Juan. ¿Los investigamos uno a uno? En serio. Yo respondo por mis hombres. Y nuestra confianza en ellos es necesaria. ¡Son el muro de contención! Si no estuviesen aquí, no habría tres o cuatro reclutados en el Príncipe, se estaría preparando una guerra con un ejército. ¿Quiere que dude de ellos?

El comisario responde, más serio, distante y de usted.

—Recuerde, subinspector Peyón, que esos son también mis agentes. Me duele tanto como a usted considerarles sospechosos. Pero si hay una manzana podrida, hay que quitarla pronto. Y ahora, Fran, cumpla una orden directa y guárdese para otro momento el orgullo obrero.

* * *

Solo unos minutos después, encerrado en la sala de descanso con sus dos subordinados, Fran cumple la orden: si ha de hacerlo, va a limpiar su nombre lo antes posible. Y a arrancar esa semilla de duda que está creciendo en su mente.

—Pues hicimos lo que querías, Fran, deshacernos de la pistola y punto —se defiende Hakim.

—Mentira. Vuelvo a preguntar: ¿qué pasó con la pistola?

—La cogimos del almacén y la sacamos de la circulación. —Quílez frunce el ceño—. ¿Qué pasa, Fran?

—Pasa que esa pistola la llevaba encima el terrorista de Tánger cuando voló por los aires.

Ambos se miran, alucinados.

—La madre que lo parió…

—¿A quién se la vendisteis?

—Eh, eh, Fran, a nadie, te lo juro. —Quílez levanta las manos—. Hicimos lo de siempre: se la dimos a Belinchón para que la borrara del mapa.

—¿Y qué hizo con ella Belinchón?

—¿Qué coño sabemos lo que hizo Belinchón con la pistola, Fran? Pregúntale a él. Lo que pase después con esa pistola no es asunto nuestro.

—Sí que lo es. Hemos colaborado con un terrorista.

—No pueden probar nada —intenta zanjar Quílez.

—No pueden probar nada, y ya está, ¿verdad? —insiste Fran.

—Pues por lo que a mí respecta —remata Quílez—, sí.

Fran pierde los nervios, coge a Quílez de las solapas y tira de él hacia delante.

—¿Qué hostias pasa, Quílez? ¡Que le hemos dado una pistola a un cabrón terrorista que se ha cargado a once inocentes, coño! ¿Quieres dejar de pensar solamente en cómo salvar tu puto culo?

Quílez no contesta. Fran lo suelta con rabia y sale de la sala, sin más.

—Puto Morey —reflexiona Hakim—, al final va a conseguir que nos matemos entre nosotros.

* * *

Más tarde, Serra y Morey están sentados en un banco frente al mar, a la suficiente distancia como para que parezca que no se conocen. No se miran al hablar, lo que no es difícil porque Serra está engullendo un par de sándwiches envasados. Traga, y pregunta:

—¿De verdad te fías de Fran?

—Tampoco tenemos otro remedio.

—Es lo que les he dicho a los de arriba —da otro bocado— pero no se lo han tomado demasiado bien. O esto funciona, o más vale que vayas buscando otro trabajo. Podrías hacer amigos en la comisaría y subir tabaco de contrabando.

—Fran va a obedecer. Tampoco tiene otra salida.

—Puede. De todas maneras, pronto lo comprobaremos. —Serra le alarga una tablet escondida dentro de un periódico—. Hace rato que ha entrado en la asociación este tío. Es cojo, va con un bastón. No sabemos nombre ni alias, pero el programa le ha etiquetado en fotos muy interesantes.

Morey ojea las fotos de Ismail, memoriza sus rasgos. Se fija en una en concreto.

—¿Estambul? ¿Estuvo en la reunión de Estambul?

—Con Abu Akhmer y, seguramente, Al Nurredine. Está bien relacionado, el tipo. Si de verdad es del nivel de los otros dos, está aquí para preparar algo gordo.

—¿Sabemos cuánto tiempo lleva aquí?

—No. Yo me vuelvo a la lonja, a ver qué sacamos. Tú no le quites ojo a Fran. Ponle nervioso, que se sienta vigilado.

* * *

«Las chicas», como se conoce en casa de los Ben Barek a las amigas de Fátima, han tomado literalmente la terraza. Allí, en bikini, frente al mar y protegidas de ojos extraños, opiniones conservadoras y preceptos religiosos musulmanes o cristianos, de vez en cuando montan una fiesta con música, bebida, baile y sol, solo para ellas. Ellas son Asun, la amiga enfermera de Fátima, y Pilar, su compañera del Centro Cívico. Asun coge una jeringuilla, extrae con ella ginebra de una botella… y la inyecta en una sandía, entre risas.

—Ahora al gin-tonic se le echa de todo, ¿no? Pepino, calabacín…, pues esto es lo mismo, pero al revés.

—¡Qué bueno, tía! Anda cárgala bien, que necesitamos animarnos… Sobre todo esta.

Pero Fátima no parece compartir la alegría de las demás.

—Perdón. No me encuentro bien.

—La «Fati» está jodida por algo, pero me ha prometido que nos va a contar por qué.

Ambas la observan mordisquear la sandía, hasta que se acaba la porción. Fátima duda aún unos momentos, pero finalmente, baja mucho la voz y lo dice, como avergonzada.

—Ayer estuve con Morey en su apartamento.

—¿Qué quieres decir? —inquiere Asun.

—Pues eso… que estuve en su apartamento.

Tras un segundo, Asun y Pilar se tapan la boca.

—¡Que follasteis! —Asun da un codazo a Pilar.

—Estábamos solos y… bueno, surgió, fue algo natural en ese momento. Pero luego me di cuenta de que ya estaba hecho, que no había vuelta atrás… ¿Me queréis decir algo, por favor, que estoy aterrorizada?

—Ay, mi niña, pobrecita, ven, si eso no es nada malo.

—Bueno, pero como se enteren en tu familia…

—No. —Reacciona Fátima, alarmada—. No se van a enterar, ni ellos ni nadie. Por favor. Que ya han fijado la fecha de la boda.

—¡Ahí va! —Pilar se tapa la boca—. ¿Y qué vas a hacer?

—Pues qué voy a hacer —Fátima se encoge de hombros—: casarme.

—Anda, ven aquí, mi niña. —La abraza Pilar—. Abusona. Que yo ni me acuerdo de la última vez que me eché novio y tú tienes dos.

—Yo no quiero tener dos… —Fátima sonríe, triste.

—Pues pásame uno cualquiera, que yo no les pongo pegas —remata Asun.

Y por fin las tres ríen con ganas, largo y tendido, una risa necesaria, bienvenida, alegre.

—No riáis tan alto. Hay vecinos.

Las tres se vuelven: es Faruq, en la puerta.

—¿A quién le molesta que nos riamos? —le desafía Pilar, coqueta—. ¿A los vecinos, o a ti?

—A mi madre. Está intentando dormir un rato. No ha sido un buen día para ella.

Faruq y Pilar se sostienen una mirada cargada unos segundos más, hasta que él se va.

—¿Más sandía?

Y las risas vuelven pronto.

* * *

Con gafas, una alopecia prematura mal llevada, y un uniforme dos tallas más grande para disimular su genética delgadez, el agente Belinchón sabe que se está fumando el vigésimo cigarrillo de la mañana, pero pocas excusas hay mejores para salir a tomar el sol a la puerta de la comisaría y charlar un rato por el móvil.

—… Sí, supongo que será algo gordo, porque para ver al comisario por aquí…

Alguien tira de su brazo, arrastrándole lejos de la puerta. Belinchón se vuelve para ver a Fran, nada contento. Cuelga, sabiendo que viene una bronca.

—Hace tres meses que Hakim y Quílez te dieron una pipa para hacerla desaparecer. De Aníbal. ¿Qué hiciste con ella?

—Pues Fran, ¿qué voy a hacer? ¿A qué viene esto?

—¿A quién se la diste?

—Venga, hombre, Fran, ni que tuviera que darte explicaciones por todo.

Belinchón va a darse le vuelta para irse, pero Fran le empuja contra la pared.

—Hay que joderse. Sí, «papá». Lo siento, «papá». La vendí, «papá».

—¿A quién?

—No me acuerdo. A un *pringao* que me presentaron. Yo qué se. Es el puto mercado negro, Fran. Yo se la vendí a uno, ese a otro, ese a otro y a saber dónde acabaría la jodida pistola. ¿Qué más da a quien se la vendiera?

Fran le mira fijamente a los ojos y se lleva un dedo a la nariz: el signo universal de la cocaína.

—Tienes un problema, Belinchón. Todo el mundo lo sabe. Así que te doy hasta mañana para darme un nombre, o tu problema se va a volver contra tu carrera.

—¿Ahora vas de legal, Fran? Pues haber dejado la pistola donde estaba. ¡No me jodas!

—Un día.

* * *

Aisha lleva varios minutos ensimismada mirando el vapor que sale de la olla, hasta que la llegada de Fátima la hace parpadear:

—Huele que alimenta…

—Mentirosa. Si aún no he echado nada dentro. ¡Huy! Pero si no he recogido el pescado… Se lo encargué a Paco, el de la lonja, pero con la visita del inspector se me ha ido la cabeza… ¿Por qué no te vas a buscarlo?

—Es que… He quedado con las chicas…

—Pues ya que sales, hija, pásate por la lonja y traes el pescado, anda.

—Vale, madre. Voy —Fátima refunfuña, pero antes de que salga, su madre le habla más bajo.

—Demos gracias a que Khaled se ha portado como un verdadero marido. Cualquier otro, al ver la situación que tenemos, nos hubiese dejado plantadas. Tienes mucha suerte, hija.

—Lo sé, mamá.

—El inspector Morey ha sido muy amable con nosotros también, ¿verdad? —Las palabras de Aisha están cargadas de intención—. El problema es que cualquier día lo destinan a otra parte y no le vemos más el pelo.

—Sí, madre, claro. Me voy a por el pescado.

Fátima va a salir, pero Aisha la retiene con una mano en el hombro.

—Solo hablar del policía y ya estás temblando. —Fátima siente un escalofrío que la paraliza—. No juegues con tu futuro y con el futuro de tu familia. Te mereces a alguien que te entienda, que sea como tú. Te mereces lo mejor.

* * *

Hace mucho que por los auriculares no se oye nada, y Serra y López siguen en la furgoneta, cansados, aburridos y deseando que la jornada acabe. Pero tras mucho rato de silencio, escuchan una voz.

—Vamos, Karim —dice la voz—, ¿te lo has quitado todo? Deja el reloj también.

Un crujido, unos pasos que se alejan… y ya no escuchan más.

—A la mierda nuestro micro —confirma López.

Al mismo tiempo, dentro del local de la asociación islámica, Karim está en ropa interior ante Ismail y sus compañeros, fumando ansiosamente un porro de hachís para aliviar su nerviosismo y su dolor. Su espalda está terriblemente marcada por un sinnúmero de golpes de bastón y gotas de sangre como rubíes negros, represalia de Ismail por sus errores. Su expresión quiere ser firme, aunque no puede evitar que su cuerpo tiemble ocasionalmente. Algo grave ocurre. Ismail le habla, solemne, como un sacerdote:

—… Te dijimos «quieto» y te moviste. Te pedimos cautela y fuiste imprudente.

Karim va a hablar, pero Ismail le acalla con un gesto.

—Ya has hablado bastante, ahora te toca escuchar. Es difícil de comprender, pero a veces los mejores mártires son los más débiles.

Ismail hace un gesto con el bastón al portero, que trae un chaleco cargado de explosivos. Se lo ofrece a Karim, que duda antes de cogerlo.

—No temas. Dios está a tu lado. Él te acompañará en este viaje. Póntelo.

El portero le entrega el chaleco a Karim, quien sudando y cada vez más nervioso, apenas atina a ponérselo. Karim sigue fumando ansiosamente. Ismail se lo ata y le pone el detonador, un viejo teléfono móvil, en la mano.

—¡Karim! Has cometido un error y ya no estamos seguros aquí. Puedes enmendar tu falta cumpliendo un cometido divino, y ganarte la eternidad. Tu misión será esperar aquí a que lleguen los infieles. Pero, ojo, debes ser astuto y acercarte a ellos. Cuanto más cerca estés, más morirán. Y cuantos más mandes al infierno, más abiertas estarán para ti las puertas del paraíso. —Ismail sonríe con placidez y mira a los demás—. Todos te envidiamos, porque al otro lado de esta vida, decenas de vírgenes te esperan para recibirte. Así está escrito, y el todopoderoso te ha elegido a ti. Feliz viaje eterno, Karim.

Ismail le quita el porro de la boca, lo apaga en el suelo y grita:

—¡Alá es grande! ¡Muerte al infiel! —Y todos le corean.

Acto seguido todos salen de la habitación, y Karim queda solo en la sala, de pie, semidesnudo y casi hiperventilando. Antes de salir al recibidor, el portero susurra a Ismail.

—¿Estás seguro de que tiene la valentía para hacerlo?

E Ismail le enseña un segundo móvil detonador.

—Si no la tiene, yo se la daré.

* * *

—¡Serra! ¡Salen!

López y Serra se ponen en guardia en la furgoneta cuando los radicales, liderados por Ismail, salen de la asociación. Rápidamente López coge la cámara y toma todas las fotografías que puede, mientras Serra estudia sus movimientos. Se separan: Ismail por un lado y los demás por otro.

—¿Qué hacemos?

—El que nos importa es el cojo.

—¿Bajo? ¿Le sigo?

—No, espera, ¡viene hacia aquí!

Serra y López se echan al suelo, controlando los movimientos de Ismail gracias a las cámaras exteriores. Fuera de la furgoneta, Ismail camina directamente hacia ellos. López saca su arma. Serra le hace una señal para que permanezca quieto. Fuera, Ismail deja su bastón y se apoya en la furgoneta para buscar su móvil. Marca.

—¿Policía? Sí…, hay un olor muy fuerte a gas saliendo de un local. Es una lonja del puerto. Sí, la dirección es…

Serra y López siguen dentro, inmóviles. Le pueden ver. Pero no le oyen hablar.

* * *

En la comisaría, Belinchón sale del baño después de darse fuerzas con un par de tiros de cocaína. Está nervioso y agobiado, pensando en las consecuencias que tendría traicionar a su comprador o proteger su nombre. Y las posibilidades son a cual peor. En ese momento, Mati se acerca a él, animada.

—Belinchón, nos toca patrulla juntos ahora.

Belinchón se encoge de hombros y asiente. Es el menor de sus problemas.

—Pues vale.

—Qué bien que lo vamos a pasar… —Suspira Mati, sus ánimos desaparecidos.

En ese momento el altavoz de la radio cruje:

—*H-50 para todas las unidades, fuga de gas en la zona del puerto, repito, fuga de gas en la zona del puerto.*

Mati contesta por radio pocket:

—Z-9 para H-50, atendemos el aviso. —Y para sí—. Menos mal, porque si no, vaya tarde…

Mati corre fuera de la comisaría. Belinchón la sigue, sin prisa ni ganas.

Morey sale del ascensor de su edificio y se dirige a su apartamento. Fátima está en la puerta, esperándole, con una expresión triste e insegura.

—Recibí tu mensaje —confirma él mientras abre—. He tardado lo menos posible. ¿Todo bien?

—No, la verdad es que no. Javier, no voy a entrar. Quería verte porque… bueno, para hablar claro. He tomado una decisión. Si nos ayudas a encontrar a Abdú, te estaré eternamente agradecida, pero entre nosotros no puede haber nada más.

—Es… ¿por la boda con Khaled? ¿De verdad estás enamorada de él?

Fátima tarda unos reveladores segundos en contestar.

—Eso no es importante.

—Sí que lo es —repone él—. Es lo más importante.

—Tú no lo entiendes. No lo puedes entender. Déjalo.

Fátima le besa, un beso corto, apenas un roce, como el de alguien que teme prolongar demasiado el contacto por si no puede frenarse después. Morey trata de responder al beso, pero ella se suelta y se aleja. Él va tras ella por el pasillo.

—¿Qué era esto? ¿Era un beso de despedida?

Fátima quiere decir que sí, todo su cuerpo, su cerebro y su alma le dicen que responda que sí. Pero es su corazón el que toma la palabra.

—No. No… —Sin resistirlo más, ella se vuelve hacia él, le agarra desesperadamente del cuerpo, se vuelca en un nuevo beso, más largo, más intenso, más desgarrado. Pero parece darse cuenta a tiempo de lo que está haciendo, y vuelve a separarse de nuevo. —No sé… No puedo más, Javier. No me mires. Vete.

Fátima echa a andar hacia el ascensor, y esta vez, Morey no la sigue.

—Khaled es un hombre con suerte.

Fátima se vuelve un momento, su mirada enturbiada por las lágrimas.

—Vete, por favor —suplica ella—. O no podré irme.

Morey entra en su apartamento, afligido. Pero antes de que pueda lamentarse, su móvil suena: Fran.

—Jefe. Karim está en la lonja del puerto… con un chaleco explosivo.

Parpadeos de sorpresa, un segundo para asimilar la noticia. Pero para cuando puede creerlo, Morey ya está saliendo por la puerta y corriendo pasillo abajo.

—¡Llame a los GEO, TEDAX, avisa a todas las unidades, que establezcan circular 50 en el puerto! —Morey acera su voz—. Fran, dígame que no tiene nada que ver con esto.

—Por supuesto que no.

* * *

Las proximidades del local han sido acotadas con cinta policial, vigilada por Hakim y varios uniformados. Furgones, ambulancias, y curiosos se aproximan. Entre ellos, un hombre con una muleta observa los hechos entre el gentío. Ismail acaricia en su bolsillo el móvil detonador.

Las ruedas de un coche K chirrían al detenerse. Desde la furgoneta, Serra y López ven bajar a Morey, que es recibido por Fran y sus dos ayudantes. Belinchón, con las manos temblorosas, les recibe e informa.

—Dentro. Un individuo con un chaleco explosivo. Mati está con él.

—¿Por qué coño estás fuera y ella dentro? —Hakim se adelanta, preocupado.

—Él no la ha dejado salir. —A Belinchón le tiembla la voz—. Quiere que entremos a por ella. Quiere una masacre.

—Voy a entrar a por Mati, jefe. —Hakim se vuelve hacia Fran.

—Ni se te ocurra. Ayuda a despejar esto. Evacuad el resto de locales. Los GEO están en camino.

—Pero tardarán en llegar —protesta Hakim, jadeando, ansioso—. Mati está sola, jefe. Déjeme entrar. Yo puedo hablarle en árabe y tratar de convencerle de que se entregue.

—¡He dicho que no! —sentencia Fran—. ¡Quiero cincuenta metros a la redonda despejados, ya! ¡Vamos!

—Venga, Belinchón, mueve el culo. —Fastidiado, Hakim señala a la furgoneta del CNI—. Esa furgoneta, busca al dueño, que la quite de ahí.

—¡Quílez! ¡Haz retroceder a la gente dos calles más atrás! —Fran sigue repartiendo órdenes, centrado y sereno, aunque autoritario. Ve que llegan furgonetas de la televisión—. Los de la tele, bien lejos, y que no se te cuele nadie.

Hakim trata de abrir la furgoneta del CNI, lo da por imposible y la deja atrás, comprobando otros coches estacionados cerca. Más lejos, Quílez y otros uniformados hacen recular a los curiosos, a la prensa, a la televisión. Fran y Morey se han quedado solos en primera línea.

—Ya ve para qué ha servido dejarle suelto. —Fran no se guarda el reproche.

Morey va a contestarle, pero le suena el teléfono.

—Serra. ¿Estáis bien ahí? ¿Tenéis una salida?

—Olvídate de nosotros. ¿A qué coño estás esperando para entrar?

—Es tarde para eso. Los GEO están al llegar.

—¡Me cago en mi vida, Javi, los GEO le van a pegar un tiro! Necesitamos vivo a Karim, ¡tienes que entrar! ¡Ya!

* * *

No lejos de allí, Fátima aparca el coche, pensativa, y se dirige hacia la lonja, para comprar el pescado que le encargó su madre. Va sumida en sus pensamientos, sin darse cuenta de nada de lo que ocurre a su alrededor… Hasta que repara en la multitud que se está congregando unos metros por delante. Impelida por un mal presagio, Fátima se abre camino entre la multitud, y se encuentra de frente con Quílez.

—Perdón, no se puede pasar, retroceda hasta… —Quílez la mira dos veces, la reconoce de verla en la comisaría—. Ah, es usted, señorita. Perdone, pero tiene que irse para atrás.

—¿Qué está ocurriendo allí? —Fátima entrevé a Morey en la lejanía, hablando con Fran.

—Nada. Disculpe, pero tiene que retroceder. Atrás, atrás todo el mundo.

Detrás de Fátima, un cámara de televisión se la echa al hombro y una reportera saca el micro, enfocando directamente a Fátima por unos segundos. Hakim viene a prestar apoyo. La reportera le pone el micro en la cara.

—¿Qué está ocurriendo, por favor?

—Nada. Un escape de gas. Tiene que alejarse. No se puede pasar.

—¡Oh, Dios mío! ¡Graba! ¡Graba!

Ante el exabrupto, Hakim mira alarmado hacia atrás… Ve a Mati salir de la asociación caminando lentamente de espaldas, sin dejar de apuntar a Karim, que sale a la calle. La multitud emite un grito de terror, al que se superpone el de Hakim, que corre hacia ella, sacando su arma.

—¡Mati!

Entre el grupo de curiosos, Ismail acaricia el móvil detonador bajo su chilaba. Dentro de la furgoneta, Serra y López miran al monitor de vigilancia y resoplan, perplejos. Fuera, Morey, Fran, Quílez y Hakim rodean a Karim, apuntándole con sus armas. Morey da instrucciones.

—Mati, tranquila, estás fuera. Karim, no se mueva, deténgase.

—¡Mati, sal, recula! —la anima Hakim.

—¡Que no se mueva! ¡No os mováis ninguno! —Karim parece satisfecho: más policías en su radio de acción.

—Suelta el detonador. —Mati sigue intentando convencerle—. Todavía puedes salir con vida de esta.

—¡No quiero salir con vida! Quiero que vengáis conmigo… Quedaos cerca, cerca de mí…

Morey toma una decisión: baja el arma y da un paso adelante, llamando la atención de Karim, que le muestra el detonador. Fran aprovecha la sorpresa y tira de Mati hacia atrás, sacándola del círculo. Morey le habla tranquilo, lo más que puede:

—Karim, escúchame: ¿por qué haces caso a los que te han colocado ese chaleco? Te ordenan que mueras y ellos siguen vivos.

—Nadie me ha ordenado nada —repone Karim—, el señor todopoderoso me ha elegido como mártir.

—¡No! Alá no desea la muerte de ningún hermano —interviene Hakim, que continúa en árabe—. *Alá es vida, Alá es esperanza, Alá es amor…*

—*Tú no crees en Alá, traidor vendido a los infieles* —responde Karim, también en árabe, antes de volver al español—. ¡Vais a morir todos! ¡Venid! ¡Cuantos más mejor!

Karim alza la mano con el detonador. Atrás, la muchedumbre se agacha, asustada, incluida Fátima. Todos dan un paso atrás, menos Ismail, que sigue entre ellos. Morey continúa firme, ante Karim, con el arma bajada.

—Deja que se vayan los demás, Karim. Yo me quedaré contigo. Llevarás un infiel al infierno y tú podrás entrar en el paraíso. Porque eso es lo que quieres, ¿no? Entrar en el paraíso.

—Jefe, no se acerque —advierte Fran, siguiéndole. Pero Morey hace caso omiso.

—¿O no lo deseas de verdad, Karim? ¿No será que tú no quieres y te han convencido ellos?

—Sigue hablando, infiel. Me da igual lo que digas. Vais a morir todos.

—Jefe, va a detonarse. Vámonos de aquí. —Fran mira atrás, y ve llegar refuerzos policiales. Karim también les ve y sonríe, satisfecho.

—Tu hermano no se va a sentir orgulloso de esto, Karim —remata Morey. Ello parece enfurecer a Karim.

—¡Usted se tiene que lavar la boca para poder decir el nombre de mi hermano! ¡Cállese! ¡No intente convencerme! —Pero Karim parece empezar a dudar. Mira alrededor, confuso.

—Karim, escucha…, tu hermano se sacrificó para que tu familia y tú pudieseis vivir, no para que murieses así.

—Jefe, va a explotar. O dispara usted o disparo yo.

Más atrás, Ismail frunce el ceño ante las dudas de Karim. Retrocede entre el gentío y se sitúa tras una esquina, con el detonador preparado en la mano. Morey sigue hablando con él. Karim llora, ha bajado las manos, parece a punto de ceder.

—No tienes por qué morir. Tú no quieres morir, Karim. No quieres morir.

Karim rompe a llorar y cae de rodillas al suelo.

—Muy bien, Karim… —continúa Morey, acercándose despacio a él—. Has hecho muy bien… Ya pasó todo. Ahora te quitaremos el chaleco y todo habrá acabado.

Pero cuando Morey está a punto de alcanzarle, Fran ve algo raro en la mano de Karim… que se tensa sobre el detonador.

—¡Lo va a hacer, jefe, lo va a hacer!

Fran salta sobre Morey y le empuja a un lado.

—*Allahu Akbar!*

Y Karim estalla.

* * *

Un extraño silencio se cierne sobre el área de la explosión solo unos segundos después, entre el polvo, el suelo lleno de cristales reventados, cascotes, sangre… Lejos de allí, en el cordón, Fátima se levanta, como el resto de los curiosos, conmocionada y confusa. Unos pasos por detrás, Ismail observa la escena, satisfecho y sonriente. Entre la confusión, Serra y López salen de la furgoneta, aturdidos por la onda expansiva, pero vivos. Se ocultan en una calle lateral, aprovechando el humo y la confusión, y Serra se detiene para observar el lugar de la explosión, en busca de signos de vida. Y por unos segundos no ve nada.

—Javi… No puede ser, no puedes haber… Joder, gracias a Dios.

Serra ve salir detrás de un coche a Morey, que ayuda a Fran a levantarse. A los dos les sangran los oídos. Hablan, pero parecen no oírse bien. Se hacen señales de que se sienten bien. Serra y López, más tranquilos, desaparecen por el callejón.

Fran grita con las últimas fuerzas que le quedan.

—¿Estáis todos bien? ¿Quílez? ¿Hakim? ¿Mati?

Incorporándose del suelo, Quílez se levanta. Tiene algunos cortes, pero levanta la mano: está vivo. Fran busca más supervivientes y ve a Hakim ayudando a Mati a levantarse. Se abrazan, emocionados. En el cordón policial Fátima se emociona al ver a Morey vivo. Un llanto quedo, pero abundante y liberador, que le responde tantas, tantas preguntas en su interior. Mas allá del cordón, Serra y López salen por un callejón, y se meten por otro para huir… y frente a ellos, se encuentran a Ismail, subiendo a un coche. El tiempo justo para intercambiar una mirada y saberse descubiertos.

—¡López!

—Le tengo.

López ha sacado un arma con silenciador. Dispara una, dos, tres veces. Dos balas impactan en la carrocería, una en la pierna. Pero Ismail consigue subir al vehículo y largarse de allí.

—Hijo de puta. Tan cerca...

En la zona cero, Fran sigue buscando a sus compañeros, porque falta alguien.

—¡Belinchón! ¡Belinchón!

Por fin le distingue, ensangrentado, dentro del coche de policía, cuyos cristales han reventado. Fran corre hacia él, le toma el pulso.

—¡Ambulancia! ¡Ayuda! ¡Aún respira! Morey, venga a... —Fran observa que Morey tiene todo el costado empapado en sangre—. Jefe, está herido.

—No soy el único. No es nada.

Pero entonces Morey pierde el color del rostro y se desmaya.

—¡Javier! —El grito es simultáneo, emitido por Fran y Fátima.

—¡Señorita, vuelva aquí!

Pero ella se ha saltado el cordón policial y corre hacia Morey, que se desangra en brazos de Fran. El agente la atrapa a tiempo, ella pelea, todo raciocinio perdido, invadida por la desesperación y el terror a perder al hombre que, ahora sí, está segura por fin, más quiere en el mundo, y del que nadie, se jura a sí misma, la va a separar jamás.

6

EL ESCORPIÓN

Perdone, ¿sigue en el quirófano el inspector Morey? Toda la tensión, el movimiento, la adrenalina y las preocupaciones se han trasladado en distintas ambulancias, coches de policía y furgonetas de prensa de la escena del atentado al hospital. Allí, médicos, enfermeras y asistentes corren de box en box, trotando presurosos de la sala de urgencias a las de curas y quirófanos mientras empujan camillas, cambian bolsas de suero, piden sangre a los donantes e informan a los cirujanos de las heridas del siguiente paciente. Allí, en la calle, se agolpan los medios de comunicación, en contacto permanente con sus estudios, listos para emitir en directo tan pronto un médico haga una declaración, un policía reciba el alta o uno de los testigos quiera declarar sobre su sufrimiento, filtrando siempre los testimonios más duros, comprometidos y cercanos a la audiencia. Allí un hombre se abre paso hasta el control de enfermería, sujetándose una gasa contra la ceja, pero debido al caos que le rodea, aún tiene que repetir su pregunta:

—Perdone. Le pregunto si el inspector Morey sigue en quirófano —insiste Fran.

—Sí, perdone. Se está despertando de la sedación, le subirán pronto. ¿Todavía no le han curado eso?

—No se preocupe. Hay otro compañero en quirófano, llamado Gabriel Belinchón. ¿Sabe cuál es su estado?

—Ahora preguntamos. Pero antes venga conmigo, vamos a darle unos puntos en esa ceja.

Fran sigue al enfermero, y ambos se abren paso entre la corriente de gente, cruzando por delante de un box donde una enfermera le explora el oído a Hakim.

—¡Fran! ¿Has visto a Mati? ¡La he perdido!

—No. No —repite Fran, pues Hakim no parece oír muy bien. Le gira la cabeza para poner el otro oído—. ¿No estaba contigo?

Hakim niega con la cabeza. Justo al lado, Quílez espera sentado en una camilla, ya curado, aunque aún con la ropa y la cara manchadas de betadine y sangre. Quílez trata de calmar a su mujer, Isa:

—Pues, mujer, me tocó, me tocó a mí..., ¿qué quieres que te diga?

—¡Pues que siempre que pasa algo te toca a ti! Siempre ahí, a recibir, en primera fila, el primero.

—Cariño, somos ocho policías heridos y precisamente yo soy el menos grave. ¿Te he dicho que Belinchón está muriéndose?

Tras ellos, sin verles, pasa Fátima, asustada pero firme y serena, acompañada de Asun, su amiga enfermera, que le ha dado paso a Urgencias.

—Creemos que no tiene ningún órgano afectado, pero hay que esperar.

—¿Esperar a qué? ¿Hay algo más?

—Solo a ver cómo evoluciona. Ha perdido el conocimiento por la hemorragia. Fátima, estás temblando. Vamos a tomar un té, anda, que tengo un rato de descanso.

Ambas desaparecen por el pasillo en dirección a la cafetería, cruzándose con Hakim, que aún tapándose un oído por el dolor, recorre los boxes en busca de Mati... Hasta que por fin la encuentra mirando por una ventana, triste.

—Algo habremos hecho, cuando a ti y a mí no viene nadie a vernos. —Hakim gira su oreja más sana hacia ella—. Ahora sí que podrás decirme, con razón, que no te escucho. ¿Estás bien?

—Sí. Yo tengo un golpe en la espalda de la caída, pero no es nada... Gracias por preocuparte por mí.

Tras un segundo de duda cada uno se lanza en los brazos del otro y por fin, tras meses de miradas, bromas, cervezas juntos... Se declaran lo que sienten con un largo beso en los labios.

—Mira, lo están poniendo en la tele.

Todo el mundo en sala se gira hacia la televisión, que emite imágenes de la lonja tras el atentado. Y empiezan a ser conscientes de la suerte que han tenido.

—... *un aviso de escape de gas que, se cree, era falso. Aunque estamos a la espera de confirmación oficial, testigos presenciales hablan de un atentado terrorista suicida...*

—Para esto sirve un jefe novato —apunta Hakim—. ¿Cómo se le ocurre poner en la calle a un tío que roba explosivos?

—Tío, córtate —le defiende Mati—, que estuvo allí con nosotros echándole huevos y negociando con él hasta el final.

—Sí, pues desde luego, el tipo, negociando... es la bomba.

No lejos de allí, Fran y Quílez observan otra televisión.

—... *desde el hospital, nos confirman que ocho de los seis agentes heridos están fuera de peligro. El inspector jefe Javier Morey y el agente Gabriel Belinchón están siendo intervenidos en este momento, aunque repetimos, aún no hay confirmación oficial al respecto.*

En ese momento, la cadena emite el plano en que Fátima salta el cordón policial y un agente le impide acercarse. Y en la cafetería, Asun mira la televisión, igualmente incrédula. Fátima desvía la vista de la pantalla, espía a su alrededor, asegurándose de que nadie la reconoce.

—Fátima, tía, que estabas ahí, ¿cómo no me habías dicho nada…?

—De casualidad. Iba a la lonja… mi madre me había mandado a la compra y… me acerqué a ver…

En ese momento suena su móvil. En la pantalla, pone «casa».

—Cógelo, que estarán preocupados…

Fátima duda, pero finalmente responde al teléfono. Asun le hace un gesto para indicarle que han de volver a Urgencias.

—¡*Al-Hamdouli-lah,* hija mía! ¡Menos mal que me lo has cogido! ¡Que te acabamos de ver en la televisión, justo antes de la explosión, ¿estás bien?

—Sí, mamá…, de verdad, estoy perfectamente. Me pilló cuando iba a por el pescado, y…

Asun la conduce por un área restringida, y la deja a la puerta de una habitación, haciéndole un gesto para que espere. Asun entra, y Fátima se siente morir cuando entrevé a Morey tumbado, con un gotero y un gran apósito cubriéndole el costado; por fortuna parece consciente. Inmediatamente Fran entra en la habitación, donde Asun le cambia el suero y ajusta la cama.

—Jefe, ¿qué tal se encuentra?

—Algo mareado… de la anestesia… pero creo que bien. ¿Usted, bien? ¿Y los demás?

—Todos bien, excepto Belinchón, que parece que se ha llevado la peor parte. ¿Qué quiere que le digamos a la prensa? Nadie de delegación dice nada.

—El comisario lo confirmará en breve, pero la versión oficial es que Karim actuó por su cuenta como lobo solitario. Compró los cartuchos y se inmoló para seguir los pasos de su hermano.

Morey comienza a toser y se duele del costado. Asun se pone seria.

—No debe hablar. Tiene usted que salir de aquí.

—Espere un momento. —Morey no le habla a él, sino directamente a Asun, que asiente a regañadientes, y por fin, sale—. Han tardado en sacarme porque he estado una hora hablando con Madrid. Como se imaginará, hay muchos nervios por lo ocurrido.

Fran apenas puede contener su rabia.

—¡Es lo que pasa cuando se arriesgan soltando a un terrorista para ver adónde les lleva! ¿No trabajan en Inteligencia, joder? Pues mucha, no muestran. ¿Cómo no les va a explotar esto en la cara?

—«Nos» ha explotado, Fran. «Nos», porque esto le incumbe a usted también. —El teléfono de Morey suena—. Cójalo, Fran. Es Serra. Conteste el teléfono.

—No, no. No traten de implicarme en esto, Morey, esto es un tema suyo, y yo…

—¡Cójalo!

Tenso y rabioso, Fran descuelga. Le responde Serra, desde el interior de un almacén, en mangas de camisa y caminando en círculos alrededor de la furgoneta. López está buscando huellas dactilares donde Ismail se apoyó cuando llamó por teléfono.

—¡Querido Fran! Qué poco me alegro de saludarle. En fin, quiero que sepa que hay un segundo terrorista. Estuvo en la lonja hasta el momento de la explosión, pero se nos escapó. Un cojo.

—Me está diciendo usted que la cagaron de nuevo. No valen ni como espías, ni como policías.

—Gracias, Fran. Me alegro de que sugiera que puede hacer las cosas mejor que nosotros. Porque como Javi está postrado, queda usted reclutado voluntariamente. Le mando las huellas del sospechoso, empiece por ver si tienen algo en sus archivos.

—¡Y una mierda! No pienso formar parte de…

Pero Serra ha colgado. Morey intenta incorporarse, aunque el dolor se lo impide.

—Fran, ya no tiene otra opción. A partir de ahora usted trabaja para nosotros, usted solo. No puede contarle nada a sus compañeros. Son todos sospechosos, hasta que me demuestre lo contrario.

—Esto no es trabajar. Es ser víctima de un chantaje. Y creí que estaba claro que el topo era Belinchón.

—No tenemos esa seguridad. Y si termina muriendo, como parece, nunca lo sabremos. Obedezca a Serra y todo irá bien.

Fran resiste la tentación de seguir discutiendo, resopla y simplemente sale de allí, enfurecido. Morey respira hondo unos segundos, para aliviar la tensión. Cómo le fastidia estar clavado en esa cama y no poder seguir él mismo las operaciones… ¿Y si pudiese levantarse de nuevo? Pero cuando lo intenta, la puerta se abre de nuevo. Es Fátima. Él esboza una sonrisa. Por fin puede respirar, dejar caer esa máscara de agresividad y resistencia.

—Deberías llamar a la enfermera —bromea él—, creo que estoy teniendo alucinaciones.

Fátima, por fin, sonríe. Con lo serio que es… y cómo sabe romper la tensión cuando ella lo necesita.

—¿Estás bien?

—No te preocupes. Me han sacado dos o tres trozos de cristal. Duele, pero no es grave. Saldré pronto.

—Javier, lo vi todo. Estaba en el puerto. Fue horrible.

—¿Estabas allí? Gracias a Dios que no te ha pasado nada…

—Fue un atentado suicida, ¿verdad?

—Karim.

Fátima se lleva las manos a la boca. Por un momento las palabras no vuelven a sus labios.

—¿Y ahora cómo vamos a encontrar a Abdú? Era tu única pista…

—Te prometí que cumpliría y le encontraré. Tienes mi palabra. Ven. Ayúdame.

Morey intenta incorporarse de nuevo, esta vez casi lo consigue. Ella trata de ayudarle, le pasa un brazo tras la espalda y otro alrededor del pecho… Y cuando sus ojos se encuentran, sus respiraciones se mezclan y sus pieles se tocan, no pueden hacer otra cosa que besarse fuerte e intensamente, como dos amantes que se creyeron perdidos y separados para siempre… a ambos lados de esa frontera que no se puede cruzar de vuelta.

—Lo retiro —dice ella, con la voz cargada de angustia, al romper del beso.

—¿Qué quieres decir…?

—No quiero dejarte. Sé que no debo decirlo. Que es una locura estar contigo… Pero cuando te vi en el suelo, y creí que habías muerto… No, Javier… Nunca había sentido así nada por nadie.

Se besan de nuevo. Y de nuevo. Y de nuevo…

* * *

Ya es de noche cuando Fran llega a comisaría, cansado, dolorido, afectado y preocupado por su nuevo papel en los hechos. Él, un policía de raza, no siempre limpio o legal, pero sí de los que siempre ha ido a las claras, arreglándoselas para nunca pisar fuera de esa fina línea que lleva del honor a la confianza: un talento imprescindible para poder ser respetado tanto en el mundo de la policía como en el de los criminales, y especialmente en el área donde los dos universos se tocan. Por eso, nadie nunca ha podido decir —y menos sus subordinados— que Francisco Peyón ha traicionado, engañado o apuñalado por la espalda a nadie. Esa es su moral y es de lo poco, quizá lo único, de lo que se puede sentir orgulloso.

Y ahora, trabaja, no, se ve obligado a trabajar, para unos tipos cuyo negocio es la mentira, el engaño y la traición, capaces de dejar en libertad a un terrorista para que les guíe hasta sus jefes, corriendo todos los riesgos que ello implica, y sin pestañear cuando el peor de los escenarios posibles explota.

Por fin, Fran se sienta a su mesa y abre el correo con las huellas dactilares de Ismail, que introduce en el programa de reconocimiento. Pulsa en «Hallar coincidencias», unos minutos después… «Identificación conseguida. Coincidencia 91 por ciento». Fran pulsa en «Mostrar»… Y la ficha de Ismail se abre ante sus ojos. Fran marca el número de Serra.

—Ismail Ben Youssef —confirma Fran—. Ceutí. Tenemos una detención de hace siete años por tráfico de hachís.

—¿Domicilio?

—Aparece uno de entonces.

—Vaya a buscarlo.

—No tengo orden de detención.

—Con nosotros no la necesita. Mientras obedece mis órdenes, usted no es policía. No hable con nadie de esto. Que no le vean los vecinos. Asegúrese de hacerlo cuando esté solo.

Fran niega con la cabeza, se lleva una mano a la frente y se duele cuando toca la herida de la ceja. No puede hacer otra cosa. No le gusta, pero tiene que jugar a este juego.

—Serra, supongo que usted puede avisar antes que yo a los puestos de frontera, al ferry, al helipuerto…

—Déjeme eso. Mándeme la ficha y vaya a buscarle. Y no lo olvide: le necesitamos vivo.

* * *

Ya de noche Asun da un último vistazo por los pasillos y habitaciones de un hospital por fin silencioso, quieto y calmo, como deben ser estos lugares, piensa ella. Sintiendo cómo el cansancio se infiltra poco a poco en su cuerpo, ya al final de este obligado doble turno, Asun solo piensa en su cama, en su cena, en su piso. Ya solo le quedan un par de habitaciones, piensa, entre ellas la de Morey, que debe estar sedado y durmiendo, así que entrará en su habitación, le dará un vistazo rápido y… Entonces, le ve vistiéndose.

—¿Qué hace? ¿Está loco?

Morey fuerza una sonrisa para disimular el dolor que siente.

—Tengo que irme. Lo siento.

—Pero ¡todavía lleva la vía! Y, además, le traigo un calmante.

Morey se saca la vía sin pensarlo dos veces y le arrebata el vaso, engullendo el calmante de un trago.

—¿Ve? Ya estoy bien. Me doy el alta. Y no se preocupe, es bajo mi responsabilidad.

* * *

Aisha sirve la cena a su familia de forma un tanto apresurada y nerviosa, sin el cuidado habitual, ya que quiere acabar para sentarse y seguir la conversación, que como no puede ser de otra manera, hoy gira alrededor de la noticia del día. Porque la protagonista está sentada a la mesa con ellos.

—… y todo el mundo te ha visto en televisión —confirma Aisha—, todos llamando, preocupados, que qué hacías ahí, que si estabas bien… Menuda vergüenza he pasado… Solo espero que tus futuros suegros no te hayan visto.

—Pues si me han visto, se alegrarán de que estoy bien. No he hecho nada malo.

—Lo que no entiendo es por qué querías cruzar el cordón policial... ¿Adónde ibas?

—A... a por el coche. ¿Adónde voy a ir?

—En las noticias han dicho que el inspector Morey está herido. —Sin darse cuenta, Aisha echa leña al fuego—. ¿Sabes algo?

—No, madre. No sé nada.

—Pues para uno que nos ayuda..., espero que esté bien —concluye la madre.

Hassan toma la palabra:

—Yo he hablado con el imán. Dice que el atentado nos lo pone a todos los musulmanes mucho más difícil...

—Normal, padre. Pero nosotros no tenemos nada que ver con esa gente.

—... y que sería mejor que buscáramos nosotros a Abdú, y no confiar tanto en la policía —termina Hassan—. Porque ahora que piensan que está con uno de esos terroristas, si lo detienen, lo meterán en la cárcel.

—Con tal de que aparezca, prefiero verlo en la cárcel antes que... como el chico del puerto —trata de zanjar Aisha.

—Estáis hablando de Abdú como si fuera un terrorista de verdad. —Fátima le defiende—. Pero todavía no sabemos nada.

—Es lo que dijo tu amigo el policía —apunta Leila.

—Me da igual. —Fátima se levanta de la mesa—. No quiero que aceptemos sin más que a Abdú le han comido la cabeza unos terroristas, y que va a suicidarse para matar a gente inocente. Es mi hermano, es un buen chico y tenemos que seguir buscándolo..., cueste lo que cueste. Perdón.

Fátima se levanta de la mesa, dejando un pesado silencio detrás.

* * *

Mientras aguanta por teléfono el rapapolvo de su vida, Serra abre la nevera de Morey con esperanzas de echarse algo a la boca. Pero ¿qué demonios puede esperarse de un tipo como él? Yogur, tofu, bebidas macrobióticas, verdura al vapor y pollo a la plancha. Desilusionado, Serra cierra la nevera.

—Entiendo, sí... Asumo la responsabilidad, señor. Sí. Yo supongo que a Karim le dieron por quemado una vez que pasó por comisaría, y... no, no, señor, tiene usted razón. Por supuesto.

Mientras, en el sofá, mirando al techo, López trata de ordenar sus pensamientos. No es la primera vez que ve la muerte de cerca. Pero en esta ocasión, con la explosión a unos metros de él, solo protegido por la furgoneta blindada, siente que es la vez que más a punto ha estado de morir en años y años de servicio. Y todo por culpa de un tipo que no sabe cumplir una orden cuando se la dan. Todo por culpa de... En ese momento Morey abre la puerta. Se duele un poco del costado, Serra cuelga e informa:

—Ya era hora. —Señala al teléfono—. Era Madrid. No nos han mandado a casa de milagro.

—No me extraña —tercia López, molesto—. Nos envían a evitar atentados y nos estalla uno en las narices, joder.

—Yo estoy infiltrado —se defiende Morey—, no puedo descubrirme delante del resto de policías. Los que debíais evitar que llegase esa situación sois vosotros.

—Cuidadito, eh. Que no podíamos salir de la furgoneta sin comprometer la operación.

—¡Y encima vais y perdéis al segundo hombre! —insiste Morey.

—Claro, porque justo acababa de estallar la bomba que tú tenías que impedir que estallase. ¡Así que no me vengas jodiendo!

Morey se levanta la camisa y enseña su vendaje.

—¡No me jodas tú a mí! ¡Que mira lo que traigo! ¿Qué tienes tú para enseñar, eh?

Por fin, Serra considera que han soltado suficiente tensión y se interpone entre ellos.

—Vale ya. Olvidadlo. Javi, Fran nos manda novedades. El cojo estaba fichado. Ismail. López, danos lo que tienes.

—Le habíamos vigilado hace tiempo —explica, aún mosqueado—, aunque le conocíamos por otro nombre. Voló hace casi un año de Málaga a Hamburgo, a Afganistán. Allí le perdemos la pista, hasta que vuelve a Ceuta hace unos meses… y esta vez, cojo.

—¿Herida de guerra? ¿En Siria?

—O en un campo de entrenamiento, eso da igual. ¿Para qué ha venido?

Suena el móvil de Serra. Descuelga con el altavoz.

—Fran. ¿Lo tiene?

* * *

La casa es modesta, pequeña, sin decoración alguna. Los muebles son viejos y gastados, pero los alimentos de la nevera, las sábanas de la cama y la ropa en los armarios indican que alguien ha vivido allí hasta hace unos días. Y una cosa más:

—Hay gasas, vendas, guantes de látex —explica Fran, cogiendo una bala ensangrentada de un cenicero—. Está herido. Le han sacado una bala aquí mismo.

—Yo no fallo a esa distancia —mascula López.

—La casa está como si hubiese huido después. No hay casi ropa, no hay documentación. Hay muchos medicamentos. Hay sangre, tendrán muestras de ADN si lo necesitan.

—Perfecto. Busque pistas, deduzca, investigue, encuéntrelo. —Serra remata—. Es usted bueno en su trabajo. Hágalo.

En la habitación, Fran cuelga y suspira. Ve el desastre que hay a su alrededor… y su mirada cambia. Se agudiza, atenta, a cualquier detalle, rastro o vestigio. Serra tiene razón en algo: es bueno en su trabajo.

* * *

Dos días después, tras una merecida jornada de descanso para los afectados, la comisaría está a pleno rendimiento, con todos los agentes volviendo al trabajo de calle, poniéndose al día con las labores de despacho, tirando de teléfono para esclarecer cuanto antes las circunstancias relativas al atentado. Todos, incluido…

—Coño, jefe, qué energía. Y nosotros, preocupados. —Quílez no puede evitar mostrar su sorpresa.

Morey en persona cruza la comisaría como si se tratase de un día cualquiera, entre las miradas de admiración de sus subordinados. Entra en su despacho y como esperaba, sin necesidad de llamarle, ya tiene allí a Fran. Prescinden de toda formalidad.

—¿Cuándo tendremos a Ismail? Creo que está claro que es un objetivo absolutamente prioritario.

—Lo sé. Pero tengo un problema: mis hombres no paran de hacerme preguntas. Y merecen una explicación. Les hemos metido en la boca del lobo, ¡han podido morir!

—¿Qué preguntan?

—Como por qué pusimos en libertad a Karim si era un terrorista que había robado explosivos.

—Y usted, ¿qué ha respondido?

—Nada, porque no voy a mentirles. ¿Me da permiso para contarles la verdad?

—No, mientras no sepamos quién es el topo. Y no cambie de tema. ¿Qué tiene sobre Ismail?

—No ha ido a ningún hospital —Fran se incorpora, se cruza de brazos—, pero la herida debe ser seria. En ese barrio hay varios médicos, más bien... curanderos acostumbrados a peleas, navajazos, heridas de bala. Estoy tratando de enterarme si uno en concreto está alojando a Ismail.

—Perfecto. Prosiga por esa línea. ¿Algo más?

—Esto. —Fran saca de una carpeta una bolsa hermética con folletos dentro. Están escritos en árabe, y en la portada destaca la llamativa imagen de un escorpión negro. Fran prosigue—. Es de las pocas cosas que han encontrado dentro del local, la Científica los encontró escondidos en un zulo. ¿Quiere que mande traducirlo?

Pero Morey niega con la cabeza mientras mueve los labios. Fran continúa, sorprendido.

—Joder con James Bond. No me joda que lee árabe.

—«Si el enemigo invade tu casa, la yihad es un derecho —traduce Morey—. Nuestro pueblo jamás renunciará, no descansaremos hasta liberar Al-Ándalus de los invasores y purificar la tierra con la gracia de Alá que nos ilumina el camino». ¿Qué opina de esto?

Fran va a contestar con un sarcasmo, cuando el teléfono de Morey suena. Responde a la llamada y tan solo pone cara de circunstancias. Cuelga, y hace un gesto a Fran para que le siga fuera, a la oficina.

—Por favor. Un momento a todos. Por favor. Malas noticias del hospital. Belinchón ha fallecido.

Fran, Quílez, Mati, Hakim. Todos se miran entre ellos, tratando de asimilar la noticia.

—Los médicos no han podido hacer más por salvar su vida. Lo siento. Estará esta noche en el tanatorio y mañana por la tarde será el entierro. Fede, por favor, ocúpese de la corona y de alterar las guardias para que los que quieran puedan ir. Mi más sentido pésame. —Morey se retira de nuevo.

Fran y los demás hacen un corro, afectados. Hakim expresa el malestar de todos.

—Tuvimos nuestros más y nuestros menos. Pero, joder, era un compañero.

—Voy a llamar a Marina —propone Fran—, le voy a avisar de que iremos a brindar por él. Es lo mínimo. Yo llamaré a su mujer para darle el pésame. Decídselo a todos.

Los agentes se dispersan, intercambiando palabras de apoyo, palmadas, abrazos. Pero Quílez se queda.

—Fran, querías decirme algo antes, ¿no?

—Sí. ¿Tú sabes si Romero ha cambiado de teléfono?

—¿Romero el curandero? No, hablé con él hace poco. ¿Por qué?

—Cosas mías.

* * *

En casa de los Ben Barek Fátima trata de que todo vuelva a la normalidad. Así que ha decidido pasar la tarde en compañía de una de las pocas personas cuya inocencia, bondad y alegría logran que, verdaderamente, pueda volver a sentir buen humor: su hermana Nayat. Juntas repasan los apuntes que le ha prestado una amiga.

—Estos, estos y estos. Si puedes, fotocópialos en color, que si no lo subrayado no sale. Los necesito para mañana, ¿me los puedes sacar en el trabajo?

—Si son solo estos, pediré permiso y los sacaré.

El móvil de Fátima suena. Lo mira rápidamente, esperanzada. Pero no es quien ella hubiese querido. Momentos después sale de su habitación hablando por teléfono, y termina la conversación delante de Hassan y Aisha, como si tuviese que anunciarles algo.

—Claro…, claro que lo entiendo… Me alegro de que no haya sido nada. Gracias por llamar. —Fátima cuelga y anuncia a sus padres, expectantes—: Era Khaled. Ha… ha habido un problema con las obras de la casa. Algo de los cimientos. Esto va… a retrasar un poco la boda.

—¿Te ha dicho si te vio en televisión? —inquiere Aisha.

—Sí, me vio.

—Bueno. ¿Y no te ha dicho nada? ¿Algo como que sus padres han visto la explosión en la tele y no quieren seguir adelante? Como si lo viera…

—Pero, madre, ¿qué tiene que ver una cosa con la otra? ¡Él no me ha dicho nada de eso!

—Es verdad, Aisha. —Hassan se levanta—. Todos estamos ilusionados por la boda, Khaled el primero. No pienses cosas raras, anda…

Madre e hija quedan en silencio hasta que Hassan sale.

—Fátima. Que no hable, no significa que no vea lo que tengo delante de los ojos.

Fátima resopla. Ya sabe lo que viene a continuación.

—Ese inspector no es como nosotros. Es… diferente. Para él, no eres más que un juguete. Y cuando se canse, te cambiará por otro. ¿Entiendes?

—Madre…, no tienes nada de lo que preocuparte. ¿Vale? Nada.

＊ ＊ ＊

El apartamento de Morey, aunque genérico en decoración y equipamientos que el inspector no se había molestado en personalizar por falta de tiempo, estaba antes, de acuerdo con su carácter, al menos limpio, recogido y pulcro como un botiquín. Pero hay que decir que desde que López y Serra se han hecho un hueco en él, el piso va poco a poco, o más bien a marchas forzadas, adquiriendo la apariencia de un piso de universitarios, con papeles por todas partes, platos sin fregar y ropa sucia acumulada.

—El escorpión se suicida cuando se ve acorralado, ¿lo sabías?

Serra levanta la vista de los papeles y mira a López por encima de las gafas. Y contesta:

—Los Reyes son los padres, ¿lo sabías? Parece mentira, López, te crees todo lo que pone en Internet. Es una leyenda urbana, joder. Son inmunes a su propio veneno.

—Bueno, oye…, yo qué sé, lo que dice todo el mundo. —López se apresura a cambiar de tema—. Anda, bueno, ¿te has leído ya el folleto entero?

—La misma canción de siempre: el enemigo, la yihad, Al-Ándalus, reconquistar lo reconquistado, etcétera, etcétera, etcétera. Como si lo hubiesen escrito en la Edad Media.

—Y lo del escorpión, ¿entonces?

—No lo sabemos. Puede que el nombre de una célula. Mira, aquí mencionan a Tarek, es reciente: «Nuestro hermano Tarek, que dio la vida en Tánger».

López aún tiene el folleto original en la mano.

—Así que el escorpión… —López repara en algo extraño en la portada. Lo mira cuidadosamente—. Serra, ¿qué es esto? ¿Un error de impresión? ¿Un defecto de la máquina?

Serra observa la portada. Efectivamente, hay un error de imprenta en una de las esquinas, dibujando una peculiar sombra. Con una idea en mente, saca el resto de folletos y los estudia.

—Está en todos.

* * *

Morey cierra las persianas de su despacho, se apoya tras la puerta y, en soledad, se despega el apósito que le cubre el costado, apretando los dientes de dolor. Aún sangra. Como si no fuera la primera vez que hace algo así, Morey se cubre la herida con crema antibiótica. Su piel y músculos se contraen por el dolor, y Morey tiene que resistir para no quejarse. De repente dos toques en la puerta, y como siempre, sin esperar respuesta, esta se abre.

—¿Jefe? —Extrañado, Fran entra en el despacho, cierra tras de sí, y solo cuando se vuelve, ve a Morey apoyado detrás de la puerta, el rostro sudoroso, aquietando la respiración. «Estos tíos están hechos de otra pasta». Fran tan solo continúa—: Jefe, Romero *el curandero* ha contestado.

—¿Sabe algo sobre Ismail?

—No va a contarme nada por teléfono. Por favor, informe a «nuestros jefes» de que voy a verle. Cuídese.

Fran sale. Morey respira hondo, se pone la chaqueta con dificultad y cruza la comisaría, hacia Fede.

—Me voy a descansar. Cualquier novedad, me llaman. Ténganme informado de todo.

—Pues ahora mismo iba a llamarle. —Fede señala con un gesto de cabeza la sala de espera. Allí Aisha se levanta al verle.

Morey se hace cargo y se acerca a ella, tratando de no mostrar el dolor que le atenaza.

—Buenas, señora Ben Barek, ¿cómo no ha entrado directamente a verme?

—Gracias, pero no quería interrumpirle. Solo… pasaba por aquí… y he pensado en preguntarle si sabe algo más de Abdú.

—No hay noticias, señora. Pero seguimos trabajando.

Aisha asiente, nerviosa. Parece que hay algo más que quiere contarle.

—Inspector…, ¿puedo hablarle en confianza?

Morey asiente, se acerca más. Ella baja la voz.

—Sé que somos muy insistentes. Y le pido disculpas. Pero póngase en mi lugar. Ya no puedo poner la tele ni la radio. Todo el día hablan de lo mismo. Suena el teléfono y me da miedo responder, por si es otra mala noticia. Y sobre todo, tengo miedo de venir a verle un día y que me diga que Abdú ha sido detenido y que seguiremos sin poder verle ya…

—La entiendo, señora. Perfectamente. Pero lo que ocurra finalmente con Abdú dependerá de lo que haya hecho. Yo solo le prometo que haré lo que pueda por encontrarle.

—Lo sé, lo sé. Es la promesa que le hizo también a mi hija. Pero ya tengo miedo de sus promesas, ¿sabe? Sobre todo —Aisha le mira a los ojos— de esas promesas que le hace a mi hija.

Morey parpadea. Ambos saben bien de qué están hablando.

—Inspector, Fátima está muy nerviosa preparando su matrimonio. Es mejor que la dejemos concentrarse en eso. ¿Hará usted eso por mí?

Aisha espera la respuesta con una sonrisa. Morey solo puede asentir.

* * *

Al día siguiente, la mañana se despierta fresca sobre Ceuta, y los primeros desocupados ya toman posiciones en la plaza para pasar el día buscando trabajo, trapicheos o la compañía de otros en su misma situación. En uno de los bancos, indistinguibles de los demás, Fran deja que Romero hable hasta cansarse. Cuarentón, en chanclas y con una camiseta de una empresa de helados, despeinado, con bigote ralo y dos dientes de oro, Romero habla con una ilusión desconocida.

—… así que no te lo cogía porque paso mucho tiempo en la biblioteca, y claro, ahí lo tengo que apagar. He vuelto a matricularme. ¿Sabes? Voy a terminar la carrera, creo que estoy a tiempo.

—Muy bien, Romero —le ataja Fran—. Seguro que puedes darles un par de lecciones a esos profesores. De cómo coser cejas partidas, navajazos en el costado o golpes de bate de béisbol.

—Yo también salvo vidas, Fran. No estoy titulado, pero si no les atendiese yo, se morirían. No pueden ir a un hospital. Vienen a mí porque…

—Porque también sabes sacar balas. Aunque sea un trabajo tan fino como la pierna de un cojo. Este cojo. ¿Te suena? —Fran le enseña la foto de Ismail.

—No, de nada. No le he visto nunca. Si le veo, te lo digo, claro. Por ti lo que sea, como siempre, Fran, pero ahora me tengo que ir a… —Romero se levanta, pero Fran tira de él y le sienta de nuevo.

—Intenta recordar. Este hijo de puta es un terrorista, Romero. Pone bombas que hacen cosas a la gente que ni siquiera tú puedes curar. Aunque sí pudiste curarle esto. —Fran saca del bolsillo la bolsa con la bala que encontró en casa de Ismail. Romero la observa, la reconoce… Y al final, habla.

—Vale, Fran. Sí, ya me suena. Haberlo dicho antes. Se la saqué yo. Me llamó y fui a su casa. Tenía que ayudarle, hombre, está minusválido y encima le meten un tiro en la pierna mala. Pero ¿de verdad es un puto terrorista? No me jodas.

—¿Te llamó? Enséñame la llamada.

Romero busca en su viejo móvil, le señala un número. Fran se lo arrebata y se lo guarda.

—Pero, Fran… —Romero se calla cuando Fran le pone unos billetes en la mano.

—¿Dónde está?

—¿Cómo cojones quieres que lo sepa? Estará en su casa.

—¿Le estás encubriendo, Romero?

* * *

En el Centro Cívico los profesores se reúnen en su sala, entre clase y clase, e intercambian impresiones mientras toman un refrigerio. Fátima está junto a la fotocopiadora, sacando copias de los apuntes de Nayat. Pilar consulta una noticia de prensa en árabe y lee, preocupada, los comentarios.

—… Hombre, porque ya sabemos que en Internet y con anonimato de por medio, todo el mundo dice cosas que no piensa, pero a veces parece que hay muchos chavales interesados por la yihad…

Omar, pese a tener una filosofía completamente occidentalizada, se da por aludido y siente la necesidad de responder:

—Sí, pero no es así. Son cuatro locos, lo que pasa es que los medios de comunicación hablan siempre de una forma tan alarmista, tan genérica… Que al final parece que todos los musulmanes somos terroristas.

Pilar y Omar se dan entonces cuenta, por su silencio, de que su conversación está afectando a Fátima. Intercambian una mirada de comprensión y se acercan a ella, para arroparla.

—Fátima… No temas por Abdú. Seguro que no tiene nada que ver con esos locos. El día menos pensado aparecerá y estará bien, ya verás.

Llaman a la puerta, y Omar da paso nada menos que a Morey. Fátima se incorpora; no esperaba verle aquí. Pilar es consciente de la tensión entre ellos, pero Omar no.

—¿Podemos hablar fuera?

Fátima le acompaña al pasillo, donde mantienen el tipo mientras los alumnos entran y salen. Es la hora del cambio de clase.

—¿Cómo estás de la herida?

—Duele, pero me dicen que eso es bueno. No tengo mucho tiempo. —Morey saca una foto de Ismail y se la enseña con discreción—. Le estamos buscando, creemos que está relacionado con la explosión. ¿Te suena?

—Pues el caso es que sí. —Morey abre los ojos, sorprendido—. Pero no me acuerdo de cómo se llama.

—Ismail.

—¡Eso! Sí, hace un año o dos él vino por aquí a hacer un curso. De informática, creo. Pilar le debe conocer mejor. ¿Quieres que les enseñe la foto?

Morey lo considera un momento, asiente y la sigue dentro.

—Pilar —se adelanta Fátima—, este chico, Ismail, ¿era amigo de Abdú? Porque le están buscando.

—Huy, sí, Ismail, me acuerdo, dejó el curso a medias. Amigo de Abdú, no creo, porque era mucho mayor.

Omar se asoma para ver la foto, curioso, y suelta un silbido.

—Menuda pieza.

—¿Qué quiere decir? —inquiere Morey.

—Ismail y su familia… Digamos que son muy integristas. Tenía una hermana, Bashira, una chica guapísima. Se enamoró de un chico cristiano.

—Ah, sí —añade Fátima—, se fue a Barcelona con él y tuvieron un hijo, ¿no?

—Sí, esa —continúa Omar—. Pero al poco el tío, que era representante de telefonía, o algo así, bueno, se fue con otra y la dejó colgada en Barcelona. Allí sigue, la pobre, en el Raval, con el crío, y ya no puede volver. La familia la repudió. Pero vamos, ya le digo que es que están un poco «pallá».

Omar no se da cuenta, pero Pilar sí: Fátima está mirando al suelo, afectada. Sabe que su amiga piensa que su idilio con Morey podría acabar así… Pilar trata de cortar la historia:

—No me diga que Ismail estaba metido en lo del puerto, porque me da un pasmo…

—No sabemos mucho más. Gracias por su información. Y ahora, si me disculpan…

—Le acompaño fuera, inspector. —Y Fátima cierra la puerta detrás de ellos. De nuevo en el pasillo, tímida, como para aliviar sus angustias con una respuesta que espera positiva, le pregunta—: ¿Te veré luego?

—Sí, claro. —Pero Morey tiene la cabeza en otra parte—. ¿Estás segura de que no conocías a Ismail?

Fátima se siente confusa, parpadea, busca las palabras. ¿La está interrogando?

—No… te estoy diciendo la verdad, siempre te la he dicho. ¿Estás dudando de mí?

—Perdóname. No quiero decir eso. Solo te pido que no me ocultes nada.

Ambos se sostienen la mirada un momento. Observan alrededor: el pasillo está vacío y, por fin, silencioso. Se roban un beso.

* * *

Fran saca su arma. Y avanza lentamente por el garaje comunitario, pistola en alto. Ha vuelto a casa de Ismail, la ha revisado de nuevo, y no ha notado que hubiese vuelto. Cualquier otro pensaría que Ismail ha buscado la ayuda de sus superiores, que le habrían sacado de Ceuta. Pero ese fue el error de Karim: al visitarles, les delató, guiando a la policía hacia ellos. Un error que Ismail no va a cometer, porque sabe bien cuáles serían las consecuencias. Eliminada la opción de volver junto al grupo, Fran sabe que la única opción para un animal herido es volver a su propia madriguera para curarse. Pero si no está en casa… Quizá, solo quizá…

Fran camina unos pasos más dentro del oscuro aparcamiento. No ha encendido las luces para no delatarse. Pero eso quiere decir que si hay alguien vigilándole desde un coche, será un blanco fácil. No puede comprobarlos uno a uno. Así que decide probar lo que tiene en mente. Porque quizá, solo quizá…

Fran saca el móvil de Romero, busca el número de Ismail y marca. Y con el primer tono, dentro de un coche cercano, se enciende la leve luz de una pantalla. Y justo después suenan dos disparos, que pasan junto a su cabeza. Instintivamente Fran se echa al suelo, pero en lugar de tumbarse, aprovecha el movimiento para rodar sobre sí mismo y acercarse al coche. Desde el suelo Fran asoma la pistola por la ventanilla cerrada y provoca una tormenta de cristales rotos cuando la ventana explota con el trueno de su disparo. Decidido a aprovechar la confusión, Fran se levanta y apunta su arma a través de la ventana rota. Tumbado en el asiento de atrás, Ismail, sin fuerzas, deja caer su pistola. Su móvil, en el suelo, sigue sonando.

* * *

Media hora después, Fran mira con cautela desde detrás de la columna al oír la puerta del garaje abrirse. Es tan solo la furgoneta de una empresa de limpiezas… con Serra al volante. Fran sale de su escondite y señala con la cabeza al coche de Ismail, donde se lo puede ver medio desmayado, esposado al volante. Morey se baja de la furgoneta por detrás, y da una palmada en el hombro a Fran.

—Buen trabajo.

Serra abre el coche y empieza a registrarlo. Fran les mira actuar, inseguro.

—¿Le llevamos a comisaría?

—Buena idea —Serra sonríe, bromista—. Incluso puede leerle sus derechos ¡Ah! Que se me había olvidado: que este hijo de puta ya no tiene derechos.

—¿Qué van a hacer con él, entonces? Está detenido.

—Sí, usted lo ha detenido. Para nosotros. Ahora es nuestro.

Fran solo puede contemplar cómo sacan a Ismail del coche y le arrastran hasta la furgoneta.

—Y le recuerdo que usted también es nuestro. Suba a la furgoneta —le indica Serra.

—No. Yo no quiero tener que ver nada con esto.

—Es una orden. ¡Vamos! —Esta vez es Morey quien lo ordena.

* * *

Tras un largo viaje dentro de la parte de atrás de la furgoneta (oscura y con las ventanas tapadas), el vehículo finalmente se detiene. Fran sale mirando a su alrededor para orientarse: están en una especie de trastienda con garaje. Hay varios agentes más con ellos. Uno cierra la puerta con llave, otro controla un panel de cámaras, a otro le dan el móvil de Ismail y empieza a sacar listados de teléfonos y llamadas… López guiña un ojo a Fran como saludo y saca a rastras a Ismail de la furgoneta. Ante su mirada sorprendida, le sienta en una silla y le ata las manos con cinchas. La herida de la pierna sigue sangrando.

—Creo que yo no debería estar aquí —dice Fran a Serra.

—No se preocupe. Así va aprendiendo el oficio.

Fran se queda atrás, mientras observa cómo Morey coloca un trípode con una cámara ante Ismail. Uno de los agentes le da el okey con el dedo: grabando. Ismail permanece con la cabeza baja, musitando una oración. Serra le coge de la cara y le obliga a mirarle:

—Ismail Ben Youssef, tenemos que hablar.

—Tengo… sed.

Serra coge un vaso de agua y se lo tira a la cara. Fran parpadea, incrédulo. Él no es ningún santo… Pero al menos, en comisaría, los detenidos tienen ciertas garantías. ¿Qué va a pasar aquí?

—El resto tienes que ganártelo. La pierna. ¿Dónde te hiciste eso? ¿En Afganistán? ¿En Siria?

Ismail no contesta. No se mueve. Solo sigue murmurando su oración.

—A lo mejor te picó un escorpión.

Y esta vez sí Ismail parpadea. Pero sigue murmurando.

—¿Qué es Akrab? —le pregunta Morey, enseñándole los folletos. Prosigue—: ¿A quién obedecéis? Tarek, Karim, tú… ¿Cuántos más hay en Akrab?

—Somos soldados de Alá —contesta Ismail—. Estamos en guerra y vamos a libertar esta tierra de infieles invasores como vosotros. —Ismail termina la frase escupiendo a Morey.

Este levanta el puño… Y Fran aparta la vista para no verlo. Morey le enseña al maltrecho Ismail una foto de su imagen en el puerto tomada por una cámara de vigilancia junto a la furgoneta, antes de la explosión.

—¿Es esta la imagen de un soldado de Alá, Ismail? A mí me parece que no. Yo creo que es la imagen de un cobarde que manda a niños a la muerte porque él mismo no se atreve a enfrentarse a ella. Ni siquiera tú crees que Alá todopoderoso te quiere en el paraíso.

—¿Qué sabrás tú? —pregunta Ismail, y añade, en árabe—: *Perro asqueroso…*

Ahora es Serra quien coge a Ismail de la cara y le obliga a mirarle, mientras este trata de seguir rezando.

—¿Quién os apoya en Ceuta? ¿Cuántos sois? Dame un nombre. Uno solo, y te dejamos marchar. Te lo prometo.

Ismail sigue con su rezo, pero calla súbitamente cuando una presión en las costillas le hace reaccionar. Mira hacia abajo y ve el cañón de una pistola hincándosele. Ismail, sin perder la calma, continúa su rezo. Serra se desespera y se aleja de él, frotándose la cara, cansado. Entonces Ismail proclama en árabe:

—*¡Nuestro pueblo jamás renunciará! ¡No descansaremos hasta liberar Al-Ándalus de los invasores y puri…!*

—*¡Y purificarla con la gracia de Alá que nos ilumina el camino!* —Para sorpresa de Ismail, es Serra quien acaba la frase, igualmente en árabe—. Cuántas veces lo habré oído…

Morey decide cambiar de estrategia, y se acerca para relevar a Serra:

—Abdessalam Ben Barek. Abdú. ¿Dónde está?

Ismail deja de rezar y sonríe, consciente de que ahora lleva el peso de la conversación:

—Abdú es un soldado más. Vuestro enemigo. Como... Fátima.

Serra y Morey se miran, alarmados. Ismail sigue:

—Sí. Su hermana Fátima también está con nosotros.

—Mientes. Te lo estás inventando —repone Morey, aguantando su ira.

—Sí. Los salafistas mentimos para tener engañados a los kufares como tú. Bebemos alcohol, vestimos como infieles y nuestras mujeres se acuestan con vosotros. Estamos mezclados con vuestro pueblo, como el aire que respiráis y el agua que bebéis. No sabéis quiénes somos y estamos más cerca de lo que creéis. Fátima Ben Barek también te está mintiendo, infiel.

Morey sonríe, no da crédito. Serra toma la iniciativa:

—No te estás ganando el agua, Ismail. ¿Qué quieres, ponernos más nerviosos?

Ismail vuelve a sus rezos, sonriendo. Pero Morey, cargado de intención, decide atacar de otra manera:

—Se me olvidaba. Bashira te manda saludos.

Ismail borra la sonrisa de su cara y detiene sus murmullos. Serra observa su reacción, intrigado. Fran, al fondo, tan solo mira y se pregunta cuánto quiere recordar de todo esto. Morey, viendo que su estrategia funciona, continúa:

—He hablado con ella. Sigue en Barcelona, no te preocupes. Nuestros compañeros la tienen bien atendida.

—Mi hermana murió para mí en el momento en que se fue con un perro cristiano.

—¿Vaya? ¿De verdad? —Morey saca un dosier con extractos bancarios—. ¿Por eso le haces transferencias mensuales? Pues ojalá me repudiaran a mí así...

Morey se acerca poco a poco a Ismail, hasta que le tiene a un centímetro de la cara.

—Te estás saltando muchos preceptos islámicos, Ismail... Como mantener a la furcia de tu hermana... Eres mucho más débil de lo que crees. Cuando Akrab se entere, seguramente serás el siguiente en saltar por los aires... Como un mártir débil e incompetente, como Karim...

Ismail no resiste más la provocación, y clavando los pies en el suelo, se lanza, arrastrando la silla tras de sí, contra Morey, al que logra golpear con el hombro en el costado. Ismail, en su caída, tira la cámara. Morey se palpa el costado: sangra de nuevo. Fran sujeta a Ismail mientras varios agentes se acercan, le atan a la silla con más fuerza. Uno de los agentes vuelve a colocar la cámara sobre el trípode y la acciona de nuevo.

—No quiero ver más de este rollo Guantánamo. Quiero largarme de aquí. Ahora. ¿Dónde coño estamos?

Serra va a negarse, pero Morey asiente. No quiere que Fran vea el resto de lo que van a hacerle.

—Venga conmigo. —Y Morey guía a Fran hacia una puerta. Ambos pasan a través de lo que debió de ser una pequeña tienda de ultramarinos, conectada por detrás a un almacén. Fran sale a la calle y pronto se da cuenta de que están en pleno casco urbano. Antes de irse, Fran le espeta:

—Yo no soy un santo. Pero lo que hacen ustedes es cobarde y repugnante.

Fran se larga, perdiéndose en el gentío. Morey aprovecha para mirar su móvil y se encuentra un mensaje de Fátima. *«Quiero verte de nuevo»*.

* * *

Horas más tarde Morey y Fátima miran el horizonte del mar, juntos, sentados en un paseo cerca de la playa. Ella prosigue:

—No quiero que vuelvas a decirme que te oculto algo. Me estoy jugando demasiado con mi familia, con mi prometido, con toda la vida que me he construido.

Morey suspira. De momento, resiste contra sus pensamientos: no puede evitar pensar en lo que Ismail ha dicho. ¿Trabaja ella realmente para Akrab? ¿Intenta manipularlo? Por el momento solo puede seguirle la corriente...

—Sé que lo estás pasando mal —asiente él—. Aunque cuando veas a Abdú, todo habrá merecido la pena. Pero entonces... —Morey sonríe—. ¿Qué pasará con nosotros? Si ya no me necesitas para encontrarle, te olvidarás de mí...

—No. Me he dado cuenta de que eso es imposible. —Le besa, una, dos, tres veces, dejándose llevar—. Esto es una locura. Y los dos estamos locos.

Entonces el móvil de Morey suena. Mira la pantalla: Serra.

—Tengo que cogerlo.

Ella asiente, con una sonrisa, y camina hacia la playa, hacia el mar. Morey entra de nuevo en el coche, y escucha la voz de Serra.

—Salgo para Madrid hoy mismo. Me llevo a Ismail. Creo que nos vamos a hacer grandes amigos allí.

—¿Ha cantado?

—Mira el vídeo.

Morey comprueba que Fátima sigue lejos, y pulsa en «Aceptar» para que le entre el archivo de vídeo. Cuando comienza, ve el primer plano de Ismail, casi desmayado. Ya no es el de antes. Y no solo por los hematomas y cortes de la cara. Ha perdido la fuerza, el brillo de los ojos, ya no reza más, pues sabe que, ningún dios le puede ayudar.

—*Vale. Nada de nombres.* —Serra insiste—: *Solo dime cuál es vuestro cuartel general. ¿Dónde recibís las órdenes?*

—*El... El Centro Cívico.*

—*¿Me estás diciendo que...* —prosigue Serra— *el cuartel general de Akrab está en el Centro Cívico?*

Morey abre los ojos, sacude la cabeza. Entra una nueva llamada de Serra.

—¿Qué te parece? —pregunta Serra.

—¿Y si nos está mintiendo otra vez?

—Puede. Pero ¿y si no? Todos han pasado por allí. Abdú, Tarek, Ismail.

—Es listo. Quiere confundirnos. —Morey piensa en todas las posibilidades.

—Ya, pero espera. Hemos ubicado sus llamadas. Agárrate. Llamó al curandero desde el Centro Cívico.

Mientras escucha a Serra, Morey observa el bolso de Fátima, del que salen las fotocopias que sacó de los apuntes de Nayat. Algo le llama la atención y las coge. Morey se fija en una curiosa mancha, un defecto de impresión en las fotocopias. Es el mismo que el del folleto del escorpión.

—Morey, ¿me estás escuchando?

Morey cuelga cuando ve a Fátima venir de la playa, sonriente. Guarda las fotocopias de nuevo en su bolso.

—¿Nos vamos? Empiezo a tener frío.

Morey sonríe, le abre el seguro del coche para que entre. Fátima se sienta sonriente, a su lado. Morey le devuelve la sonrisa. Pero esta vez, no es una sonrisa sincera.

7

EN EL FILO DE LA NAVAJA

Esta mañana Fátima tiene clase a primera hora, y quizá para olvidarse un rato de las preocupaciones de los últimos días, camina por la calle, preparándose como puede la clase, repasando conceptos y releyendo papeles mientras camina hacia el Centro Cívico. Y entonces, todos vuelan por los aires.

—¡Chicos, cuidado…!

Dos chiquillos de unos seis años han salido de un portal cercano, empujándola, con lo que Fátima ha perdido el equilibrio y sus apuntes se han desparramado. Cuando se va a recogerlos, siente algo raro: alguien la mira. No muy lejos de ella, un tipo esconde su rostro de nuevo tras una cámara fotográfica, accionando el disparador. Fátima duda. ¿Le está haciendo fotos a ella? Pero el hombre pasa de largo, sin mirarla, fotografiando edificios, portales, a los niños que pasan por la calle. «Estoy imaginando cosas. Las gorras de béisbol y los calcetines con sandalias suelen ser la marca del turista», piensa ella. Fátima recoge sus papeles y sigue andando, pero al doblar la calle vuelve a ver de nuevo al turista, esta vez hablando por el móvil. Instintivamente, el fotógrafo se vuelve y sigue hablando. «Con tantas emociones últimamente, solo me faltaría empezar a estar paranoica», piensa. «No vivo en una película de espías». Pero cuando gira la esquina, todas sus preocupaciones se desvanecen, para ser sustituidas por otras más graves: la policía está acordonando el Centro Cívico.

* * *

Mati y Hakim se encargan a medias de sacar a los curiosos del centro, impedir que los chavales se cuelen, soportar las protestas de las madres, ayudar a los profesores a organizar a los alumnos y muy especialmente, de dar explicaciones a Omar, el director:

—¿Y esta vez aparecerá lo que han robado o nos despedimos de todo para siempre? —se queja él.

—No es tan fácil, señor —repone Mati, mientras extiende la cinta policial.

—Ni es tan fácil conseguir que la administración nos envíe ordenadores nuevos. ¿Sabes cuánto papeleo vamos a tener que rellenar? ¿Cómo vamos a dar las clases de informática en los próximos meses?

—Por lo menos esta vez no han pintado en las paredes, ni han orinado en la sala de profesores, ¿no? —repone Hakim.

—Con ese ánimo, yo te voy a decir lo que es difícil: que confiemos en vosotros.

Omar se aleja con su clase, tratando de que no se le pierda ningún chaval. Hakim le hace a Mati un gesto hacia un coche que llega, del que bajan Fran y Morey.

—El inspector jefe se interesa por un simple robo. Cómo se nota que la profe de aquí tiene enchufe.

Mati y Hakim saludan y refieren lo que saben mientras caminan hacia la puerta. Morey examina la cerradura: está intacta.

—Se han llevado dos ordenadores y una impresora de la sala de profesores. El ladrón o los ladrones tenían la llave. El director, Omar, fue el último en salir, y asegura que cerró.

—Averigüe cuántas personas tienen copia —Morey entra en el centro, y señala un curioso rastro, como el dejado por unas estrechas ruedas—. ¿Qué es eso?

—Las ruedas de un contenedor de basuras —interviene Fran—. Lo usarían para llevarse el botín. No es la primera vez que lo veo.

—Echen un vistazo —Morey asiente— a ver si alguna comunidad de vecinos denuncia el robo del contenedor, o lo encontráis fuera de su sitio. Si me disculpan...

Morey ve venir a Fátima y sale a su encuentro. Ambos se quedan a un paso de distancia, las manos en los bolsillos. Algo difícil cuando sus verdaderos deseos son comerse a besos, ocultarse del mundo, buscarse mutuamente entre las sábanas... Y en ese lugar público no pueden siquiera mirarse como les gustaría.

—Buenos días. Fátima. Me temo que han entrado a robar.

—¿Han roto muchas cosas? —Fátima suspira, por un lado aliviada porque últimamente solo piensa en lo peor... Y fastidiada porque desgraciadamente, se ha acostumbrado a que entren al centro a robarles.

—Aún no he entrado, ahora vienes con nosotros. ¿Todo bien? —la pregunta, obviamente, va con segundas. Es todo lo que pueden permitirse en público. Fátima simplemente asiente.

* * *

El estado de la sala de profesores es el que todos podrían esperar de un robo: sillas volcadas, papeles por el suelo, puertas de armarios abiertas...

—¿Solo faltan los ordenadores? —pregunta Mati, libreta en mano.

—A falta de ordenarlo todo, y que echemos de menos algo más… Yo creo que sí. Los ordenadores y la impresora, vamos, lo que vale algo —responde Omar. Fátima y los demás entran en escena—. Se han llevado tu portátil, Fátima.

—Pero si era una antigualla…

—Iría a pedales, pero se lo han llevado —prosigue Omar—. Si vinieran más a mi clase, hubiesen visto que no les iba a servir para nada. En fin, lo que no he mirado es si se han llevado el equipo de música del almacén. Déjame la llave, anda, Fátima, que de ahí no tengo…

—Pues qué raro. —Fátima hurga en las profundidades de su bolso mientras Morey intercambia una mirada con Fran—. No las tengo. Pero si siempre las llevo…

—No se preocupe —zanja Fran—. Omar, venga conmigo. Lo abriremos nosotros. Mati, Hakim.

Fátima y Morey se quedan solos de nuevo. En otras circunstancias él ya se habría acercado a ella para aprovechar ese momento de intimidad. Pero no puede quitarse de la cabeza esa molesta sospecha que Ismail sembró y que Serra está haciendo crecer. ¿Está Fátima implicada? Ella se agacha para recoger los pasquines con la cara de su hermano y la ayuda. Fátima aprovecha el momento de cercanía para hablar bajo:

—Javier, creo que me están siguiendo. Antes, había un tío raro con gafas de sol haciendo fotos.

—¿Árabe?

—¿Y qué más da? —La distinción molesta a Fátima—. Los cristianos también delinquen. No tiene nada que ver. ¿Vale?

—¿Por qué estás tan nerviosa?

—Esto se está poniendo muy difícil para mí. Mi madre sospecha algo de lo nuestro. Si se enterasen de que tú y yo…

La mujer sale de la papelería con una bolsa. Es difícil que haya dado información o realizado algún intercambio allí, pues los servicios de documentación tendrían la papelería fichada. Ella sale con dos bolsas de plástico llenas de material de oficina, pero antes de caminar por la calle, mira a todos lados, como si buscara a alguien. Como si creyera que la observan. Camina calle abajo y su perseguidor prosigue su camino, siempre dos calles más atrás y apresurándose con discreción cuando el objetivo dobla la esquina. Y se sitúa unos metros por detrás cuando la ve esperando a que el semáforo dé paso a los peatones. Él solo echa a andar cuando la señal verde parpadea, y alcanza a ver cómo ella se adentra por las callejuelas. Ahora tendrá que seguirla más de cerca. Pero cuando va a doblar la segunda esquina del laberíntico barrio… Nota una presencia cerca. Sabe que ha sido descubierto. Que quizá es ya demasiado tarde para sacar el arma…

—Joder, qué susto me has dado —López se apoya en la pared, mientras soporta la sonrisa socarrona de Morey—. ¿Qué coño pretendes?

—Demostrar que a lo mejor deberías volver a la academia unos días… No solo te he localizado yo. Hasta ella, una profesora de adolescentes sin experiencia, se ha dado cuenta de que la sigues.

—Claro. A no ser que esa que tú dices que es una simple profesora sí que tenga experiencia.

A Morey le cambia la cara. ¿Qué insinúa? López saca el móvil y le enseña varias fotos. En ellas se ve a Fátima entregando un sobre al imán.

—Ya que os lleváis tan bien —López continúa—, quizá deberías preguntarle qué son esos pagos al imán.

—No creo que sea nada. El imán está investigado y limpio. Pero estas fotos son de antes de dar la orden de vigilarla.

—Pregúntale a Serra. —López se encoge de hombros y se aleja de allí. Pero antes de desaparecer, aún tiene tiempo de decirle—. A lo mejor el que tiene que volver a la academia eres tú. A repasar la historia de Mata-Hari.

* * *

En el Sol y Sombra la media mañana, justo antes de la hora del vermú, es lenta y el bar está prácticamente vacío, siendo el mejor momento para que Fran escamotee unos minutos a su jornada laboral para ver a Marina. Pero él parece mucho más distante que otros días.

—Fran. Me tienes un poco preocupada. Desde el atentado no pareces el mismo. ¿Cómo lo estás llevando?

—Eso no importa. —Sin necesidad de pensarlo, Fran simplemente se encoge de hombros.

Fran desvía la mirada, para no darle importancia. Marina le coge de la barbilla y le gira hacia ella, hasta que él la mira a los ojos. Pero en la mirada de ella no hay rencor, ni dureza: solo una sonrisa de comprensión.

—A mí, sí.

Fran va a besarla, cuando una voz rota quiebra el silencio del bar, y un hombre de andares desgarbados y barba cana se acerca a él, haciendo sonar las monedas de su bolsillo.

—¡Hombre, Fran! Justo al que estaba buscando. Pelillos a la mar, ¿eh? ¿A que me vas a invitar a una cervecita por la última vez que me detuviste?

—Pues no, Lillo. Me vas a invitar tú, por retirarte los cargos. ¿Te acuerdas o no?

—Buf, quita, aquello de la pistola, vaya rollo, sí, gracias, hermano, qué haría yo sin ti… Marina, guapa, ponnos dos cervecitas, que nos las merecemos. —Lillo palmea a Fran en la espalda, viene con algo que proponerle—. Que me han dicho que han robado en el Centro Cívico.

—Anda, que menudo confidente estás tú hecho, Lillo. Eso lo sabe ya todo el barrio.

—Ya, pero lo que no sabe nadie más es esto. —Lillo saca su viejo móvil, en cuya pantalla arañada puede verse una foto del contenedor de basuras con los ordenadores.

—Los chorizos piden dos mil euros por todo. —Fran no puede evitar sonreír ante la caradura del viejo expolicía—. ¿Qué pasa Fran, que me has visto cara de tonto, o qué?

* * *

Morey entra en comisaría y atraviesa rápidamente la oficina central, haciendo caso omiso a un par de agentes que reclaman su atención y despachándolos con un gesto, mientras marca un número en su móvil.

—Supongo que me llamas porque eres un magnífico agente —bromea Serra— y habéis encontrado los ordenadores.

—No, lo que quiero es saber por qué coño no me contaste contado que habías puesto vigilancia a Fátima.

—Bueno, bueno… Quieto, Romeo. ¿De qué coño te extrañas, a estas alturas del partido? ¿No fuiste tú mismo el que ordenó que se investigase a todo el personal del centro? Obviamente, eso la incluye a ella, ¿no?

—Serra, eso es puro protocolo. Lo que te estoy preguntando es hace cuánto que la seguís. Porque tengo la certeza de que es desde hace mucho. ¿Por qué yo no sabía nada?

—Javi… —Serra resopla—. Los jefes no acaban de verlo claro. Dicen que esta chica moja de todas las salsas, si me permites la expresión culinaria. A su hermano pequeño lo captó Akrab. Su hermano mayor es un narco. Estaba en el lugar del atentado. Ismail mencionó su hombre. Y ahora roban, convenientemente su ordenador. Si no hacemos algo con ella, es que somos gilipollas.

—No… No se merece esto. Ha colaborado con nosotros en todo momento.

—A ver, Javi, que pareces nuevo. ¿Cuántas mujeres hemos visto colaborando con células integristas, presionadas por su entorno… O de *motu proprio*? Siempre ha protegido a su hermano pequeño. ¿Quién te dice que no está colaborando para distraernos a cambio de proteger a Abdú?

Serra esperaba este silencio. Su pupilo, por fin, responde:

—Si algo de eso es verdad… Lo averiguaré. Pero déjame trabajar a mi manera. No quiero más sorpresas.

—Ni yo más llamadas como esta.

* * *

Morey está sentado en el borde de su mesa, mientras deja que el silencio haga su efecto en el aterrorizado niño. Porque Driss, detenido junto a otros dos amigos por el robo en el Centro Cívico gracias al chivatazo de Lillo —al fin y al cabo, sus sempiternas camisetas del Barça tenían que delatarle—, nunca ha pasado por comisaría antes. Así que ahora mismo, se está preguntando cómo fue tan tonto de dejarse embrollar por sus amigos. Al menos Morey espera que quizá vuelva al buen camino después de un tirón de orejas como el que le van a dar. En ese momento la puerta se abre y Fran le reconoce igualmente.

—¡Hombre! Carne fresca para el calabozo. ¿Es tu primera vez, no? —empieza Fran.

—Pues quizá no sea la última —prosigue Morey— porque no ha abierto la boca en un buen rato.

—Qué bien. Pues llego justo a tiempo para que nos explique qué hacía esto en su bolsillo. —Fran deja sobre la mesa unas llaves con una etiqueta identificativa—. ¿Son las llaves del Centro Cívico?

Driss, instintivamente, asiente.

—Vamos progresando. —Fran las coge y se las enseña—. Mira lo que pone aquí. Seguro que tú sí sabes leer, porque también ibas al centro, y espero que no solo a ratear. Pone «F. Ben Barek».

Driss no tiene artes para mentir, ni aguante para resistir... Y ni siquiera sabe que podría negarse a hablar hasta que viniese la fiscal. Así que continúa cantando:

—Son de una profesora. La señorita Fátima.

—¿Te las dio ella, o se las quitaste? —interviene Morey.

—Se las cogí de su bolso sin que se diera cuenta.

—¡Menudo genio del crimen! Así que también te tendremos que empurar por carterista.

—No, no, solo me llevé las llaves —dice él, alarmado—. Nada más. En realidad... —Driss va a confesarlo todo, cuando... Cristina Ruano, la fiscal de menores, entra como un vendaval.

—Buenos días a todos. ¿Empezando sin mí, como siempre?

Morey y Fran se encogen de hombros, a duras penas aguantando la sonrisa.

—¿Nosotros? No. No, no, por supuesto que no. ¿Qué insinúa?

—Driss, he venido para ayudarte. Soy la fiscal de menores.

—¿Podemos seguir, digo, empezar? —pide Fran—. Bien, Driss, a la primera y sin ninguna tontería, me vas a decir dónde están los ordenadores.

—Están... En la casa vacía que hay en la calle Clavijo. La que se cae a cachos.

—¿Para quién los robaste? ¿Quién te lo ordenó? —insiste Morey.

Driss mira a la fiscal, que le anima a contestar.

—El Tripas...

—¿Qué dices? ¿La mano derecha de Faruq?

—Si no lo hacía, no entraba en la banda. Necesito trabajar con ellos.

Morey y Fran asienten a Cristina. De momento tienen suficiente para trabajar. Ella le pregunta ahora:

—¿Tienes familia?

Ahora sí que Driss palidece:

—No, por favor, no llamen a mi tío. A mi tío no. Yo... Quiero hablar con la señorita Fátima.

* * *

Un rato después, para pesar infinito de Driss, este tiene que observar a través de las persianas cómo su indignadísimo tío Rachid, conocido en todo su barrio por su honestidad y severidad, pierde los nervios hablando con la fiscal. Y no es para menos... Pues Rachid piensa que con su actitud, su sobrino le ha insultado. Cristina trata de apaciguarle en vano:

—No tome decisiones en caliente. Por favor, recapacite sobre lo que está diciendo.

—Caliente me tiene a mí, que soy su tío, desde que le recogí de la calle. He cargado con él y mire cómo me lo agradece. Ya estoy cansado, es la gota que colma el vaso. Lo he intentado, Alá lo sabe, pero no puedo más.

—Espere, mire, le propongo una cosa...

—No, no me proponga nada. Quédenselo, a ver si consiguen que vaya por el camino recto. A mi casa, que no vuelva.

—Rachid, escúcheme...

Pero Rachid hace caso omiso y sale. Cristina se queda de pie en la puerta: ha cumplido con su deber, no podía hacer otra cosa... Pero está acostumbrada a sacar a los muchachos de estas situaciones, no a crearles otras peores.

Fran cruza la comisaría, hacia la sala de descanso, cuando le intercepta Morey:

—Fran, he hablado con los de arriba. Tenemos que recuperar los ordenadores sin que nadie de la comisaría lo sepa.

—Morey… ¿Cuándo va a dejar de ponerme en un compromiso con mis hombres?

—No se preocupe. Solo se trata de encontrarlos, clonar los contenidos y dejarlos allí de nuevo. Sus hombres los acabarán recuperando, pero necesitamos algo de ventaja para mover la operación. Ya tiene la dirección.

* * *

Driss no sabe qué le da más vergüenza, si que le abronque su severo tío… O enfrentarse a la profesora Fátima, que pese a su dulzura, su paciencia y sus ganas de enseñar, le impone muchísimo más. Quizá es porque está, como buen adolescente, un poquito enamorado de ella. Así que verla tan triste y enfadada, por su causa, es lo peor que le podría pasar en un día que no ha sido precisamente el mejor para él.

—¿En qué estabas pensando?

Driss no se atreve a contestar.

—¿No vas a decir nada? ¿Para eso querías que viniera?

No hay respuesta. Solo sigue con la mirada clavada al suelo, avergonzado.

—¿Cómo… cómo se te ocurre juntarte con Hicham? Si todo el mundo sabe que es un liante.

—Es mi amigo. Quería hacerle un favor.

Fátima, esperanzada porque por fin ha empezado a hablar, mantiene la presión.

—Pues si de verdad fuese amigo tuyo, te habría dicho que te alejaras de la banda de mi hermano, no te ofrecería ayudarte a entrar en ella.

Fátima aguarda su reacción. Es mucho más de lo que el chico esperaba oír, seguro. Pero su respuesta le sorprende.

—Señorita Fátima… Hicham me escucha. Le importa lo que digo. Me toma en serio. Es el único. Nadie más me quiere escuchar. Ni mi tío, ni nadie del colegio, ni siquiera usted…

—Eso no es verdad.

—Yo solo quiero que me respeten, señorita…

A Fátima le cuesta mantener el tono firme. Cuántas veces no se sintió así de pequeña. Cuántos niños y niñas como él son víctimas silenciosas de la indiferencia de aquellos que piensan que hacen todo lo posible para darles una buena vida…, todo, menos lo más sencillo: escucharles.

—Driss. Ese no es el camino.

* * *

Minutos después, en el despacho de Morey, ella intercede por su alumno.

—Es un buen chico, en el filo de la navaja, como tantos. Coquetea con la banda de mi hermano, pero no deja de venir a clase, y saca buenas notas cuando quiere. Dice que todo lo ha hecho para ayudar a un amigo, el tal Hicham, al que dimos por perdido hace tiempo.

—¿Y tú le crees?

—Es un niño muy necesitado de cariño. Muy vulnerable. Es como un cachorrillo que se va con cualquiera que le haga una carantoña. Me da mucha, mucha pena. Hace cinco años, sus padres murieron intentando pasar a la Península en patera, y desde entonces vive con su tío en el barrio.

—Y… ¿Por qué quería hablar precisamente contigo?

—Morey no puede evitar sentirse mal. El caso del chico le interesa, por supuesto, pero no es eso lo que le importa de verdad. Quiere asegurarse de que Driss buscaba consuelo.

No quiere pensar que un futuro terrorista está reportando a un superior.

—Nos… nos caemos bien. Conectamos bien con los chicos de esa edad. Además, le tiene mucho miedo a su tío. Me ha pedido que hable con él para que no le dé una paliza, como otras veces…

—Su tío le ha echado de casa.

—Si es que… —Fátima contiene una maldición—. Lo mataría…

—No creo que supiera lo que estaba haciendo…

—¡No hablo de Driss, hablo de Faruq! —Fátima estalla por fin, y Morey ve por primera vez, quizá no por última, su lado más temperamental—. ¡Todo es por su culpa! Yo me mato intentando que los chicos tengan una oportunidad, un futuro, una vida feliz, y él les pone a pasar droga, a hacer de mulas, a robar en el Centro Cívico. Parece que lo haga para fastidiarme…

—Tengo algo para ti. —Morey pone sobre la mesa las llaves con su nombre—. Las tenía Driss. ¿No te diste cuenta de que te las había quitado?

—No, hasta esta mañana, cuando he ido a abrir. Estabas tú delante.

Morey guarda silencio un momento, buscando en su rostro un solo indicio de mentira. Un tic. Un guiño. Una mirada sostenida un segundo de más.

—Por cierto, ¿sabes ya quién me seguía?

—No. No tengo constancia de ello. —Es ahora su turno de mentir—. Pero tengo que preguntarte algo más: hace poco, te viste con el imán para entregarle dinero.

—¿Cómo lo sabes? ¿No me estarás espiando tú?

—No te vigilo a ti, sino al imán. —Morey sale del paso.

—Entiendo, sí. Le damos dinero para que medie cuando alguna familia no quiere dejar que sus hijas estudien en nuestro centro. No les gustan los centros mixtos. No es exactamente legal, así que si me quieres detener...

Fátima le extiende las muñecas y el rostro de Morey se tensa por la sorpresa. Hasta que ella le guiña un ojo y él, finalmente, puede reír con ella.

—No me tientes. No me tientes...

* * *

Morey sale a despedir a Fátima a la puerta de la comisaría, cruzándose con Omar, que se identifica ante Fede.

—Vengo a traer la lista completa del material robado...

—Sí, le están esperando. —Omar apenas ha entrado en comisaría, cuando ve a alguien a quien no esperaba ver: el imán del barrio.

—¡Si yo fuese un cura cristiano, no me pondrían ningún problema! —protesta el imán.

—¡Sería lo mismo! —La impulsiva Cristina se crece con cada respuesta—. ¡No mezcle las cosas! ¡Driss está detenido, y no va a recibir más visitas hasta que venga su abogado!

—Pero yo vengo a defenderle... —prosigue el imán—. Su tío le acaba de echar de casa y necesita que alguien le ayude, le apoye... Eso es todo, de verdad.

Omar interviene:

—De verdad, a la que hueles que alguien tiene un marrón encima, ahí estás para comerle la cabeza. Haz caso a la señorita y deja al chico en paz.

El imán, ofendido, les mira con desprecio y sale de allí haciendo aspavientos. Omar hace corro con la fiscal.

—Gracias por ocuparse de Driss. ¿Cómo está?

—Tocado. A ver qué va a ser de su vida ahora, pobre chico. Es huérfano y marroquí, así que se le considera un menor no acompañado.

Mati se une a ellos y le da unos papeles a la fiscal.

—Estamos esperando a que los servicios sociales se lo lleven al centro de Calamocarro.

—Yo doy clases allí dos veces por semana. Si necesitáis que lo lleve, tengo el coche fuera.

Mati pide autorización a la fiscal con un gesto. Ella asiente.

—No puedo dejar que se lo lleve solo, pero ¿podría esperar a que lleguen los servicios sociales, y les acompaña? No tardarán, y el chico se sentirá más arropado con usted… Gracias.

La fiscal coge sus cosas y sale de la comisaría. Mati se cruza de brazos y asiente mientras la ve irse.

—Desde luego, es una santa. Ni que el chico fuese un angelito…

—¿Y quién lo es? —concluye Omar.

Fede hace una seña a Omar y a Mati, mientras Driss permanece a su lado, callado y cabizbajo.

—Ya están fuera. Las de servicios sociales.

Omar toma a Driss del hombro y va hablándole de camino al coche. «Un rapapolvo más», piensa el chico.

—No me lo esperaba de ti, Driss.

—Lo siento.

—Menudo elemento el Hicham ese. ¿Qué necesidad teníais de trabajar para Faruq?

—Porque si trabajas para él, nadie se mete contigo. Estaba harto de que mi tío me pegara y desde que me voy con Faruq ya no me pega tanto.

—O sea, que lo que quieres es que tu tío te respete. Haber empezado por ahí, hombre. Anda, sube al coche y vamos al centro, que de otra charla no te libra nadie. Pero esta te va a gustar.

* * *

En la discreta trastienda del local de ultramarinos alquilado por el CNI, Fran y Morey observan las operaciones de espionaje informático: un técnico introduce un *pen drive* en el ordenador robado y le instala un «troyano», un programa espía desde el que controlarlo remotamente.

—De esta manera —prosigue Morey— podemos conectar la webcam a voluntad, podremos acceder a los archivos, recabar pruebas…

El técnico hace una señal de «Ok» a Morey, que le pide a Fran el otro ordenador que tiene en la mano.

—Solo queda ese, ¿no?

—El portátil de Fátima. Si supiera lo difícil que me lo está poniendo para defenderla ante mis jefes…

Fran se sorprende de la confianza que le expresa Morey. Para ser un tema completamente secreto y tabú, sus palabras han sonado como las que diría un amigo que quiere desahogarse con otro. «Pero no», piensa Fran. «Este tío no es mi amigo».

—Habrá alguna explicación, Morey.

—No les vale cualquiera. Nos preparan para desconfiar de todo el mundo.

Fran observa un maletín con micrófonos, cámaras, móviles pinchados, inhibidores de frecuencia…

—¿A mí también me pusieron un micrófono?

—No hizo falta.

—No le creo.

—Hace bien.

* * *

La noche es fresca, tranquila, y la plaza del cafetín está animada, sugiriendo que en cada esquina, en cada encuentro y en cada mirada se están creando pequeñas historias que, al menos en este segundo fugaz, en la mente de todos los presentes, son tan plácidas como el momento y el lugar. Para todos, menos para una persona, que como si concentrase en sí todas las dudas, inquietudes y preocupaciones de los viandantes, se siente incapaz de sonreír, de disfrutar de la noche, de su vaso de té y de la compañía de sus amigas, Asun y Pilar.

—Morey me dice que no sabe nada... Pero yo estoy segura de que me estaban siguiendo.

—¿Y si es cosa de Khaled? —pregunta Asun, sembrando sin querer la semilla de una nueva duda—. A lo mejor sospecha algo y te ha puesto un detective...

—No, Khaled no es así. —Al menos, esa es la esperanza de Fátima—. Quizá sus padres... Pero él no. Me sabe mal, porque es un buen chico. De hecho, es el marido ideal. De verdad.

—Pero a ver, aclárate. —Pilar toma un sorbo y continúa—. Tú no quieres un marido, ¿no? ¿O sí? Porque cuando tu policía te roza con la mano y te transporta a ese futuro donde todo es posible, donde el sol no se pone y solo se comen perdices... —Sus amigas ríen, por fin—. ¿Tú estás casada con él y lavándole los calzoncillos, o todo es como un anuncio de colonia?

Las risas se extinguen, y la melancolía vuelve poco a poco a la voz de Fátima.

—En ese futuro... No sé si estoy casada con él o no. Solo sé que no estoy en Ceuta. Estoy con él en un sitio donde podemos salir a la calle cogidos de la mano y abrazarnos sin preocuparnos de si alguien nos está mirando. A lo mejor es lo que tendríamos que hacer, irnos para acabar ya con todo esto...

—No me digas que te estás planteando irte de aquí, por alguien y con alguien que ni siquiera conoces bien.

—Esta Asun —repone la romántica Pilar—, siempre pensando bien de todo el mundo...

—No, en serio —Asun prosigue—: ¿Qué sabes de ese hombre? Podría tener una mujer y dos hijos en la Península y tú no saberlo.

Fátima niega, agobiada. Por supuesto que ha pensado en eso. Y por supuesto que ha hecho todo lo posible por no pensarlo. Pilar sale al rescate:

—Asun, no todo el mundo es como tú, que antes de darle la hora a un chico, le pides un certificado de penales. —Pero esta vez las risas no cuajan.

—Yo solo digo que Fátima —prosigue Asun— se está jugando mucho. Si su familia se entera de todo esto…

—Lo sé, les haría mucho daño —confirma Fátima—. Y no puedo permitirme que pase. Pero al menos, déjame soñar…

* * *

Morey, en la intimidad de su despacho, usa una llave para abrir su cajón y saca varios dosieres confidenciales elaborados por el CNI. Cada uno de ellos tiene una foto de uno de los empleados del Centro Cívico: Pilar, Omar, Fátima… Su móvil suena, y lo coge sin mirar la pantalla.

—¿Has visto lo que te he mandado? —Sin buenas noches, sin saludar, sin identificarse: López.

Morey abre el archivo de procesador de textos, que parece un simple informe sobre ecología y medio ambiente.

—Todo parece normal. ¿Dónde está el truco?

—Estaba en uno de los ordenadores del centro. Nos llamó la atención porque el archivo de texto es demasiado grande para las diez páginas sin fotos que tiene. Pero si te vas al segundo párrafo, y miras el último punto y aparte…

Morey pasa el ratón por encima del signo citado. Y el puntero cambia: del cursor de escritura, se convierte en una mano con el dedo extendido. Morey lo pulsa, y se abre un vídeo.

Sus pupilas se dilatan. En el vídeo, hay varios adolescentes montando y desmontando un fusil. Entre ellos, Abdú.

—¿Estás flipando, no? Abre el otro documento y busca también el punto y aparte del segundo párrafo.

Una foto de alta resolución se abre. En ella puede ver a Fátima, Pilar y Omar... con Tarek en el Centro Cívico.

—Ahí lo tienes. Tarek con tu amiguita. Esto debió de ser poco antes de la bomba de Tánger.

—Esto no demuestra nada y tú lo sabes —reacciona Morey—. Olvídate de Fátima de una puta vez y encuentra al hombre de Akrab en el Centro Cívico.

—Hombre... o mujer.

Morey cuelga, y sin saber si obedece a su sentido del deber o a la pasión que le consume, escribe un mensaje a Fátima. *«Tengo que verte»*.

* * *

Fátima detiene el coche frente al mirador, hecha un manojo de nervios, respirando fuertemente y cargada de adrenalina. Son tantas las sensaciones nuevas a las que su cuerpo no parece acostumbrarse: la valentía de rebelarse, el decidir por sí misma, ser lo suficientemente valiente para vivir su propia vida, sin que sociedad, religión o familia la condicionen... Así que antes de salir del coche, en un arrebato, se quita el velo. Y caminando en silencio, las manos a la espalda para exponer su cuerpo, su pecho, su corazón a lo que pueda venirle por delante, incluso si se lo atraviesan, se acerca a Morey, que se gira en contraluz hacia ella, sonriendo al verla llegar.

Sin mediar unas palabras que ya no hacen falta entre ellos, Fátima se echa a sus brazos y le besa largamente, todo el tiempo necesario para olvidar y creer de nuevo que puede llegar a vivir en otro lugar, en otro mundo, en otro universo, y que ese

hombre irá con ella de la mano. En la oscuridad que les envuelve las palabras solo podrían entorpecer ya sus sensaciones.

—¿No tienes miedo de que nos vean?

—No.

—¿Y eso?

—Abrázame y calla…

Y pese a que el sol se ha puesto, la noche se ha cerrado en
torno a ellos y su rostro está oculto en el pecho de él, Fátima
cierra los ojos. Muy fuerte, para que esa oscuridad en que se
refugian guarde su secreto para siempre.

* * *

Algo más de una hora después, en el apartamento de Morey,
Fátima yace sobre su pecho, plena de esa sensación de poder
infinito, de esperanza por la vida, de intimidad compartida y
de tener el destino en sus manos que todas las parejas sienten
tras hacer el amor. Ella se incorpora y, como una broma que a
él le hace sonreír, se pone la camisa de Morey. Aún de espaldas,
mientras se abotona, siente que es el momento de hacerle una
pregunta:

—Nunca me has hablado de tu familia.

—¿A qué viene eso?

—No sé. La familia es importante para mí. ¿Tienes padres,
hermanos…?

—¿Novia, quieres decir?

A Fátima, la pregunta la coge desprevenida. Morey puede interpretar sus palabras como una muestra de desconfianza.
Pero también una manera de mostrarse a él como es en realidad:
con sus defectos y virtudes, sus certezas y especialmente, sus
inseguridades. Morey aguanta unos segundos la respuesta, tan
serio que ella se teme lo peor. Pero por fin, él sonríe, juguetón,
y habla.

—Tranquila, no tengo novia. Ni hermanos. Mi madre murió cuando yo era pequeño y a mi padre apenas le veo. Nunca hemos tenido una relación muy cercana.

Fátima asiente, aliviada y agradecida. Y súbitamente, enternecida:

—Estás muy solo.

Morey sonríe, un poco avergonzado. Nunca se había planteado que estar solo fuese malo, o triste.

—Si me comparas contigo, sí. Tú tienes a tu familia, a tus amigas, a los chicos del Centro Cívico, a los que apadrinas, ¿no? Tiene que ser duro para ti cuando pierdes a uno de ellos... Lo de Tarek tuvo que dolerte. —Morey casi se muerde la lengua antes de decirlo. Pero lo ha hecho. No es posible para él, después de años de entrenamiento, desconfianza y mentiras, entregarse a alguien así como así. Ni le es posible dejar de trabajar, de interrogar, de investigar. Al menos mientras la persona más abierta y transparente que ha conocido en su vida pueda albergar algún secreto para él.

—Yo apenas le conocía... Pero temo por los otros chicos. Tengo miedo de que acaben como él.

—Pensaba que Tarek iba por el Centro Cívico... Me parecía haber visto alguna foto en que estabais juntos, con más alumnos, quizá en el centro...

—Puede ser. Él estaba en el centro de menores no acompañados de Calamocarro. Pero a veces organizamos actividades conjuntas: excursiones, charlas, esas cosas...

El móvil de Morey suena. En la pantalla, «López». Morey señala al móvil, tiene que cogerlo. Fátima coge la indirecta.

—Voy al baño. —Y desaparece dentro.

—Mal momento, espero que sea importante —responde Morey.

—Conéctate a la cámara del portátil del Centro Cívico, y al escritorio del equipo cuatro.

Morey abre el portátil y conecta remotamente la cámara del ordenador. En el Centro Cívico, Omar está con Driss en la sala de ordenadores. En una ventana, puede verles a ellos; en otra, la pantalla del ordenador que van a usar.

—Muy bien —explica Omar—. Gracias a ti, hemos recuperado los ordenadores, y a cambio, yo te voy a enseñar el truco para que la gente te respete. ¿Adivinas cuál es?

—¿*Full contact*? ¿*Kick boxing*? ¿*Vale tudo*? —enumera Driss, ilusionado.

—¡Informática! —dice Omar, haciendo un gesto de mago.

—Anda ya… Eso es de *frikis*. Con eso solo se ríen de ti.

—A ver si esto te hace gracia.

Morey observa la otra ventana, en la que ve en tiempo real cómo el ratón se mueve, abriendo un archivo de vídeo. Omar introduce una contraseña y abre un vídeo con imágenes de *drones* o aviones no tripulados, atacando objetivos militares. Driss los observa, fascinado.

—¿Qué te parece, eh? ¿Mola «todo» o no? Son aviones sin piloto. Se dirigen a distancia, como en un videojuego. Y para manejarlos, solo hay que saber informática. ¿Qué, mejor que el *full contact* o no?

Driss sonríe y asiente, mirándole con admiración.

—Pero Omar… Cuando yo sacaba buenas notas, a mi tío le daba lo mismo.

—Entonces ¿qué, le mandamos un cohete de estos? —pregunta Omar, muy serio.

Driss se sorprende por un momento. Pero se relaja cuando Omar se parte de risa.

—Que no, hombre. Para tu tío usaremos otras armas. Háblame un poquito de él. ¿Quién es? ¿Dónde trabaja? ¿Qué defectos tiene?

—Rachid. Tiene una tienda de alimentación. Y es un hipócrita.

—Vale, pues vamos para allá y por el camino te cuento lo que podemos hacer.

Omar y Driss salen de la sala, apagando el ordenador y las luces. La voz de López devuelve a Morey a la realidad.

—El típico rollo de reclutador. Pero gracias a esto, hemos encontrado varios vídeos de entrenamientos y propaganda yihadista, y el muy gilipollas nos acaba de dar la contraseña para abrirlos. Bueno, pues finalmente, nuestro hombre era un hombre —reconoce López—, a menos que no estuviese solo.

Morey acusa de nuevo el golpe. Pero se le está ocurriendo una idea para despejar sus dudas. López le pregunta:

—¿Quieres que vaya a ver qué van a hacer con el tío del chico?

—Tengo a alguien mejor para ese trabajo.

Morey cuelga y reflexiona unos momentos, pensativo. ¿Debe hacerlo, o no? Lo que se le está ocurriendo es arriesgado y manipulador. Pero también es la única manera de averiguar las lealtades de Fátima. Ella sale del baño y regresa junto a él. Pero viene particularmente seria. Le enseña una gorra. Una gorra de béisbol de un equipo americano.

—He encontrado esto en el baño. —El tono no es informativo, es acusador—. Es la misma gorra que llevaba el hombre que me seguía.

Morey sonríe, un poco forzado. «Voy a matar a López» pasa por su mente en ese momento.

—Bueno, estaba de oferta, así que aunque es una gorra feísima, tienen que haber vendido muchas.

Fátima intenta sonreír, pero no le sale. ¿Dice la verdad? ¿O la está mintiendo de nuevo? Morey aprovecha el silencio incómodo para cambiar de tema.

—Tengo que pedirte un favor. Verás, me preocupa ese alumno tuyo. Driss. La fiscal trató de hablar con su tío, pero no le hizo caso. He pensado que podrías ir tú a hablar con él a ver si le readmite en casa.

—Así que a ti también te preocupan los chicos del barrio. —Fátima, por fin, sonríe.

—Claro. ¿Lo ves? No somos tan diferentes.

* * *

Fátima aparca el coche cerca de la tienda de Rachid, y mientras se quita el cinturón, aún ve luz en la tienda, así que deduce que el anciano todavía debe de estar despachando. Pero según va a salir del coche, unos gritos la detienen:

—¡Cerdo! ¿Y esto? ¡Cerdo también!

Unas latas de conserva salen volando hacia la calle. A través de la cristalera, Fátima puede ver a Driss insultando a su tío y lanzándole alimentos.

—¿Y esto qué es, eh? *¡Fuagrás!* ¡Más cerdo!

—¡Driss, debería darte vergüenza! —repone Rachid, protegiéndose de sus golpes—. Has vivido en mi casa como un hijo ¿y me lo pagas así?

Rachid comienza a hablar en árabe.

—*¿Cómo un hijo? ¡Me has tratado como a un perro!* —Driss coge otra lata y se la enseña a su tío, sigue gritándole en español—. Tienes la tienda llena de cerdo para los cristianos. ¡No te importa Alá, solo el dinero!

—¡Cálmate! ¡Para o te voy a…!

—¿Sabes lo que te digo? ¡Que ya no te tengo miedo!

En un arranque de furia, Driss tira al suelo todas las latas que quedan y sale de la tienda, dejando a su tío indignado y enfurecido. Fátima ve cómo el chico cruza la calle y entra en el coche de… Omar. Y absolutamente sorprendida, Fátima ve cómo Omar le da unas palmadas en el hombro a su pupilo y arranca el coche.

* * *

El móvil de Morey suena: es Fátima. Morey observa la pantalla, y mientras timbran los tonos, se dice a sí mismo que ahora, por fin, lo va a saber todo sobre ella. Y si lo que averigua no le gusta, él mismo se ocupará, con todo el dolor de su alma, de hacer lo correcto.

—Dime —contesta, por fin.

—Ha pasado algo muy raro. Cuando he llegado a la tienda de Rachid, ya estaba Driss con él. Pero... estaba muy violento, echándole en cara que vaya de musulmán practicante y venda cerdo.

Morey está seguro. Casi seguro. Pero necesita un poco más.

—Bueno, ya sabes que los adolescentes buscan siempre la debilidad de sus mayores y atacan ahí.

—Sí, pero... Lo más raro es... Sé que esto va a sonar absurdo, pero...

«Dilo, por favor. Dilo». Es todo lo que pasa por la mente de Morey. Fátima continúa:

—Luego se ha metido en el coche de Omar, y este le ha felicitado. No lo entiendo. Omar es el más liberal de todo el centro. Ayer mismo quería prohibir que las chicas fueran con velo a clase... No entiendo nada.

En casa, a Morey le cuesta no gritar de alegría. El corazón le late todo lo fuerte que le da de sí el pecho. «No es uno de ellos. ¡No es uno de ellos!».

—¿Javier?

—Sí, bueno, seguro que hay una explicación, no le des muchas vueltas.

—¿Y si nos está engañando a todos? ¿Y si es uno de ellos?

—Tranquila. Lo investigaré. Tú no hagas nada. No hables con él, ¿vale? Déjamelo a mí.

* * *

Más tarde Fátima, aún confusa, aparca el coche en la plaza del cafetín. No puede creer lo que ha visto. ¿Era el mismo Driss, el muchacho bondadoso que ella conoce, el que estaba destrozando la tienda de su tío? ¿Era el simpático Omar el que le ha felicitado por ello? Unos gritos, esta vez de alegría, le hacen levantar la mirada, y renovar sus esperanzas.

—¡Alabado sea el nombre de Alá! ¡Una carta! ¡Es la letra de Abdú!

Fátima corre a casa, donde Aisha está rasgando el sobre, en compañía de Leila y Hassan, y también de Faruq, que corre desde el cafetín. Pronto, amigos, vecinos de la plaza les rodean, curiosos y esperanzados. Aisha rasga el sobre y lee con ansiedad. Pero algo va mal. Su expresión de alegría se va transformando poco a poco. En una de inquietud. Incredulidad. Dolor. Desesperación. Hasta que Aisha rompe a llorar con un silencioso grito de asfixia, y cae al suelo de rodillas. Hassan trata de sostenerla.

—¿Qué dice? ¿Qué ha pasado?

Los demás cogen la carta y leen, ansiosos. Uno a uno, se la van pasando, y reaccionan con increíble tristeza, con una desesperada desazón, toda fe aniquilada. Aisha y Leila lloran sin descanso en medio de la plaza. Faruq se queda con la vista perdida, la mirada muerta, la fuerza derrengada. Hassan se cubre la cara con las manos y llora, llora. Y en ese momento Fátima toma la carta, asustada como no lo ha estado nunca. Y sin que aún se atreva a preguntar nada a nadie, lee.

* * *

Morey, fastidiado, abre la puerta del apartamento, y deja pasar a López.

—O sea, que no solo me vacías la nevera y tengo que limpiar todo lo que dejas a tu paso, sino que te luces dejándote la gorra aquí. Fátima la ha visto y ya no sabía ni qué decirle. Tienes que buscar otro piso o vamos a perder mi tapadera.

—Bueno, hombre. —Ríe López—. ¿Y cómo sabía yo que ibas a invitarla a… tomar un café? Estoy buscando, pero ya sabes que es mejor comprar, hombre, que alquilando pierdes dinero.

No contento con el chiste, López abre la nevera y empieza a saquearla. Morey la cierra de un golpe para tener toda su atención. Y ahora la tiene.

—Para tu información: he enviado a Fátima al colmado del chico y me ha confirmado lo de Omar. Es nuestro hombre, sí: trabaja en el centro de menores donde vivía Tarek, y allí le contactó. Y a Abdú lo reclutó a través de Tarek y del Centro Cívico. Y ahora planea hacer lo mismo con el otro chico, Driss.

—Dime algo que no sepa ya.

—Que Fátima está libre de sospecha. Que si fuese su cómplice le hubiese tapado, porque podía hacerlo. Así que a ver si os queda claro de una vez que podemos confiar en ella.

—A mí eso me da igual. Serra no lo tiene tan claro. Y dispone de sus propios medios para averiguarlo.

—¿Qué quieres decir?

López se deja caer en el sofá.

—Pues que Serra me ha ordenado que dejara una carta en el buzón de los Ben Barek. La han hecho los de documentación. La típica carta de despedida de un terrorista a su familia antes de inmolarse. Imitando la letra del hermano de Fátima.

Morey parpadea, incrédulo. Trata de mantener la calma, pero los puños apretados le traicionan.

—Le habéis puesto una trampa sin consultarme.

—Técnicamente, no es una trampa. Es una prueba. Si Fátima no tiene nada que ocultar, cuando la reciba te llamará para encontrarlo.

JAVIER MOREY

DISCRETO, CEREBRAL, DISCIPLINADO...

JAVIER MOREY FUE RECLUTADO POR EL CNI CUANDO TODAVÍA ERA UN NIÑO...

HA ESTADO INFILTRADO EN NUMEROSAS BANDAS.

SU NUEVO OBJETIVO:

INDAGAR EN LAS TÉCNICAS DE RECLUTAMIENTO Y FUENTES DE FINANCIACIÓN DE GRUPOS RADICALES ISLÁMICOS EN CEUTA EN LA COMISARÍA DEL PRÍNCIPE.

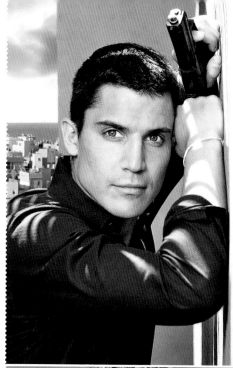

DISCRETO
O ENCANTADOR,
CONTUNDENTE
O MANIPULADOR,
**MOREY ESTÁ
DISPUESTO
A TODO...**

SIN EMBARGO, CONOCER A FÁTIMA HARÁ QUE SU VIDA DÉ UN GIRO DE 180 GRADOS.

ATRACTIVA E INTELIGENTE, PRONTO SE DA CUENTA DE QUE LA LLEGADA DE MOREY PUEDE REABRIR EL CASO DE LA DESAPARICIÓN DE ABDESSALAM, ABDÚ, SU HERMANO PEQUEÑO.

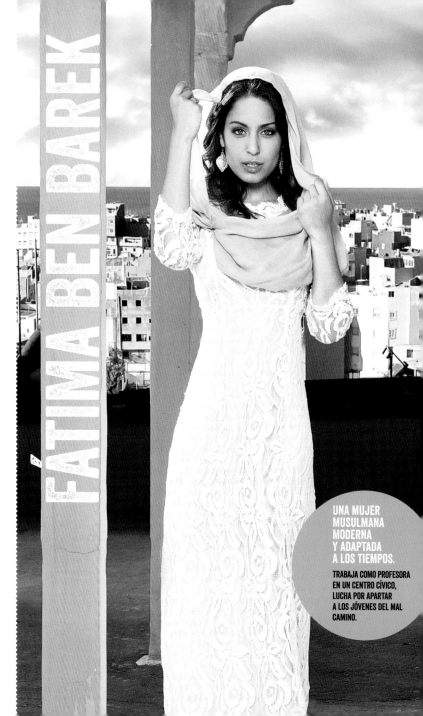

FÁTIMA BEN BAREK

UNA MUJER
MUSULMANA
MODERNA
Y ADAPTADA
A LOS TIEMPOS.

TRABAJA COMO PROFESORA
EN UN CENTRO CÍVICO,
LUCHA POR APARTAR
A LOS JÓVENES DEL MAL
CAMINO.

EL ENCUENTRO CON MOREY CAMBIARÁ LA VIDA DE AMBOS.

UNA HISTORIA DE AMOR

QUE TRASPASA CULTURAS

LA COMISARÍA DEL PRÍNCIPE

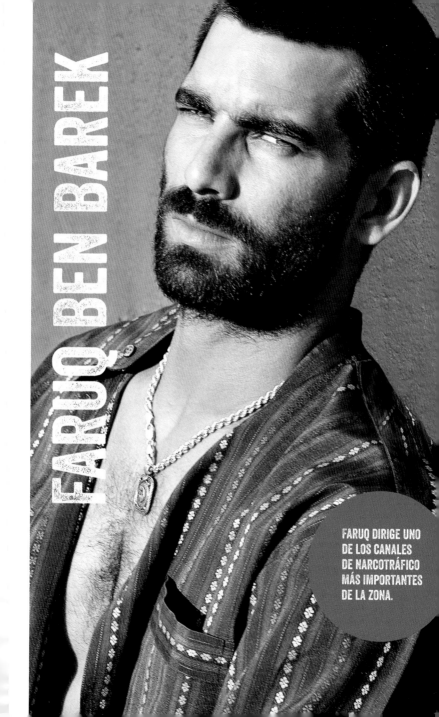

FARUQ BEN BAREK

FARUQ DIRIGE UNO DE LOS CANALES DE NARCOTRÁFICO MÁS IMPORTANTES DE LA ZONA.

EL POLICÍA VETERANO

HOMBRE DECIDIDO Y CON LIDERAZGO, TIENE SUFICIENTE DON DE GENTES PARA LLEVARSE BIEN TANTO CON LOS BUENOS COMO CON LOS MALOS EN UN LUGAR COMO EL PRÍNCIPE.

FRANCISCO PEYÓN

LA LLEGADA DE MOREY LE VA A AFECTAR MÁS DE LO QUE IMAGINABA: TRAS LA IMAGEN DE PRUDENCIA DE SU NUEVO SUPERIOR, EL VETERANO POLICÍA ADVIERTE UNA PERSONALIDAD DISTINTA, LA DE UN HOMBRE QUE OCULTA ALGO Y QUE NO HA IDO A CEUTA SOLO PARA CUBRIR EL EXPEDIENTE Y COLGARSE LAS MEDALLAS.

—Pero ¿cómo podéis ser tan…?

—Eh, eh, tío, tranquilo. Que esto no va conmigo, a mí me da igual. No sabíamos lo de que había delatado a Omar. Iría a recuperar la carta, pero me consta que ya la han leído.

—¿Y si no me llama? ¿Eso quiere decir que es una traidora? ¿Eh?

—Mira, Javier, Serra verá. Yo solo obedezco órdenes. Como tú, por cierto. El tipo está nervioso porque su nombre está sonando para la plaza vacante de director de operaciones. Y seguramente no quiere que una metedura de pata de nadie le joda el ascenso.

—Pero ¿cómo voy yo a mirar a la cara a…?

El teléfono de Morey suena. Sin mirarlo, responde y escucha su voz quebrada.

—Voy para allá.

* * *

Morey aguarda junto al mirador por tercera vez desde que conoció a Fátima, y reflexiona sobre lo diferentes que han sido las ocasiones en que se han visto allí, desde aquel furtivo primer beso, hasta el pesar que siente él ahora mismo y el que seguramente ella traerá consigo a continuación.

Los faros de un coche le iluminan brevemente, despertándole de su ensoñación. Una figura femenina corre hacia él. Fátima no lleva velo, lo que hoy, después de hacer el amor, tiene un significado especial. Morey la estrecha en sus brazos, mientras ella llora las lágrimas que ya no creía tener.

—Tranquila. Tranquila. Dime.

Sin apenas poder articular palabra, ella saca la carta y se la enseña.

—Es Abdú… Es de mi hermano… Es una carta de despedida, Javier… Dice que se va a matar, que se va a inmolar…

—Tranquila… —Morey solo quiere que ella deje de llorar, que su cuerpo no tiemble así.

Fátima se separa de él y le mira a la cara. Con las manos sobre el pecho, le pide, le suplica:

—No puede ser, tienes que, tienes que encontrarle… Tenemos que encontrarle antes de que lo haga… Por favor, Javier, dime que lo vamos a encontrar. Por favor… —Fátima vuelve a buscar refugio en su pecho.

Morey solo quiere que ella vuelva a sonreír, que sepa que no va a pasar nada malo, que todo sea como antes… Pero también sabe otra cosa. Sabe que si todo sigue igual… Todo estará basado en una mentira. En un engaño, en un nombre falso, en una vida que no es la suya, y en la que no quiere basar todo lo que siente por esa mujer. Ella importa más que todo lo demás. Más que Serra, más que la operación, más que todo el CNI. Conoce los riesgos… Pero tiene que hacerlo.

—Esa carta… es mentira, Fátima.

Ella se separa de nuevo, creyendo no oír bien, sin entender por qué él diría algo así.

—Es falsa. No la ha escrito tu hermano.

—No, Javier… Conozco su letra, de verdad. Si vieras las cosas que dice… Léela…

—No hace falta. Te la puedo citar de memoria: «Mi muy querida familia… Padre, madre, hermanos… Que Alá os proteja. No temáis por mí, no sufráis ni culpéis a nadie…».

Fátima da un paso atrás, perpleja. Él se lo esperaba. Pero todavía confía en la verdad. Y Javier Morey decide dar ese paso adelante que se prometió a sí mismo, a sus jefes, al CNI, al gobierno y a su nación que no daría por nadie. Pero va a darlo por ella. Y sabe que ese paso es un camino sin vuelta atrás. Pero de nuevo: ella importa más que todo.

—Esa carta no la ha escrito Abdú. La han… La hemos escrito nosotros.

—¿Qué? —Fátima deja de llorar y da otro paso atrás.
Morey avanza hacia ella.

—Fátima, no debería decirte esto, pero… No soy policía.
Trabajo para el CNI. Soy… un espía.

Ella retrocede según él avanza.

—Esa carta te ha llegado para comprobar que podemos
confiar en ti. Y nos has demostrado que sí. Estamos buscando
a tu hermano, y tienes que estar segura de que le encontraré.

Fátima trata de asimilar lo que está ocurriendo. Entonces
ata cabos: la comisaría, su encuentro, su familia, todo…

—Entonces… Si no eres un policía… ¡Ha sido todo mentira! ¡Desde el principio! Todo lo que me has dicho, incluso
cuando me mirabas a los ojos y decías que solo me contabas la
verdad… ¡Todo mentira! Yo creía que querías ayudarme. ¡Que
te importaba lo que le había pasado a mi hermano! ¡Que yo te
importaba!

Morey siente algo extraño. No es la reacción que él esperaba. Por supuesto que tiene derecho a estar enfadada… Pero
¿no ve que le está diciendo la verdad? ¿No ve a lo que se expone por revelar su identidad? ¿No ve que lo hace porque la ama…
de verdad?

—Claro que me importas. Me importas mucho.

—Otra mentira. Nunca me has querido. Me has usado,
como ahora.

—¡No! ¡Si te cuento todo esto es porque odio verte sufrir!
¿No lo entiendes?

—Qué tonta he sido…

Fátima camina hacia el coche. Morey la toma del hombro
y ella se lo quita de encima con un revés.

—Ni me toques. ¡Ni me toques!

Morey nunca pensó que podría verla tan enfadada. ¿Por
qué ha salido todo así? ¿Por qué no entiende lo que acaba de
hacer por ella? Fátima corre hasta el coche, entra y echa el

seguro. Morey la sigue, trata de abrir la puerta, pero está cerrada.

—Fátima, tenemos que hablar. Baja del coche. Es importante. Deja que te lo explique, por favor…

Ella arranca el coche. Morey empieza a desesperarse. Golpea la ventanilla con los nudillos, tira de la manilla.

—¡Fátima, no te vayas! ¡Abre, por favor!

Fátima le mira desde dentro del coche. Sus caras, sus labios, sus pieles, aparentemente tan cerca… pero como quizá siempre lo han estado también, separados en dos mundos por una muralla tan transparente, frágil y a la vez impenetrable como el cristal que les separa.

—Por favor, Fátima… No lo entiendes… ¡Te quiero!

Y por toda respuesta, ella toma su velo, y con un gesto rápido, se cubre de nuevo la cabeza. Fátima arranca el coche y se va a toda velocidad. Morey se queda solo en el mirador, en la noche, en la vida, viendo el coche alejarse.

—Te quiero…

Escondido entre las sombras, a unos metros de él. López detiene la grabación.

8

PASAR AL OTRO LADO

Una «Y». Esa es la forma que permite distinguir desde el aire el edificio central del complejo que aloja la sede del CNI en Madrid, conocido popularmente como «La Estrella» y cerca del cual aterriza el helicóptero que traslada a uno de sus agentes. Un agente que, como todos los demás, ha de pasar por un sinnúmero de controles y detectores, registros, firmas, escáneres y preguntas, especialmente si, pese a su brillante historial, está ahora bajo sospecha.

Y es así como Morey, minutos después, se encuentra sentado en una sala de reuniones, esta vez no junto a, sino enfrentado a Serra, a quien flanquean por un lado Carmen Salinas (actual directora de operaciones, cincuenta años, fina, increíblemente delgada, con un cortísimo pelo blanco y el porte de una diosa griega) y Ralf Schäefr, director de operaciones del SITCEN y un enemigo político de Serra, que nunca creyó en el éxito de esta operación y está muy satisfecho por su evidente fracaso. Un fracaso que no han tenido que leer en un informe, sino que están contemplando en la pantalla gigante que preside la sala. Morey observa la defectuosa grabación, cuya calidad es muy deficiente. El sonido va y viene, pero lo importante es perfectamente audible.

—¡Fátima, no te vayas! ¡Abre, por favor!... Por favor, Fátima... No lo entiendes. ¡Te quiero!... Te quiero...

Salinas ha tenido suficiente. Hace un gesto a Serra y este congela la imagen. Hay un larguísimo momento de silencio, en el que todos ordenan sus papeles y uno a uno, clavan sus miradas en Morey.

—Creo que no hay mucho más que decir —comienza Salinas—. Se ha delatado usted mismo.

—Fátima Ben Barek no dirá nada —responde Morey, quizá con demasiada rapidez.

—¿Cómo está tan seguro, agente?

Morey sabe bien que Serra le llama de usted cuando quiere que no le salpiquen los problemas. A veces es por simple oportunismo, pero esta vez... No le culpa.

—Se le puso un cebo con la supuesta carta de su hermano y vino a contármelo inmediatamente —responde Morey—. Superó la prueba de confianza.

—Eso no significa que no nos pueda traicionar —prosigue Serra, severo—. No sé, agente, cómo ha podido usted quemarse de una manera tan absurda. Esperamos que tenga usted una buena explicación.

—Le di la información a mi contacto como una estrategia para que confiara en mí —asiente Morey.

—¿Y quién le ha enseñado —le cuestiona Salinas— que decir la verdad puede ser una buena estrategia para nada?

—Fue una decisión personal. El Príncipe se rige por otras reglas. La tapadera de la comisaría, del inspector Morey, es complicada. Ustedes lo saben, y saben que es casi imposible captar confidentes en un barrio donde todo el mundo recela de la policía.

—No está justificado. Precisamente Fátima Ben Barek no ha dado muestras de recelar de usted como policía.

—Más bien al revés —puntualiza Serra.

Morey nota que le están acorralando. Si no puede hacer que se crean que todo fue una estrategia, ¿cómo va a defenderse? Su intervención ha sido intachable hasta ahora.

—Estoy haciendo un buen trabajo, y…

—«Estaba» haciendo un buen trabajo.

Esta vez es el duro acento alemán de Schäefr el que le interrumpe, sin ganas de perder más el tiempo.

—Acabemos con esto, ¿quieren? Tenemos mucho trabajo que hacer para enderezar este desastre.

Schäefr cierra su carpeta listo para levantarse, pero entonces Morey repara en algo. Algo tan pequeño como una leve sonrisa de Serra al girarse hacia él, un gesto que solo quien le conozca muy bien reconocerá. «¿Qué va a hacer el viejo zorro?». Se pregunta Morey.

—A pesar de este… contratiempo…, todavía podemos seguir maniobrando, señor. No todo está perdido.

—Está usted de broma —responde Schäefr, conteniéndose.

—Serra, un terrorista suicida se ha inmolado delante de sus narices —Salinas tiene que dar la razón al alemán—. Entienda que no seamos tan optimistas como usted.

—Disiento, señora. Las cosas están yendo razonablemente bien, teniendo en cuenta que…

—*Mein Gott,* ¿qué está diciendo? —Schäefr se levanta, incrédulo—. ¡Desvelar su identidad es un error imperdonable! ¡En tiempos de guerra, lo fusilaríamos por alta traición!

—Señor, no fue un error… —Morey se levanta también—. Con el debido respeto. Lo hice para que Fátima Ben Barek pudiera confiar en mí y siguiera dándome toda la información que llegara a su familia. Tal y como hizo.

Schäefr aguanta un exabrupto y le señala con el dedo. Ahora es personal:

—Tiene suerte de que sus jefes directos, a pesar de esto, hablen bien de usted. Nosotros, los del SITCEN, le hubiésemos expulsado del cuerpo sin escucharle.

Salinas mira a ambas partes, recoge sus papeles.

—Agente, ha comprometido la misión con su actuación. Lo siento, pero está fuera del operativo.

Morey aprieta la boca: es lo peor que podría sucederle. Busca ayuda en Serra, pero este niega levemente con la cabeza. No es el momento. Ralf, satisfecho, le indica la puerta.

—Por favor, agente.

Morey aguanta un segundo más, buscando palabras para protestar, pero finalmente logra contenerse y sale de la habitación, no sin antes dedicar un último vistazo a la pantalla, donde la imagen de Fátima ha quedado congelada. El silencio pesa en la sala durante unos momentos. Por fin Schäefr lo rompe:

—¿Y ahora?

—Moveremos el avispero —confirma Serra, no sin poder contener de nuevo su leve sonrisa—. Vamos a reclutar a Fátima Ben Barek.

* * *

El desayuno familiar ha terminado para todos menos para la pequeña Nayat, que sigue en la mesa sola acabándose su *beghrir*, y a quien el silencio que hay en su casa le parece extrañamente denso. Todos han comido rápidamente y sin mirarse, y no se le han escapado las lágrimas que su madre trataba de esconder, que su padre no ha tocado su plato, que Faruq solo se ha bebido un café y que Fátima ni siquiera ha salido aún de su cuarto.

Así que Nayat, tras desayunar y arreglarse, coge su mochila y como cada mañana de lunes, entra en la habitación que ambas hermanas comparten para que la acompañe al colegio. Pero cuando Nayat entra al cuarto, Fátima aún está en bata, con la mirada perdida por la ventana, sin ver realmente nada.

—Fátima… ¿No vienes? Me tengo que ir ya.

—No me encuentro muy bien. ¿Puedes irte hoy al cole tú sola?

—Claro, no te preocupes. Pero ¿qué te pasa?

—Nada.

Nayat suspira: conoce muy bien ese tono, que lleva oyendo desde que Fátima era adolescente y suspiraba por amores imposibles entre los chicos del barrio, a los que ni siquiera podía hablar. Sin embargo, esa tristeza, esa languidez, ese desánimo hoy parecen diferentes. Nayat la coge de la mano.

—Te he oído llorar esta noche.

—Nayat, por favor, vete ya. Es tarde.

—Yo también lloro muchas noches pensando en Abdú. Sueño mucho con él.

Fátima, por fin, parpadea y vuelve la cabeza hacia su hermana. Sí, sigue habiendo problemas mucho mayores, problemas que ponen en juego a toda una familia y la vida de uno de sus miembros. Problemas más grandes que llorar por un amor perdido. O por el amor perdido. Fátima da un beso a su hermanita.

—A Abdú no le gustaba nada verte llorar. Vete al cole, ¿vale?

Nayat sale, y el móvil de Fátima empieza a vibrar. En la pantalla, «Morey». Pero ella ni siquiera hace ademán de cogerlo. Vuelve a su ventana, a mirar durante horas aquello que ya no le es posible ver, salvo dentro de sí.

* * *

La mañana es atareada en el bar Sol y Sombra, tanto que la dueña apenas tiene tiempo, entre poner cafés, dar azucarillos, retirar vasos y sacar platos del lavavajillas, de contestar el teléfono, que hace rato que no deja de sonar. Por fin, saca un hueco y lo coge. Pero nunca hubiese esperado escuchar eso.

—Sí... Sí, sí, lo tengo aquí. —Ella toma el inalámbrico y se lo lleva hacia la barra—. Fran. Es para ti.

Fran deja de intentar disolver el azúcar en su espeso y escaso café y levanta la vista, genuinamente sorprendido.

—Fran, escuche. —Es la voz de Morey, agitada, nerviosa, incluso insegura. Es la primera vez que le oye así—. Tuve que venirme a Madrid a una reunión urgente.

—¿Por qué me llama aquí?

—Porque su teléfono está pinchado. —Ya no tiene sentido disimular, piensa Morey.

—Qué sorpresa. En fin, ¿qué ha pasado?

—No puedo contarle mucho. Seguramente el mío también estará intervenido. Me han retirado del caso.

—¿Qué? ¿Por qué? —Fran mira alrededor, hay demasiada gente, se encamina hacia la calle.

—Se lo contaré a su tiempo.

—¿Y qué va a pasar con la comisaría?

—Eso da igual. Invéntese algo si le preguntan. Yo tengo que hacer lo posible para que me readmitan, y voy a necesitar su ayuda.

—Pero, oiga... ¿Largarle justo después de lo de la bomba? ¿Están locos? Ahora puede pasar cualquier cosa en el barrio.

—De momento manténgame al tanto de todo lo que pase. No sé lo que voy a hacer todavía. Me han atado de pies y manos. Lo que le voy a pedir es que... Por favor. Necesito hablar con ella, ¿entiende?

Fran nunca le ha escuchado hablar así. Pero siente algo curioso en su interior: que por primera vez no está hablando con una máquina, sino con un hombre de verdad, que siente y sufre. Y por primera vez siente una pizca, solo una pizca aún, de simpatía por él.

—Claro que le entiendo.

* * *

Cuando Fran atraviesa la plaza del cafetín, no puede evitar que varios ojos se posen sobre él. Aunque vaya con un coche camuflado y de paisano, ya le conoce demasiada gente. Fran hace caso omiso a los murmullos y se encamina directamente a casa de los Ben Barek. Pero entonces nota que alguien se le acerca desde el cafetín: es Hassan. Fran se quita las gafas de sol para hablar con él. «Al pobre viejo le va a dar un infarto cada vez que nos ve», piensa.

—Inspector, ¿qué quiere ahora de nosotros? ¿Ha ocurrido algo?

—Vengo a hablar con su hija Fátima.

—Pero contésteme. ¿Qué pasa?

—Hemos… —piensa algo, rápido, piensa—. Hemos detenido a un chico al que ella da clase. Vengo a preguntarle a su hija por él. Nada más.

—Ah. Entiendo. Encantados de ayudarle. Deme un momento, a ver si puede verle.

Hassan entra en la casa, y Fran siente un tremendo empujón que casi lo derriba. Cuando va a pedir explicaciones, se encuentra de frente a López, que mientras finge disculparse por tropezar con él, le habla en voz baja, mirándole por encima de las gafas de sol y por debajo de la gorra.

—No te vas a acercar a casa de los Ben Barek nunca más, si no te lo ordenamos. ¿Vale? No te metas en esto. Y le dices a Morey que por supuesto que su teléfono está intervenido. Parece nuevo, el imbécil.

Pero Fran se le pone de frente. Hacen falta varios «López» más para achantarle.

—Tan mayores y todavía jugando a los espías. Id de cara, como hace un policía, ¿o no hay huevos?

—Eh, no es un juego. Tú estás reclutado, así que cuidadito. Y Morey ya no es tu jefe, eh, así que no tienes por qué hacerle caso.

Fran le mira fijamente a los ojos.

—Yo hago caso a quien me sale de los cojones.

López echa una mirada a casa de los Ben Barek para comprobar que nadie les ha visto. Toma a Fran del brazo y se lo lleva de allí.

—Venga, largo de aquí. —López le abre la puerta del coche. Fran ve que no tiene sentido discutir, y al final entra. López se apoya en la ventanilla—. Y recuérdale a Morey que a la chica la tenemos vigilada.

* * *

Aisha coge la foto de su niño, la que nunca ha dejado su lugar sobre el mueble del salón donde muestran sus momentos más felices como familia. La foto que utilizó para que se imprimieran cientos de pasquines con su rostro, con la esperanza de que alguien le encontrase. Y allí en soledad, Aisha recita en voz baja las últimas palabras de la carta, que conoce de memoria por leerla y releerla decenas de veces.

—Y vosotros, no os aferréis mucho a esta vida, en la que no volveremos a vernos. Vuestro hijo, Abdessalam…

Fátima, desde el marco de la puerta, lleva un rato observando a su madre con el corazón partido por el dolor; no solo el de la pérdida, sino el de tener que seguir engañando a su familia. Porque aunque Morey le dijo que la carta era falsa… ¿Era eso verdad? ¿O una más de sus mentiras? ¿Puede revelárselo a su familia? ¿O eso les pondría aún más en peligro? Aisha nota su presencia:

—Hola, mi niña… No he querido despertarte, ya me ha dicho Nayat que has pasado mala noche. ¿Sabes? Cuando traes hijos al mundo, nunca piensas que los vas a perder antes de que tú mueras.

Aisha saca la carta de Abdú, la carta que no sabe que es una simple falsificación, la besa y la pone bajo la foto de su hijo.

—Madre… Quizá todavía no esté todo perdido. No sabemos si esa carta es realmente de Abdú.

—Pero si es su letra… La conozco de sobra. No tiene sentido albergar esperanzas ya, hija.

—A lo mejor le obligaron a que la escribiese. Abdú no es como ellos, madre, él es diferente. Tenemos que ser fuertes y esperar lo mejor…

Aisha sonríe con tristeza y le acaricia la mejilla a su hija.

—No finjas conmigo, hija. A ti tampoco te quedan fuerzas ya. Mira cómo tienes los ojos, si ya no tienes ni lágrimas para echar. Y yo sé que no has llorado solo por tu hermano.

Por primera vez en mucho tiempo, Fátima no rehúye la mirada conocedora de su madre, esa que puede ver por debajo de las mentiras y los engaños. Al contrario, la busca, para que se los arranque.

—Madre, te pido perdón. No me he comportado como debía.

Aisha tan solo abraza suavemente a su hija, como quien siente que se acerca de nuevo algo que había dado por perdido.

—Fátima, amor es dolor. No pienses que tu madre no sabe de eso. Las madres sabemos tantas cosas que no decimos… —Le coge la mano—. Pero sí, hay motivo para alegrarse aún: vas a tener una buena vida con Khaled.

El teléfono fijo interrumpe el momento. Fátima se separa de su madre y descuelga.

*　*　*

En el mismo instante, López entra por la puerta del apartamento de Morey, y como tiene por costumbre, tira la gorra a un rincón. Pero alguien le chista: una nueva compañera que ha llegado en sustitución de Serra: Carvajal, una mujer alta y rubia como una modelo de pasarela, con una distinción que ella trata de disimular sin maquillaje, llevando el pelo recogido, vistiendo vaqueros y camiseta, y mostrando una chulería casi masculina en su trabajo, porque está convencida de que cuanto más bella sea considerada por sus compañeros, más le costará ganarse su respeto. Carvajal levanta una mano para que López no haga ruido. Está escuchando por unos auriculares.

—*Me ha parecido raro que no vinieras hoy. No sabía si te habías olvidado que damos las notas.* —Es la voz de Omar. Fátima responde, sin disimular su cansancio:

—*Lo siento, Omar. Hoy no me encuentro demasiado bien.*

—*¿Qué te pasa, Fátima?*

—*Que...*

—Lo sabía. Sabía que al final se lo iba a decir todo. —López ha cogido otro par de auriculares y escucha, esperanzado, pero Carvajal le chista de nuevo. Fátima, por fin, termina la frase.

—*Que tengo que hablar contigo. Iré en un rato al centro.*

—*Como quieras. Si estás mala, yo puedo mandar a alguien a por las notas.*

—*No, te veo en un rato.*

Ambos cuelgan y ya solo escuchan el sonido de una línea abierta. López sonríe, satisfecho:

—Y tú que decías que tenía cara de buena. ¿Qué te apuestas a que le larga lo de Morey?

—Cincuenta pavos a que no.

* * *

Fátima camina hacia el Centro Cívico, mirando al suelo, sumida en sus pensamientos. Y por ello, se sobresalta al encontrarse a Omar en las escaleras. Él la recibe con la sonrisa abierta, limpia y risueña de todos los días, y que siempre le contagia un poco de su alegría y optimismo a la hora de entrar en clase. Pero hoy Fátima no es capaz de reaccionar de la misma manera. Porque no sabe ya qué hay detrás de esa sonrisa.

—¿Al final te encuentras mejor? Ya te digo que hubiese mandado a alguno de los chavales a por las notas.

—Omar, no sé cómo preguntarte esto. ¿Sabes… sabes algo de Abdú?

Omar permanece un momento con la sonrisa congelada. Su habla es lenta, como buscando las palabras.

—Fátima… Llevo tres meses pegando carteles y preguntando a gente contigo. Si supiera algo, ¿no crees que te lo habría contado ya?

—Bueno… Lo pregunto… Por eso. Porque a lo mejor ahora alguien se ha enterado de algo más de él, y quizá te ha dicho que…

—Fátima, acabáis de recibir una carta suya.

La sonrisa de Omar ha desaparecido. Y en la cara tiene una expresión que ella no ha visto antes, y no sabe leer.

—¿Cómo lo sabes?

—Me lo ha dicho Nayat.

Fátima asiente, comienza a sentirse estúpida. ¿De verdad que lo que vio anoche es lo que interpretó? ¿De verdad que este hombre, su compañero de trabajo, su amigo desde hace años, puede ser lo que sospechan? Él la mira de nuevo a los ojos, sin miedo.

—Fátima. No sé nada. Absolutamente nada de Abdú. Ojalá supiera dónde está.

Ella siente que quiere cambiar de tema. No ha servido de nada. ¿Para qué le ha preguntado siquiera?

—Gracias… Pero si pudieras ayudarnos… Ayudarme… Si se te ocurriera algo que yo pueda hacer para… Liberarnos de esta angustia…

Para su sorpresa, Omar la toma de las manos.

—Nada me gustaría más, Fátima. Pero no puedo.

* * *

De vuelta a casa, Fátima pasa por la plaza cuando algo, o mejor dicho, alguien llama su atención. En el extremo de la plaza, riendo con otros pillos del barrio, está Driss. «Pero este… ¿No tenía que estar en el centro? Me va a oír…». Fátima echa a andar hacia su alumno, quien al verla, retrocede y se pierde por las callejuelas. Fátima exhala, frustrada, cuando nota una presencia a su lado.

—*Salamo Aleikum,* Fátima.

Ella se vuelve para ver a su lado a una mujer aparentemente árabe, a juzgar por su hiyab, el tono de su piel, su acento perfecto y sus ojos oscuros… Pero extrañamente alta. Es Carvajal, disfrazada, maquillada y con lentillas oscuras.

—*Aleikum Salam…* ¿Quién eres?

—Hablaré claro por el bien de las dos, y porque quiero que confíes en mí. Hemos relevado a Morey del caso. —Los ojos de Fátima se abren, el vértigo la envuelve—. No va a volver a Ceuta. Es muy importante que sigas ayudándonos. Pero necesitamos que tu compromiso sea mayor.

—Yo… no… he… colaborado con nadie. Déjenme en paz, por favor.

—Solo si nos ayudas podremos traerte de vuelta a tu hermano.

—¡No! ¡Es mentira! No voy a dejar que me engañen otra vez.

En un arranque, Fátima echa a correr. Tras dar unos pasos, se vuelve para decirle una cosa más:

—Y que sepáis que...

Pero Carvajal ya no está allí. Fátima mira a su alrededor. Es como si nunca la hubiese visto. Como si hubiese desaparecido ante sus ojos.

* * *

Horas después, Fátima se muerde las uñas en la terraza cerca del apartamento de Morey. Se sorprende a sí misma haciéndolo y se mira las manos. Una costumbre que tenía de niña y que le costó tanto quitarse... No puede ser que vaya a ocurrir de nuevo. Ni eso, ni tantas cosas más. Se lo ha prometido. Por fin ve a sus amigas venir, les hace una señal con la mano.

—Menos mal, menos mal que habéis venido.

Fátima las busca con los brazos abiertos y las tres se abrazan. Pilar y Asun se miran, asustadas, mientras notan la fuerza con que su amiga las aprieta. Por fin, se sientan.

—¿Qué ha pasado, tía?

—Os lo tenía que contar, o me iba a estallar la cabeza.

—Suéltalo, que nos tienes asustaditas...

Fátima respira hondo y suelta la noticia.

—No voy a ver más a Morey.

Sus amigas se miran, entre extrañadas y decepcionadas.

—Bueno... Otra vez estás igual. Eso ya lo dijiste y luego mira...

—No, esta vez es diferente. Me ha utilizado. Me ha traicionado, ¿entendéis?

Asun se alarma, le pone una mano encima de la suya.

—¿Cómo que te ha utilizado?

—Era todo mentira.

—¿Mentira el qué, Fátima?

—Da igual. Ahora solo importa Khaled. Es el hombre con el que me quiero casar, y punto.

Asun y Pilar comparten otra mirada, que viene a querer decir algo como «esta chica está fatal». Pilar toma la palabra:

—Mira… Vamos a repasar esto otra vez. Khaled es un tío estupendo, está como un queso suizo y tiene dinero, pero… Las tres sabemos que no vas a olvidar a Morey.

—No, os lo aseguro, es diferente. Me ha engañado. Todo el tiempo, desde el principio.

Incluso Asun, siempre lógica y ordenada, se está impacientando.

—¿Cómo que te engañó, Fátima? ¿Qué ha pasado, tiene mujer y cinco hijos o qué?

Fátima lo tiene en la garganta, en la lengua, en los labios, está a punto de decirlo. Pero…

—No… No puedo decir nada… Lo siento.

Las dos amigas se miran, decepcionadas. Y al final abrazan a Fátima, que mira al suelo de nuevo. Pilar rompe el silencio, y suena extrañamente lógica y razonable para lo que suele ser ella. Por eso, sus palabras tienen más impacto aún:

—Cásate con Khaled, Fátima. Pero no te engañes. Si no estás enamorada de él, no te vas a enamorar nunca.

* * *

Para una mujer como Carmen Salinas, con responsabilidades de inteligencia nacional e internacional sobre sus hombros, con un teléfono satélite conectado las veinticuatro horas y con una agenda tan apretada como la de cualquier jefe de Estado, el mayor placer de la vida consiste en la escasa media hora que pasa cada día con su nieta en el parque. Un rato sin teléfono, sin obligaciones y lejos de las miradas y deberes que su mundo le impone. Y como Morey sabe, sin escoltas.

—Carmen.

Salinas se vuelve al oír su voz. Lleva a su nieta de la mano e instintivamente, la pone detrás de sí para protegerla.

—¿Qué haces aquí? Lárgate o doy la alarma.

—¿Qué vais a hacer con ella, Carmen?

—¿Cómo se te ocurre hacer esto? Con mi nieta delante. Agente, no quiero volver a verle.

Morey levanta un dedo y lo pone frente a ella. No es exactamente una amenaza. Pero Carmen calla.

—Tengo que saberlo. ¿Qué va a pasar con Fátima?

Ella aún tarda un segundo en contestar.

—Conoces el protocolo. Lo sabes.

—Reclutarla. Pero la vais a poner en peligro. Ella solo confiará en mí.

—Javier… Escúchate. Eres tú quien la ha puesto en peligro delatándote.

—Soy el único que puede conseguir su colaboración y lo sabes.

Carmen se vuelve directamente hacia él. Esta vez es ella la que le pone un dedo delante de la cara.

—Uno: estás fuera del caso. Dos: no te coge las llamadas, lo que quiere decir que no confía en ti. Tres: no utilices a tus policías como intermediarios en esto. Así que lárgate y no vuelvas por aquí.

Salinas se da la vuelta para irse, pero Morey la coge del brazo con suavidad. Con gentileza, incluso. Pero su tono es tan tranquilo y seguro que es casi electrizante:

—De acuerdo. Me iré. Me iré a pasar unos días de vacaciones. Tengo amigos en el norte de África. Quizá vaya a Melilla. O a Ceuta. Así… no volverás a verme por aquí, en este parque, con tu nieta. ¿Tengo tu permiso?

Salinas se suelta violentamente de su brazo y echa a andar. Pero Morey la escucha alto y claro.

—Yo no te tengo que dar permiso para nada. Cada uno se va de vacaciones donde quiere.

* * *

Fátima camina dos pasos por delante de Khaled, mientras vagan descalzos por la playa. Un mar, una frontera, tanto que hacer, que ver, más allá del horizonte ¿Cómo de lejos han de irse para huir de todo aquello? Quizá incluso más allá del cielo… Ella vuelve la vista atrás. Él le parece otro ahora: más alto, más seguro, más serio. Es posible que sí pueda ser un hombre para ella, quizá sí que pueda enamorarse de él. No le queda alternativa, piensa. Fátima se sienta en la arena, y él junto a ella. Más cerca de lo que ella esperaba. Bien.

—¿Qué te pasa, Fátima?

Ella aguanta la respuesta unos segundos. Si pudiera contar todo lo que está aprendiendo a olvidar…

—Que lo he hecho todo mal.

—¿De qué hablas?

—No he estado a la altura. Lo siento.

Khaled no le pide explicaciones. Simplemente sonríe. Es un hombre agradable, que transmite paz y serenidad. Y sus palabras ayudan de verdad:

—No era el mejor momento para nuestro compromiso, Fátima. Abdú… No podéis dejar de preocuparos. Solo quiero que sepas que lo entiendo. Que si a uno de mis hermanos le pasara lo mismo, estaría como vosotros.

Fátima aún mira unos segundos al mar. Sabe que tiene que decirlo. Sabe que es su deber.

—Khaled. Quiero adelantar la boda.

Ella le mira con toda la seriedad y convicción que tiene en el cuerpo. Él nota su desgarro.

—Quiero que me lleves a vivir contigo donde quieras. Necesito irme de aquí. Por favor.

Por fin, él sonríe, con esa expresión limpia, pura y complaciente tan suya.

—Te voy a llevar donde tú quieras.

Fátima le besa. Por un momento él no sabe qué hacer, no lo esperaba. Pero inmediatamente responde al beso como el sediento bebe de un manantial fresco. Fátima le abraza, le abraza fuerte, desconcertándole.

—No puedo más.

* * *

Unas horas, un vuelo, un coche alquilado y un viaje en barco después, un hombre baja del ferry, ligero de equipaje y con una sola idea en mente. Decidido a todo, Morey pisa por segunda vez Ceuta, y esta vez no piensa no dejarse vencer por el monstruoso adversario que es esa ciudad. Morey marca el número del Sol y Sombra y pide hablar con Fran.

—Estoy de vuelta. En el Príncipe.

—Jodido James Bond... ¿Le han readmitido?

—No —y añade—. Todavía.

* * *

En la plaza del cafetín, Fátima y Khaled se despiden. Tras besarse larga y tranquilamente en el anonimato de la playa, en esa plaza donde todo el mundo les conoce mantienen la distancia, cordiales, educados y decentes.

—Elige tú la fecha. Habla con tus padres. No hay ningún problema. Cuando tú quieras.

Mientras le habla, Fátima mira alrededor, discretamente, pero sin poder casi contener su nerviosismo. Siente que alguien les observa, pero no puede saber quién, ni dónde está. ¿Será la mujer alta de antes? ¿Alguien vestido como un árabe? ¿Alguien a quien conoce o algún otro u otra, desconocidos?

—¿Me estás escuchando, Fátima?

—Sí, claro… Claro. Hablaré con mi madre. Khaled, mi familia está muy tranquila sabiéndote por aquí. —De nuevo, Fátima no puede evitar pensar que su tono con Khaled es simplemente amable, sin curiosidad, pasión o emoción alguna. Solo es educada. «Pero», se dice a sí misma, «conseguiré cambiar esto también».

—Bien. Yo me quedaré unos días por aquí. En un hotel de la playa. Te llamo luego para ver qué tal está todo.

Khaled sonríe y se aleja. Fátima camina hacia su casa. Y al verle a él, a Morey saliendo de entre las sombras de un callejón cercano, ella nota cómo cada centímetro de su piel se electriza, cómo sus sentidos se colapsan y su boca es incapaz de articular sonido. Pero esta vez no sabe si es por amor o por miedo.

—Fátima. ¡Fátima!

Sin contestar, ella acelera el paso hacia su casa. Morey mira a ambos lados, consciente del riesgo de que le descubran, pero sale del callejón y camina a su paso.

—Espera. He vuelto solo para hablar contigo.

—No, yo ya no tengo nada que decirte. Vete, no vuelvas, por favor.

—Fátima, espera, déjame explicarte que…

—Dile a los tuyos que me dejen en paz, que dejen vivir a mi familia, que ya hemos sufrido bastante.

—Fátima…

—No. No. —Pero ella sigue andando y le deja atrás.

Morey se detiene para no llamar la atención, confuso. Y cuando se vuelve, se topa frente a frente con Khaled.

—¿Algún problema, inspector? Me ha parecido que discutía con mi prometida.

Khaled anda hacia él. De nuevo esa fuerza y decisión que se muestran dormidas ante Fátima despiertan poco a poco ante Morey a quien inconscientemente, de una manera instintiva, comienza a considerar un rival.

Morey le nota distinto, hay algo muy diferente en la manera de mirar y de caminar de este hombre, que antes le pasó tan inadvertida. Como la de un animal salvaje que se permite no mostrar sus garras.

—No discutíamos. Solo quería hacerle unas preguntas. Pero no era el momento adecuado.

Morey esboza una sonrisa cortés y va a irse, cuando Khaled le detiene tomándole del brazo. Con gentileza, sin un ápice de agresividad. Pero con una innegable firmeza.

—Inspector… Ya sabe que estamos siempre dispuestos a ayudarle. Siempre hemos colaborado, toda la familia. Recuerde: cuente conmigo también para lo que necesite. No solo con ella. ¿De acuerdo?

—Así lo haré.

* * *

Aisha abre el buzón de la casa, y el corazón le da un vuelco al ver un sobre dentro. Pero no, no es como el anterior. Es un sobre comercial, de agencia de transportes.

—¿Fátima, estás en casa? Hay un sobre para ti. ¿Qué te mandan? No tiene remitente, y pone que es de entrega urgente.

—Ahora lo veo…

Fátima entra en su habitación, sin cerrar la puerta, y abre el sobre. Dentro, solo hay un *pen drive*. Aisha le grita desde la cocina.

—¿Qué tiene dentro?

—Aún no lo he abierto, mamá… —Fátima conecta el *pen drive* a su ordenador, abre la unidad y observa que dentro solo hay un archivo. Y algo más raro aún: es un archivo de vídeo. Hace doble clic… Y de repente ve una pareja haciendo el amor en una cama. Tras unos segundos de confusión, se da cuenta: es ella. Es Morey.

—¿Lo has abierto ya?

Fátima baja la pantalla del portátil y arranca el *pen drive* del ordenador.

—No, todavía no…

Aisha, extrañada, mira el sobre vacío y le interroga con un gesto.

—Es una cosa que pedí por Internet, para dar clase, ya ni me acordaba…

—Bueno. —Aisha asiente y se aleja de nuevo a la cocina—. Ya sabes que no me gusta que andes dando tus datos por ahí, pero en fin…

Fátima cierra tras de sí la puerta y vuelve a conectar el *pen drive*. Mira las imágenes; allí están ella y él. Le sacude el frío de un miedo que no había sentido nunca. Su teléfono suena. Y aunque Fátima se sobresalta al escuchar el timbre, no puede decir que se sorprenda. Descuelga.

—Tenemos más vídeos como este, Fátima. —La voz suena distorsionada, grave, irreconocible.

—¿Quién es? ¿Qué queréis?

—Todos vuestros encuentros están grabados. Depende de ti que se los mandemos a los padres de tu prometido. A tu familia. O que los subamos a la Red.

El interlocutor cuelga.

—¿Oiga? Pero ¿qué quiere? ¿Qué quiere de mí?

Fátima no puede aguantarse los lagrimones ardientes que le caen por la cara, de rabia, de impotencia y sobre todo, de decepción. Así que por una vez, no tiene ninguna duda, y marca. Quiere que su voz suene fuerte y segura, pero eso es mucho pedir a su estado de ánimo, y se quiebra:

—¿Por qué me has hecho esto...? ¿Por qué...?

—¿De qué me hablas? ¿Hacerte qué? —responde Morey, confuso.

—Del vídeo. Me grabaste. Nos grabaste en tu casa. ¿Cómo has podido...?

A Morey solo le cuesta unos segundos entender lo que están haciendo con ella.

—Fátima... Yo no he sido, te lo juro. Créeme. Tenemos que vernos y te lo explicaré todo, Fátima. ¿Fátima? ¿Fátima?

Pero ella ha colgado. Morey mira hacia arriba. Está en la calle, a la puerta de su antiguo apartamento.

—Hijos de puta...

* * *

López se quita los auriculares y detiene el programa de grabación. Se gira hacia Serra, que viene con un café en la mano y un dulce de «cuerno de gacela» en el otro.

—Ha llamado a Morey. Cree que el vídeo lo ha hecho él —informa López.

—Hasta ella sabe que su trabajo suponía hacer ese vídeo —Serra responde con la boca llena.

—¿Y ahora?

—Rutina. Un par de llamadas más, un par de *pen drives* más... Y acabará colaborando.

De repente ambos se quedan paralizados. La puerta se abre con un fuerte crujido, y en el dintel aparece un furioso Morey, con sus propias llaves en la mano.

—¡Hijo de la gran puta!

Morey se abalanza sobre Serra, clavándole contra la pared, y derramándole encima el café hirviendo. Morey levanta el puño, pero López le detiene a tiempo, tratando de reducirle con una llave, pero Morey se escabulle.

—Javi, Javi, no la cagues más. —López trata de calmarle pero Morey no quiere tranquilizarse.

—¡Primero la carta falsa y ahora esto!

—De verdad yo no sé cómo a estas alturas te pillan por sorpresa estas cosas. —Serra trata de limpiarse el café de la chaqueta blanca, pero lo da por imposible—. Claro que te grabamos... ¡Por tu seguridad, imbécil!

—¿Y creéis que chantajearla es la manera de que colabore?

Una llamada en el ordenador les interrumpe.

—Jefe, Carvajal desde la plaza.

—¿Qué coño hace aquí Carvajal? —pregunta Morey.

—Contesta, López, rápido...

La voz de Carvajal suena alta y clara a través del micro que esconde en uno de los puños de su blusa. Se encuentra disfrazada en la plaza del cafetín.

—Omar. Omar acaba de llegar a casa de Fátima. Creo que ha preguntado por ella.

—Si salen, pégate a ellos, ¿oyes? Lo quiero todo grabado. ¡Todo!

* * *

Aún recuperándose de la impresión, Fátima se sobresalta cuando su madre entra sin llamar. Por suerte, hace tiempo que ha sacado el *pen drive*, y lo esconde en su mano, incapaz de saber qué hacer con él.

—Fátima, corre, vienen a verte. Es Omar. Dice que es algo del trabajo, corre, anda. —Fátima va a salir, cuando Aisha ve que ha estado llorando—. ¿Todo bien, hija?

—Claro, mamá.

Fátima se escabulle por el pasillo, preguntándose qué puede querer ahora Omar. ¿Qué puede pensar de él? ¿Algo bueno?

¿Malo? Mientras sale, Aisha echa un vistazo por la habitación de su hija. El ordenador, el sobre… Pero no ve nada raro y cierra.

Justo cuando Carvajal ya se ha situado a una distancia óptima para poder captar su conversación, Fátima sale, entre triste y confundida. Omar le enseña su eterna sonrisa y habla bajo, en confianza.

—Perdona que venga sin avisar… Pero después de hablar contigo, hice algunas llamadas. Creí que no iba a conseguir nada, pero… Tu hermano no está en la yihad. Si lo estuviera, me lo hubieran confirmado.

Fátima asiente, confusa. No sabe qué pensar.

—Puede que esa carta no la haya escrito él. ¿La trajo el cartero? ¿Un mensajero? ¿Tiene sello?

—No lo sé. Solo te puedo decir que parecía su letra.

—Es muy raro, ¿sabes? Yo me fío de esta persona que me ha dicho que Abdú no está en la yihad.

—Omar… ¿Quién es esa persona?

—Prefiero no decirlo. Se lo he prometido. Por favor, no hables de esto con nadie. No quiero tener problemas.

Fátima deja ver una leve sonrisa de cortesía durante un segundo, y vuelve a entrar en casa. ¿Qué creer ya? ¿Quién es Omar en realidad? ¿Quién es Morey? ¿Quién es ella misma?

* * *

—Corta ya. Suficiente.

López acciona los controles del *software* y la grabación se interrumpe. Como si Morey no estuviera allí, le ordena a su subordinado:

—Sigue presionándola. Necesitamos que empiece a colaborar ya.

—Así no vais a conseguir que colabore. —Morey se interpone entre ellos—. Nunca confiará en vosotros.

—Como si todavía confiara en ti —Serra señala a la pared donde está la cámara oculta—. Los vídeos puede verlos, sentirlos, temerlos. Por eso colaborará.

—Sabes que corre peligro —Morey insiste—. Omar la utilizará y luego acabará con ella.

—Eso ya no es asunto mío. Ni tuyo.

—Déjame hablar con ella. ¡Déjame que la convenza!

Serra se pasea nervioso por el apartamento, mesándose los cabellos. Inspira y espira lentamente y gracias a esta acción consigue calmarse...

—Javier. Por lo que llevamos de carrera juntos, tienes una última oportunidad. Te doy veinticuatro horas, oficialmente, para que abandones Ceuta. Haz lo que te dé la gana, por tu cuenta, responsabilidad y riesgo, en este tiempo. Después, o te largas tú, o nos vas a obligar a sacarte por las malas. Schäefr está hasta los huevos de todo, y Salinas ya no dará la cara por ti. A mí, me acabas de perder. Nadie te va a proteger. Lárgate de aquí. Estás solo.

* * *

Cuando el inspector Morey entró de nuevo por la puerta de la comisaría, algunas caras se levantaron hacia él, extrañadas o curiosas, y otras, simplemente aburridas porque eso significaba más trabajo. Un par de rumores corrieron por el despacho (una gripe, algo de estómago o una infección de la herida) y en veinte minutos, su habitual reunión en su despacho con Fran ya pasaba inadvertida a todos.

Excepto para el propio Fran, que lleva mirándose las caras con él durante varios minutos, sin entender del todo qué ha ocurrido, ni qué van a hacer a continuación. Porque Morey es una tumba. Pero en algo han avanzado. Después de todo lo que han vivido juntos, se lo merecen: ahora se tutean.

—Necesito tu ayuda, Fran. Eso es todo. Sin preguntas.

—¿No me vas a contar qué ha pasado?

—No puedo, Fran. Solo te puedo decir que he puesto en peligro a Fátima con la información que le he dado.

—Parece que a ella le das más información que a mí.

Morey entiende que algo debe darle. No es justo que le haga trabajar a ciegas.

—Le confesé que era del CNI. No debí hacerlo. Ahora quieren captarla para que sonsaque información a Omar. Eso la pondrá en peligro. Y te pido que me ayudes en esto.

Fran respira hondo, mira hacia el techo un momento. Y habla.

—Antes todo era muy fácil. Estaban los buenos y los malos. Ahora hay hijos perfectos que se hacen terroristas… Hijas prometidas que esconden a sus padres su relación con un policía… Espías que deberían luchar por el bien y torturan a sospechosos, chantajean a inocentes y dejan explotar a suicidas en medio de una ciudad… Y para colmo —Fran se señala a sí mismo—, policías corruptos que ponen la mano y miran a otro lado. Qué difícil se ha vuelto todo, Javier…

Morey le observa en silencio. Fran continúa, en tono reflexivo.

—Ya no sé en qué bando estoy, ni si soy de los buenos, de los malos o, simplemente, un peón más en el tablero. Lo único que puedo decir —Fran hace una pausa dramática— es que me gusta cómo haces las cosas. Y que soy un romántico.

Morey no puede por menos que sonreír. Fran sonríe con él.

—Javier, cuenta conmigo.

* * *

—Un adolescente acaba de inmolarse en Estambul. Hace media hora. Pon la tele.

El aviso lo da Carvajal, y tanto Serra como López, incrédulos y sobresaltados, corren a poner la televisión. En ella, una presentadora relata la noticia:

—*No podemos confirmar el número de muertos, pero se calcula que estaría alrededor de la veintena. El centro histórico de Estambul ha sido acordonado, y...*

Morey escucha la noticia mientras conduce. Hinca los frenos y da la vuelta derrapando.

—*A falta de datos oficiales, el número de heridos ronda la cincuentena. La policía ha confirmado que el suicida portaba una carga de explosivos que ha sido detonada por él mismo.*

En casa de los Ben Barek, la familia mira angustiada las primeras imágenes del atentado. La pequeña Nayat rompe a llorar, y todas las mujeres con ella.

—Han dicho que es de origen ceutí... ¡Que Dios nos proteja! —clama Aisha.

—No, no tiene por qué ser Abdú —niega Hassan—, confiemos en Dios. Confiemos.

—Es Abdú, seguro, nos mandó su carta de despedida. —Faruq sacude la cabeza, afectado.

—No, ¡no! —repone Fátima, viniéndose abajo—. No, esa carta no era suya. Estoy segura. No es él.

Khaled la abraza y Fátima le habla al oído:

—¿Puedo... puedo confiar en ti?

—Claro que puedes. ¿Quieres contarme?

Fátima va a hablar, pero se arrepiente:

—No... No quiero contarte nada. Solo quiero saber que puedo confiar en ti. ¡Dímelo! ¡Júramelo!

* * *

Mientras Carvajal y López recaban más información a través de otras agencias de inteligencia, a Serra le suena el móvil. «Nú-

mero desconocido». Serra suspira. Lo piensa unos segundos…
Y decide que sí.

—López, voy al baño. Tardaré un rato.

—Joder, jefe, menudo momento…

—El café de antes, hombre… Bueno, infórmame cuando salga.

Serra cierra la puerta tras de sí y contesta sin dudar por un momento de quién se trata.

—Está claro que no sabes lo que significa «fuera del puto caso».

—¿Esta línea es segura? —pregunta Morey.

—Sí. ¿Tu móvil?

—Un prepago robado. Así que dime quién es el suicida.

Serra suspira antes de hablar. Piensa durante un momento lo que va a hacer. Pero él prefiere jugar así.

—No es Abdú —casi oye a Morey respirar de alivio— aunque sí es ceutí. Se llama Marcos Huergo. Agárrate, un chaval de familia cristiana que abrazó el islam hace cuatro años. Un converso. ¿Suficiente?

—Sí.

—¿Sabes lo que estás haciendo?

—No. Pero se me ocurrirá algo.

Morey cuelga. Y quizá por el nerviosismo, por la tensión o por la adrenalina, Serra empieza a reír. Cada vez más fuerte, cada vez más alto, cada vez más histérico. «Y una mierda voy a tener a mi mejor hombre en el dique seco. Nada como un radical libre para darle interés a una operación. Cómete esa, Schäefr. ¡Con dos cojones!».

Y la risa de Serra es cada vez más alta, y más fuerte.

—Jefe, ¿todo bien ahí dentro? ¿Jefe?

* * *

Fátima camina por el callejón, hacia el Centro Cívico, sumida en la más terrible duda. ¿Será Abdú el suicida? Entonces nota que su móvil suena. Empieza a rebuscar en el bolso para encontrarlo, cuando… Alguien la agarra por detrás y le tapa la boca. Alguien cuyo aroma conoce. Cuyas manos, cuya fuerza le son muy familiares.

—Soy yo. Solo quiero decirte que no es tu hermano.

Morey deja que la revelación cale en ella durante unos segundos, y suelta a Fátima. Ella da un paso atrás. Pero no huye, ni grita, ni le delata.

—¿Es que no entiendes que ya no puedo creer nada de lo que me digas?

—Créeme si quieres, y si no, no. Es tu elección. Ya no quiero convencerte de nada. Solo te digo que el CNI conoce la identidad del suicida, y no es Abdú. Solo quería tranquilizarte.

—Grabaste… Nuestros encuentros.

—Grabaron. Yo no sabía nada. Yo no trabajo así. Me he enterado al mismo tiempo que tú.

—Pero ahora tendré que hacer todo lo que me pidan, o mis padres se van a morir de la vergüenza y a mí me querrán matar por lo que he hecho. Has convertido mi vida en un infierno, ¿entiendes? ¡Sal de ella! ¡Sal de mí de una vez!

—Fátima, espera. Puedo explicarlo todo. Pero tienes que creerme.

Pero Fátima echa a correr y se aleja de él.

* * *

Fátima llega por fin, sin aliento, al Centro Cívico, dirigiendo sus pasos directamente a la sala de profesores. Pero antes de entrar ve a Driss, que le sonríe al salir. Fátima entra sin llamar, y encuentra a Omar apagando los ordenadores después de la clase.

—Necesito saberlo. Necesito saber si mi hermano ha muerto.

—¿Qué? —Omar está genuinamente sorprendido—. Pero ¿quién te crees que soy? ¿De qué me estás acusando?

Fátima comienza a quebrarse otra vez. Está enfrente de la única persona que puede saber la verdad sobre su hermano. La única. Y tampoco puede fiarse ya…

—Omar, solo quiero saber la verdad…

Pero Omar se lo ha tomado como una acusación. Por toda respuesta, pierde su sonrisa, Omar se levanta la camiseta y le muestra el torso, en el que hay terribles cicatrices de graves quemaduras.

—Esta. Esta es mi verdad, Fátima. Estuve en la guerra de Afganistán con una ONG, vi el horror de la intolerancia con estos ojos y se me quedó grabada en la piel con un dolor que sentiré siempre. ¿Tú crees que yo quiero más sufrimiento? Jamás, jamás haría nada por favorecer el terrorismo. Por eso elegí quedarme aquí y darle una educación a estos chicos, para que no tengan que recurrir al camino del fanatismo religioso. Solo nos queda la educación para ellos.

Fátima asiente, sin saber qué pensar. De nuevo, la frontera entre la verdad y la mentira es invisible a sus ojos, porque ya no le queda nadie en el mundo en quien confiar. ¿Nadie?

* * *

Serra y Morey esperan juntos en un discreto banco junto al puerto, mientras cae el atardecer. No hablan, no hace falta. Entonces, el móvil de Morey empieza a sonar. Serra observa su reacción. Morey mira la pantalla, pero no contesta. Lo deja sonando, entre los dos. Serra observa la pantalla: es Fátima.

—¿No vas a cogerlo?

—No puedo. Estoy fuera de la misión.

—Joder, Javier…

El móvil sigue sonando. Serra trata de mantener el pulso, pero no puede. Coge el móvil y se lo ofrece.

—Cógeselo de una vez. Si por fin te llama es porque va a colaborar.

—Pero no te entiendo, Serra. ¿Estoy dentro o no?

—Dios, Javi, qué difícil es trabajar contigo, joder… Sí, estás dentro, estás dentro. Cógelo.

—Y ahora que estoy dentro, ¿vamos a hacer las cosas a mi manera?

Serra se ríe, desesperado.

—Javi. Me cago en la puta. Si siempre acabamos haciendo las cosas a tu manera.

Serra vuelve a ofrecerle el móvil. Por fin, Morey contesta.

—Dime dónde estás. Voy a verte ahora mismo.

* * *

No lejos del mirador Morey está dentro de la furgoneta con Carvajal y López, que le pegan un micrófono al pecho antes de salir.

—Antes de que digas nada, tenemos órdenes de arriba para esto, ¿eh? Ahora a ser bueno, que estás a prueba. Hazlo bien y a lo mejor te siguen dejando jugar con los mayores.

Carvajal está manejando las cámaras de vigilancia exteriores y da luz verde:

—Ella ya está allí. Puedes salir.

Morey sale de la furgoneta… Anda dos pasos, se vuelve hacia ellos y se arranca el micro del pecho.

—No me jodas. —López llama a Serra inmediatamente.

—He dicho que las cosas se harían a mi manera. —Morey tira el micro al suelo y lo pisa.

—Serra, el cabrón de Morey se ha quitado el micro —alerta López—. Te lo dije, solo nos va a traer problemas.

Carvajal mira a Morey acercándose a Fátima en la pantalla. Y no puede más que sonreír:

—Ya te gustaría a ti tener sus cojones.

Fuera de la furgoneta, Morey se acerca a Fátima mostrándole las manos. Antes de que ella pueda hablarle…

—Vamos a dar un paseo. Tenemos que alejarnos de esa furgoneta.

Ella simplemente asiente, cansada. Quizá no ha sido la mejor manera de empezar, pero sí la más sincera. Fátima lo deja claro:

—He aceptado verme contigo solo para que les digas que me dejen en paz. No quiero saber nada de ellos. Ni de la policía, ni del CNI, ni de ti. Por favor.

—De acuerdo. Vamos a olvidarnos de todos, especialmente de ti y de mí. No quiero presionarte y no te voy a hablar de eso. Solo voy a hablarte de tu hermano y de las posibilidades de recuperarle. Omar es el único camino que tenemos para llegar a él. Y tú eres nuestra única manera de llegar a Omar.

—No sé si sabré hacerlo, todo esto es… No sé si…

—Solo puedo decirte que yo estaré contigo. Si eso ayuda.

Fátima asiente. Sigue sin mirarle a la cara. Morey continúa:

—Aunque no lo creas, he vuelto por ti. Quiero estar a tu lado, protegerte.

—Pero yo ya no puedo creer que seas capaz de protegerme, cuando has puesto todo mi mundo, mi familia, mi vida entera en riesgo. Cuando vi esos vídeos…

—Insisto, Fátima: colabora con nosotros, aunque solo sea para ayudar a Abdú. Para que los chicos a los que das clase tengan un futuro. Para impedir que Omar les reclute y les aniquile.

—Morey, ni siquiera estoy segura de eso. He hablado con él, no es un reclutador, está haciendo mucho por esos chicos.

—¿Estás segura? Fuiste tú quien nos puso sobre su pista. ¿Quieres dejarlo todo y arriesgarte a que algún día, la muerte de Driss abra los telediarios? ¿O la de Abdú?

—Todo lo que haces es sembrar la duda en mí. —Fátima niega con la cabeza, sigue andando. Sigue sin mirarle—. Desde que te conozco, ya no tengo certezas. La verdad ya no existe para mí.

Morey se detiene. Ella permanece parada, los ojos al suelo.

—Sé que te he puesto en peligro y jamás me lo perdonaré. Pero tienes que creer que nunca te he utilizado y que te quiero. Te quiero y quiero recuperar tu respeto, y todo aquello que sintieses por mí.

Fátima, por fin, levanta la cabeza y le mira. Pero su mirada no es invitadora, ni cariñosa, ni siquiera esperanzada. Solo es triste.

—Prométeme que nunca me volverás a hablar de nosotros.

—Está bien.

Morey se aleja de ella. Pero antes de irse, unas últimas palabras:

—Confío en ti, Fátima. Eso ha sido así desde el principio y nunca ha cambiado. Ahora tú debes elegir: o confías en mí de nuevo, o en Omar.

Morey vuelve hacia la furgoneta, y cuando la abre, Serra está allí, con ellos.

—La siguiente bomba explotará en Ceuta.

9

LA NOCHE MÁS LARGA

Todos tenemos en nuestra memoria, marcada a fuego en nuestro árbol de la vida y tatuada a sangre en eso que llamamos existencia, una noche en que todo cambió para nosotros. Una noche que para algunos significó el deseado final de una época marcada por las lágrimas, o bien el inicio de meses de tristeza y luto. Para otros trajo un nacimiento inesperado del amor, que se acepta con timidez, anticipación y esperanza, o bien, lo que llegó fue la ruptura, el quebrar de dos vidas que hasta entonces caminaban de la mano y se separaron de un tirón, o con un último roce de los dedos. Y para otros fue la llegada del aliento mismo en el cuerpo frágil y suave de una criatura recién nacida, o el último y esperado suspiro de un cuerpo cansado en el que hasta los huesos ya pesan.

Esas noches que lo cambian todo son oscuras, son profundas, son largas. Son las esquinas de ese laberinto de elecciones, misterios, pasiones y esperanzas que conforman lo que llamamos vida.

* * *

Fátima camina por las calles intrincadas del corazón del Príncipe, calles tan complejas y llenas de recovecos, puertas cerradas y callejones sin salida como es ahora mismo su mente. Su mundo era tan pequeño, sencillo y abierto como la misma plaza donde siempre ha estado su luminosa casa, donde se resguardaba de las preocupaciones que solo afectan a los que se internan por los senderos del riesgo, y soñaba con mares abiertos y cielos que surcar… Y ahora es un atolladero de oscuros rincones, certezas esquivas, dudas seguras e inquietudes constantes. Sumida en sus reflexiones, Fátima nota una presencia a su lado. Decidida a no sobresaltarse, descubre a su izquierda a la alta mujer con velo que la abordó hace unos días. Sin detenerse, Carvajal le anuncia:

—Necesito que vengas conmigo.

—No pienso hacerlo.

—No es una petición. Lo siento mucho, pero debes venir conmigo. O si no…

Fátima se detiene, harta, valiente.

—O si no, ¿qué?

Una mano de hombre le tapa la boca para evitar que grite, haciéndola perder el equilibrio. Entre ambos la introducen en una furgoneta y se la llevan.

* * *

—¿Que habéis hecho qué? —grita Morey al teléfono—. O sea, que según tú, para ganarse la confianza de alguien, hay que secuestrarle por la fuerza. Bien, Serra. De libro.

Solo en su apartamento, Morey pasea nerviosamente de un lado a otro. Su reciente encuentro con Fátima no ha tenido

262

el resultado que a él le hubiese gustado y ella sigue sin confiar en él, y para colmo, Serra ha dado una orden que ha vuelto a echarlo todo al traste.

—Órdenes de arriba, muchacho. Te repito la información: nuestra gente en Estambul nos avisa de un atentado inminente en Ceuta, algo muy grande, y nos avisan de que la cúpula de Akrab contactará mañana a las diez en punto con Omar para darle instrucciones «por el canal habitual». ¿Cuál es ese canal habitual? No lo sabemos. Tiene el teléfono más que pinchado, los ordenadores, su casa, y nada. Tiene alguna otra manera de recibir instrucciones de Akrab y necesitamos que lo averigües antes de las diez de la mañana, o nos explotará literalmente en la cara.

—Pero ¿qué tiene que ver Fátima...?

—Ella es nuestro único camino hacia él. Va a colaborar quiera o no. Y si hay que apretarle las tuercas, pues se hace sin remilgos. No sería la primera vez.

—Espera, Serra. Quiero que me dejes hacer esto a mi manera.

—Javi, acabas de intentar hacerlo a tu manera... Y a falta de una forma mejor de decirlo, te ha dado plantón. No hay «tu manera», hay «nuestra manera». Los del SITCEN están nerviosos, yo me estoy subiendo al vuelo para Londres a reportar de urgencia, y tú ya puedes darme algo que contarles cuando llegue.

—Serra, no va a colaborar. Ya no confía en nadie, ni siquiera en mí.

—Pues tu trabajo es convencerla para que lo haga. Si lo consigues, ganarás puntos, porque te recuerdo que estás a prueba. Si no, vete pidiendo hora en la oficina de empleo.

Serra cuelga. Morey escucha la llave abriendo la puerta, y por ella aparece una Fátima indignadísima con Carvajal y López detrás.

—¿Has ordenado tú esto? ¡Me das asco! ¡Estos... imbéciles me han secuestrado!

Morey se sujeta la sien con una mano. La cosa no puede empezar peor.

—No quería venir —se justifica López, abriendo la nevera y viendo que Serra se ha comido todo lo que él compró para la cena.

—Lo siento. —Morey es sincero—. No sabía que esto iba a pasar.

—Pues si de verdad lo sientes, deja que me vaya —expone Fátima—. Si no llego a casa, mi familia va a llamar a la policía y os van a crear más problemas.

Morey hace una seña a Carvajal y López, que captan la orden y se van del apartamento.

—Fátima. Todo esto ha empezado realmente mal. Pero no estarías aquí si no fuese importante para ti, para tu familia, para tus amigos, para toda la gente inocente —recalca— de esta ciudad. Te necesitamos.

—¿Y si me niego? ¿Vais a amenazarme con los vídeos?

—Tienes que creerme. Los hemos destruido.

—¿Me estás grabando otra vez?

—No.

La conversación de ambos se ve en el piso de arriba, donde Serra, Carvajal y López siguen la charla, manipulando micrófonos y cámaras para conseguir la mejor grabación posible.

—No te creo. Tendréis copias de todo. Siempre habrá algo con lo que chantajearme ante mi familia.

—Tienes mi promesa de que no será así.

—¿No lo entiendes, Javier? Una vez que dejas de creer a alguien, no puedes confiar en él de nuevo.

—Solo te estoy diciendo la verdad, Fátima.

Ella, por fin, se sienta en el sofá con los brazos cruzados y el bolso a mano, lista para irse en cualquier momento.

—Di lo que tengas que decir y me largo de aquí.

Morey evalúa la situación. No hay otra manera, tiene que atraer su atención, y la verdad es lo suficientemente terrible.

—Con toda seguridad, pronto va a producirse un atentado aquí, en Ceuta. —Morey hace una pausa para que Fátima lo asimile—. Y sabemos que a las diez de la mañana Omar recibirá instrucciones sobre ello.

—¿Y… qué hago yo aquí? ¿Por qué no le detenéis?

—Porque nos descubriríamos ante su célula, Akrab. Cambiarían de planes y no podríamos evitarlos. No tenemos tiempo de infiltrar a nadie de los nuestros en el entorno de Omar. Necesitamos que alguien cercano a él averigüe por qué vía va a recibir la información para interceptarla. Y él confía en ti.

—¡Omar es todo lo contrario a un integrista! Pero si por él, las niñas no llevarían velo.

—Fátima, usa la lógica inversa. Así conseguía que penséis que era pro-occidental y lograba que muchos padres prohibieran a sus hijas ir a clase. Los radicales no quieren que las mujeres estudien…

—No, Omar no puede ser de esos —niega Fátima—, le conozco desde hace años. Se preocupa por los niños más desfavorecidos. ¡Es un pilar del centro!

—Claro, Fátima. Los reclutadores de la yihad buscan a chicos vulnerables, necesitados de cariño, y son para ellos una especie de hermano mayor. Cuando consiguen ser necesarios para ellos, los llevan a su terreno. Como estará haciendo con Driss.

—Es mentira. Mi hermano no era así.

Morey sabe cuál es el siguiente paso. Pero duda si debe darlo. No tiene otra opción. Toma un portátil y abre un vídeo.

—Tu hermano no te lo contaba todo.

En el vídeo, varios chicos con chilaba, entre ellos Tarek y a su lado Abdú están sentados en el suelo frente a un arma desmontada. A una orden verbal, todos se apresuran a montarla.

Fátima se queda congelada. Sin parpadear, sus ojos se llenan de lágrimas, que aún no caen.

—Este tipo de grupos enseña a sus miembros a disimular ante amigos y familia. Nunca saben nada antes de los atentados.

—¿Cómo sé que no es un montaje? Como la carta falsificada. Seguro que tenéis gente que lo puede hacer.

—Fátima, le conoces. Conoces sus gestos, sus movimientos, su expresión. Es Abdú y tú lo sabes.

—No puede ser. No.

—Lo siento, Fátima. Pero es la verdad. Mi misión en Ceuta es investigar a la gente que le ha hecho esto a tu hermano.

Morey despliega el panel de su investigación ante sus ojos y señala las fotos de cada uno mientras resume la historia:

—Aquí está toda la verdad que me estás pidiendo: mi misión comienza infiltrándome en la comisaría, donde alguien que colabora con la yihad y a quien no hemos localizado aún, entregó una pistola a Tarek, el terrorista de Tánger. Él era amigo de Abdú y de Sara. Ella sabía demasiado y presionaba a Karim para ver a tu hermano, tanto que al final Karim la mató. Tú estabas delante y lo viste. Pero esto puso en peligro la célula, y decidieron sacrificarle obligándole a inmolarse. La orden la dio Ismail, a quien detuvimos y nos puso sobre la pista del Centro Cívico. Cuando instalamos cámaras allí, descubrimos que el reclutador de Ceuta es Omar. Es completamente cierto que te mentí cuando te conocí, porque pensé que me serías útil para la misión. Pero entonces nos conocimos mejor y… —Morey decide no volver a ese tema—, ahora te estoy diciendo la verdad. Necesitamos tu ayuda.

—Me querías utilizar.

—Sí. Es la verdad. Pero hubo algo sobre lo que nunca te mentí: estoy aquí para ayudarte a encontrar a Abdú. Y eso sigue en pie.

Ambos se sostienen la mirada. Fátima está más tranquila. Su enfado ha pasado en parte, y también en cierta manera, la tristeza. Esas sensaciones siguen en su rostro, pero todo lo que le acaba de contar, la importancia de la misión, todas las vidas que están en juego y aquellos que las amenazan están ante sus ojos. Y por primera vez en mucho tiempo, quizá pueda creerlas. Su móvil suena, despertándola de sus pensamientos.

—Es mi casa. Tengo que irme.

—Por favor, no. Te necesito para esto. Pero no lo hagas por mí. Hazlo por tu hermano y por toda la gente a la que quieres. Si no nos ayudas, puede pasar algo terrible.

Fátima aguanta unos segundos con el teléfono en las manos, tensa. Responde:

—Madre, dime.

—Soy Faruq. ¿Dónde estás?

—Ah, Faruq… —Fátima mira al suelo… y miente—, iba a llamar ahora. Estoy en el hospital. Yo estoy bien, no os preocupéis, es por dos alumnos que se han peleado. El hijo de Ikassrin, el taxista. Estamos en Urgencias, esperando a los padres.

—¿Y no se te ocurre avisar?

—Se me había acabado la batería. Ahora estoy en la… cafetería, lo he podido enchufar aquí. Pero lo siento, con todo el lío, no os he llamado. Iré para allá cuando…, cuando lleguen los padres. No sabemos lo que tardarán, lo mismo estoy toda la noche.

—Vale. Pero piensa en madre. Estaba preocupada.

—Lo siento. No os preocupéis.

Fátima cuelga y guarda el teléfono en el bolso. Morey le da unos segundos para que se relaje.

—Contigo —prosigue ella, perdiendo de nuevo las fuerzas— todo, todo se convierte en mentiras. Si se enteran de que estoy aquí otra vez… No quiero ni pensarlo.

—Fátima. Puedes irte. Pero si te quedas, estarás ayudándoles. A ellos, a toda la gente que quieres, a tus alumnos. Al Príncipe.

Fátima respira hondo, coge fuerzas y…

—Está bien. Tampoco parece que tenga opción, en realidad.

—Gracias. Gracias. Tenemos poco tiempo. —Morey se quita la chaqueta, coge unos papeles y se los da a ella—. Para empezar: tenemos fichado el móvil de Omar, pero es muy cuidadoso. No hay nada sospechoso en sus mensajes o llamadas.

—Es verdad que es un maniático con sus teléfonos. Tiene un móvil viejo que no quiere cambiar, y le hacemos bromas todo el rato. Cada dos por tres le llamamos y dice que se le había apagado.

—¿«Teléfonos» en plural o «teléfono» en singular?

—Bueno, tiene un terminal, pero usa dos tarjetas, así que supongo que tiene dos números.

—¿Conoces el otro número?

—No, ni creo que lo tenga nadie que yo conozco. Una vez Pilar le preguntó, Omar explicó que era de su otro trabajo, en el centro de Calamocarro. Entonces no lo parecía, pero ahora que lo dices, sí que es raro.

Morey llama a Carvajal y le ordena:

—Necesito el listado de teléfonos contratados por el centro de menores no acompañados de Calamocarro.

Minutos después la puerta del apartamento de Morey se abre, y aparecen Carvajal y López con noticias.

—Confirmado. La otra tarjeta telefónica no es de Calamocarro.

Carvajal se sienta a la mesa junto a Fátima, sonriéndole con cortesía. Fátima no responde, pues aún se siente intimidada por sus apariciones en la calle, pero en el fondo, aprecia tener a otra mujer cerca. López despliega documentación, fotografías, notas sobre la mesa. Añade:

—Lo más probable es que solo use esa tarjeta cuando tiene que hablar con Akrab.

—¿Tenéis el número? —pregunta Morey.

—No. Sitel no nos sirve.

—¿Qué es Sitel? —pregunta, tímida, Fátima. Para su sorpresa, Morey se lo revela.

—Un sistema informático. Sirve para intervenir teléfonos automáticamente, basta con conocer el número.

—Así que —continúa Carvajal— lo único que podemos hacer es robarle el móvil y clonarlo manualmente.

—Eso sí que va a ser difícil —comenta Fátima. Todos se vuelven hacia ella—. En este barrio tenemos mucho cuidado con el móvil, y aun así, a todos nos lo han robado alguna vez. Pero Omar siempre se encarga de recordarnos que a él nunca se lo han quitado. Dice que nadie lo quiere por lo viejo que es.

—Si no podemos mandar a un especialista, tendrá que hacerlo alguien de su entorno cercano. Que no levante sospechas.

El silencio y las miradas señalan evidentemente a Fátima.

—¿Queréis que yo le robe el teléfono? De ninguna manera.

—Solo será durante unos minutos —apunta Carvajal—. Lo clonamos y se lo devolvemos para que pueda usarlo.

—Pero ¿cómo voy yo a…?

—No te preocupes —la reafirma Morey—, no es difícil, yo te enseñaré. Pero debemos tenerlo clonado antes de la llamada de las diez. ¿A qué hora tiene su primera clase?

—Pues es que mañana no le toca venir al centro.

Miradas de contrariedad. López interviene con una idea:

—¿Sería muy raro que fueras a verle a su casa?

—Sí, sería raro que una mujer musulmana, soltera, comprometida, fuese en medio de la noche a casa de un hombre soltero, musulmán, compañero de trabajo.

—Vale, entonces lo que hay que hacer es llevarle al Centro Cívico por otra razón —continúa Carvajal—. Una reunión, por ejemplo. Así, incluso me puedo buscar una tapadera dentro del propio centro.

Fátima mira a Carvajal con esperanzas:

—¿Y así se lo puedes robar tú?

—Sería difícil, viendo lo cuidadoso que es. Levantaría sus sospechas que un desconocido le rondase. Porque supongo que está descartado que yo pueda pasar por profesora…

—¿Profesora? Muy extraño. No podríamos justificarlo. No hay ninguna incorporación próxima. Hemos solicitado una subvención a la Unión Europea para… —Fátima entrecierra los ojos, le viene una idea—. A lo mejor esto puede servir. Dentro de una semana tenemos una reunión con una delegada de la Unión Europea que viene de Bruselas con un proyecto integral de ampliación. ¿Puede servir?

Los tres agentes intercambian una mirada conteniendo una sonrisa. Es Morey quien asiente:

—Diremos que se ha adelantado la reunión. —Morey señala a Carvajal—. ¿Puedes empollarte el proyecto? Emplazaremos la reunión para mañana.

—Yo lo veo muy precipitado —repone Fátima.

—Aquí entras tú —le explica—, necesito que llames a Pilar y a Omar. Les dirás que te han llamado de Bruselas, que la delegada está de paso hacia Marruecos, parará en Ceuta y quiere adelantar la reunión a mañana a primera hora. ¿Crees que alguno puede negarse?

—Con la falta de personal que tenemos, ¿negarse a discutir un proyecto de ampliación? Imposible, de verdad.

Carvajal toma notas de todo.

—Hasta aquí, todo bien. ¿Dudas? ¿Problemas? ¿Se nos olvida algo? —Nadie dice nada… hasta que Fátima levanta tímidamente la mano.

—Yo… no soy espía. No sé mentir.

—Todo se aprende. Te lo aseguro —concluye López, mirando a Morey.

* * *

En una recóndita casa del Príncipe, Driss entra en una habitación alfombrada. Se quita la camiseta del Barça, la tira en un rincón, y se pone una chilaba blanca. A su lado se sienta Omar, vestido de la misma manera. Ambos oran durante un largo rato. Más tarde, Omar abandona su jocoso tono habitual y por primera vez sí que parece un maestro hablando.

—A partir de ahora, yo soy tu verdadera familia. Necesito que confíes en mí. Que me respetes y obedezcas como si fuéramos parte de un mismo cuerpo. Que es lo que somos. ¿Confías en mí, Driss?

Driss asiente sin saber qué decir. Confuso, pero dispuesto a mostrar obediencia para complacerle.

—Si te lo pido, ¿te tirarías de un coche en marcha?

Driss vacila antes de responder.

—Si hiciese falta… Claro.

—¿Cómo que «si hiciese falta»? —Omar esboza una sonrisa comprensiva y protectora—. ¿Necesitarías una explicación?

Driss no sabe ahora qué responder. Si asentir o negar es la respuesta correcta esta vez.

—Todavía no estás preparado, Driss. Cuando confíes en mí plenamente, sabrás que hay una razón detrás de cada orden, aunque no la entiendas. Y eso es suficiente para obedecer. Eso es lo que diferencia a un niño… de un soldado.

Driss asiente, asimilando lentamente lo que acaba de decirle. De repente suena el teléfono de Omar. Ve la pantalla y se extraña. Sale de la habitación, metiéndose en su «otro» personaje, el profesor del Centro Cívico, y responde:

—¿Telepizza? Ja, ja, que no, que soy yo. Ya puedes tener una buena excusa para llamar a estas horas.

—Pues dímelo tú si es buena o no: me acaban de llamar para adelantar la reunión sobre la subvención para el proyecto de ampliación. No te lo vas a creer, pero lo quieren adelantar a mañana a las nueve. ¿Tú podrías venir? Sé que tienes libre, pero…

—¿A las nueve? ¿Sabes si… durará mucho?

—No puedo saberlo. Mira, tú ven, y si tienes que irte antes, te cubrimos. Pero necesitamos estar todos para recibirla. ¿Lo harás por mí?

—Por ti, no. Pero por una subvención, lo dejo todo.

—Perfecto, nos vemos mañana.

—Oye, pero espera…

A Fátima se le congela la sangre. Omar prosigue:

—¿Cómo es que te ha llamado a ti, en vez de a Pilar, que dirige el proyecto?

—Pues… pues… ni… ni idea, tío. ¿A lo mejor comunicaba?

—Ah, claro. Estará rajando. Como le gusta poco hablar… Nos vemos mañana.

Fátima cuelga, al borde de la taquicardia. Carvajal y López se miran, medio sonriendo e impresionados. Morey la anima:

—Lo has hecho muy bien. Puedes estar orgullosa.

—¿Orgullosa? ¿De mentir? No. Yo no soy como vosotros.

* * *

Para Fran, que contempla el Príncipe asomado a su balcón, la noche también tiene visos de ser larga. Como insomne crónico, ya está acostumbrado a que el sueño no alivie sus preocupaciones, su cansancio físico o sus problemas laborales. Sin embargo, hay veces que a ese insomnio Fran debe sumar el volver a revivir, como tendrá que hacer el resto de su vida, lo que comenzó con una llamada:

—Hola, Alberto, cariño… ¿Hijo, cómo que no te llame cariño? ¡Ja, ja! Anda, que les den a tus amigos. Yo te voy a llamar «cariño» hasta que cumplas los cuarenta. Bueno, ¿qué tal el concierto? ¿Ya ha acabado? Oye, pues yo lo tengo fatal en comisaría esta noche. ¿Puedes coger un bus o un taxi? Vale, hijo, digo, cariño, ¡ja, ja! Anda, pásalo bien…

Una llamada a la que dos horas después siguió otra de tono muy distinto:

—Fran, soy yo, Quílez… Mira, lo siento, no hay una manera fácil de decir esto. Fran, han matado a tu hijo Alberto.

* * *

Mientras en el piso de arriba López ayuda a Carvajal a prepararse su papel de delegada de educación, Fátima y Morey se han quedado solos de nuevo en su apartamento. Morey pone a Fátima un viejo móvil sobre la mesa, del mismo modelo que el de Omar.

—Vamos con la teoría. Primero, conseguir el móvil de Omar. Segundo, infectarlo con un troyano. Tercero, ponerle una baliza. Cuarto: devolverle el teléfono sin que sospeche. Son solo cuatro pasos.

—«Solo». Claro.

—Empezamos con la práctica. El primer paso, quitarle el teléfono, lo veremos luego. Ahora me quiero centrar en la parte técnica. El paso dos consiste en instalarle un troyano en el móvil. Es como un virus que permite acceder a distancia al contenido de…

—Todos hemos tenido algún troyano en el ordenador. Sé lo que es.

Morey toma su móvil y envía un mensaje. Al momento, el móvil de Fátima suena y ella lo desbloquea.

—Cuidado. Te acabo de enviar a ti el troyano.

—¿No tenías una manera mejor de intervenirme el móvil que hacerlo en mi cara?

—No, tranquila. El troyano va oculto dentro de una fotografía. Si no la abres, no te infectará. Debes robarle a Omar su móvil, enviarle la imagen desde el tuyo, que es para eso para lo que te la he mandado; y abrirla desde el suyo para ejecutarlo. Así tendremos acceso a los mensajes, archivos, y todo lo demás que tenga en la tarjeta.

—¿Y con eso ya está?

—No, no. Es muy, muy importante que te acuerdes de borrar la foto de su móvil antes de devolvérselo, o al verla allí, nos delatará. ¿Te acordarás?

Fátima asiente, seria. Morey continúa sus instrucciones.

—Ahora, vamos al paso tres. Aprovechando que tienes el móvil en la mano, le instalarás una baliza. Un localizador. —Morey abre una caja de chicles y de ella saca una minúscula pegatina redonda—. Tienes que abrir el teléfono y pegarlo a la batería. Y solo entonces, se lo devuelves.

—Lo he entendido todo. ¿Me puedo ir ya?

—Me temo que no… Tienes que practicar. Solo dispones de una oportunidad, por lo que debes que ensayar todos tus movimientos, por sencillos que parezcan. Diez, veinte, cincuenta veces. Hasta que no lo hagas con los ojos cerrados, no estaremos seguros. Tenemos toda la noche, pero hemos de aprovechar cada minuto. ¿Estás de acuerdo? —Fátima, con cierto fastidio, asiente—. Se me olvidaba. Cuando le cojas el móvil, asegúrate de quitarle el sonido. Vas a mandarle un mensaje y, por tanto, va a sonar. Y todos tenemos el oído educado para reconocer nuestro móvil. No puedes permitirte que Omar lo oiga. —Morey le indica dónde está el control de volumen—. Ahora, vamos a practicar.

Morey deja el móvil sobre la mesa. Fátima va a cogerlo, pero de repente se agobia. Se levanta, da un par de vueltas por la habitación. La realidad de lo cerca que está el momento de la verdad, su falta de preparación y todo lo que podría salir mal le hacen dudar de repente.

—Fácil, claro, para ti es muy fácil todo. ¿Y si sale algo mal? ¿Y si me descubre?

—Es una posibilidad. —Morey asiente—. En ese caso, a no ser que las cosas se pongan muy mal, no podemos intervenir. Debemos minimizar la posibilidad de que sepa que estamos tras él.

—¿Y qué haré yo si eso ocurre?

—No podemos anticiparnos a todas las situaciones que puedan surgir. Por eso, tienes que confiar en tu sentido común. Si algo va mal, sabrás qué hacer. Pero, si lo necesitas…

Morey alarga la mano y pone sobre la mesa una pistola pequeña, calibre 22.

—No… No me gustan las pistolas. He visto muchas en este barrio. Nunca acaba bien.

—Casi seguro, no tendrás que usarla. Con que la enseñes es suficiente para intimidar. Pero por si llega el caso, tengo que enseñarte a disparar. ¿Estás de acuerdo?

Fátima niega con la cabeza un momento. Pero finalmente asiente. Morey toma el arma y se la pone en la mano.

—Este es el seguro. Vamos a dejarlo puesto, pero si tuvieras que disparar, basta con que lo quites con un movimiento del pulgar. Así. Si has de usar el arma, acércate todo lo que puedas, porque seguramente no te dará tiempo a apuntar. Pero por si acaso, mira: al principio y al final del cañón hay dos hendiduras. Has de alinearlas hacia el objetivo. Ah, y nunca, nunca toques este botón, porque sirve para expulsar el cargador. ¿Vale?

Fátima asiente. Y para su sorpresa, antes de que pueda impedirlo, sabe que Morey va a abrazarla. Él se sitúa tras ella, le pone una mano en la cintura, con la otra le coge la mano del arma. Solo entonces ella se da cuenta de que lo ha hecho para enseñarla a disparar. Fátima se sorprende de que su cuerpo no le haya rechazado. Al contrario. Morey, por su parte, la sostiene como un gesto natural, como parte del breve entrenamiento que debe darle para proteger su vida. Pero siente unas ganas irresistibles de besarla —quizá porque reconoce de cerca su perfume—, pero debe reprimirse sin importar lo que le cueste.

—Una cosa más. Mañana no uses perfume. Si tienes que registrar una habitación, aunque te vayas, tu aroma se queda en el ambiente. Un operador entrenado lo notará.

Ya no hace falta que siga sosteniendo su mano. Pero Morey no abandona su contacto.

Y ella tampoco se lo pide.

* * *

El día en que nació su hijo Alberto, Fran y su esposa Raquel decidieron plantar un ciprés en el jardín de su recién estrenada casa ceutí. Durante años, el árbol creció a la par que el muchacho, pero incluso tiempo después de su asesinato, no hay momento en que Fran no mire cómo ese ciprés sigue creciendo, mientras se dice que Alberto ya no está con ellos. Ha pensado muchas veces en cortarlo. Pero no se atreve a terminar con uno de los pocos signos que le traen a su hijo a la memoria, pues como todos los que han perdido a un ser querido, en el fondo lo que más teme es perderlo de nuevo para siempre, es decir, olvidarlo.

Una estúpida discusión entre adolescentes, que se saldó con un empujón y un golpe contra la acera que le provocó una muerte instantánea. El agresor se llamaba Alfi, un chico problemático, violento y rebelde, de familia rota y entorno sin esperanzas, y fue internado en un reformatorio. La familia, tanto Raquel, como la pequeña Ruth, como Fran, pasó un duelo largo, difícil y doloroso: eran tantas las esperanzas puestas en el primogénito…

Pero la muerte de Alberto cambió algo más. De ser una mujer elegante, culta, agradable, una perfecta anfitriona, la mejor de las amigas y una esposa dedicada y fiel, Raquel empezó a transformarse. Pesadillas, nervios, insomnio, depresión, agresividad, medicamentos. Se convirtió en una mujer difícil, que lloraba por cualquier cosa, se enfadaba hasta la histeria por cualquier pequeñez y, sobre todo, empezó a mostrar un miedo atroz, irreal, obsesivo y completamente desmedido hacia la posibilidad de que Alfi pudiese volver para destruir su familia. Algo de lo que Raquel hablaba como una certeza casi profética. Hasta que un día ocurrió. Fran conducía hacia un aviso y su móvil sonó:

—¡Mátale, Fran! ¡Mátale! ¡Vendrá a por nosotros!

—Raquel, ¿qué te pasa? ¿De qué me hablas? ¡Cálmate!

—Le han sacado del centro de menores, Fran, lo están diciendo en la tele. ¿Qué hacemos?

—¿Qué vamos a hacer, Raquel? No haremos nada. Es mayor de edad, está limpio. Apaga la tele y olvídate del tema de una vez.

—Pero Fran…

—¡Que apagues la tele!

* * *

Minutos después, Morey se sirve café, y con un gesto, le ofrece a Fátima.

—No, gracias, ya estoy suficientemente nerviosa…

—Solo quiero decirte —añade él, llenándose la taza— que me hubiera gustado que las cosas salieran de otra manera.

Fátima sopesa su respuesta. Sabe perfectamente que no se refiere a la misión, sino a ellos. Pero no está segura de querer hablar de eso. O a lo mejor… El teléfono rompe su decisión, sonando a su lado.

—Voy a cogerlo. Deben estar preocupados. —Fátima descuelga, sin mirar quién es—. No sé cuándo volveré a casa, tenemos para rat… —Fátima se tensa—. Hola, Khaled. No, bueno, no pasa nada. Es que estoy en el hospital… No, nada, estamos todos bien, es por un alumno que… Bueno que ha tenido un accidente y estoy aquí con él, haciéndole compañía. Sí, ya está bien, pero yo creo que estaré aquí toda la noche. Vaya… No, qué va, no podía dormir. Tú tampoco… Claro. Bueno… Sí, yo también pienso mucho en ti… Por supuesto. Yo también quiero ver nuestra casa cuanto antes… Lo antes posible, claro… Adiós. Sí. Yo también. Adiós.

Fátima cuelga y apaga el móvil. Por un momento, como si estuviera sola, espira lentamente, agobiada por lo que acaba de tener que hacer.

—Tienes razón. No mientes nada bien. —Morey bebe un trago de café para esconder su sonrisa.

—¿De qué estás hablando?

Él le hace un gesto para salir a la terraza. En la habitación de arriba, Morey y Fátima salen del alcance de las cámaras. López se quita los cascos y sale a la terraza.

—¿Tío? ¿Dónde vas? ¿Déjales un momento, no?

—Sí, hombre. Ahora que está en lo más interesante.

—De verdad… Se puede ser espía, pero tan cotilla…

En la terraza inferior Fátima sigue a Morey. Se cubre los brazos con las manos. Hace frío. Él resiste su impulso de cubrirla con su cuerpo.

—¿Qué querías decir?

—Que tus mentiras con Khaled funcionan… Porque el pobre está decidido a creerse cualquier cosa que le quieras decir. —Fátima va a protestar, pero Morey continúa en un tono perfectamente profesional—. Sin embargo, Omar es más desconfiado. Has de ser más cuidadosa. Voy a enseñarte algunas técnicas.

—No. No quiero aprender a mentir… mejor.

—Insisto: te serán muy útiles. Por ejemplo, puedes decirle a Khaled, a tu familia, a tus amigos, que le quieres, y todo el mundo te creerá, no solo él.

Fátima acusa el golpe. Si tan solo no fuese verdad… Ella entiende que Morey quiere hablar de ambos. Y quizá es el momento, sí. Así que empieza:

—Es verdad. Miento tan mal que ni siquiera él me cree del todo. Sospecho que él y su familia se han llegado a plantear romper el compromiso.

—¿Y por qué no lo rompes tú misma?

—Todo para ti es tan fácil. —Fátima se apoya en la barandilla, mira a lo lejos—. Cuando acaban tus misiones, la vida que has construido se evapora… Pero para mí es diferente. Todo es permanente. Y estuve a punto de dejarlo todo por ti.

—Yo también estuve a punto de dejarlo todo. Todo. Incluido esto.

—Es verdad. Os enseñan a mentir bien. Podría creerte. Pero elijo no hacerlo. Yo estoy aquí, contigo, solo por mi hermano.

—Eso sí que es una mentira, y lo sabes.

Fátima se vuelve hacia él, enfadada.

—¿Y es verdad o no que las traiciones duelen el doble cuando vienen de alguien al que quieres?

Morey niega con la cabeza. No hay manera de avanzar en su discusión.

—Sé sincera. Dime si la boda va a seguir adelante.

—Voy… a seguir practicando con el móvil.

* * *

Tras aquella discusión con Raquel, la liberación de Alfi no volvió a mencionarse en casa. Pero como era de esperar, ni el humor ni la actitud de su mujer mejoraron; al contrario, su nerviosismo se acentuó hasta el punto de que tuvieron que empezar a ver a un psiquiatra. Sin embargo, sus problemas no habían hecho más que comenzar.

Un día de patrulla, Fran recibió un aviso de agresión cerca de su domicilio. Al llegar, entre el alboroto, se encontró a una confundida Ruth entre policías, paramédicos y un muchacho sangrando.

—Mamá ha confundido a ese chico con el que mató a Alberto... y se ha puesto a pegarle.

Raquel pasó una noche en el hospital sedada, y pronto volvió a hacer vida normal. Gracias a la ayuda de sus compañeros en la policía y la judicatura, el incidente no pasó a mayores. Fran decidió que solo podía animarla a perseverar en su tratamiento, pero pronto se dio cuenta de que no era la única víctima de todo aquello. Ruth, que con sus doce años ya no era ninguna niña, llegó a decirle:

—A veces me siento culpable porque quiero que mamá se muera para que esté con Alberto, que es lo que ella desea...

—Calma, mi niña..., no llores. —Fran la abrazó, desconcertado—. Todos pensamos a veces cosas que no sentimos, pero eso no te hace mala... Eres una buena niña, una buena persona, lo eres... Al menos, tú lo eres.

Pero muy poco después Fran recibió otra llamada preocupante.

—Fran, hemos detenido a Alfi —le explicó Hakim—, te aviso por si sale en las noticias y Raquel lo oye.

Fran acudió inmediatamente a comisaría. Le habían detenido por un asunto de drogas, un simple trapicheo, la confirmación de que el muchacho solo tenía por delante una carrera delictiva de poca monta. Fran decidió presentarse en comisaría para hablar con él, pero cuando entró en la celda, Alfi retrocedió aterrorizado, pensando que iba a agredirle. A Fran no le faltaban ganas, y tuvo que contenerse.

—Ya he pagado por lo de tu hijo. Estamos en paz.

—No estamos en paz —le dijo Fran, serio—. Solo estaríamos en paz si me devolvieras lo que me has quitado. Pero cuando mataste a Alberto, también te llevaste por delante la vida de mi mujer, de mi hija y la mía. Estarás en deuda con nosotros el resto de tu puta vida. Ahora lárgate. Eres libre.

—¿Por qué? ¿Qué me vais a hacer? —Alfi buscaba refugio en la pared, amedrentado.

—Vamos a soltarte —explicó Fran—. Y te voy a decir por qué: para que sea la última vez que te veo. Porque si te vuelvo a ver por aquí, vas a saber con hechos, y no solo con palabras, lo que es que te arranquen lo que tú me has quitado a mí.

Alfi salió del calabozo y por mucho tiempo, Fran no supo de él. Hasta que semanas después, trabajando en comisaría, Fede, con el rostro demudado y el teléfono en la mano, le espetó:

—Fran. Raquel le ha pegado un tiro a Alfi.

* * *

Es tarde ya en el cafetín de los Ben Barek, pero Faruq ha decidido que esta noche va a quedarse allí un rato más. Sospecha —sabe— que Fátima está volviendo a hacer de las suyas, pero no puede demostrarlo. Hasta que un hombre llamado Ikassrin, taxista de profesión, entra en el cafetín. Faruq reflexiona unos segundos lo que va a hacer y elabora el resto de su plan en los escasos pasos que le separan de él.

—¿Qué tipo de hombre está en un cafetín mientras su hijo está en urgencias?

—¿Qué dices, tío? —Ikassrin se vuelve sin mirar antes quién le habla.

—No soy tu tío.

—Perdona, Faruq. No había visto que eras tú. No te entiendo.

—Tu hijo. ¿Está en urgencias, no? Una pelea en el Centro Cívico.

Ikassrin parpadea, mientras intenta evaluar si Faruq le está tendiendo algún tipo de trampa.

—Mi hijo está en Tetuán con la familia de mi mujer.

—¿Seguro?

—De allí vengo. De dejarle.

Faruq asiente, satisfecho. Vuelve a su sitio y le hace un gesto al Tripas.

—Vamos a probar el juguete ese que te han dado.

Su lugarteniente saca un móvil, en apariencia un *smartphone* normal. Faruq abre una aplicación cuyo icono es una brújula e introduce el número de Fátima. El teléfono devuelve un mensaje: «*Geolocalización imposible. Teléfono apagado o fuera de cobertura*».

* * *

Carvajal entra en el piso de Morey, cargada con una carpeta y ropa en una funda, y le enseña su documentación.

—Ahora soy Pardo, Ángeles Pardo. Española con doble nacionalidad belga, alta funcionaria de la Unión Europea. Para que luego digan que cuesta ascender en nuestra profesión. —Morey sonríe y le devuelve su identificación. Carvajal habla a Fátima—. Me han enviado vuestro proyecto educativo. Ya he empezado a estudiarlo, pero podéis contar con la subvención. —Fátima sonríe, por una vez con sinceridad. Carvajal le hace un gesto a Morey con los ojos—. ¿Podrías…? Será un momento.

Fátima entiende que necesitan hablar solos y entra en el baño.

—Ha llamado Serra —explica ella—. En Londres se suben por las paredes. No creen que podamos hacerlo. Le he tranquilizado todo lo que he podido. Aunque ya sabes cómo es. Exagera por fuera y a saber lo que piensa por dentro. Tomaos un descanso. —Carvajal saca dos pizzas congeladas de una bolsa y le guiña un ojo—. Invítala a cenar, anda.

—Menuda cena romántica.

—Eso depende de ti.

Carvajal sale del apartamento y sube de nuevo al que comparte con López, que como de costumbre, la recibe con quejas.

—Qué bonito. Les bajas nuestra cena y nosotros a dos velas. En más de un sentido.

—Se está trabajando a la chica. Necesita la cena más que nosotros, ¿vale?

—¿Sabes? He estado pensando. Ya sé por qué no quieres nada conmigo. Te gusta Morey y estás jodida porque le va más esa chica. Y encima vas y le haces de pagafantas.

—No quiero nada contigo porque tengo miras más altas en la vida.

—Me puedo poner de pie, si quieres.

Carvajal se muerde el labio. Cómo puede ser tan tonto…

* * *

Fran pasea por la carretera del mar. «Las noches de insomnio no se hicieron para quedarse en casa», piensa, y sí para vivir esos momentos en que el teléfono no suena, no le llegan alertas de la comisaría y puede dedicarse a estar solo. Y en noches como hoy, solo puede seguir repasando mentalmente, como hará el resto de su vida, lo que ocurrió.

Quizá absorbido por el trabajo, quizá esperando que fuese un tema resuelto, o más seguramente, pensando que el problema había desaparecido sin más de su vida, Fran no fue consciente de muchas cosas que ocurrieron mientras él se sumergía en el trabajo para no ver sufrir a Raquel, para no fallarle a su hija, para castigarse por la muerte de Alberto. Por eso, no pudo evitar lo que ocurrió. ¿O sí que podía haberlo hecho?

Al parecer, todo comenzó porque Ruth encontró el perfil de Alfi en una red social, y decidió quedar con él utilizando un nombre falso. Cuando Alfi, esperando una cita amorosa, se encontró con esa niña pequeña, quiso irse, pero Ruth le amenazó con contarle a su padre que la había atacado, si no le explicaba por qué había matado a su hermano.

Lo que ninguno de los dos sabían es que Raquel espiaba obsesivamente las conversaciones de su hija y supo de su encuentro, un encuentro que, en su trastorno, ella interpretó como un intento más de Alfi para acabar con su familia, en este caso, arrebatándole la vida a su pequeña Ruth.

Fran se arrepentirá toda su vida de no haber devuelto su STAR 28PK, la antigua arma reglamentaria de la policía que, quizá por nostalgia o por si podía necesitarla, decidió quedarse cuando las cambiaron por las Heckler & Koch USP que ahora usan. Fran estaba seguro de que Raquel ignoraba que la guardaba en casa, que la tenía escondida en un doble fondo del cajón del buró, que desconocía el lugar donde ocultaba la llave de ese cajón. Pero Raquel sabía todo eso, y cuando se enteró de que Ruth iba a verse con Alfi, la siguió hasta el parque de la Argentina y sin previo aviso, disparó contra él.

Alfi sobrevivió, pero fue un momento terrible para la familia: Raquel fue ingresada en un psiquiátrico, a la espera de juicio. Ruth se culpó a sí misma de todo lo ocurrido y entró en depresión. Pero lo que más recuerda Fran de aquel momento, con una precisión y una nitidez inexplicables, fue lo que Quílez le dijo esa noche:

—Para lo que sea, Fran. Estoy aquí para lo que sea. Que yo por ti me cortaría la mano. Que te quede claro, Fran.

* * *

La noche es también larga para Asun, de guardia en el hospital, y ocupada ahora en organizar turnos, repasar inventarios y solicitar materiales. La planta está tranquila y no ha habido incidencias, y si no hay ninguna desgracia inesperada, parece que seguirá así. Salvo que esos pasos que oye venir por el pasillo, y que suenan a zapatos, y no a zuecos de enfermero, sean otra cosa. Lo que no espera Asun, al levantar la cabeza por encima de su mostrador, es que esos pasos pertenezcan a Faruq.

—¿Qué haces por aquí? ¿Ha pasado algo con tu padre?

—No, he venido porque me ha llamado Fátima. Está aquí, pasando la noche con un chaval que se ha peleado. Está en Urgencias, pero como no la veo, te iba a preguntar si le han subido a planta.

Asun frunce el ceño y abre la carpeta con las entradas del día.

—Raro sería que tu hermana estuviese aquí y no me hubiese avisado.

—Eso digo yo. ¿Qué raro, no?

Asun levanta la vista por encima de sus gafas. Comprende que acaba de reventar la coartada de su amiga.

—Puede que… El chico no haya sido ingresado. A lo mejor le han curado y se han ido a casa.

—*Inchaallah*. Gracias.

Faruq se va por el pasillo, activando de nuevo la aplicación del icono de la brújula. Mismo mensaje: «*Geolocalización imposible. Teléfono apagado o fuera de cobertura*».

* * *

Sumido en sus recuerdos, Fran pasea ahora por el corazón del Príncipe. Las calles húmedas, silenciosas, oscuras son las mismas que de día, pero por la noche, como bien sabe él, delincuentes, traficantes, yonquis y otros depredadores se hacen con las esquinas, los bares, los cafetines y nadie está seguro fuera de casa. Excepto si es Fran quien pasea en silencio, como tantas veces, por sus peores barrios. Miradas silenciosas, giros de cabeza, saludos deferentes… Todos le conocen, todos le respetan, nadie osa cruzarse en su camino.

Fran recuerda cómo después de que Raquel disparase a Alfi, este permaneció en el hospital en estado muy grave. Pero tan pronto estuvo fuera de peligro, decidió visitarle para atar los cabos sueltos.

—Mucho has tardado en venir a rematarme —exclamó el desafiante adolescente al verle. Alfi tenía un aspecto lamentable. El disparo le había dado en el pecho, pero con cuidados y tiempo lograría estar mejor.

—Solo quiero saber qué hacías con mi hija.

—Yo no sabía quién era, si no, en la vida me hubiese acercado a un kilómetro de una niña. ¿Crees que soy gilipollas? Si lo llego a saber… Aunque… Gilipollas sí que soy un rato. El marrón que me he comido por cuatro putos euros. No ha valido la pena, sabes, ¿Fran? ¿Te puedo llamar Fran? Somos casi de la familia ya, ¿no? Te puedo decir que no. No ha valido la pena. Me he comido dos años y pico en un centro y mírame cómo he acabado.

—Dime ahora mismo de qué coño estás hablando. Si me estás vacilando, es lo último que vas a hacer en tu puta vida…

—Cuando mataron a tu hijo, yo estaba muy lejos de Ceuta. Estaba en un concierto, en Sevilla. Te lo digo ahora porque es la verdad… Y porque tu mujer casi me mata. Si no me crees, busca en Internet, en mi Facebook y en el de mis colegas… Aceptaré tu petición de amistad, no te preocupes. —Alfi tose al intentar reírse de su propia gracia—. ¿No hace eso la poli? Investiga, hombre. Hay muchas fotos mías en ese concierto.

—¿Y por qué lo dices ahora?

—Porque me pagaron para que me callara. Para que me comiese el marrón. Era menor, saldría limpio. Que no te enteras, joder.

Fran recuerda cómo tuvo que agarrarse a las barras de la cama para no arrancarle las vías y tirarle por la ventana.

—¿Y quién coño fue entonces?

—Fran. Casi me matan una vez. No voy a hacer que me quieran matar una segunda.

La puerta se abrió entonces, y Asun, la enfermera, se quedó boquiabierta al verle allí.

—Inspector. Este chico no puede recibir visitas. Y menos de usted.

Fran no tuvo más remedio que salir, pero ya en el pasillo, una quebrada voz le hizo volverse:

—Le puede decir a su mujer que lo tendrá que intentar de nuevo, que mi hijo es duro de pelar.

Ante él, un hombre casi ya anciano, de piel curtida, espeso bigote blanco teñido de amarillo por el tabaco y unos ojos como ranuras, escondidos entre las arrugas. Y esa voz rota, ronca por la intemperie y el alcohol, que recuerda del juicio de Alfi. Era Ramiro, su padre.

—Alfi estaba en Sevilla el día que asesinaron a mi hijo. ¿Por qué no lo dijo en el juicio? ¿Por qué fue a prisión? ¿Me está escuchando? ¡Conteste! ¡Tengo derecho a saber!

—Déjenos en paz. Bastante daño nos ha hecho ya.

Fran observó a Ramiro irse por el pasillo, salir del hospital, entrar en su taxi y alejarse conduciéndolo. Y Fran pensó: ¿Desde cuándo puede permitirse un Mercedes un hombre como Ramiro? Un par de horas después, tras averiguar en qué parada Ramiro solía trabajar, Fran entró en el taxi como un cliente más y, poniéndole una pistola en el costado, le obligó a conducir hasta un descampado en las afueras.

—Ahora me va a explicar de dónde ha sacado un mierda como usted dinero para llevar un taxi. No nos vamos de aquí hasta que me cuente la verdad.

—Si se la cuento, ¿no me va a quitar la licencia? ¿Ni el coche?

—Me importan una mierda. Se lo advierto por última vez: no me toque más los cojones o me voy a cabrear de verdad.

El padre de Alfi suspiró… Y habló:

—Nos pagaron para que nos comiéramos el marrón. Alfi era menor, así que… No le cayó mucho. Nos dieron la licencia, pudimos comprar el taxi… ¿Por qué no? El chico es un desastre e iba a acabar en chirona de todas maneras. Eh, y Alfi también pilló pasta…

—¿Quién os pagó? ¿Quién?

El padre de Alfi dudó por unos segundos, y se volvió hacia Fran, como si necesitara mostrarle la cara para que supiese que no mentía.

—Un compañero tuyo. Un policía que quería encubrir a su hijo.

—Eso es mentira.

—No me inventaría una cosa así, y lo sabes. Bastantes problemas tengo ya. Se llama Quílez. Y a su hijo le dicen Jota.

—¡No te creo! —dijo Fran, agarrando del cuello a Ramiro. Este accionó el manos libres, y tras unos angustiosos segundos, una voz muy familiar emergió del altavoz:

—*¿Qué quieres? ¿Para qué me llamas otra vez?*

Fran soltó a Ramiro, como si le hubiese golpeado una corriente eléctrica.

—Quílez, ha venido a verme tu jefe… —atinó a decir el taxista—, el padre del chico. No he sabido qué decirle, sabe que Alfi no estaba en Ceuta el día que…

—*Joder, joder, a ver* —Quílez sonaba muy nervioso—. *No se te ocurra decir nada. No vayamos a cagarla ahora. Desaparece vete unos días con tu hijo. Avísame si vuelve.*

* * *

Cuando sale del baño, Fátima tiene que pensarse dos veces si lo que está viendo es real: Morey con el delantal puesto y la cocina toda revuelta… Solo para hacer una ensalada y preparar dos pizzas congeladas. Evidentemente la cocina no es lo suyo. Fátima esconde una sonrisa y se recuerda a sí misma que está enfadada con él.

—¿Cuatro quesos o champiñones con jamón?

—No tengo hambre.

—Puede que no sientas hambre. Pero estamos trabajando duro y el cerebro necesita glucosa para rendir. Eres profesora y deberías saberlo. Así que elige: ¿Cuatro quesos o champiñones con jamón?

—Javier. —Ella adopta su mejor tono irónico—. ¿A cuántas chicas musulmanas has intentado seducir con tu cocina? ¿De verdad que me estás ofreciendo, nada más y nada menos que… jamón?

Morey maldice en voz baja por su metedura de pata y trata de salir del paso.

—Bueno, queda claro que mi cerebro necesita más glucosa que el tuyo. Tienes suerte, la pizza precocinada es mi especialidad. Si logro recordar cómo se enciende el microondas.

Fátima le quita de en medio con un gesto y acciona ella misma el microondas sin mirar, mientras enciende de nuevo su móvil. Le entran varias llamadas perdidas de Faruq, que no piensa contestar. Deja el móvil sobre la mesa y se cruza de brazos, nerviosa.

—No te preocupes —le anima él—, mañana lo vas a hacer genial.

—Claro. Como para ti es fácil… Es tu trabajo.

—Bueno, pero no siempre ha sido así. Tendrías que haberme visto cuando era un novato.

—¿Cómo empezaste?

—Me reclutaron en la universidad. Una profesora.

—¿Se acostó contigo y luego te obligó a espiar a alguien?

—No, de otra manera. Supo hacerme sentir... valioso. Yo no tenía nada claro lo que quería hacer en la vida, y ella supo hacerme ver los talentos que podía desarrollar en este trabajo. Se llama Salinas. Quizá me recordaba de alguna manera a mi madre, que murió cuando yo era un niño... —Morey busca algo más de comer por armarios y cajones, pero entre Serra y López se han comido hasta las migajas.

—Siento lo de tu madre. ¿Tienes alguna foto?

—No podemos portar objetos personales cuando usamos una tapadera. —Morey cambia de tema—. ¿Ponemos la mesa?

En un minuto la mesa está puesta, con una cena más que triste: una pizza y una magra ensalada compuesta de lechuga con lechuga, que Morey pone sobre la mesa con un gesto teatral. Poco a poco, se va sacudiendo de su envaramiento. Se siente feliz por volver a estar con ella. Y también sabe que ha de ganársela, y sin armas de seducción clásicas... Solo queda el humor, una asignatura que tampoco le enseñaron en el CNI.

—Puedes pedirme cualquier cosa: que me cuele en el despacho de un ministro. Que me descuelgue por la fachada de un rascacielos. Que me haga con un gramo de coca en quince minutos en cualquier ciudad de España. Que consiga el número de teléfono de cualquier chica en un bar... Pero la cocina no es lo mío.

—¿De verdad has hecho todo eso?

—Nah. La chica no me quiso dar su teléfono... —Ríe Morey.

—Eso sí que es mentira. Ya te las voy pillando... señor Bond.

—Bueno, la vida de un espía no es así en realidad. Pero nos entrenan para conseguir cosas muy difíciles. Por ejemplo, pídeme la luna. Prueba.

Fátima no puede evitar una leve, levísima sonrisa.

—Dame la luna.

Morey toma unas tijeras y recorta una luna creciente de la pizza de queso. La sonrisa se hace un poquito, solo un poquito más evidente.

—La luna en diez segundos. Venga, más. Ponme a prueba.

—Haz que llueva.

Morey enciende el horno, mete la segunda pizza aún dentro de su envoltorio de cartón y deja la puerta abierta.

—Esto va a tardar un poquito más, te aviso.

—¿Qué estás tratando de hacer?

—Cuando el cartón arda, el detector de humo se activará y los aspersores «lloverán». ¿Has traído paraguas?

—¡Vale, vale, vale! ¡Tú ganas, pero sácalo! ¡Sácalo!

Morey coge un paño y saca la pizza. La sonrisa de Fátima ya es, por fin, casi una risa. Pero entonces piensa en algo, mira al techo y su gesto desaparece.

—No hay detector de incendios. Ni aspersores.

—No. —También está más serio ahora—. Pero mi trabajo consiste en hacerte creer que sí. No es la parte que más me gusta, pero no siempre se puede elegir. ¿Me comprendes?

Fátima asiente, seria. Morey siente que tenía que hacerlo para demostrarle la importancia de saber utilizar armas y estrategias que pueden salvarle la vida al día siguiente. Pero ¿lo ha entendido ella de verdad? ¿O lo volverá a usar contra él, acusándole de ser un mentiroso y de no ser de fiar? Fátima le sostiene la mirada… Y finalmente, señala a la pizza chamuscada sobre la encimera.

—Ahora va a saber a quemado.

—Toda la comida que hago sabe a quemado. Hasta las ensaladas.

Ella no lo puede resistir. Suelta una carcajada. Pero hace lo posible por volver a quedarse seria. Esta vez, le cuesta.

* * *

En su paseo nocturno por el Príncipe, Fran pasa ahora de largo por delante de la comisaría. Una de las pocas cosas que se ha ganado con el tiempo es la de respetar esas noches de vigilia y soledad pese a que, él lo sabe bien, son también su castigo por no saber proteger a su familia. Por supuesto que no todo fue culpa suya, pero, como bien sabe, no es necesario que tengamos la culpa de algo para sentirnos culpables por ello.

Mientras Fran se aleja, recuerda bien cómo aquella noche, poco después de hablar con Ramiro, entró a la comisaría y vio a Quílez. Y ambos supieron lo que iba a pasar. En realidad todos los agentes lo supieron porque uno a uno se levantaron a su paso, conscientes de que nunca habían visto ese rostro desencajado, esas lágrimas desbordadas, esa tensión y esa rabia.

Incluso Quílez supo lo que iba a ocurrir. Sabía por qué Fran se le echó encima, por qué comenzaron a lloverle golpes sobre la cara, por qué cayó redondo y aun así Fran le lanzaba un puñetazo tras otro, aunque ya estuviese en el suelo, aunque ya sangraba, aunque no oponía resistencia alguna. Porque Quílez sabía el tiempo que llevaba mintiendo a su mejor amigo y se lo había dicho: haría lo que fuese por él, hasta dejarse matar.

Y es solo el recuerdo de Ruth por lo que Fran, con el brazo en alto, con los nudillos sangrando y el rostro de Quílez ya desfigurado, detuvo ese último golpe que hubiera acabado con todo, y lo convirtió en una mano, en un agarre, un abrazo para el que pese a todo, nunca podrá dejar de ser su amigo.

—Fran. Fran. ¿Dónde tienes el arma? ¿Dónde está tu pistola, Fran?

—La he dejado en el coche… Porque me lo hubiera cargado, Hakim… ¡Me lo hubiera cargado!

Jota, el hijo de Quílez, había sido detenido por tráfico de drogas. No era un mal muchacho, pero sus padres nunca supieron decirle que no a nada, y él aprendió a manejarles. Muchas veces le habían pillado antes por trapicheos menores, y su padre siempre había conseguido cubrirle y sacarle sin cargos. Pero esa noche, cuando Quílez volvió en sí, los dos amigos vivieron una de las conversaciones más terribles e intensas de su existencia. Fran se enteró, por fin, de que Alberto había muerto accidentalmente al pelearse con Jota. Como siempre había hecho, Quílez protegió a su hijo pagando a la familia de Alfi para que este aceptase la culpa. Al fin y al cabo era menor y en un par de años, como ocurrió, saldría limpio.

A la vista de los hechos, Fran exigió a Quílez aceptar un trato. Él no denunciaría a Jota por la muerte de Alberto, pero a cambio debería cumplir toda la condena que le cayese por tráfico de drogas. Para Quílez e Isa esto fue un golpe bestial, pues sabían que si su hijo, mayor de edad, pisaba la cárcel, les culparía a ellos. Dado su carácter, no se reinsertaría nunca. En prisión se perdería, y le perderían para siempre.

«Pero», pensaba Fran, «yo había perdido un hijo, una mujer, y poco después, Ruth se fue a vivir con los padres de Raquel. Ellos debían perder algo también. Tenían que perderlo. No podían tenerlo todo, y yo, nada. Pero solo mucho después, supe que nada de eso me devolvería lo que yo había perdido. Otra culpa que cargar...».

Desde entonces ha pasado el tiempo. Y con los años Quílez y él han vuelto a ser algo parecido a amigos. Quizá nunca puedan volver a llamarse así, pero la sensación de que se había hecho justicia, una terrible justicia que a ambos les hizo quitarse mutuamente lo que más amaban, en lugar de separarles con el rencor, les unió en una pérdida que nadie más que ellos podría comprender. No han vuelto a hablar del tema, ni han dejado que otros lo hagan. El silencio, como tantas veces ocurre en una amistad, les ha permitido empezar de cero, apreciarse, bromear, vivir como si casi todo fuese normal. Saben que nunca lo olvidarán. Pero tampoco van a recordárselo el uno al otro. Fran detiene sus pasos ante el bar Sol y Sombra.

* * *

En medio de la noche el cafetín por fin apaga sus luces. Tras hacer caja y recoger el dinero, Faruq despide con un gesto al Tripas, y se encamina hacia su cercana casa. Pero justo antes de entrar, decide probar suerte por última vez. Saca su móvil, pulsa el icono de la brújula… Y bingo: «Número localizado». Automáticamente, se abre un mapa, donde la posición del móvil queda reflejada. Faruq se vuelve hacia el Tripas, que ya casi salía de la plaza, y silba con dos dedos.

* * *

Desde su puesto en el piso superior, Carvajal observa (y graba) a Morey instruyendo a Fátima.

—Si en algún momento notas que te siguen, no debes llamarme a mí o a otro agente. Podrían tener tu teléfono pinchado, o encontrar una manera de localizarnos. Busca un teléfono público y llama a este número. —Morey lo escribe en un papel—. Memorízalo.

El móvil de Carvajal suena. Es López:

—No me dirás que justo cuando me bajo a por comida se han enrollado, ¿no?

—De verdad que eres asqueroso, tío.

—Bueno, si se han liado, luego me pones el vídeo.

—Tío, te cuelgo, porque eres un…

—Espera, espera, espera. ¡Joder! Joder, joder, joder.

—¿Qué? ¿Qué pasa? —Carvajal sabe que ahora no es broma.

—El hermano. Faruq. Está abriendo el portal. Va a subir. ¿Le neutralizo?

—No, espera. Eso nos descubriría. Quédate ahí.

Carvajal toma el móvil y llama a Morey. En una de las pantallas, ve cómo este lo coge. En la otra ve a Faruq atravesando el portal.

—Morey, tenéis que salir de ahí. Faruq está subiendo al apartamento. Subid rápido.

Morey se levanta automáticamente.

—Vamos. Tenemos que salir de aquí. Tu hermano ha venido.

—¿Qué? ¿Faruq aquí? Si me ve…

—¡Vamos!

Carvajal cambia de cámara y ve a Faruq subiendo ya en el ascensor. Abre la puerta, y se encuentra a Morey y a Fátima a punto de entrar.

—Quedaos aquí —propone ella—. Yo guardo el piso de abajo, por si se le ocurre entrar.

Carvajal baja corriendo las escaleras y justo cuando el ascensor se abre, la puerta del piso de abajo se cierra. Faruq se ha percatado, y echa a andar hacia ella. Arriba, Morey y Fátima están a oscuras, mirando ávidamente las pantallas. Morey está cien por cien concentrado en el trabajo, pero Fátima, además de asustada por la presencia de Faruq y angustiada por si la descubre, está terriblemente decepcionada al ver que de nuevo, la estaban grabando. «No puedo, no podré nunca creer nada de lo que me dice». Pero Fátima debe dejar estas sensaciones para más tarde, pues ahora mismo solo puede mirar una de las cámaras en que se ve a su hermano acercándose a la puerta del piso de abajo, y al otro lado de esa misma puerta está Carvajal… con una pistola desenfundada.

—¿No le va a hacer nada, verdad? ¿Verdad?

Morey no responde. Sabe que en caso de que Faruq llegue a entrar, intente tirar la puerta, monte un escándalo… Es posible que Carvajal tenga que disparar para salvaguardar la operación. Faruq llega a la puerta y saca una tarjeta de crédito. Intenta abrir la puerta con ella. Dentro, Carvajal amartilla el arma. Arriba, Fátima está a punto de gritar. Pero Faruq no consigue abrir. Piensa qué hacer, si debe abrirla de una patada, derribarla de un empujón, descerrajarla de alguna manera. Carvajal ha avanzado lo suficiente como para asomarse por la mirilla. Pero cuando lo hace, se sorprende de ver a Faruq haciendo exactamente lo mismo y pone el cañón de la pistola en la mirilla, presta a disparar.

—¡No! —se le escapa a Fátima, en alto. Morey le tapa la boca.

En la cámara se ve a Faruq reaccionando al grito de Fátima. Extrañado, mira hacia arriba. Lo piensa un segundo y sencillamente, marca el número de Fátima. Desde la cámara de arriba, Morey ve a Faruq consultar el móvil, y cuando le ve llevárselo a la oreja, lo entiende todo. Si escucha el tono en el piso de arriba, será su fin. Así que se lanza a por el bolso de Fátima, un bolso ancho, profundo y lleno de objetos, entre los que encontrar un pequeño móvil es casi imposible… Excepto cuando se ilumina una décima de segundo antes de sonar. Y justo entonces Morey lo silencia. Se sienta en el suelo, jadeando. Por poco se va todo al traste. En el pasillo, Faruq baja de nuevo a la calle, decepcionado. Solo entonces se atreven a respirar. Morey toma su propio móvil y marca el número de Carvajal. En la pantalla, ella responde sin dejar de apuntar a la puerta.

—Ha pasado el peligro. Se ha ido. Llama a López y mantened posiciones un rato por si vuelve.

Morey respira por fin, sentado en el suelo, en la oscuridad. Fátima se sienta en la silla de López y observa el despliegue tecnológico de la habitación.

—¿Cómo sabía Faruq que estabas aquí? —pregunta él.

—No lo sé. De verdad que no lo sé.

Morey, aún con el teléfono de Fátima en la mano, se incorpora y lo conecta a uno de los ordenadores. Un terminal de código se abre. Morey teclea unos cuantos comandos y la pantalla muestra los procesos abiertos en el móvil.

—Irónico. Tu propio hermano te espía. —Morey señala una de las líneas de código.

—¿De qué hablas?

—Ha debido instalarte un programa de localización. Es algo muy sencillo, una aplicación muy burda. Lo puede hacer cualquiera, con un tutorial bajado de Internet. Es muy fácil de localizar así. Pero nunca te hubieses dado cuenta.

—Lo peor no es eso, Javier. —Aún en la oscuridad, Morey nota cómo Fátima se ha tensado. Está muy nerviosa—. Sabe que estaba aquí… Se lo va a decir a mis padres, a Khaled… Me voy. Me tengo que ir. Tengo que hablar con él, convencerle de que…

—No, no puedes irte. Si te ves con él, quizá mañana no puedas ir a la reunión. No podemos correr ese riesgo, lo siento.

Fátima se derrumba. Se sienta en el suelo, iluminada solo por las pantallas de vigilancia.

—No sabes lo que me estás pidiendo. Puedo perderlo todo. Familia, vida… prometido.

—Lo sé. Y lo que te pido es que confíes en mí. Y en lo que puedo darte.

—No puedo confiar en ti, está claro. —Fátima señala a las cámaras—. Dices una cosa, y haces otra. Todo esto me cansa. Ni siquiera podemos hablar tranquilos.

—Aquí sí. Las cámaras, los micros, están abajo. Ya nadie nos vigila. Podemos hablar por fin.

Morey apaga los monitores y baja la persiana. Vuelve y se sienta junto a ella en el suelo.

—Y ahora, por fin, sin más testigos más que tú y yo, puedo decírtelo: te quiero, Fátima.

Ella se queda en silencio.

—Es verdad, siempre lo será y tendré que vivir con ello. Sí, cuando llegué a Ceuta pensé en utilizarte para mi misión. Pero gracias a eso te conocí mejor y todo cambió para mí. Empecé a buscarte, a verte por cualquier excusa, porque necesitaba estar contigo. Esta misión no tenía que haber sido así. Todo tenía que haber sido más fácil. Más limpio. Y que no te afectara. Para poder ofrecerte algo después. Un futuro.

—¿Un futuro? ¿Conmigo?

Morey piensa lo que va a decir y cómo lo va a decir. Pero decide que esta vez, ni siquiera debe darle forma a sus pensamientos, por si se convierten de nuevo en una especie de mentira. Debe decir solo lo que le nace, sin pensar, sin reflexionar, solo sentir.

—Sí. Iba a ofrecerte una vida después. Una vida nueva. Lejos de aquí.

—¿Ibas… a dejar el CNI?

—Era solo un sueño. Empezar de cero. Lejos de aquí. Darte otra vida, otro mundo. Juntos.

—¿Cómo voy a creerme eso… a estas alturas?

—Tienes derecho a no creerlo. Pero olvídate de todo lo malo que hemos vivido. Vuelve al principio, a cuando nos conocimos. ¿Qué te dice tu intuición? ¿Te miento o no?

Fátima no sabe qué decir. Es demasiado arriesgado creerle.

—Te digo la verdad. Y nunca he dicho una verdad tan pura. Yo estaba dispuesto a dejarlo todo y huir. No sería el primer agente que lo hiciera. ¿Sabes adónde huiría, si tú quieres, contigo? A Noruega. Es una tierra fascinante. Desde niño, me tiene enamorado. ¿Has visto la nieve alguna vez? ¿Tanta nieve junta?

—No me lo creo. Es… demasiado extraño. Suena como un cuento. Un cuento muy bonito. Pero ¿Noruega? ¿Conmigo?

—Era una fantasía, Fátima. Podría ser Noruega, podría ser cualquier otro país del mundo. Da igual. Lo que importa es que fuese contigo.

Fátima lo piensa un momento. Es un bonito cuento, sí. Una bella fantasía. Y se pregunta: ¿Qué diferencia hay entre una mentira y una fantasía? Que ninguna existe de verdad, pero una nunca existirá… Y la otra tiene una oportunidad de cumplirse. Para sorpresa de Morey, ella pregunta:

—¿Cómo sería nuestra vida allí? En tu fantasía.

—A ti te imaginaba haciendo lo mismo que aquí. Trabajando con niños, dando clases de árabe o español. Yo… buscaría un trabajo en el que no tuviera que engañar a nadie nunca más, y ayudase a la gente. Seguramente como consultor de seguridad. ¿Sabes que hasta había empezado a mirar casas?

—¿Por qué no me habías contado nada de esto?

—Me moría por decírtelo. Pero tenía que hacerlo en un momento en que supieras por fin que no tengo ninguna razón para mentir.

—Háblame más de ese país.

—Tienen días largos y noches eternas. Como esta.

—Si son como esta, no estoy segura de que me gustaran.

—Pero tienen otras cosas. —Morey se levanta y busca algo en Internet. Conecta un proyector al ordenador… Y en el techo, empieza a proyectarse una aurora boreal. Vuelve a sentarse junto a ella, y la observa mirar, asombrada, el fenómeno—. Tienen auroras boreales…

Fátima confía que en la oscuridad del cuarto, Morey no vea que, a su pesar, se ha emocionado.

—Así que auroras boreales…

* * *

No es la primera vez que, casi antes del amanecer, Fran llama a la puerta trasera del Sol y Sombra. Y como otras veces, sin importar la hora que sea, la paciente, la comprensiva, la sonriente Marina le abre.

—Lo siento, agente, pero está cerrado.

—Vaya, hombre. Es que, claro, qué horas… Y si en vez de al bar, quiero pasar al piso de arriba, ¿se puede?

—Pues eso depende de si trae una orden de registro, agente.

—¿Para registrar qué, Marina?

—Pues qué va a ser, agente. Este cuerpo serrano.

Fran, por fin, suelta una carcajada, la primera en mucho, muchísimo tiempo. Marina y él no pueden aguantarse más la risa, una risa necesitada como el aire que respiran. Y mientras ambos aún ríen, apoyados el uno en el otro, Fran piensa de nuevo en cómo esa mujer puede saber siempre lo que necesita, en cómo es capaz de aguantar sus arranques, sus tristezas y las inseguridades que solo a ella muestra. En cómo él mismo había aceptado que lo que le quedara de vida iba a estar solo, iba a cargar con su cruz, con su culpa y con su tristeza, y cómo había olvidado lo que es reír, ilusionarse y amar, hasta que Marina apareció en su vida. Ella le coge de las solapas de la chupa de cuero y tira de él hacia dentro del bar.

Un intenso rato después, Marina descansa la cabeza sobre el pecho desnudo de Fran y le escucha hablar. Le deja desahogarse, mostrar ese lado suyo que a nadie más muestra. Marina piensa en todos los hombres que ha conocido, en lo mal que la han tratado cuando ella solo tenía amor para dar, en las veces que se ha sentido fracasada y desgraciada porque ningún hombre ha sabido abrirse como él, en sus matrimonios, relaciones, amores fallidos, en las veces que ha huido de todo para empezar de cero lo más lejos posible. Y en cómo precisamente en el lugar más lejano de todos a los que huyó, fue en Ceuta, tras montar su pequeño bar y decidir que estaría sola para siempre, cuando encontró a Fran.

—Es… —prosigue él— como si todos los días se derrumbase un castillo de arena, todos los días lo pusiese en pie de nuevo, y al día siguiente estuviese de nuevo convertido en un montón de tierra. Estoy cansado. No puedo más, no quiero más.

—Eso te lo he oído decir muchas veces. No es verdad.

—Esta vez sí.

—Vale. ¿Y por qué no te has ido de Ceuta? No digo ahora. Hace años, cuando lo de Alberto.

Fran quiere contestar. Pero no encuentra la respuesta. No en vano, lleva años paseando de noche, insomne, buscándola por las calles del Príncipe. Marina se incorpora en la cama y Fran se apoya en su pecho, dejando que ella le acaricie el pelo. Cómo le llena que Fran pueda mostrar esa humanidad, esa vulnerabilidad, esa ternura que solo ella conoce. En ese momento Marina es absolutamente feliz. Y como tiene la respuesta, responde por él y para él.

—Porque tienes que reconstruirlo, una y otra vez. Porque cada vez es diferente. Porque cada día lo haces crecer más alto, más fuerte, más hermoso. Tú no eres de los que dejas que los demás se ocupen de las cosas, Fran. —Ella le pone un dedo en el pecho y sonríe—. Si empiezas algo, lo acabas.

Marina le besa la frente. Se levanta, satisfecha, se pone una bata y camina hacia el baño. Él repasa mentalmente lo que ella le acaba de decir. Y sabe que tiene razón, toda la razón. Que para bien o para mal, él seguirá tratando día a día de levantar ese castillo de arena que se llama vida, familia, trabajo, pareja, y a diferencia de tantos otros hombres que ceden a la tentación de rendirse, él continuará levantándolo hasta que muera. Porque necesita sentirse orgulloso de sí mismo, y que Marina se sienta orgullosa de él. Cuando ella sale del baño, él ya se está vistiendo. Marina esconde un leve gesto de pena con uno de orgullo: le ha vuelto a poner en pie.

—Ahora te entran las prisas, ¿eh? —Ella bromea, pero él casi ni la escucha. Ya está centrado, pensando, planificando, resolviendo. Marina sonríe: ese es el hombre que ama, y adora reconstruirle como ese castillo del que él habla. Y ella será feliz mientras pueda hacerlo.

—Tengo mucho que hacer, Marina. —Fran se abrocha la cartuchera—. No voy a parar hasta enterarme de qué coño está pasando en mi comisaría. ¡Y aplícate el cuento, mujer! ¿Qué es eso de que venga yo y te levante a cualquier hora? ¿Cómo me dejas hacerlo? ¿Te parece bonito?

Marina deja caer la bata, y le deja ver de nuevo su cuerpo desnudo, que es como su sonrisa: madura, atractiva, segura. Y vuelve a reír.

—Cuestión de prioridades. Agente...

* * *

Poco después, el amanecer ilumina el piso donde Fátima duerme en un sofá, mientras Morey vela su sueño. La puerta se abre y entra López:

—Vamos a salir y ya hay un problema. Faruq nos ha dejado a su lugarteniente apostado en la puerta vigilando.

—Tienes que facilitarnos la salida. Ya sabes cómo va esto. ¿Borracho, marido despechado o conspiranoico?

—Joder, Morey, que me han quitado los puntos de la última hace dos semanas... En fin... —López resopla y sale. Mientras Fátima va despertando, Morey coge su móvil y llama a Fran.

—Buenos días, Fran. ¿No le despierto?

—Noche de insomnio.

—Fran... Necesito que hagas algo por mí. A las nueve hemos convocado una reunión en el Centro Cívico para hacernos con el teléfono de Omar. No puedo explicártelo ahora, pero la maniobra la va a realizar Fátima. Nosotros confiamos en ella. Necesito que asistas en calidad de asesor policial por si surgen complicaciones. ¿Podrás hacerlo?

—¿Es una orden?

—No. Te estoy pidiendo un favor, Fran.

En su despacho, Fran sonríe. Por fin «alguien» empieza a cambiar.

—Entonces… cuenta conmigo, Javier.

—Gracias. Un último detalle. Necesito que mandes una patrulla a mi casa para intervenir en una pelea en la que participa el lugarteniente de Faruq.

—¿Se están peleando a la puerta de tu casa?

—Todavía no. Pero va a empezar pronto.

Morey mira por la ventana y ve a López salir del portal y gritarle al Tripas:

—¡Ven aquí, cabronazo, que te voy a partir la cara! ¿No puedes ni esperar a que me vaya a currar y ya estás aquí para follarte a mi mujer?

* * *

En casa de los Ben Barek, Faruq está sentado en el sofá, aún vestido, viendo cómo amanece fuera. No ha dormido. Su móvil suena, y lo coge inmediatamente.

—¿Qué? ¿El Tripas, detenido? ¿Cuándo?

Faruq escucha, asiente y cuelga. Se la han vuelto a jugar. Pero esto ahora es entre ella y él.

—Faruq, ¿ha pasado algo? ¿Qué haces aquí? ¿No ha vuelto Fátima? —pregunta Aisha, recién levantada.

—No, tranquila. —Faruq reflexiona un momento—. He hablado con ella. Está en el hospital, con un alumno que ha tenido un accidente.

—Menos mal, hijo, me quedo más tranquila. Mira que se desvive por los chicos, pero a ver si se acuerda de que la esperamos en casa…

—Tranquila, mamá. Fátima está bien. No tienes que preocuparte tanto.

—¿Y no me lo podías haber dicho antes?

—No quería despertarte.

Aisha le pasa la mano por los hombros.

—Gracias, hijo. Duermo mejor sabiendo que nos cuidas.

* * *

Fátima camina hacia el Centro Cívico, temblando por dentro, pero tratando de mantener la tranquilidad por fuera. Se sobresalta cuando suena un mensaje en su móvil. Es de Morey: «*Confío en ti*». Fátima mira hacia el coche desde donde él vigila. Sintiéndose arropada, entra con otro ánimo en el centro. Camina por sus pasillos, buscando a Omar con la mirada, hasta que llega a la biblioteca, donde ya están esperando Carvajal y Pilar.

—Pasa, Fátima. Bueno, bueno, Ángeles —Pilar le alarga un café a Carvajal—, no sabes qué sorpresa tenerte aquí, porque pensábamos que ni habíais mirado el proyecto. Nuestro centro es tan pequeño…

—Para nosotros, peticiones tan interesantes son una prioridad.

Fran aparece por la puerta y a Pilar se le congela la expresión. Lo último que necesita es que algún niño cree un problema con la policía precisamente ese día.

—¿Algún problema, inspector?

Carvajal se adelanta con la mano extendida:

—Usted debe ser el inspector Peyón. Bienvenido. —Carvajal se vuelve hacia Pilar—. Algunos de mis retoques a su plan incluyen un plan de prevención de delincuencia para el barrio. Por eso, el inspector ha sido tan amable de aceptar mi oferta para venir.

—Todo con tal de que estos pillos nos den menos trabajo. —Fran sonríe, en su papel, y ellas ríen de buena gana.

—Solo falta Omar. ¿Sabéis si viene al final?

—Pues si ha recibido el mail de la convocatoria tan tarde como yo, lo mismo ni viene —comenta Pilar—. ¿Empezamos sin él?

—No, quiero que estén todos —confirma Carvajal—. Eso sí, necesitaré un proyector.

—Inspector, ¿me ayuda a bajarlo? —le pide Pilar—. ¡Hombre, Omar, por fin apareces!

—Traigo... el desayuno... aquí..., perdón... por el retraso. —Omar llega por el pasillo, jadeante.

—Anda, pasa, que siempre llegas tarde.

Todos entran a la biblioteca del centro. A la entrada hay un perchero junto a una silla. Al fondo, la sala está preparada para la reunión.

—Os presento oficialmente: esta es Ángeles Pardo, la delegada encargada de evaluar nuestro proyecto educativo para el centro y el barrio.

—Encantada, mucho gusto —Carvajal está perfecta en su papel—. Antes de que se sienten, como estoy mal acostumbrada por las normas del Parlamento Europeo, les pido que silencien su teléfono.

Todos lo hacen. Pero Fátima se fija que Omar no silencia el suyo, y lo guarda en el bolsillo de la chaqueta. Después se lo piensa un momento pero, acalorado, se la quita y la cuelga del perchero. Fátima aprovecha para dejar su bolso al lado, sobre una silla.

Todos se sientan alrededor de la mesa, y Carvajal proyecta algunas diapositivas para atraer su atención.

—Vamos a comenzar analizando algunos datos del proyecto presentado. Me ha llamado la atención el incremento en los últimos años de la tasa de escolaridad, especialmente en las edades más tempranas.

—Sí, eso sobre el papel —Pilar interviene— pero que estén matriculados no quiere decir que vayan a clase, que estudien o aprueben una sola asignatura.

—Somos conscientes de ello, no obstante, les felicito por los buenos números.

Fátima se levanta discretamente, y dice en voz baja:

—Perdón, tengo que salir, me he olvidado unos papeles…

—Si no les importa, voy a seguir mientras Fátima vuelve. Así no se alarga la reunión.

Todos asienten y prosiguen la explicación. Fátima se acerca a su bolso, comprueba que ninguno la mira y hurga en la chaqueta de Omar. Fran vigila los movimientos de ambos. Cuando nota que Omar va a volverse hacia Fátima, Fran llama su atención y le pide que se incline para hablar en voz baja.

—¿Estos datos son reales o los habéis maquillado? —pregunta Fran, con un guiño.

—Cachondo. ¿Tú qué crees? —Omar le devuelve el guiño.

Tras ellos, Fátima hurta el móvil de Omar y sale.

Fátima cruza el pasillo y entra corriendo al baño de chicas. Allí, saca los dos móviles, temblorosa. Su entrenamiento se muestra útil, y con movimientos automáticos, rápidamente busca el archivo en su móvil y lo envía al de Omar. Inmediatamente, el teléfono de Omar suena, y Fátima se sobresalta, aterrorizada. Se le había olvidado silenciarlo… Pero por suerte, está demasiado lejos como para que lo haya oído. «Es un aviso», piensa. «No puedo cometer otro error». Ahora viene el siguiente paso: el localizador.

* * *

Dentro de la habitación, Carvajal se esfuerza por hablar lo más despacio posible para que le dure la charla. Omar amaga un bostezo y Pilar se lo recrimina con la mirada. Se inclina hacia ella.

—Esto ya me lo sé. Voy a escaquearme a echar un piti. —Omar se levanta discretamente, pero Carvajal le interpela:

—¿Ya nos deja? ¿Tanto le aburro?

—No, bueno, iba... Al baño. ¿Tendría que haber hecho como los niños y levantar la mano para pedir permiso?

Carvajal considera la situación. No puede forzar que se quede. Sonríe y le invita a salir.

—Adelante. No tarde, por favor.

Fran se levanta también y va detrás de él.

—Voy yo también, y así no la interrumpo después.

Fran ve cómo Omar va a coger su chaqueta, pero con un guiño se interpone y le abre la puerta para salir primero. Omar va a decirle algo, pero acepta su invitación y sale sin chaqueta.

—¡Qué coñazo! —suelta al salir.

Desde dentro del baño Fátima escucha su voz, y del sobresalto casi se le cae el localizador. Se sitúa tras la puerta para escuchar.

—¿Para esto nos ha convocado a primera hora? ¿Para leernos el proyecto? Y encima me he dejado el móvil y el tabaco. A ver qué excusa le pongo...

Dentro del baño Fátima se tapa la boca. Pero entonces oye la voz de Fran.

—Coge, anda. —Fran le ofrece un paquete que se saca del bolsillo.

—Pero bueno, no sabía que fumaras.

—A escondidas. Como los niños de tu centro. ¿Sabes que un policía lleva siempre tabaco encima, aunque no fume? No sabes de la de marrones que te puede sacar ofrecerle un pitillo a alguien en un momento crítico. Vamos fuera, anda, que como te lo enciendas aquí, te multo.

Fátima les oye alejarse por el pasillo y atina a pegar el localizador.

Muy lejos de allí, López, con tiritas en la cara y un ojo que se hincha por momentos, comprueba su ordenador, hablando consigo mismo.

—Teléfono clonado… Y localizador activado. ¡Buf! Si me llego a comer tantas hostias para nada…

Fátima le pone la tapa, y sale del baño sin mirar, por lo que tropieza con unos alumnos. El corazón se le angustia al ver que el móvil cae al suelo. Fátima lo recoge y observa que la pantalla tiene una grieta en una de las esquinas. Se le acelera el corazón hasta estar cerca de la crisis de ansiedad.

—Mierda, mierda, mierda…

—Vaya, tú por aquí.

Fátima se vuelve, segura de que Omar la ha pillado. Pero no es Omar.

—¡Faruq! ¿Qué haces aquí?

—He estado en el hospital, pero allí nadie te ha visto. ¿Dónde has pasado la noche?

—Faruq, por favor, ahora no puedo hablar. Tengo que volver a…

—Espera, espera, no tanta prisa. ¿Te crees que soy imbécil?

—¿De qué me hablas? Tengo que volver a la reunión.

—No soy gilipollas. Sé que estabas con el poli.

—¿Y cómo podrías saber eso, eh? —Fátima le mira a los ojos—. ¿Acaso me controlas… a distancia?

Faruq se extraña. ¿Sabe ella algo de…? Pero no, es imposible. Fátima aprovecha su perplejidad para tratar de entrar en la biblioteca. Pero Faruq la sujeta.

—¡Déjame, hombre, que tengo que irme!

—No hasta que admitas que has pasado la noche con el policía.

—Es verdad —dice una voz grave.

Faruq se vuelve y se encuentra de frente con Fran, que continúa en un tono imperturbable:

—Un alumno se había metido en una pelea y salió malherido. Fátima quiso acompañarle al hospital y les he acompañado toda la noche.

Faruq aprieta la mandíbula, porque sabe perfectamente que los dos mienten. Fátima aprovecha para escabullirse dentro, entrando a la vez que Omar, que no quiere problemas, y menos, con Faruq. Dentro de la biblioteca, Carvajal pone su mejor cara de impaciencia, mientras que a Pilar, la suya de cabreo le sale bastante natural.

—Vaya, por fin. Hacedme el favor de sentaros de una vez.

Omar se sienta en su sitio. Detrás de él, Fátima saca su móvil del bolso, y lo mira, temblorosa, sin saber qué hacer. Se decide, y tira fuerte de la chaqueta de Omar. Un chasquido les hace volverse a todos.

—¡Ay, qué torpe!

Fátima recoge la chaqueta y el móvil de Omar del suelo.

—Esto se debe haber caído de la chaqueta, ¿no, Omar? Lo siento, espero que no se haya roto…

Omar toma su móvil y lo examina. En ese momento la pantalla se ilumina.

—No, parece que funciona. Si ya os tengo dicho que este móvil es indestructible, no como los vuestros, que se rompen con mirarlos. En fin, disculpe, esta llamada tengo que cogerla.

—Así no acabamos ni para Ramadán —exclama Pilar.

Ya en el pasillo, Omar busca un rincón discreto y habla en árabe.

—*Puedo hablar. Dime.*

—*Llego a Ceuta mañana. ¿Está el chico listo?*

—*Lo estará.*

Omar cuelga. En casa de Morey, López se levanta y exultante, lanza un puño al cielo.

—¡Joder, sí! —Inmediatamente, llama a Morey, que responde aún dentro del coche—. Todo ha salido perfecto. Viene un pez gordo a Ceuta. Le ha pedido que tenga preparado al chico.

—¿Se referirá a Driss?

—Seguramente. No conozco al llamador. He mandado la grabación a la Casa, a ver si pueden identificar la voz.

—Perfecto. Buen trabajo a todos. Cuelgo.

Morey observa a Fátima salir del Centro Cívico, exultante. Ella mira alrededor, nadie la observa. Entra al coche, donde él la espera con una sonrisa de orgullo.

—¡Enhorabuena!

—¡Lo he conseguido! ¡No me lo puedo creer!

Fátima se calla, se muerde el labio inferior en ese gesto que a él le vuelve loco.

—¿Qué? ¿En qué piensas? —pregunta Morey.

—No te lo vas a creer.

—¿El qué? —Él no puede evitar sonreír. Ya casi son los de antes—. Venga, dilo.

—Que nunca he visto la nieve.

Morey sonríe del todo.

—Es blanca, brillante y si la tienes mucho tiempo en la mano… Quema.

Ambos se besan. Esta vez ninguno se lo ha robado al otro. Ha sido mutuo. Se besan otra vez. Y otra. Y cada vez que lo hacen, a Faruq, que les mira no lejos de allí, le arde la sangre.

10

EL ELEGIDO

La mujer que no se respeta a sí misma no será respetada por los demás. La mujer que no porta el velo sobre el pecho, la que no camina con la cabeza gacha, dice a todos que busca pecar. El pecado destruirá a esa mujer y a los que la rodean. ¿Es que no veis que hombres y mujeres no se mezclan en la mezquita? Si no se mezclan en el más sacro de los lugares, ¿por qué tienen que mezclarse en escuelas o lugares de trabajo? Lo dice el Corán: no salgáis de casa y no hallaréis el mal. Y lo dice a las mujeres. A las que se perfuman, se maquillan y se ponen tacones: esas solo buscan fornicar. Hijos y hermanos: nunca, nunca les permitáis que abran la puerta al pecado, pues basta con abrirla una vez, y la condenación será ya eterna.

—Padre, ¿puedes bajar la televisión?

Fátima se vuelve hacia su padre, en el salón de los Ben Barek. Es cierto que la televisión está un poco alta, pero lleva así toda la sobremesa y a nadie parece haberle importado. Es posible, pues, que sea el encendido tono del predicador, el énfasis de sus amplios gestos o la solemnidad con la que emite su mensaje. Pero también, no puede ser de otra manera, Fátima se siente ofendida como mujer, como musulmana y como ser humano, por sus palabras.

—¿Mejor aún, no te importaría cambiar de canal? Al menos, mientras hacemos esto.

—No, padre. No cambies de canal. Creo que lo que dice es muy interesante.

Fátima, extrañada, se gira de nuevo, y se encuentra la mirada desafiante, dura y directa de su hermano Faruq, que obviamente, busca pelea. Pero por el momento no la va a encontrar, se dice. De manera que vuelve su atención a los modelos de invitación de boda que Leila y Aisha han puesto sobre la mesa.

—Que no, chicas, que no me gusta ninguna —remata Fátima.

—Pero ¡si son preciosas! —tercia Nayat.

—Esta se parece a la que Faruq y yo elegimos para nuestra boda, y a todo el mundo le encantó.

—Insisto en que lo que dice este hombre me parece muy interesante —repite Faruq—, y creo que deberías escucharlo, Fátima.

—Ese hombre es un fanático. —Irritada, ella se vuelve hacia su hermano.

—Un respeto, hija —tercia Hassan—. Ese hombre es Fouad Al Ghaled. Un hombre sabio.

Fátima piensa a tiempo que es mejor no discutir. Así que recoge algunos de los platos restantes y sale para la cocina. Pero cuando va a volver, se encuentra de frente con Faruq. Fátima va a esquivarle, pero este la detiene.

—¿Has elegido ya?

—No. Esas invitaciones son un horror.

—No me refiero a las invitaciones.

Fátima nota algo en el rostro de su hermano. De nuevo esa expresión irónica.

—¿De qué me hablas, Faruq?

—Como si no lo supieses. Estuviste en su apartamento por la noche. Y te vi besarle en su coche, delante de todo el mundo. No tienes vergüenza.

Fátima oculta la vista y va a pasar por el otro lado. Pero Faruq se mueve a tiempo.

—Deja de meterte en mi vida, ¿me oyes?

—Deja de pensar que es solo tu vida. Si sigues así, nos vas a buscar la ruina a todos. Tu futuro marido es Khaled. Díselo a tu amigo policía. O se lo diré yo.

Faruq se retira por fin y le da la espalda. Fátima permanece de pie en el pasillo, respirando y tratando de asimilar lo que significa la intromisión de su hermano para su relación. De fondo Fouad Al Ghaled sigue perorando sobre la virtud de la mujer...

* * *

En el Sol y Sombra, las conversaciones de sobremesa han ido perdiendo intensidad poco a poco según las palabras del clérigo se solapaban a las risas, anécdotas y voces de mus. Todo el bar se ha girado hacia la televisión para escuchar el sermón, provocando en todos los casos incredulidad, pasmo o jocosidad.

—*A las que se perfuman, se maquillan y se ponen tacones: esas solo buscan fornicar.*

—¿Qué sabrá este de mujeres? —Por fin alguien rompe el silencio. Es Mati, indignada y cruzada de brazos.

—O de fornicar —remata Hakim.

Lo cual provoca la inmediata hilaridad de todo el bar, con lo que cada uno de los parroquianos vuelve alegremente a sus cafés, copas y cartas.

—Buenas —saluda Fran al entrar en el bar.

—*El vídeo fue subido a la Red* —continúa la presentadora televisiva— *al acabar el sermón que ayer pronunció en Ceuta el imán Fouad Al Ghaled, de posiciones integristas y al que persigue la polémica en todas sus visitas a la ciudad.*

—Vaya un psicópata —dice Fran, pidiéndole un café a Marina con un gesto.

—En Marruecos tiene hasta prohibido hablar en público —Hakim asiente— y aquí sale en la tele.

—Pero ¿quién hará caso de esas barbaridades? —pregunta Marina, manchando de leche el café. Es Mati, aún enfadada, quien tiene la respuesta.

—Pues hombres. ¿A quién le interesan esas burradas? A los tíos.

—Con pancartas están en la puerta del hotel. A ver si no la lían, que lo mismo nos toca ir y no tengo ganas —desea, esperanzado, Hakim. Pero Mati sigue dándole vueltas.

—Fran, ¿no es ilegal decir eso? Porque si es legal, es vergonzoso. Le afeitaba la barba al ras, pero con un cuchillo de cocina.

Todos ríen la gracia, pero el sermón continúa y poco a poco, todos vuelven a la seriedad. Es Hakim quien tiene una última reflexión.

—Por gentuza como este, luego la gente se cree que todos los musulmanes somos así...

* * *

En su despacho, Morey escucha también las palabras de Fouad, al que se conoce como cercano a posiciones yihadistas, considerando si puede tener alguna relación con su misión. En su ordenador, suena un aviso de llamada. Es Carvajal.

—¿A que no sabes con quién acaba de hablar Omar?

Por toda respuesta, Carvajal pincha la conversación, en la que se alternan, en árabe, las voces de Omar y de Fouad.

—*Salamo Aleikum, hermano* —comienza Fouad.

—*Aleikum Salam, sheikh. Estoy viendo en televisión tu sermón de anoche.*

—*Bueno. ¿Está preparado?*

—*Sí. Esta tarde le conocerás.*

—*Al-Hamdouli-lah.* Hasta luego —concluye Fouad, en español. Un pitido de corte de llamada.

—Parece que Omar va a presentarle a alguien —resume Carvajal—. Fouad está deseando conocerle.

—¿Tenemos controlado a Omar? ¿El localizador funciona bien?

—Sigue en el Centro Cívico.

* * *

En el Centro Cívico, Fátima va a entrar en clase, cuando ve a Omar hablando con Driss. Hay algo extraño en ellos que choca a Fátima, pero no puede identificar claramente qué. Omar y Driss charlan amigablemente, como un profesor y un alumno cualquiera, sonrientes, y hasta cierto punto, distantes. Fátima se acerca a ellos.

—Te envidio —le dice Omar a Driss— porque vas a entrar en el paraíso antes que ninguno de nosotros.

—¿Te ha hablado de mí el *sheikh* Fouad?

—Está deseando conocerte. Ya verás qué hombre tan interesante.

—Pero ¿yo qué le tengo que decir?

Driss calla súbitamente cuando nota que Fátima llega a su lado. Pero Omar no ha cambiado su gesto. Tiene la misma sonrisa beatífica de siempre.

—¿Comes con nosotros? Driss se está portando muy bien en Calamocarro, así que se ha ganado una hamburguesa.

—No puedo, pero me encantaría. —Fátima se dirige a Driss, tratando de descubrir qué es eso nuevo, diferente, que nota en él—. ¿Qué tal te tratan allí? ¿Estás contento?

Driss no levanta la mirada. Al contrario, baja los ojos hacia el suelo, y tan solo asiente.

—Bueno, Fátima, nosotros nos vamos, que se nos hace tarde.

Y ella todavía se queda unos segundos mirándoles alejarse por el pasillo, la mano de Omar en el hombro de Driss. Y entonces se da cuenta. Driss vestía con pantalón vaquero y una limpia camisa de algodón. Es la primera vez que le ve sin llevar una camiseta del Barça.

* * *

Fran cruza la comisaría a grandes pasos para como cada mañana, comenzar recibiendo instrucciones de Morey.

—No hay que ser muy listo para saber que me vas a hablar de este tal Fouad —comienza Fran, utilizando el prometido tuteo—. ¿Qué sabéis o sabemos de él?

—Lo suficiente para sospechar que está aquí para crear problemas. Es un clérigo radical que llegó a ser encarcelado en Marruecos por criticar al rey Mohammed. Huyó a Bélgica y predica desde allí. Es un integrista que podemos considerar muy peligroso, y tiene muchos seguidores. Por eso, necesitamos que te conviertas en su sombra.

—Espera, espera. ¿No tenéis a otro que le vigile? ¿Por qué me toca a mí?

—Por supuesto que le estamos vigilando. Pero necesitamos que se dé cuenta de que la policía está encima de él, para que se centre en vosotros. Te animo abiertamente a que le incordies, a ver si se pone nervioso y se descubre con alguna tontería.

Fran asiente, no contento, pero sí suficientemente satisfecho con la explicación.

—¿Puedo retirarme ya? Tengo trabajo.

—No, una cosa más. Lo de tutearnos… Si no te importa, vamos a dejar de hacerlo. —Fran parpadea, extrañado. Morey se sienta en su silla y vuelve a su ordenador. Aún se explica un poco más—: No es bueno para nuestra tapadera.

—Como guste usted. Jefe.

Fran sale del despacho, y va a cerrar con un portazo, pero se contiene. Este hombre, sus idas y venidas de carácter, su secretismo, su autoridad… Le tienen ya un poco harto. Si tan solo se diese cuenta de que el compañerismo y la amistad son la mejor manera de sacar algo de él. Fran levanta la vista y observa que la mesa de Quílez está vacía.

—Hakim, y ¿Quílez?

—Ha salido. Decía que a ver a Aníbal. Parece que han robado en su almacén o algo así.

Fran hace un gesto a Mati para que también se acerque y ordena:

—Quiero dos patrullas las veinticuatro horas en la puerta del hotel del Fouad ese. Empiezas tú, Hakim, y luego le relevas tú, Mati.

—Dale recuerdos de parte de una mujer pecadora orgullosa de serlo, y le dices que si está de ese humor es porque es un mal… fornicado.

Hakim se ríe con ganas, y Fran se lo piensa.

—¿Sabes qué? Id los dos juntos. Y si te apetece decírselo tú misma, tienes mi permiso.

* * *

—Más vale que sea importante —escucha Carvajal en su auricular. Y como un acto reflejo, ella asiente, aunque él no puede verle. Carvajal está sentada en el asiento del piloto de un coche aparcado en algún lugar de un camino de tierra entre el Príncipe y el Tarajal.

—Estábamos siguiendo a Omar por la carretera del Embalse. Se ha parado en una vieja casa a unos quinientos metros. Es terreno despejado, no podemos acercarnos más.

Carvajal espía por la ventana. Unos metros más allá, López, cuerpo a tierra, observa la casa.

—Aguantad ahí un rato, a ver si ocurre algo.

—Afirmativo, pero hay una cosa más que hemos descubierto al entrar en su listado de llamadas. Todos los días, a la misma hora, Omar hace una llamada perdida. Todos los días, desde hace meses.

—Un código. Abrevia y dime adónde llama.

—No te lo vas a creer. A la comisaría.

Morey se queda perplejo. El movimiento tiene toda la lógica, y conecta sus dos pistas principales. Se están acercando al topo.

—Ese teléfono. ¿Está siempre en comisaría?

—Siempre. Parece que el destinatario no siempre. A veces no lo coge. Debe comprobar que le han llamado, y eso será suficiente. ¿Alguna idea de quién puede ser? —pregunta Carvajal.

—Así, de primeras… No. ¿A qué hora son esas llamadas?

—Siempre a las cinco. Queda… una hora y veintitrés minutos.

* * *

Aisha pasea por la casa canturreando, comprueba que no hay una mota de polvo, nada fuera de su sitio. Todo está perfumado, ventilado, aspirado, fregado, pulido, abrillantado… Pues Khaled les visitará de nuevo pronto y como siempre todo ha de ser perfecto. Aisha recuerda que debe preguntar a Leila si ha terminado de planchar lo que le encargó y se dispone a llamar a la puerta de su dormitorio, cuando escucha algo que le hace detenerse.

—¿Estás realmente seguro de que era Fátima?

—Ni que estuviera ciego. Estaban los dos dentro del coche. Mi hermana y el madero. Besándose a la luz del día.

—Faruq, me dejas de piedra… Pero ¿y Khaled? Si no falta nada para la boda.

—No sé. No sé qué pensar. No entiendo cómo no ve lo importante que es esa boda para toda la familia. Si a mí me llevaran preso, o algo peor…

—Faruq, por favor, no digas esas cosas.

—Siempre te he dicho que hay que estar preparados. Pero si yo falto, ¿qué va a ser de vosotros? Nayat es una niña, y los padres son ya mayores. Necesitamos esta boda. Y no voy a dejar que Fátima estropee esta oportunidad de darnos seguridad para siempre.

La voz de Hassan, que llega a casa, sobresalta a Aisha, quien baja a su encuentro.

* * *

—Parece que usted gana. Jefe.

Fran está sentado en el despacho de Morey, mientras este permanece de pie. Fran trata de sonar exageradamente respetuoso, pero su pose en la silla, reclinado y con las manos tras la cabeza, confirma su habitual desdén por las formas. Fran prosigue:

—Si eso de la llamada está comprobado… Tengo que darle la razón. Alguien de esta comisaría trabaja para Omar.

—No anda usted muy sobrado de fe, Fran. Eso es precisamente por lo que yo vine a trabajar a esta comisaría.

—Pero hay algo que me extraña: ¿por qué una llamada? Hay muchos modos de mandar un mensaje similar.

—Supongo que por discreción, al fin y al cabo, en la comisaría suenan teléfonos continuamente. Si ustedes mismos nunca han notado nada... En cualquier caso, es la primera vez que confirmamos la relación de la célula con el topo de la comisaría. A las cinco —Morey comprueba su reloj, falta menos de una hora— quiero tener aquí a todos sus hombres.

—He mandado regresar a todas las patrullas, salvo a Hakim y Mati, que están controlando a Fouad. —Fran calla un momento—. Y de Quílez no sé nada.

—Quiero que estén todos aquí. Por lo menos veremos si alguien reacciona a la hora de la llamada.

—No tengo tan claro que esto vaya a funcionar. Puede tener el teléfono silenciado.

—Puede, pero no lo sabemos. Tenemos la ventaja de que no sabe que le estamos observando. Vamos a aprovecharla.

* * *

Casi una hora después, Fran consulta su reloj de pulsera. Falta realmente poco para las cinco en punto de la tarde, y... Ahí están Mati y Hakim, que reporta:

—Sin novedades de nuestro nuevo barbudo favorito, Fouad Al Ghaled.

—Qué nivel de inmundicia moral tiene ese hombre dentro del turbante. —Mati mira alrededor y se extraña—. Oye, ¿cuánta gente, no? ¿Hoy no patrulla nadie o qué?

—El jefe —aclara Fran— que ha pedido que estemos todos para anunciar algo importante.

—¿Que va a salir del armario? —tercia Hakim.

—Pues lo mismo, así que a ver si tomas su ejemplo de una vez —repone Fran, dando una palmada y alejándose—. Venga, haced como que trabajáis y a ver qué nos cuenta.

—Con la que está cayendo, huele a recortes seguro —propone Mati.

—¿Más recortes? Pues con lo que nos han quitado ya, nos veo patrullando en bicicleta.

Desde el despacho, Morey está controlando la sala central de la comisaría a través de las lamas de la persiana. Un mensaje llega a su móvil, es de Carvajal. «Omar está llamando. ¿Ves algo?». Morey escruta cuidadosamente el comportamiento de todos los policías, pero ninguno tiene un teléfono en la mano, ni lo contestan, ni hacen además de mirar su móvil. Fran pasea entre ellos, igualmente atento, pero nada. Morey intercambia mensajes por el móvil:

Morey: Sin movimiento.

Morey: ¿Desde dónde llama Omar?

López: Han colgado ya.

López: Desde la casa de campo.

López: Espera.

López: Está llamando otra vez.

En el vestuario, donde nadie puede oírlo, un móvil suena en una de las taquillas. Morey mira de nuevo, no ve nada sospechoso. Fran entra en el despacho:

—No he visto, ni oído nada raro. O tiene el teléfono apagado, o no está en esta sala.

—Pues ha llamado dos veces.

* * *

Horas después, Fran yace en el suelo mirando por los prismáticos, no lejos del lugar desde donde, unas horas antes, López hacía exactamente lo mismo: espiar la casa de campo adonde Fouad acaba de llegar, y donde Omar le recibe efusivamente en la puerta. Y minutos después reporta lo que ha visto en casa de Morey junto a Carvajal y López.

—Seguirle hasta allí no fue fácil. Se nota que esos tíos están acostumbrados y vigilan mucho. Después de dejar tiradas a dos patrullas, cambiaron de coche y fueron hacia la casa. Efectivamente, no hay árboles ni terreno donde esconderse, así que llegar allí es un problema.

—¿Cuánta gente vio en total?

—Fouad, dos guardaespaldas, Omar y puede que dentro estuviese el chico que visteis con él.

—Driss —apunta Carvajal.

—Ese. Driss. Si había alguien más dentro, no salió o no le hemos visto entrar.

López pone una carpeta abierta sobre la mesa.

—He estado investigando la propiedad de la casa, pero es un lío. Ni siquiera está clara la dirección: Carretera del embalse o Camino viejo del pantano. A saber.

—No te molestes en buscar en el registro —apunta Fran—. Seguramente la construcción es ilegal, y si no paga impuestos, tampoco sabremos quién es el dueño.

Fran mira a Morey, que está procesando la información, con una idea:

—La casa la harían albañiles u obreros de por aquí. Puedo intentar encontrarlos para saber cómo es por dentro.

—No. —Morey se opone enseguida—. No queremos entrar. No vamos a arriesgar la operación si no sabemos que dentro hay algo necesario para nosotros.

—Podemos hacer una pasada de helicóptero con cámara térmica —propone López— al menos para saber cuántos son.

—No, mejor hacemos una pasada con un avión publicitario con una bandera que diga «Sonreíd, somos del gobierno». —Es Carvajal, siempre rápida cuando se trata de López—. Ni de coña. Morey, cuando se haga de noche, me acerco y coloco un micro. Esta noche, si quieres —contraataca la agente.

—No lo veo claro. Quiero que se sientan a sus anchas. Fouad es un pez gordo y no quiero que sospechen nada. Tenemos el localizador y eso basta de momento. Cuando veamos sus movimientos, decidimos si merece la pena. Os podéis retirar.

No muy convencidos, ambos salen del piso de su jefe, que se queda solo con Fran.

—A mí el que me da pena es el chico. Toda esta mierda no va con un chaval de su edad.

—Le entiendo, Fran. Pero mire esto un momento, por favor.

Morey abre una carpeta y le pone varios extractos bancarios sobre la mesa.

—Hemos revisado rutinariamente las cuentas de Quílez. Estos son sus movimientos de los últimos tres años. Como ve subrayados en verde, hay varios ingresos de cantidades considerables, la mayoría en el primer año. Sospecho que esto es mucho más que los pagos que recibís de Aníbal.

Fran solo asiente, no se encuentra muy cómodo. No en vano, recibe dinero también. ¿Puede ser todo eso verdad? Morey no le da importancia y sigue:

—Quílez tiene algún negocio que no conoces. ¿Cuál?

—A saber —Fran se encoge de hombros— yo pensaba que le conocía, pero esto es muy extraño.

—Entonces solo nos quedan dos preguntas. Una, ¿quién le ha dado este dinero?

—Y dos, ¿a cambio de qué?

* * *

—*Allahu Akbar. Allahu Akbar!*

Fouad contempla, satisfecho, al joven Driss plantado delante de él, voceando alabanzas para mostrar su buena disposición, y asiente a Omar, contento.

—*Allahu Akbar*, Driss. Siéntate conmigo, que voy a contarte algo. Tú ya no perteneces a este mundo, a este país o a esta ciudad. Ya solo perteneces a Alá, y solo de él recibes órdenes, porque eres puro. Él sabe de tu pureza y te ha abierto las puertas del paraíso. Como las abrió para Tarek, para Karim...

—¿Y para Abdú? —pregunta Driss.

—Para Abdú... También se abrirán. ¿Le conoces? —Y ante el gesto de asentimiento de Driss, prosigue—: Dentro de poco lo verás de nuevo.

Omar se acerca a ellos con un sobre del que saca varios documentos que enseña a Driss.

—Con esto volarás de Tánger a Beirut —le instruye Omar—. Vayas donde vayas, siempre irá contigo el *sheikh*. Él se ocupará de todo hasta que llegues a tu destino.

—¿Y después? —inquiere Driss. Pero ambos hombres intercambian una risotada ante su inocente pregunta.

—¿Qué hay después del destino, Driss?

Este lo piensa un momento y se encoge de hombros, sin comprender realmente la pregunta. Fouad prosigue su instrucción:

—Saldremos inmediatamente. Cada día, cada hora, cada minuto que pasa se derrama sangre de nuestros hermanos. Mírame, Driss, y dime la verdad: ¿tienes miedo?

El muchacho sopesa cuál es la respuesta correcta. La busca en el rostro de Omar, pero este no va a contestarle, ni Fouad tampoco. Así que, sincero y avergonzado, agacha la cabeza y asiente.

—No te avergüences, Driss. Es lo normal —le conforta el sabio—. Ahora mírame otra vez.

Driss le encara de nuevo. Y se deja llevar por la seguridad infinita que transmiten los ojos de un halcón.

—No fallarás. Harás todo lo que Alá espera de ti.

***

Fátima entra en casa y se extraña del profundo silencio que reina allí. Es la hora a la que su madre suele cocinar con la radio a todo volumen.

—¿Madre?

Aisha está sola, sentada en el sofá, con la mirada perdida. Fátima se sienta a su lado, pero ella aún no parpadea. Sin embargo, empieza a hablarle muy lejos de la severidad habitual, más bien en un tono de comprensión cercano y tierno.

—Mi madre, tu abuela, me preguntó una vez qué se sentía al estar enamorada. La pobre no lo sabía y le tuve que decir que yo tampoco.

—Madre, ¿has hablado con Faruq? Porque si es por...

—Shh. Escucha, hija. Voy a ser sincera, así que si hiero tus sentimientos, discúlpame, por favor. Yo no tengo nada en contra de tu amigo Morey. Nos está ayudando con lo de Abdú como nadie lo ha hecho, ni siquiera de entre los nuestros. Es cristiano. Es policía. Pero es atento y respetuoso. Así que si le rechazo, no es por él. Es por ti. Puedo imaginar lo que sientes por él, pero...

—Madre, no puedes imaginarlo. Acabas de decir que no sabes lo que es estar enamorada. Y yo sí que lo sé. Y créeme...

Aisha la interrumpe, su tono es más duro que antes:

—Morey no es el hombre que necesitas. Si te fueras con él... La gente hablaría. Sufriríais tú y todos nosotros. Y no sabes cómo acabaría, ni cuándo.

—Entonces, ¿me aconsejas casarme con un hombre al que no amo?

—Fátima, hay otros tipos de amor... Siempre los ha habido. Ahora queréis tenerlo todo en la misma persona, un buen amante, un buen marido, un amor verdadero. Pero no siempre es posible, y de hecho, no es aconsejable. Es preferible que tengas a un hombre al que aprender a querer.

—Pero…

—Ese policía no pertenece a tu mundo, a nuestro mundo. Y te digo con total decisión que no vamos a permitir que te vayas con él. Despídete de él ahora que puedes, porque tu futuro y el nuestro es Khaled.

* * *

Fran entra en comisaría. Ya debería haberse ido a casa, pero antes, necesita algo más de información.

—Joder, Fran —le aborda Hakim—, menudo plantón nos ha dado Morey esta mañana, ¿no? Ni salida del armario, ni recortes, ni nada.

—No. —Fran busca con la mirada—. ¿Y Quílez?

—Está dentro, interrogando a uno. Un desgraciado que casi mata a otro a tiros porque le estaba poniendo los cuernos con su mujer. Me da que Quílez está pagando con él la mala hostia que trae hoy.

Fran no contesta, simplemente baja a la sala de interrogatorios. Cuando entra, se encuentra la mirada molesta de Quílez, que está interrogando a un tipo endeble y asustado, un tal Fontana. Pero Fran no dice nada, solo se queda de pie al fondo, en segundo plano.

—A ver, que todavía no me creo una palabra —explica Quílez—, dices que compraste la pistola a un fulano en la calle, te la llevaste a casa, tu hijo te la quitó porque creyó que era un juguete y la llenó de pegatinas. ¿Es así?

—Sí, le juro que es la verdad.

Quílez da un manotazo en la mesa, sobresaltando a Fontana.

—¡Y unos cojones me voy a creer yo eso!

—Pero oiga, ¿por qué no me cree, si es la verdad? —Fontana mira a Fran, esperando que le eche un cable—. Lo juro.

—¿Cuál es esa verdad?—pregunta Fran.

—Pues lo que le digo a su amigo, que vi al vecino en la ventana de mi casa y creí que era otro más de los que se cepillan a mi mujer, así que me fui a buscar una pistola y me lie a tiros con la ventana. Pero ni siquiera le di, hombre, si solo se ha cortado con los cristales.

—¡Deja de decir sandeces! —Fontana se calla al instante, Quílez está nervioso. Se vuelve hacia Fran, que sigue callado y serio—. ¿Qué haces aquí Fran? ¿Me ayudas o vas a seguir ahí callado todo el día? Porque llevo treinta años haciendo esto y no necesito pasar ningún examen ahora.

—Delante de él no, Quílez.

Este coge la bolsa de la pistola y se lleva a Fontana de un tirón.

—Me tienes frito ya, hombre. Al calabozo y luego, a ver si el juez se cree tu película.

Fran se queda solo en la sala, pensando.

* * *

Morey, López y Carvajal revisan algunos de los documentos referentes a Fouad: salidas, trayectos, contactos que puede haber realizado… Suena el timbre. Estos últimos se esconden en el pasillo y Morey va a abrir. Se encuentra con Fátima, que entra en la casa sin preguntar.

—Mira, tenemos que hablar. La situación en mi casa… En fin. Que he discutido con Faruq y mi madre…

—No es un buen momento para hablar aquí. Te acompaño a casa y hablamos por el camino.

Diez minutos después, en lugar de ir a casa, ambos pasean no lejos del mar. Por fin, Morey rompe el silencio.

—¿Me vas a decir qué ha pasado?

Fátima decide ir al grano, ser sincera y terminar con todo. Pero le cuesta levantar la mirada del suelo y enfrentarse a su mirada.

—Pues que Faruq nos vio besarnos a la puerta del Centro Cívico. Tenía que pasar, y pasó. Mi madre se ha enterado, y…

—Fue culpa mía.

—No fue culpa de nadie.

Fátima mira a lo lejos, al mar distante, para evitar, de nuevo, mirarle a los ojos cuando habla:

—Si tan solo nos hubiésemos conocido hace años, o lejos de aquí.

—En Noruega —responde él.

Fátima sonríe, no puede evitarlo. Pero *debe* evitarlo, así que decide decirlo de una vez.

—Javier. No voy a suspender la boda. Hay demasiado en juego. Voy a casarme con Khaled y a dejar de hacer sufrir a mi familia. Por favor… No busques evasivas. Dime que entiendes lo que te acabo de decir.

Fátima sigue mirando hacia el mar. Pero entonces nota cómo él la toma delicadamente de la barbilla y le hace mirarle. Esos ojos.

—No lo quiero entender, Fátima. Si de verdad quieres casarte, no lo puedo impedir. Pero no me pidas que renuncie a ti, porque eso me parece imposible.

Y un nuevo beso es inevitable.

—¿Por qué tuvimos que encontrarnos…?

* * *

El muyahidín coge un machete y lo sitúa sobre el cuello del prisionero, presto a dejarlo caer cuando termine su declaración. Driss, que observa el vídeo hipnotizado en la pantalla del ordenador, se siente tentado a dejar de mirar. Pero se dice a sí mismo que tiene que verlo. Tiene que ser capaz de aguantarlo. Solo un valiente podría mirar hasta el final, y cuando el muyahidín alza el cuchillo para dejarlo caer... Driss no resiste más y aparta la mirada. No puede, no ha podido. No es un valiente. No es... No es lo que ellos esperan. Al oír voces en la habitación contigua, Driss se asoma con cuidado, y descubre a Omar mostrando a Fouad un zulo oculto en el fondo de un armario. Está sacando cajas de detonadores y cartuchos de explosivos.

—Vamos a interceptar una entrega de droga y con eso tendremos dinero para comprar más armas. Y mira esto. —Omar saca un fusil de asalto AK-47, engrasado y listo para dispararse—. Tenemos dos. ¿Qué te parece?

—Estás haciendo un excelente trabajo, hermano. Te felicito. Pero para el viaje necesitaremos un arma corta.

—Mañana nos traen una, me lo han prometido.

—Sin embargo... Tengo mis dudas sobre el joven que has elegido. No sé si está preparado.

—Es un joven puro, y te obedecerá como un perro fiel. Pero si no estás convencido, no tienes más que decirlo y nos desharemos de él. Ahora, o cuando ordenes.

Un tremendo escalofrío ataca la espalda de Driss, que pierde el aliento inmediatamente, y siente el corazón palpitarle en la garganta. Omar cierra el armario y junto a Fouad entra de nuevo en la habitación donde Driss, como si no se hubiera movido en todo el rato, sigue viendo vídeos.

—Driss. Escúchame —le instruye Fouad—. Ahora vais a volver a la ciudad y acompañarás a Omar en todo momento.

—Volveremos mañana por la mañana —continúa el interpelado—. Haremos vida normal hasta que nos vayamos. Sin llamar la atención, ¿entendido?

Driss asiente, intentando ocultar su nerviosismo.

—Bien, ahora descansa. Mañana nos espera un viaje muy largo.

—¿Ya? ¿Mañana?

—Esta es tu última noche en Ceuta.

* * *

Y precisamente esa noche, un rato después, Fran aguarda con paciencia mientras espera el cambio de turno y la salida de un policía en concreto: Quílez. Fran se agazapa dentro del coche en espera de ver qué dirección tomarán sus pasos, pero finalmente le ve alejarse y entrar en su propio coche. Fran sale de su escondrijo y vuelve a entrar en la comisaría, donde los pocos agentes que quedan para la guardia de noche difícilmente se extrañan de verle llegar, dado que ese hombre parece vivir más en la comisaría que en su propia casa, como de hecho últimamente es verdad.

En la mesa de Quílez Fran revuelve expedientes y abre cajones, notando que el tercer cajón está cerrado. Fran no tarda en forzarlo con una ganzúa y registra su interior: unas llaves, una cartuchera sin pistola, un móvil con la tapa levantada, sin batería ni tarjeta. En un sobre, fotos de carné y otra: Fran y Quílez, de novatos y de patrulla, con menos años, menos kilos, más pelo, y sonriendo. El móvil de Fran suena, y tras comprobar la pantalla, responde.

—Marina. Sí, voy enseguida, ya me quedaba poco aquí.

Marina cuelga… Y Fran no ha sido capaz de quitar la mirada de la foto con Quílez.

* * *

Driss, vestido con una camisa y vaqueros de lo más formal y occidental, camina con Omar hacia el Centro Cívico. Ambos ven, en la puerta, a Fátima hablando con un par de alumnas. Omar le habla en voz baja según se acercan.

—Driss. Quiero verte hoy con tu mejor sonrisa. Eres el dueño de un secreto y el éxito de tu misión empieza porque lo mantengas. ¿Me entiendes? —El chico simplemente asiente, sin responder, todo el rato—. Es normal que estés nervioso, o incluso que tengas miedo. Pero ¿quieres un consejo? Si tienes miedo, reza. Buenos días, Fátima.

—Buenos días, Omar y Driss. ¿Hoy también por aquí?

—Le conté que íbamos a montar un corto con el ordenador —miente Omar— y hasta que no le he dejado venir conmigo a clase, no ha parado.

Pero por falsa que sea, a Fátima se le congela la sonrisa. Mientras Omar habla, ella observa a Driss y este hace un movimiento extraño: niega con la cabeza, mirándola fijamente, su expresión es de puro terror. Fátima se queda perpleja, pero no reacciona en el momento.

—Como van a ser pocos —sigue Omar— a lo mejor hasta tiene un ordenador para él solito, ¿eh? Bueno, Fátima, te veo luego.

Driss asiente y entra con Omar. Fátima se queda parada en la puerta, sin saber qué debe hacer. Y es una media hora después, en mitad de la clase de informática, cuando Omar cumple su promesa y explica cómo montar un sencillo corto.

—… Y el programa ordena los «clips» por hora de grabación. Así que, cada vez que detecta uno nuevo…

Pero Driss no presta la más mínima atención a la explicación de Omar. Su mirada está fija en el cristal de la puerta, porque sabe que un mínimo parpadeo puede hacerle perder la única oportunidad de salvar su vida.

—… entonces arrastramos los clips a la línea de tiempo, y podemos moverlos adelante y atrás…

Y es entonces cuando Driss ve a Fátima pasando por delante de la puerta, y se pone en pie de un salto.

—¿Puedo ir al servicio?

Omar, enfrascado en la explicación, asiente sin mirarle. Y ya fuera del aula, Driss se dirige hacia su profesora, que está a punto de entrar en la sala de juntas, pero consigue tirarle de la manga a tiempo. Fátima se vuelve, extrañada, para ver su expresión aterrorizada y bloqueada por la inquietud.

—No quiero ir. Fátima. No quiero. Por favor.

—¿Qué…? ¿Qué te pasa? ¿Adónde?

—Por favor, ayúdeme, señorita, por favor.

Apenas dos minutos después y como de costumbre —lo que le alivia, lo indecible—, tras solo un tono de llamada, Morey le coge el teléfono. Y tras su breve explicación, Morey contesta, de nuevo, algo que le tranquiliza y le hace sentirse arropada, protegida y cuidada:

—Quédate con él. No hagas nada hasta que llegue. Voy enseguida.

Fátima cuelga y se vuelve hacia su alumno.

—No te va a pasar nada. Yo me voy a encargar de todo. Pero tienes que volver a clase para no llamar la atención. ¿Entendido?

Driss asiente, pero está temblando de miedo.

—Vamos.

* * *

Morey entra en la sala de profesores, donde Fátima espera sola. Se levanta casi de un salto, nerviosa.

—¿Dónde está el chico?

—Le he mandado de nuevo a clase, con Omar.

—¿No sospecha nada, no?

—No, pero ¿qué vamos a hacer? Hay que detenerle.

—A eso hemos venido.

Tras Morey, entra en el despacho Carvajal, vestida de nuevo de funcionaria y con un maletín en la mano.

—López está abajo. Tengo todo conmigo. —Señala al maletín—. ¿Sigue aquí Driss?

—Fátima, cuéntanos qué te ha dicho el chico.

—Le notaba muy raro cuando he llegado. Y luego se ha escapado de clase para decirme que se tiene que ir de viaje con Fouad. Ha dicho que tiene miedo de que quieran deshacerse de él.

—¿Ha dicho «deshacerse»?

Fátima asiente. Morey y Carvajal se miran, sopesando la situación. Carvajal abre el maletín y muestra toda una parafernalia de cables, conexiones, cámaras, micros…

—Es nuestra oportunidad para seguir a Fouad y ver adónde va —propone Morey—. Le ponemos al chico un micro y una cámara y le seguimos de cerca.

—No, no, espera —protesta Fátima—. Eso es muy peligroso. ¿Y si le descubren? ¿Y si…

—No pasará nada. No van a sospechar de él —explica Carvajal.

—Pero es que ¿no vas a detener a Omar? —suplica Fátima.

—No es el momento. No nos contaría nada y destaparíamos la operación. Necesitamos saber todo lo que nos pueda revelar Omar. Y detenerle también puede ser peligroso para Driss. Le delataría.

Fátima sigue sin encontrarle la razón al plan:

—¿Hasta dónde queréis seguirle? ¿Cuánto tiempo?

—Todo el posible, incluso hasta Marruecos —Carvajal busca la aprobación de Morey, y este asiente—. Pero no te preocupes, estaremos siempre cerca para intervenir.

—Fátima, nos puede conducir a Abdú —remata Morey.

* * *

Minutos después, la puerta de clase se abre y Omar va despidiendo a todos sus alumnos.

—Cómo se nota lo que os gusta. Las clases de hoja de cálculo me las como yo solito, pero las de audio y vídeo... Anda, no me falléis ninguno el próximo día.

Omar se queda solo junto a Driss, cuando Fátima llega corriendo a su lado.

—Omar, necesito que me ayudes. —Fátima mira hacia atrás y Omar distingue al fondo a Carvajal, de pie en el pasillo con su maletín de funcionaria—. Ángeles tiene que volver ya y nos falta un papel para el proyecto.

Omar mira su reloj: no va bien de tiempo.

—Oye, que yo me tengo que ir con este. ¿Qué papel? Dile que se lo mandamos por mail.

—Una declaración responsable de que no hemos recibido otra subvención para este proyecto.

—Bueno, pues eso, se la mandamos por mail.

—No, escucha, que tiene que ser un original con nuestras firmas, y si lo mandamos por correo, lo mismo llega fuera de plazo. Anda, venga, vente y lo hacemos tú y yo en un momento.

Fátima casi tira de él hacia la sala de profesores. Omar se vuelve hacia Driss, que está al quite y le tranquiliza:

—Yo te espero aquí. No te preocupes.

Fátima y Omar desaparecen pasillo abajo.

Carvajal se acerca a Driss. Morey les hace una señal desde un aula vacía.

—Tienes que venir conmigo —Carvajal tranquiliza a Driss—. Tenemos poco tiempo.

—¿Eres policía?

—Soy... de los buenos.

* * *

—¿Qué haces? ¿No habíamos terminado ya?

Omar mira por encima del hombro de Fátima, mientras ella repasa el documento en el ordenador.

—Sí, pero estoy pasándole el corrector. No estaría bien que tuviese una errata, ¿no crees? Menuda impresión daríamos en Europa como profesores.

—Lo hemos repasado cuatro veces, Fátima, no tiene erratas. Dale a imprimir, anda. ¿Cuántas copias hacen falta?

—Pues… No lo sé, la verdad.

—Espera, que voy a preguntarle a Ángeles.

—¡No, espera! Eran tres, sí, estoy segura, me lo ha dicho antes.

Mientras, en el aula, Carvajal está sustituyendo uno de los botones de la camisa de Driss por una micro-cámara. Morey le explica su misión.

—Aunque no lo parezca, es lo más seguro para ti. Si te sacamos ahora, y aunque detengamos a Omar, sabrán que ha sido por ti y no pararán hasta encontrarte. Tan solo sigue con ellos como si nada y si hay peligro, intervenimos y te rescatamos. ¿De acuerdo?

Aturdido, Driss asiente. Carvajal ultima la colocación y llama a López.

—Prueba vídeo y audio.

La respuesta de López llega rauda.

—No sé qué pasa. Tendría que ir bien. No funciona nada. No oigo al chico. ¡Mierda!

A unos pasos de allí, en la sala de profesores, Fátima pulsa «Imprimir» y se dirige a la fotocopiadora a recoger los documentos. Pero con disimulo, cierra la bandeja, arrugando el papel y atascando la máquina.

—Vaya, hombre, siempre cuando hay prisa.

—A ver, déjame a mí.

Omar saca el papel atascado y al cerrar la tapa, salen las tres copias. Las coge y sale por la puerta sin más.

—Esa chica estará harta de esperar.

—¡No! ¡Tenemos que firmarlo!

Fátima corre tras él, pero Omar ha echado a correr por el pasillo. ¿Sospechará algo? Pero cuando Fátima dobla la esquina… Se lo encuentra todo en orden: Driss apoyado en la pared y Carvajal a su lado, con cara de circunstancias, que cambia a una sonrisa cuando les ve venir.

—Muchas gracias, y disculpad la prisa. A ver si hay suerte y tenéis noticias de Bruselas pronto. Me ocuparé de darle prioridad. Carvajal va a salir, cuando… Omar camina tras ella.

—No. Espera.

Ella se vuelve sorprendida. La sangre de Fátima se congela en sus venas.

—Que se nos ha olvidado firmarlo.

—Ay… Gracias. Qué cabeza la mía.

Omar y Fátima lo firman, y el primero entrega el papel a «Ángeles», que sale con una sonrisa.

—Bueno, pues tema resuelto. Nosotros nos vamos también. Hasta mañana, Fátima.

Omar y Driss se dirigen a la puerta de salida. Antes de salir, Driss dirige una última mirada a Fátima, entre la esperanza y el terror.

Ella se queda allí, paralizada, hasta que Morey sale del aula.

—Todo ha ido bien. Lleva un micro y una cámara. Yo me voy, vamos a seguirle.

—Espera. Quiero ir con vosotros —pide Fátima.

—Fátima, no… No sé si es buena idea.

—Ese chico está bajo mi responsabilidad —insiste ella—. Me ha pedido ayuda y se la he prometido. No puede pasarle nada, y quiero estar tranquila. Así que, por favor…

* * *

Poco tiempo después la furgoneta del CNI y el coche de Morey están aparcados cerca de la casa de campo, en el punto desde donde Fran y López observaron a sus ocupantes, que ahora entran en la casa. Desde el interior de la furgoneta, los agentes y Fátima observan los monitores. En ellos, un guardaespaldas de Fouad guía a Omar y Driss por el interior de la casa, hasta que se ve al *sheikh* sentado leyendo. Sonríe al verlos entrar.

—*Nahaar said, sheikh.* —Es la voz de Omar.

—*Bienvenidos los dos. Driss, ahora mismo estaba pensando en ti. ¿Sabes el qué?*

—*No, sheikh.* —La voz de Driss llega a un volumen más alto. Fouad prosigue con las manos unidas frente a su cuerpo.

—*Pensaba que dentro de unos días, habrás cumplido tu misión, pero aún estarás con nosotros. Aquí y aquí.* —Fouad señala a su cabeza y al corazón. Tras ello, hace un gesto a uno de los guardaespaldas, que le acerca una toalla blanca. Fouad la toma y se la alarga a Driss.

—*Lávate. Es hora de rezar.*

La imagen no se mueve, ni Driss consigue articular palabra. Obviamente, está paralizado.

—*Vamos* —Omar le toma del hombro— *tienes que purificarte.* —La cámara muestra cómo Omar le guía por la casa hasta un cuarto de baño—. *¿Estás bien, Driss? Vamos.*

—*Sí... Solo estaba pensando en las palabras del sheikh.*

—Si le desnudan, se verá el micro —dice López, preocupado.

—No le desnudarán. No hace falta —aclara Fátima.

En el vídeo, el guardaespaldas indica a Driss que entre en una habitación con útiles para asearse y un espejo. El guardaespaldas sale y Driss se mira al espejo. Habla al micro.

—*Espero de verdad que estéis ahí...*

—Este crío es un valiente. —López pone voz a las mentes de todos los de la furgoneta—. Venga, chaval, que lo estás haciendo de puta madre.

Driss comienza a lavarse.

* * *

En la comisaría, Fran va a salir del cuarto de descanso con un café en la mano, cuando se encuentra a Hakim de frente, que le hace un gesto para que entre de nuevo. Cuando Fran retrocede, Hakim cierra la puerta y se asegura de que no hay nadie más en la habitación.

—¿A qué viene tanto misterio?

—Pues que no sé qué coño hacer, Fran. No tengo ni idea. Mira, el papel de instrucción del juzgado. No sé a qué coño está jugando este tío. Es lo del detenido por tirotear al vecino. ¿Lo ves?

—Firmada por Quílez.

—Bueno, mira. La pistola del detenido no figura por ninguna parte. No ha ido al juzgado ni está en la armería.

Fran se sienta, como súbitamente cansado, mientras con dos dedos se frota el puente de la nariz, suspirando:

—O sea, que otra pistola desaparecida. Joder, qué pesadilla... Y me imagino que hoy no ha venido porque estará intentando colocarla por ahí. —Fran saca su móvil.

—¿Le vas a llamar? ¿Voy contigo a buscarle y hablamos con él?

—¿Para qué voy a hablar con él? No jodas. ¿Cuánto puedo creerme ya de lo que me diga? Anda... Cierra al salir. Y gracias.

* * *

En la furgoneta todos siguen la acción y el sonido, que se han vuelto repetitivos y monótonos, porque es la hora del rezo: solo se ve el suelo y la pared, según Driss se agacha e incorpora. Morey está aparte.

—¿Una pistola? ¿Y qué piensa de esto, Fran? —pregunta Morey por móvil.

—No quiero pensar —Fran suena abatido y cansado— pero cada paso que doy… dice lo mismo. Ingresos en metálico en su cuenta. Un móvil en un cajón cerrado de su mesa, que a saber si es al que llamaba Omar. Y ahora, la pistola. Hace solo dos días, creía que era un amigo.

Morey le da unos segundos de silencio, para que lo asimile. Pero hay cosas más urgentes.

—Estamos en el domicilio de Fouad. Le necesitamos. Venga para acá.

Morey cuelga, y al levantar la vista, se encuentra con la de Fátima. Ella le hace un gesto pidiéndole salir fuera. Él accede asintiendo. Ambos salen, apenas alejándose unos pasos de la furgoneta, aún ocultos tras ella. Fátima está muy inquieta, se abraza el cuerpo para buscar confort, pues no quiere pedírselo a él. Morey lo nota y decide no forzar su cercanía.

—¿Seguro que estará bien? Estoy tan preocupada por él…

—Ya lo ves. Lo está haciendo muy bien. ¿Cómo estás tú?

—Yo… Nunca pensé que haría algo así. Ayudar a la policía a buscar a mi hermano… Seguir a un terrorista… Ponerle micrófonos ocultos a un alumno… Yo solo soy una profesora… Este no es mi mundo.

—Es el mío, pero a mí tampoco me gusta. —Morey da un paso hacia ella—. Podría dejar de serlo y al fin tener una vida normal, lejos de todo esto…

Morey le acaricia levemente la mano con el dorso de la suya. El leve contacto parece confortar a Fátima, a la vez que la estremece. Todo es más difícil cuanto más cerca están… El móvil de Morey suena, interrumpiéndoles.

—Tenemos que entrar.

Ambos se apresuran hacia la furgoneta, y ya dentro, Fátima se bloquea. Es como si se hubiese convertido en piedra. Trata de reaccionar, pero no puede. Todo lo que es capaz de hacer es mirar a la pantalla de la cámara de Driss. Pero ha sido una visión fugaz, como si no hubiese sido real. Los ojos de Fátima están fijos en la pantalla, por si el milagro vuelve a ocurrir.

—Ha llegado otro chico. Creemos que es él.

La imagen tiembla, pues Driss se está levantando del rezo. Por un momento enfoca a Omar, que da indicaciones a Driss. Pero luego se gira, y en ella aparece… «Él». Es un chico joven, de aspecto pulcro y bien afeitado. Parece muy sereno y sonríe de una manera que desafía la seriedad de todo el proceso que están viviendo. Pero, sobre todo, hay un rasgo distintivo en él: unos penetrantes ojos verdes, tan característicos de la familia Ben Barek.

—¡Es Abdú! ¡Es mi hermano! ¡Javier, tenemos que entrar, tenemos que ir a por él!

—Tranquila, espera un momento —repone Morey.

—Negativo. No podemos intervenir —confirma Carvajal.

—Es mi hermano. —Fátima se vuelve a Morey—. Le hemos encontrado. Has cumplido tu promesa, pero hay que ir a por él, o dejadme entrar a mí, ¡por favor! ¡Por favor!

—Fátima, no podemos. Tranquilízate. Lo has visto. Es él y está bien. Pronto le verás, pero, por favor, cálmate.

López y Carvajal, y Morey de reojo, siguen mirando a la pantalla. La cámara se mueve para volver a enfocar a Fouad, que se acerca hasta Driss con algo en la mano.

—*Tengo algo aquí para ti.*

Fouad le entrega una pistola. Una pistola en la que aún pueden verse restos de pegatinas, pegatinas de colores como las que un niño pegaría en un juguete. Es la pistola robada en comisaría.

—*Cógela.* —Las manos de Driss entran en el campo de visión de la cámara y toman el arma—. *Si algo falla, úsala contra tus enemigos, y en el peor de los casos... No permitas que te atrapen vivo. Ahora es el momento de partir. Que Alá esté siempre contigo.*

Omar se acerca a Driss con los brazos abiertos. La imagen se oscurece cuando le abraza... Y la señal se pierde.

—Mierda. Mierda. —López acciona varios controles, pero nada ocurre.

—¿Qué ha pasado? —se alarma Morey.

—No lo sé. Puede que se haya soltado. —López sigue probando frecuencias, pero nada ocurre.

—Por favor, por favor. Que no les hagan daño. Le han descubierto, ¿verdad? —La voz de Fátima es la de la pura angustia. Todos saben que a lo mejor tiene razón—. Seguro que le han descubierto. Tenéis que entrar. A por Driss y a por mi hermano.

—Hay un protocolo para estas situaciones —aclara Carvajal—. Si no estamos completamente seguros de que le han descubierto, no podemos abortar la operación.

—¿No lo veis? Le han descubierto y ahora le van a secuestrar, o matar, o...

—Por favor, Fátima, tranquila. —Morey trata de calmarla, sintiéndose responsable por haberla llevado. Pero es como echar leña al fuego.

—¡No me pidas que me calme! Es mi hermano pequeño el que está ahí, con Driss, que es mi alumno, mi responsabilidad. ¡Hay un límite! ¡No pueden morir dos chicos de forma tan fría! Y además, le dijiste a Driss que si había problemas, le rescataríais.

—Y es exactamente lo que haremos si no vuelve la señal.

—Viene alguien —anuncia Carvajal, mirando una de las cámaras exteriores.

—Es Fran. Salgamos.

Un segundo después, todos están fuera. Morey observa la casa con unos prismáticos.

—Fouad acaba de subir a un coche con Driss. Uno de los guardaespaldas conduce.

—¿Y mi hermano? —pregunta Fátima.

—No le veo. Debe de estar aún en la casa, con Omar.

Morey baja los prismáticos. Todos esperan órdenes, incluido Fran.

—Parece que todo va según el plan, ¿no? Fouad se lleva de viaje a Driss. No parece que le hayan descubierto —apunta Carvajal.

—Javier, estamos esperándote. Por lo que a mí respecta, ese chaval es un compañero más. No le podemos dejar solo —apunta López.

—Intervenimos. —Por fin, Morey reacciona—. Tenemos que separarnos. Fran y López, seguid al coche. —Al momento ambos suben al vehículo y parten—. Carvajal, entras a la casa conmigo. Iremos andando. Con el coche estamos vendidos.

—Yo quiero ir contigo —aventura Fátima. Aunque ya conoce la respuesta.

—Tú te quedas aquí. En esto no hay discusión.

* * *

Toda la operación ha de desarrollarse en el más estricto silencio. Morey y Carvajal ya están cerca de la casa, pistolas hacia el suelo, turnándose en el avance y cubriéndose. Morey va con la espalda pegada a la casa, mientras Carvajal va unos metros por detrás. Morey alcanza una ventana y se asoma un segundo para comprobar que no hay nadie en la habitación. Tras ello, manda avanzar a Carvajal con un gesto de cabeza. Ella supera la ventana y la operación se repite cuando llega a la puerta de la casa. Un rápido vistazo dentro y un gesto a Morey para que avance. Morey supera la puerta y se sitúan ambos a los lados. Una muda cuenta de tres, y ambos entran por la puerta abierta, apuntando cada uno al lado contrario de por donde han entrado. Pero la habitación está vacía. Morey avanza y echa un vistazo a cada sala, mientras ella le cubre cada vez. Sin embargo no parece que haya nadie. Morey le hace una seña para que salgan fuera.

En el exterior, se separan para cubrir el perímetro de la casa. Morey rodea la edificación lentamente y, paso a paso, se acerca al final. No lo sabe, pero el otro guardaespaldas le ha oído y está esperándole. Y justo cuando Morey va a doblar la esquina, exponiéndose sin remedio al fuego del guardaespaldas…

—¡Eh, tú!

Carvajal, que llegaba por su espalda, lo abate de dos disparos. Morey dobla la esquina y se encuentra al tipo muerto en el suelo, comprendiendo que acaban de salvarle de una muerte segura.

—Gracias.

Carvajal sonríe… Y una ráfaga de disparos le abre un rosario de heridas rojas en el pecho.

—*Allahu Akbar!*

Y cuando ella cae, Morey mira a su derecha, y puede ver a Omar lanzándose hacia él con el AK-47, todavía disparando. Morey reacciona buscando refugio en la esquina que acababa de doblar, y cuando escucha el cartucho vaciarse, aparece de nuevo, golpeando a Omar en la cara con su pistola y doblegándole con una llave.

—¡Quieto, hijo de puta! ¡Carvajal, joder! ¡Carvajal! ¡CARVAJAL!

* * *

Al mismo tiempo Fran conduce de forma frenética en persecución del coche de Fouad por el accidentado camino. López se sujeta adonde puede y anima a Fran:

—Métele, métele el pie que este cabrón no se nos escapa…

Pero entonces, ven abrirse una de las puertas del coche de Fouad y contemplan el cuerpo de Driss salir despedido, a tal velocidad que pronto lo dejan atrás. Fran y López se vuelven el uno hacia el otro un momento. Sin nadie que dé órdenes, les basta una mirada para saber que están de acuerdo: el chico va primero. Fran clava los frenos y mete marcha atrás. El coche de Fouad se pierde en la distancia. Fran le señala la radio:

—Llama a todas las unidades, dales matrícula y dirección. ¡Que detengan a ese cabrón!

Fran sale del coche y en el arcén, encuentra a Driss inconsciente, sucio y ensangrentado. Desde el coche, López le grita:

—¿Está vivo? ¿Está vivo?

* * *

Al oír los disparos, Fátima no aguanta más, y pese al evidente peligro, abandona la protección de la furgoneta y, a cuerpo descubierto, echa a correr a campo traviesa hacia la casa, donde se ha hecho un silencio inquietante, desesperanzador, atroz. Fátima, sin atreverse a gritar, rodea la casa y se encuentra a Morey arrodillado junto a Carvajal. Morey le ha tapado el rostro con su chaqueta. Ella pierde las fuerzas, y abraza a Morey, y apenas si puede preguntar:

—¿Ha sido mi hermano? ¿Le has visto? ¿Dónde está?

Morey no puede articular palabra, tan solo niega con la cabeza… Y entonces ambos oyen un ruido ensordecedor, muy cerca. Y al girarse, ven a Abdú subido a una moto de trial saliendo de una caseta cercana. Morey reacciona, se levanta y se pone en su camino, apuntándole con el arma.

—¡Alto!

Abdú detiene la moto, gira el acelerador, pero no se decide a salir.

—¡No, no dispares! —Fátima llega junto a Morey, y le impide apuntar—. ¡Abdú! ¡Espera, Abdú! ¡Soy yo! ¡Soy tu hermana! ¡Ven conmigo!

Pero él aprovecha el momento de confusión para soltar el freno y dar media vuelta.

—¡Abdú!

Morey apunta de nuevo… Pero decide no disparar.

—Abdú…

Y la moto se pierde en la distancia.

—Abdú…

11

ENEMIGOS Y CÓMPLICES

Llevan mucho rato en silencio, con la cabeza gacha y las manos cogidas delante del cuerpo, bajo el fluorescente roto, cuya luz parpadeante y zumbido intermitente son la única prueba de que el tiempo sigue pasando. Morey, Fran, López, Serra guardan silencio en la morgue del hospital, un lugar de brillantes muros blancos, acero pulido y un denso olor a desinfectante. Solo López emite algún sonido, leves quejidos que ahoga como puede, mientras sus hombros convulsos se tensan para mantener la entereza, como supone, suponen, que los hombres hacen en una situación como esa. Y Carvajal yace en el centro del corro que forman, cubierta con una verde sábana clínica. El fluorescente emite ese zumbido de nuevo. Serra, por fin, suspira y rompe el círculo dando unos pasos atrás. Los demás le siguen y comienza hablando con un tono muy cansado.

—¿No os imaginasteis que podían estar armados?

—Serra —Morey se da por aludido—. Estamos entrenados, pero salió disparando de la nada.

—Me cago en mi puta vida… —López se limpia las lágrimas con las manos.

—La misión ha fracasado —confirma Serra—. Una agente caída en acto de servicio. Un menor herido de gravedad. Un yihadista muerto. Y Fouad huido y en busca y captura, gracias a que Fran avisó a todas las putas unidades.

—¿Qué quería, que lo dejase escapar? No. Voy a encontrarle. Se lo prometo.

—Eso espero… El problema es que estamos en todas las putas radios, periódicos y teles. Negar que aquí había una operación antiterrorista es imposible. Pero, obviamente, no vamos a reconocer que la Casa está implicada. La versión oficial es que ha sido un éxito de la Brigada de Información de la Policía Nacional, que ha desarticulado una célula trabajando con la policía del Príncipe. A partir de ahora López y yo trabajaremos en la comisaría como dos inspectores de Información. Fran, comuníqueselo.

Todos asienten y Fran sale.

—Vamos a llevar a cabo interrogatorios a conciencia, vamos a averiguar qué quiere Akrab, quién es el puto topo que nos está jodiendo desde el principio, y vamos a hacer que Carvajal esté orgullosa de nosotros, ¿entendido? Vale, ¿qué tal el niño?

—Entubado, inmovilizado y en coma —Morey toma la palabra—, le dispararon antes de tirarle del coche. La herida de bala en sí no es lo más grave. Tiene un coágulo, que los médicos esperan que se reabsorba. Pero no saben si tendrá secuelas.

—Me cago en su puta madre, ese crío se ha portado como un héroe —salta López—. Me los voy a cargar a esos hijos de perra.

López tiene otro arranque de pena y sale hacia el servicio. Morey y Serra se quedan solos, y al mirarse, se lo permiten el uno al otro: se abrazan durante un largo momento, por fin expresando la pérdida. Al separarse, Morey habla a Serra en confidencia:

—El chico vio a Abdú en la casa.

—¿Abdú sigue en Ceuta?

—Ya verás el vídeo. Apareció de pronto y se puso a rezar con ellos. Le reconocimos todos.

* * *

—Le grité. Le llamé por su nombre, pero aceleró con la moto y se fue sin mirar atrás.

En casa de los Ben Barek, la familia entera está de pie alrededor de Fátima, quien cansada y aún afectada, narra su odisea a su familia. O al menos, parte de ella.

—¿Estás segura de que te oyó? —inquiere Hassan.

—No estábamos tan lejos. Tuvo que oírme.

Aisha se sienta al lado de su hija y la coge de las manos.

—Gracias, hija mía. Ahora, por lo menos sabemos que está bien, y que está cerca de nosotros, *al-Hamdouli-lah*.

—Puede —puntualiza Faruq— pero entonces no quiere saber nada de su familia.

—A lo mejor no quiere implicarnos —le defiende su madre— y por eso se distanció de nosotros.

—Ya —concede Faruq. Pero pronto contraataca—, y tú, ¿qué hacías allí?

Fátima no atina a contestar a la primera, y el resto de la familia la observa con más curiosidad aún. Pero finalmente decide que, por una vez (o por primera vez), lo mejor sea decir la verdad. Aunque eso suponga, después de todo, no decirla.

—No puedo contarlo. Los policías me han pedido que no lo haga.

—«Los» policías. —Ríe Faruq, sarcástico—. ¿No será «el» policía?

—Hija, parece que confías más en ellos que en tu propia familia —apunta Hassan, poniendo en palabras lo que todos piensan—. ¿Y la policía no pudo detenerle?

—¡Hay dos muertos!

Todos se vuelven sorprendidos al escuchar a la pequeña Nayat, que está escribiéndose por mensajería móvil.

—¿Qué dices, hija?

—Dice Salma que lo están echando en la tele. Uno es un policía, otro un terrorista.

—¡Pon la tele! ¡Corre, Hassan, pon la tele! —Aisha se dirige a Fátima—. ¿Es esto lo que no nos podías contar? Pero ¿dónde has estado tú? ¡Contesta!

Agobiada, Fátima se viene abajo y empieza a sollozar. En ese momento a Faruq le suena el móvil y se retira para contestar.

—¿Que nos han robado? ¿Otra vez? ¡Dile al Polaco que venga, que me va a oír!

* * *

Todos los agentes se hallan en la comisaría, estudiando con la mirada a los dos recién llegados y escuchando con avidez las noticias e instrucciones que Morey imparte:

—… en ese enfrentamiento sufrimos la desgraciada pérdida de la agente Paula Carvajal, de la Brigada de Información, subordinada de estos dos compañeros —Morey señala a Serra y a López, que asienten—. Os pido que colaboréis con ellos en todo lo que os pidan. Fran, siga, por favor.

Fran toma el centro del círculo y habla a sus agentes con más seriedad que de costumbre:

—La operación sigue abierta y habrá más detenciones. Pero de momento vamos a centrar la investigación alrededor de uno de los detenidos, Omar El Quedif, director del Centro Cívico. Registrad su domicilio, tomad declaración a la familia, etcétera, ya sabéis cómo se hace. Clausuramos el centro hasta nueva orden, y todo el personal será interrogado. Dos miembros de la célula más huyeron, Fouad Al Ghaled, al que conocéis de la tele y su guardaespaldas. Mantened los ojos abiertos. Ahora, os presento al inspector González.

Serra se adelanta y habla con su autoridad habitual. No necesita fingir su papel de jefe supremo.

—Ahora mismo estamos registrando la casa en busca de pruebas. De momento hemos encontrado armas largas, munición, ordenadores y una cantidad considerable de hachís y cocaína.

—Joder con los talibanes —se le escapa a Hakim.

—Todo lo incautado se traerá a esta comisaría. Hay que inventariarlo, precintarlo y custodiarlo hasta que sea entregado al juzgado. Vendrán a ayudar compañeros de otras comisarías. Ya me han comentado que no tienen mucho espacio, pero entiendan que es una situación de emergencia, nos apañaremos.

—Una pregunta —insiste Mati—. ¿La célula preparaba alguna acción concreta?

—Buena pregunta —confirma Serra/González—. Por supuesto que están preparando algo, quizá para muy pronto. Por eso tienen ustedes que darse prisa.

—Bien —Morey resume—, esta es una jornada crucial, en la que no caben los errores. Sé que van a poner lo mejor de ustedes para acabar con este peligro. Gracias y a trabajar.

La congregación se separa, generándose corrillos para comentar la información proporcionada y mostrar disposiciones más o menos colaboradoras, entre estas últimas la de Quílez, que ha escuchado la charla desde atrás, no lejos de Fede.

—Brigada de Información, ¿eh? A saber cuánto llevan controlándonos sin decir nada.

—Y nos tenemos que enterar —recalca Fede— justo cuando ha habido una baja.

Justo al lado, Mati ordena sus papeles en su mesa, preparándose para la avalancha de trabajo.

—Mal día para cumplir años, Mati. —Hakim la guiña un ojo y le acaricia la mano con disimulo. Desde el atentado, han comenzado una relación que ocultan al resto de los compañeros.

—Sí, gracias. Bueno, lo celebraremos otro día, supongo.

—Perdón. Tú eres Mati, ¿no? —López le ofrece la mano. Mati no puede evitar notar que tiene los ojos enrojecidos—. Soy el subinspector Julio López, me han dicho que nos pongamos a comprobar lo que traigan de los registros.

—Vale, encantada. Cógete una silla.

Hakim retrocede hacia su sitio, no sin notar una extraña sensación al verles juntos. Como un recelo.

—Siento que hayáis perdido a uno de los vuestros —expresa ella.

—No era uno. —A López se le cierra la garganta—. Paula era la mejor de nosotros.

Mientras, en el despacho de Morey, este muestra a Serra el vídeo grabado por Driss, y congela la imagen en un fotograma en que se distingue perfectamente a Abdú.

—Así que ese es el crío que lo empezó todo.

La puerta se abre, no puede ser otro que Fran, quien se permite una pausa dramática.

—Tenemos noticias de Abdú.

Morey y Serra se levantan, expectantes. Fran continúa.

—Acaba de cruzar la frontera. Le han grabado varias cámaras de seguridad cerca del Tarajal.

—Lo hemos vuelto a perder. ¡Maldita sea!

* * *

En la sala de interrogatorios, ante Morey, Fran y Serra, Omar está sentado con su sempiterna expresión beatífica, aun después de asesinar a una mujer, como Morey no puede dejar de recordar.

—Te lo voy a preguntar las veces que haga falta —continúa Morey—. Todos los días llamas a las cinco de la tarde a alguien de esta comisaría. ¿A quién?

Omar no responde.

—¿Quién es el policía que trabaja con la célula? —insiste.

—¿Quién os pasó la pistola? —interviene Fran—. ¿Fue Quílez? ¿Vas a contestarnos a algo?

—Depende de lo que me pregunten. No voy a traicionar a nadie con mis palabras.

Fran respira hondo, comienza a frustrarse. Ese tipo de interrogatorio no es el que maneja bien, sino otras formas, digamos, más directas. Morey retoma el pulso:

—Tarek tenía dieciséis años. Luego vino Karim. Después Marcos, en Estambul. ¿Te suenan?

—Son todos mártires.

—No. Eran tus alumnos. Confiaban en ti y esperaban que les enseñaras lo que hay que hacer en la vida. Y les enviaste a la muerte. ¿Por qué no te inmolaste tú en su lugar?

—Porque yo no merezco ese privilegio. No soy puro, como ellos.

La voz de Serra llega del fondo de la sala, alta y clara.

—¿Es Abdessalam el siguiente?

—No tengo nada más que decir.

—No, claro. De momento. Pero eres un tipo listo. Si nos ayudas… te ayudarás a ti mismo.

—¿Me está ofreciendo un trato?

—Dame el nombre del policía que colabora con vosotros y a lo mejor contesto a esa pregunta —propone Serra.

—No, conteste ya. ¿Qué gano yo con responderle? Porque he matado a su compañera, y haga lo que haga, conmigo no se van a portar bien.

Fran no aguanta más e interviene, poniendo las manos sobre la mesa.

—¿Y qué te crees, puto pedazo de escoria? ¿Que no podemos joderte la vida aquí, en la cárcel, en un garaje? Puto asesino de policías. ¡Vas a suplicarme que te mate!

Fran pierde el control, le levanta con violencia y le estampa la cabeza contra la pared. Ninguno le detiene. Al menos, de momento.

—¡Dime ahora mismo quién de ahí fuera es un traidor! ¡Dímelo!

* * *

A la vez, en comisaría, López está etiquetando objetos, cuando ve que Quílez se levanta y sale. Pasando entre el maremágnum de agentes desconocidos, López se acerca a su puesto y disimuladamente, pincha un *pen drive* en el ordenador, infectándolo con un troyano autoejecutable.

Tras unos segundos Mati pasa tras él y le sonríe:

—¿Te has confundido de mesa?

—Vaya. Se ve que ando un poco despistado. Ha sido un duro golpe.

Ella asiente, comprensiva, y él vuelve con ella a la mesa, donde le muestra un portátil y unos deuvedés.

—A ver, el portátil de Omar primero —la instruye él—. Una vez revisado por encima, no le hacemos nada. Lo etiquetamos y para los compañeros de informática, a ver qué encuentran.

—¿Y estos deuvedés?

—Aquí hemos copiado los vídeos del portátil, para ir investigando sin que el peritaje nos retrase. —López se los alarga y Mati ve que ya están numerados. López continúa—: Hay que revisar los vídeos para ver qué tienen, hacer un listado de contenidos y mandarlo a los traductores. ¿Entendido? Bien.

353

López va a volverse para coger otra caja, pero Mati le pone una mano sobre la suya. López se vuelve, sorprendido. Ella le mira a los ojos:

—Solo quería decirte que lo siento. Lo de tu compañera. A lo mejor te viene bien hablar de ello.

—A lo mejor —responde él—. ¿Cuando acabemos de trabajar?

A Hakim, que no les quita ojo, se lo llevan los demonios.

* * *

Morey abre la puerta para que Fátima y Aisha salgan de su despacho, aún con cara de circunstancias después de decirles que, pese a verle en persona el día anterior, no tienen más noticias de Abdú. Aisha, seria, sigue andando hacia la salida, pero para sorpresa de Morey, Fátima se retrasa para hablar con él.

—De todas maneras… Si hay noticias de Abdú, llámame.

—Claro. Descuida. Pero ¿estás bien?

—La verdad es que…

—A ver, abrid paso. —Unos metros más atrás, se escucha la voz de Fran.

Fátima se vuelve, justo a tiempo para ver que este trae esposado a Omar, cuyo rostro adquiere un tono iracundo al verla y la increpa en árabe.

—*Tú tienes la culpa de todo. ¡Lo vas a pagar! Zorra de la policía…* —Fran sigue empujando a Omar hacia el calabozo.

—Siento que hayas tenido que verle —explica Morey.

—Nunca le había visto así. No parece él.

—Ese es, de verdad, él.

Sin decir más, Fátima se va detrás de su madre. Al salir, se cruza con Mati y López. Este le hace un gesto para que su compañera espere y se va detrás de Fran y Omar. López llega abajo, justo cuando están metiendo a Omar en su celda.

—Fran, un momento, por favor.

Fran sabe de sobra lo que va a ocurrir y mira para otro lado. Sin mediar palabra, López suelta un brutal puñetazo en la boca a Omar, que cae al suelo sangrando.

—De parte de Carvajal.

López sale de nuevo del calabozo y sube las escaleras, dándole una palmada a Fran en el hombro.

—Curad a este —sentencia Fran— que se ha tropezado.

* * *

Minutos después, Quílez y Hakim entran en la comisaría cargando pesadas cajas, que dejan alrededor de la mesa de Mati y López. Ambos tragan saliva al ver el trabajo de clasificación que se les viene encima.

—Esa no va ahí —corrige Mati—. Estas son las de la casa de Omar. Están llenas de agendas y cuadernos, debía llevar la contabilidad o algo así.

—Tú y yo nos conocemos, ¿no? —Fede se acerca a López, rascándose la barba—. Yo te he visto antes por aquí.

López se hace el tonto. Claro que se han visto antes, cuando se hizo pasar por periodista.

—No creo —repone López—. Me confunden mucho. Mira qué cara más corriente tengo.

—Bueno, no tienes una cara tan corriente —dice Mati—. Yo me acordaría. Y además, eres muy alto.

—Hombre, mira, un piropo. Gracias, eh.

—Anda, no seas tonto. —Mati se sonroja—. Digo que no es fácil confundirte.

Hakim deja una de las cajas con un golpe en el suelo. No le está gustando nada el rollo amistoso que se está creando entre ellos.

—Todavía tenemos que traer de la casa varios kilos de hachís y coca —interrumpe Quílez—. Son dos cajas grandes. ¿Dónde lo quieres poner, Mati?

—Había pensado que en la sala de interrogatorios, que por lo menos hay cámaras. Pero si se te ocurre algo mejor…

Quílez se encoge de hombros y sale, indiferente. Hakim se acerca a Fran con una confidencia:

—Fran… ¿Es buena idea tener a Quílez por aquí?

—¿Ha hecho algo raro?

—No, bueno… Pero está delante en todos los registros, justo cuando confiscamos las cosas… Como desaparezca algo…

—Bueno, pero no le puedo mandar a casa sin una acusación formal.

—Fran, sí que puedes. Eres el jefe.

Fran deja los papeles en la mesa.

—Ya. Pero está más vigilado aquí, por todos estos pares de ojos, que en su casa, en la calle o a saber dónde. ¿No crees?

Hakim asiente. Ambos notan que les están mirando. Es Quílez, desde la puerta. El teléfono suena y Fran lo coge, para evitar su mirada. Asiente, cuelga y abre la puerta del despacho de Morey, donde este está ordenando documentación con Serra.

—Han encontrado el coche de Fouad abandonado y calcinado —anuncia Fran—. Están revisando los restos.

—La manera más rápida de borrar huellas. Fantástico —aplaude, irónico, Serra.

—Estamos revisando los restos. Por lo menos, no parece que haya salido de Ceuta. —Fran trata de salvar la cara.

—Cuando compruebe que eso es verdad, me alegraré.

Morey rompe la tensión con una buena noticia:

—Fran, nos dicen que Driss ha despertado.

* * *

Cuando Fátima entra en casa, la mesa está ya casi puesta. De entre los ruidos de cubiertos y platos, se distingue la voz de Hassan.

—Mira, ya ha llegado. ¡Hija, ven a la mesa! Estamos hablando de la boda con Khaled.

Fátima no puede evitar detener sus movimientos, por instinto. De repente la realidad de la cercanía de su compromiso la abruma. ¿Quiere realmente vivir la vida que han elegido para ella? ¿O quiere definirla por ella misma? No es el momento, piensa. Pero toma fuerzas y entra en el salón, donde su prometido se levanta para saludarla.

—Bienvenida, Fátima.

—¿Has visto al chico? —pregunta Aisha—. ¿Has podido hablar con él?

—Sí. Creo que se va a poner bien pronto.

—Bueno, pues por aquí, el barrio está lleno de policías. Todos preguntando, que si conocíamos a este, al otro... Pero como dice Khaled, mañana se habrán olvidado. Nosotros, a cumplir con nuestro deber.

—Mis primos de Francia ya están de camino —prosigue Khaled, en tono dulce—. Para ellos, la fiesta ya ha empezado. Así que no deberíamos interrumpir lo que ya está en marcha, pues sería un motivo de tristeza para todos. ¿Es eso lo que necesitamos, más tristeza?

Todos niegan.

—Ya se siente cerca. Ya casi estamos de boda —confirma Hassan—. Esta familia lleva demasiado tiempo detenida en el pasado. Pero ahora, con esta boda, podemos pensar en el futuro por fin.

—Y después de la boda —promete Khaled— seguiremos buscando a Abdú. Con más fuerzas incluso.

Hassan y Aisha miran a su hija, esperando que hable. Ella lo nota, agobiada, e improvisa.

—Tienes razón. Tenemos que mirar hacia el futuro. Vaya, ¿no habéis traído agua? Voy a por ella.

Fátima se levanta y sale hacia la cocina. Detrás, oye a Khaled levantarse y decir que va a ayudarla. Pero ella tan solo quería un momento sola… Fátima llena una jarra y Khaled se acerca, lenta y gentilmente, a su lado.

—Tus padres estaban muy preocupados esta mañana.

—Lo sé. Es culpa mía.

—¿Cómo que culpa tuya? ¿Qué te preocupa tanto como para que digas eso?

—Khaled… Lo siento. —Fátima cierra el grifo y se vuelve hacia él—. No he dormido muy bien.

Khaled le toma una mano y le besa la punta de los dedos.

—Esta mañana, cuando salí de Tánger, pensé: cuando vuelva, ya estaremos casados.

* * *

En el despacho de Morey, ambos dan buena cuenta de uno de los bocadillos que Marina ha traído para alimentar al personal. Solo que Morey deja el suyo a la mitad y Serra, que había terminado, se lo pide con un gesto. Entre bocado y bocado, expone:

—El programa de protección de testigos es lento. Además, como menor no acompañado van a poner problemas. Entretanto, mira, llevamos al chico a Madrid con dinero de la Casa, le damos un nombre falso y a estudiar. Y en unos años tiene una vida que aquí nunca hubiese soñado.

—Bien. Driss se lo merece. Se ha portado como un héroe.

—En cualquier caso —continúa Serra—, aún no tenemos ni idea de lo que Akrab está planeando. Se nos pueden escapar en cualquier momento.

—Por cierto, ¿no crees que tendríamos que ponerle más vigilancia a Quílez? —pregunta Morey—. Le estamos dejando muy suelto.

—¿Quieres decir «más» vigilancia? —Serra le guiña un ojo y le enseña su tablet, en la que se ve un escritorio de PC moviéndose solo: el cursor escribe, el ratón se mueve...—. López le ha metido un «bicho». Lo están grabando todo desde la central. El ordenador está limpio, como imaginábamos, pero podemos ver cosas como esta.

Serra le muestra un clip en el que el cursor abre la base de datos de la policía. Primero mira la ficha de Fouad y luego el perfil falso de Carvajal. De repente, la puerta se abre y Fran, de nuevo, aparece. Pero su expresión es bien distinta a la de antes.

—Caballeros, ¿me acompañan fuera?

Intrigados, Serra y Morey le siguen fuera del despacho. En el centro de la sala Fran muestra un teléfono y anuncia:

—¡Le tienen! ¡Tenemos a Fouad!

Una explosión de alegría en comisaría hace que todos los agentes se den la mano, se abracen, hagan gestos de victoria. Serra y Morey aguardan los detalles.

—Le han trincado en el Tarajal. Ha intentado cruzar la frontera con otro coche, pero le han descubierto. Se ha resistido al detenerle, tiene la cara un poco tocada, pero está bien. Serra —Fran le pone la mano—, ¿he cumplido o no?

En un gesto raro en él, Serra le choca la mano: la ocasión lo merece. Todos se separan, cuando Fran se sorprende de encontrarse a Quílez cogiéndole del brazo. Este baja la voz:

—Acabo de hablar con Aníbal. Es la segunda vez que llama, dice que tiene que hablar contigo urgentemente.

—Pues si llama otra vez —Fran se suelta del agarre—. Dile que me deje en paz urgentemente. Con la que tenemos montada...

—Si ya se lo he dicho. Pero dice que tiene que verte hoy.

Un rato después, con el humor muy cambiado para bien, López apila en la sala de interrogatorios las cajas que han estado revisando toda la tarde, terminando por la que guarda las agendas de Omar. López se fija en las cámaras, y vuelve a la sala central de la comisaría, donde Mati continúa visualizando vídeos.

—¿Las cámaras de la sala están conectadas y grabando permanentemente?

—Si se quiere, sí.

López asiente, satisfecho. Se pone a su lado y se agacha para ver qué está viendo.

—Y ¿cómo vas con la revisión de vídeos?

—Pues faltan bastantes. —Mati le muestra un documento con la lista—. Hay de todo: entrenamientos, secuestros, imágenes de la guerra de Afganistán y cosas así.

—Esa película la he visto unas cuantas veces. Pero al final, siempre ganan los buenos.

Ambos ríen de buena gana, más tranquilos después de las noticias de la mejoría de Driss y la detención de Fouad. Pero hay alguien que, cuando más ríen ellos, más celoso se pone: Hakim. Mati sigue riendo con ganas y López se lleva otra de las cajas. Pero a Mati se le borra la sonrisa cuando tiene que abrir otro vídeo. En él aparece el prisionero al que van a decapitar.

* * *

Fran llega con prisas a la terraza del Sol y Sombra, un territorio neutral ideal para el encuentro con Aníbal y su lugarteniente Corto. Fran se sienta junto a ellos y mira su reloj. Ni se molesta en pedir una cerveza.

—Bueno, Fran, que ya pensaba que no venías.

—No veas la que tengo encima, Aníbal. Considérate con suerte. ¿Qué es eso tan urgente, a ver?

—Que estoy mosca, Fran. Te dije que me han robado dos veces esta semana, ¿no? Pues, ¿no va el Polaco y viene a llorarme, que dice que Faruq le ha echado porque le han robado también? ¿Qué está pasando, Fran?

—Pues que os estáis robando el uno al otro. O hay un tercero más listo que vosotros dos. Dímelo tú.

—O eso es lo que Faruq quiere que pensemos, y nos marea para que no pensemos que es él. ¿No te jode? Yo no sé para qué hostias te unto, Fran.

—Bueno, pues espérate tranquilito a que pase el lío que tengo montado y me encargo de hablar con él.

—No Fran, no me jodas. Yo no puedo cerrar el negocio por esperarte. —Aníbal baja la voz—. Esta noche me viene una zodiac y voy a ir en persona. Quiero que estés allí, a ver qué coño pasa.

—O sea, que tengo en alerta a toda la policía de la ciudad y tú te traes un cargamento. Si es que pareces tonto, hombre. Retrásalo un par de días.

Aníbal suspira, fastidiado.

—Joder. —Aníbal resopla—. Anda, corto, llama al Christian y dile que pare máquinas hasta nueva orden. Y si pregunta que por qué, dile que «por los cojones de Aníbal, que los tiene así de hinchados».

Fran pone un par de monedas sobre la mesa a modo de despedida.

—Coño, Fran, qué prisa llevas. Que un día te va a dar «un estrés» o algo, tío.

—Pues llévame flores al hospital…

Fran se aleja unos metros… Pero de repente, una idea nace en su cerebro, tan fuerte que le hace detenerse en seco. Tras reflexionar unos instantes, Fran se vuelve hacia Aníbal.

—Eh, dime una cosa. El hachís que te han robado… ¿Venía en barras, en bolas o camuflado de alguna manera?

—En paquetes de café. ¿Por qué? —Pero Fran no contesta, su cerebro va a cien por hora—. Fran.

—Por nada. Por nada. Solo por si me lo encuentro.

Ahora sí, Fran se gira y echa a andar, de vuelta a la comisaría con una idea en mente. Corto saca a Aníbal de sus propios pensamientos.

—Aníbal, que dice Christian que no puede ser.

—¿El qué no puede ser?

—Que no puede parar la entrega. Que ya ha cargado la zodiac y cuando la tiene cargada, la pone a dar vueltas por ahí, vamos, que ya no vuelve al puerto.

—Entonces, ¿qué?

—Pues que dice que como quedamos, que esta noche nos la planta en los acantilados. Que no hay vuelta atrás.

* * *

El coche de Morey se detiene no lejos de la plaza del cafetín, en una calle lo suficientemente recóndita como para no tener un mal encuentro, pero no tan lejos como para que Fátima, que llega desde su casa a reunirse con él, se sienta tranquila. Ahora están juntos y en silencio. Con todo lo que tienen que hablar… Ella no está segura de lo que debe decirle, porque ni siquiera está segura de lo que quiere hacer con su vida. Él no pretende agobiarla. Pero pese a su promesa, tampoco sabe de qué otra cosa podría hablarle, que no sean ellos mismos. Fátima, al menos, lo intenta.

—¿Cuándo crees que reabriréis el Centro Cívico?

—Depende. De lo que vayamos encontrando. Y de las circunstancias.

—Pero ¿esperáis que pase algo más? Porque si Omar y Fouad están detenidos…

—Sí, ya me queda poco por hacer. Es posible —Morey sopesa lo que va a decir, pero decide que es lo honesto— que me manden pronto de vuelta a la Península. Aunque aún me queda traerte a Abdú.

Morey se gira hacia ella para evaluar su respuesta. Al fin y al cabo, es lo único que le retiene allí. Pero no puede evitar extrañarse ante la respuesta de Fátima. Una respuesta que, por otro lado, es reveladora y muestra por fin una voluntad de aceptar su destino.

—Abdú no quiere saber nada de nosotros, Javier. Mi familia quiere verle, claro, pero no podemos seguir detenidos por él. Tenemos que seguir andando hacia el futuro.

—El futuro.

Ambos saben lo que significa eso: lo que la vida parece haberles destinado, lo que eran antes de conocerse, el punto donde sus caminos han de separarse.

—Fátima… —aventura Morey—. Sé que a lo mejor no debería decirte esto, pero sabes que te quiero. Y estoy seguro de que tú sientes lo mismo. Eso es todo lo que debería importar.

Ella cierra los ojos, consciente de lo que se le viene encima. Sus sentimientos están a punto de desbocarse otra vez. Morey le coge la mano y ella se deja hacer. No la retira, pero tampoco le devuelve la caricia. Para ella, ya es un comienzo. Morey continúa.

—Dime que estoy equivocado. Que hay cosas que importan mucho más que nosotros. Y no volveré a preguntarte lo que sientes.

Fátima sabe que está superando la prueba. Que se está volviendo inmune y quizá hasta indiferente a los sentimientos que él le despierta. Quizá seguirán ahí, en lo más profundo de su corazón, pero tan pronto aprenda a ignorarlos del todo, podrá seguir adelante con lo que verdaderamente es su vida, su mundo, su familia, su futuro. Y lo está consiguiendo. Fátima se vuelve hacia él. Y Morey nota que algo ha cambiado en ella, algo que interpreta como cansancio por lo que pasaron hace unas horas, o como preocupación por su hermano, o simplemente como las apariencias que ambos deberían guardar. Pero entonces, ella retira la mano y sale del coche sin avisar. Antes de alejarse, le dice, a través de la ventana:

—Javier, te lo dije hace tiempo. Y te lo tengo que volver a decir: si no entiendes una mirada… tampoco entenderás una larga explicación.

* * *

Frente a Morey y Serra, un sonriente Fran lanza un paquete de café sobre la mesa del despacho. Saca una navaja y abre en dos el paquete. Está lleno de hachís.

—Era muy fácil. Akrab se financia con la droga que roba a las bandas.

Serra y Morey se miran, sorprendidos: Fran ha dado en el blanco.

—Claro —asiente Morey—. Y luego la puede revender a esas mismas bandas.

—Revende más caro algo que le sale gratis en todos los casos. Costo a coste cero —confirma Serra.

—Y con un poco de suerte —deduce Fran—, consigue que las bandas se culpen entre sí y se maten los unos a los otros.

Todos asienten, de acuerdo con sus conclusiones. En ese momento, entra López, con guantes y una bolsa de plástico.

—Esto os va a encantar. —López hurga en la bolsa—. La Científica se ha puesto a desmontar el coche en que iba Fouad cuando lo detuvieron. Ya sabéis lo que les gustan los mecanos. Bueno, pues debajo de la rueda de repuesto, en un doble fondo, había una caja metálica que no se quemó…

De un sobre, López saca distintos objetos metidos en bolsas transparentes, que enumera:

—Un sobre con pasta. Varios pasaportes falsos, entre ellos uno con la foto de Driss. Tres móviles. Y…

López sostiene una pistola por el cañón. Tiene varios restos de pegatinas. Es el arma que Fouad quiso entregar a Driss… Y que Quílez confiscó a Fontana. Fran la reconoce enseguida.

—Esa pistola desapareció de aquí. Se la quitamos a un detenido.

—¿Cómo que desapareció? —inquiere Serra.

—Debería haber sido enviada al juzgado. Pero alguien se la llevó.

—Pues ese alguien —deduce Serra— se la ha hecho llegar a Fouad. El mismo que lo hizo con Tarek.

Fran y Morey intercambian una mirada cargada. Serra lo nota.

—Sabéis algo que yo no sé.

* * *

Minutos después, Quílez está sentado con todos ellos en la sala de interrogatorios. No ha sido agradable para él, ni para nadie, ver cómo Fran le pedía delante de sus compañeros que les acompañase dentro. Ni, Quílez lo nota, este rato va a ser fácil. Porque a estas alturas no hay manera de que nadie lo crea, y lo sabe. La pistola incautada está sobre la mesa.

—Es hasta gracioso —empieza Quílez— porque se lo he oído decir a todos los que yo mismo he sentado en esta silla. Pero no tengo ni puta idea de lo que me estáis contando.

—Quílez, si va a confesar —dice Morey—, hágalo pronto y no nos haga perder el tiempo.

Quílez tiene una media sonrisa irónica en la cara. Porque ahora entiende a tantos y tantos detenidos a los que él decidió que no iba a creer. Sabe que no hay manera. Que nada de lo que diga les hará creerle. Y aun así, siguen preguntándole, una y otra vez.

—Mirad, yo ni siquiera sabía que se habían llevado la pistola. —Quílez mira directamente a Fran—. Tú tampoco me crees, ¿no?

—No te creo porque te vi llevarte la pistola. En esta misma habitación. Tras el interrogatorio a Fontana.

—Claro, coño. Para hacer las diligencias.

Morey decide intervenir con otra información, esperando que de alguna manera, el sospechoso se vea acorralado.

—Quílez, en los últimos tres años, alguien le ha ingresado mucho dinero en su cuenta bancaria. ¿Quién?

Quílez se tapa la cara con las manos, se frota los ojos.

—Joder. Estoy flipando. Me habéis fisgado hasta las cuentas del banco. Sinceramente: tuve que pedir dinero prestado. Me salió mal una inversión. Es la verdad.

—¿Y quién te lo dio?

—Joder, Fran, tú sabes lo que me jode reconocer esto, porque no aguanto al tipo ese. Pero se lo pedí al hermano de mi mujer. Me hizo un favor de la hostia. Pregúntaselo a él mismo. Pero no a mi mujer, eh, que ella no lo sabe y me buscas un problema.

—Así que tu cuñado.

—Pues sí. Haberme preguntado. En lugar de tenerme aquí como a un indeseable y forzarme la cerradura de los cajones. —Quílez se dirige a Morey—. Llamad a mi cuñado. Es constructor. Tiene dinero negro y me daba la pasta en metálico. ¿Que Hacienda le mete un paquete? Pues qué le vamos a hacer, ya hablaré con él.

Fran y Morey se miran. Son muchos años interrogando a sospechosos, y aunque Quílez conoce todos los trucos, podría estar diciendo la verdad. Pero precisamente porque es su amigo, porque ha sabido engañarle en el pasado, no puede creerle tan fácilmente.

—¿Le diste la pistola directamente a Omar?

Quílez se está poniendo nervioso, pero trata de hablar cada vez más sereno. No le sale.

—Vamos a ver. ¿Somos policías o no? Esa pistola tiene mis huellas. La podían haber tirado a cualquier pozo. Alguien la ha plantado para que la encontréis y me caiga el marrón a mí.

—No tiene sentido. Estaba en el coche de huida de Fouad.

—¿Qué tiene sentido, cojones, Fran? ¿Que soy un terrorista? ¿Te has oído?

Morey sigue presionando por su lado.

—Podría ser que pensara que solo estaba haciendo un negocio. Que lo que hicieran con ella no era su problema.

Quílez respira hondo, muy hondo, y expulsa el aire hasta el final.

—No sé ni para qué me defiendo. Ya habéis decidido que tengo la culpa de todo lo que os parezca bien. Haced lo que queráis conmigo. Pero todo eso es una puta mentira.

Quílez se vuelve hacia Fran y lo repite:

—Una puta mentira.

* * *

En la sala central se respira nerviosismo y malestar en los corrillos que se forman, donde los compañeros de esta y otras comisarías comparten todos los rumores que al final surgen sobre Quílez, el policía detenido, el sospechoso de ayudar a los terroristas, que encubrió a su hijo tras matar al de Fran… Mati trata de seguir ajena a todo ello, mientras repasa los vídeos y apunta el minutaje de todo lo que sale en ellos. Hakim llega junto a ella y López y comenta:

—Mira que el dinero pudre a las personas, ¿eh?

—Bueno, a mí me gustaría escuchar la versión de Quílez. Todo esto es un poco raro —aventura Mati, siempre prudente.

—Es raro, o no —matiza Hakim—, necesitaba dinero y lo consiguió ilegalmente. Lo que vemos aquí todos los días.

—A Quílez le acusan de colaborar con un grupo terrorista. Eso es bien diferente —sentencia López, levantándose. Irritado, se va a la sala de descanso.

—No sé cómo le aguantas, menudo gilipollas… —prosigue Hakim—. Oye, ¿te queda mucho? Me prometiste que cenaríamos juntos por tu cumpleaños.

—Pues la verdad es que me queda un rato…

—Bueno, pues cuando vayas a salir, me avisas. Así tengo la cena preparada cuando llegues.

—¿No esperas a ver qué pasa con Quílez? —se extraña Mati.

—Bah, no. Va para largo. Luego me lo cuentas.

Hakim le hace una discreta caricia en la mano para darle ánimos. Ella le sonríe, agradecida. Cuando Hakim sale, Mati suspira… Y vuelve al monótono trabajo de minutar los vídeos.

* * *

Ya de noche, Fátima sale a la terraza de su casa. Necesita estar sola y pensar. Todo lo que ha pasado en los últimos días… Cómo su vida parecía ir en otra dirección, y de repente, se ha vuelto a enderezar… De alguna manera siente que todo lo que llegó con Morey la sacó de un camino que siempre fue el suyo. Mucho de lo vivido fue divertido, emocionante, pleno de sensaciones… Pero también inestable, crítico, pasajero. Y Fátima empieza a creer que la pasión que sienten el uno por el otro depende en exceso de esas situaciones críticas, del peligro, de la esperanza, de la necesidad de sentirse protegida, de que alguien con capacidad para resolver sus problemas estuviese a su lado, que alguien le diera la certeza de poder arreglar una situación que ella sola no podía manejar. Pero ahora que todo parece volver a su cauce, para bien y para mal, ese ritmo alterado y sincopado se aquieta, y con él, sus sentimientos. Ella se siente más lejos de él. Y todo es natural, y debe ser así.

—¿Fátima? —La voz de Khaled sube por la escalera.

—Aquí.

Y seguidamente, su sonriente prometido se le acerca despacio, con una cierta timidez y miedo, temiendo molestarla, no queriendo turbar los momentos que ella elige para sí.

—Yo también necesito estar solo a veces. Para ordenar mis pensamientos.

—Ni aun así lo consigo. Creo que cuanto más sola esté, más se desordenan.

—¿Me dejas que te dé un consejo?

Fátima asiente.

—No sé cuáles son esos pensamientos, ni por qué están en desorden. Pero te puedo decir algo: no tengas miedo.

—Nos han ocurrido tantas cosas en los últimos tiempos, Khaled…

—Lo sé. Pero los que tienen miedo nunca consiguen nada… Porque solo esperan que no les pase nada. Tenemos que luchar por nuestros deseos.

Khaled ha pronunciado la última frase muy cerca de ella. La toma por la cintura e, inclinándose, la besa en los labios. Y Fátima quiere sentir. Quiere sentir que ese beso cálido, que él cree tierno y respetuoso, pero que para ella es lacio y sin pasión, quiere sentir que ese beso puede alimentar su ansia de vida, de amor, de sentimientos y de futuro… Pero no lo hace. Y sin ninguna intención de besarla más, más fuerte y más profundo. Sin querer arrebatarla de su cuerpo ni provocarle un quejido de felicidad, una risa que la ahogue, un llanto por el miedo de perderle o un escalofrío de placer… Khaled se separa de ella, siempre amable, tierno, dulce. Es un decente prometido, va a ser un gran esposo, será un buen compañero… Y nada más.

—Khaled, quiero que adelantemos la boda. Celebrémosla ya. En un par de días si podemos.

—Por supuesto que sí. Me alegra tanto oírte decir eso. Haremos lo que quieras.

Khaled baja las escaleras, dejándola sola de nuevo, dejándola en ese espacio infinito de aire que tiene alrededor, de vacío de vida y de un futuro al que ya ha renunciado... Cuando lo que ella necesita es todo lo contrario: que la abracen, que la asfixien, que la arrebaten. Sola en la noche, Fátima acaricia su móvil en el bolsillo.

* * *

Tras el larguísimo día, Fran y Morey apuran los últimos momentos en la comisaría, con la satisfacción de saber que todo lo que podían resolver está resuelto y dejando al cansancio, al sueño y al bienestar infiltrarse poco a poco en sus huesos, en sus músculos, y por fin, en sus ánimos: el día ha terminado.

Serra y López se fueron hace tiempo, Morey mira por la ventana con un cierto aire de melancolía y Fran se ha quedado unos segundos mirando al infinito, por fin tranquilo. Solo se «despierta» cuando Morey comienza a hablar.

—En la Casa están muy contentos. La célula está desactivada y hemos descubierto al topo. Posiblemente den mi trabajo por terminado aquí muy pronto.

—Entiendo. Misión cumplida.

—Sí... Lo que pasa es que debería estar contento. Pero no sé si lo estoy.

—Normal, Morey. Resolver estos asuntos nunca sale gratis del todo. Siempre pagamos un precio. Ha muerto una compañera, y yo acabo de detener a quien hace dos días era mi mejor amigo. El caso se cierra, pero estas heridas quedan abiertas durante mucho tiempo.

—Lo cierto… —reflexiona Morey—, es que me gustaría estar muy lejos de aquí.

—Pronto lo estará. A usted, por lo menos, le cambian de destino. A mí ese destino me ata a esta ciudad. Nos debemos mucho, ella a mí y yo a ella, supongo.

Morey reflexiona sobre lo que acaba de decir Fran. Y su móvil vibra. Un mensaje. *«Necesito verte»*.

* * *

Lejos de allí, en la misma carretera del monte Hacho donde comenzó una historia con un cadáver en un maletero, otro coche baja a toda velocidad. Dentro Aníbal conduce mientras lleva a Corto de copiloto. Van algo nerviosos.

—De verdad… Corto, al Christian este no le vamos a dar ya ni la hora. No te jode, el listo. Al final he tenido que venir yo en persona a ocuparme de estas mierdas, con lo que me jode mojarme los pies… Menos mal que siempre echa algún kilo de más, porque si no… Para matarle. Oye… ¿Aquello qué es? ¿Un coche? —Efectivamente, unos metros más adelante hay un coche parado—. No me jodas. No me jodas. ¿Qué hace ahí? Saca el hierro, Corto. Vamos.

—¿Estás seguro, Aníbal?

—Voy a pasarle a toda hostia —Aníbal acelera— y asegúrate de que ve bien la pistola, no sea algún gilipollas que nos la quiera liar. Agárrate, agárrate. —Aníbal pisa a fondo—. Se van a cagar de miedo, esos hijos de…

Pero Aníbal se calla, al sentir el cañón de la pistola en la sien.

—Corto, ¿qué cojones haces, me cago en mi madre?

—Para, Aníbal.

—Y una polla —Aníbal acelera aún más y mete otra marcha. Pasan de largo al otro coche—. ¿De qué va esto?

—Aníbal, para el coche o te vuelo la cabeza. —Sin esperar respuesta, Corto dispara a unos centímetros de su cabeza, haciendo estallar el cristal.

Asustado, por fin, Aníbal para el coche.

—¿Por qué me haces esto? ¿Por qué?

—Dale para atrás. —Corto le pone la pistola en la cara—. Para atrás.

Aníbal obedece.

* * *

Mientras, en la comisaría, una agotada Mati mete uno de los últimos deuvedés que le quedan por repasar en el reproductor. Cuando pulsa *play,* se encuentra de nuevo una grabación deficiente de muchachos musulmanes rezando en una casa, en una especie de celebración en la que varios adultos les miran. Lo pasa hacia adelante varias veces, pero parece que no va a ser muy diferente de todos los demás. Hasta que ve algo que le dispara un brote de adrenalina. Mati vuelve atrás, la cabeza a cien y el corazón a mil, buscando el fotograma donde cree haberlo visto. Porque no puede ser verdad. No, ha visto mal, se ha equivocado. Mati avanza fotograma a fotograma. Y allí está. Es él.

* * *

Aníbal está atado con bridas a una señal de tráfico, viendo cómo dos encapuchados con pasamontañas pasan el alijo de droga de su coche a una furgoneta. Cuando acaban, Corto se acerca a él, pistola en mano. Pero Aníbal no se achanta.

—Corto de los cojones. Me voy a cargar a toda tu puta familia uno a uno, y me los voy a cargar delante de tus ojos. ¡Te lo juro!

—Menos huevos, Aníbal —Corto le pone la pistola en la frente—. ¿Y si te remato yo aquí mismo? Así te quito las ganas de joderme.

—Joder, Corto. Con todo lo que he hecho por ti, tío. ¿No te acuerdas? ¿Eh?

—Porque me acuerdo, te doy una oportunidad, Aníbal. Me la voy a jugar contigo. Pero como le pase algo a alguno de los míos, sabes que la gorda de tu madre se va la primera, después tu hermano el del maco, y tú vas después a los peces. Sabes que hablo en serio, ¿no?

Aníbal finalmente asiente. Uno de los encapuchados silba y Corto acude con ellos. El primer encapuchado saca un enorme fajo de dinero y se lo pone en la mano.

—El coche lo tiras dos curvas más allá, y te olvidas de todo hasta la próxima, ¿de acuerdo?

Corto asiente, y sin más, se lleva el coche de Aníbal. El primer encapuchado entra en el coche, y el segundo arranca.

—La suerte está con nosotros, hermano. —El primer encapuchado se descubre. Lleva barba y no le conocemos—. Les vamos a devolver el golpe a los infieles.

El segundo encapuchado se quita también su máscara, encendiendo el motor. Y su voz nos es más familiar.

—*Allahu Akbar,* hermano.

Y Hakim acelera a tope.

12

LÍNEAS PARALELAS

Como siempre, ha llegado la primera. Mati sale del vestuario, lista para iniciar su jornada laboral, de impecable uniforme y preparada para el día. Solo que hoy no ha podido dormir, y siente el cuerpo rígido, cansado y sensible. Y la razón de todas sus preocupaciones, de que hoy haya tenido que hacer acopio de todas sus fuerzas para levantarse, de que tenga los ojos enrojecidos y un nudo en el estómago, y de que no haya pedido una baja, viene por el pasillo, y no precisamente de buen humor.

—Ya te vale —la acusa Hakim—, me lo curro por tu cumpleaños, te hago una cena especial, te espero hasta las tantas y me das plantón. ¿Qué pasa, que al final preferiste irte con el larguirucho? Sí que te cuesta poco cambiar de cama…

Pero Mati no reacciona. No va a discutir ni una sola de sus palabras. No, sin hacerle antes una pregunta.

—Explícame por qué sales en este vídeo. —Mati saca un deuvedé.

—¿Dónde? ¿Qué es eso? —Hakim se queda extrañado. No tiene ni idea de lo que le está preguntando.

—Sales en una reunión de Akrab. —Hakim abre los ojos, incrédulo—. Con chilaba y cantando con yihadistas. Dime qué coño es esto o cuando salga por la puerta, le voy a contar a Fran que nos has engañado a todos.

—Espera, no, espera un momento. —Hakim baja la voz y se asegura de que nadie le oye—. Déjame que te explique. Sí, soy yo.

—Si eres tú, no hay más que hablar. —Mati echa a andar pasillo adelante, pero él la detiene.

—Espera, espera. Tengo derecho a explicarme, por lo menos, ¿no? Dame un segundo. No es lo que piensas.

—¿Qué sabrás tú lo que pienso? —Mati no puede evitar que le tiemble la voz.

—Que en mis ratos libres me dedico al terrorismo islamista, ¿no? —Hakim sonríe, tratando de quitarle hierro, pero no funciona—. Pues no, mira, te explico: fui a esa reunión porque mi primo me lo pidió. Mi primo Mahmoud. Tenía miedo de que hubiesen captado a su hijo. Pero fuimos allí y todo era muy normal. No es lo que parece.

—¿Normal? ¡Había niños montando un arma!

—Claro, y si fuesen rubios, hablasen inglés y viviesen en Texas te parecería algo común y corriente. Pero como somos árabes, pues nos das una escopeta de perdigones y ya somos terroristas.

—Hakim, no me jodas. ¡Akrab es un grupo terrorista!

—Yo entonces no lo sabía. Cuando estuve allí nadie habló de yihad ni de nada sospechoso. Era como un picnic. Como una partida de *paintball*.

Mati guarda silencio, evaluando su respuesta. Si Hakim miente, será un problema grave. Pero si dice la verdad y aun así le denuncia... arruinará su vida y su carrera.

—Mati, mi vida —él insiste—. ¿Tú crees que un grupo terrorista invitaría a un poli a una reunión? ¿Crees que son tan tontos? ¿Me crees a mí, o a ellos?

—Lo siento. Vale. Te creo. Te creo.

Hakim la abraza, a ella se le humedecen los ojos al aliviar la tensión. ¿Qué ha estado a punto de hacer? Si la explicación es tan fácil como la que él le acaba de dar… Ha podido hundirle para siempre.

—Hey. —Él la toma de la barbilla y la besa—. Gracias por creer en mí. No sabes lo que hubiese supuesto, después de tantos años ganándome el respeto de todos por ser moro. Tú me entiendes, te ha pasado lo mismo por ser mujer, ¿verdad? —ella asiente, le entiende muy bien. Sabe que si cometiera un error, las consecuencias serían mayores para ella que para cualquier otro. Hakim prosigue—. Ahora solo me queda convencer a Fran y a Morey, porque no sé si van a ser tan comprensivos como tú, especialmente después de lo de Quílez.

—No, tranquilo… A ti no te va a pasar eso. Te lo prometo.

—Lo sé. Gracias.

Ambos se separan. Mati vuelve al vestuario a lavarse la cara y esconde el deuvedé en su taquilla. Hakim entra de nuevo en la oficina, donde se topa con Fede.

—Qué pasa, Hakim. Vaya nochecita que he pasado pensando en Quílez, tío. Nunca me había pasado algo así, y mira que llevo años en el cuerpo, joder. Primero lo del hijo de Fran… Y ahora que si con los terroristas. ¿Tú te lo crees?

—Si es que al final, no se puede confiar en nadie.

* * *

Morey está solo en su despacho e igualmente ha pasado una mala noche. El día anterior no vio a Fátima finalmente. Su reacción le extrañó: primero se sintió rechazado en el coche, y después ella quería verle. ¿Querría disculparse? ¿Está pensando en dejarle definitivamente? ¿Se habrá arrepentido de nuevo?

La puerta se abre, y Fran entra, sacándole de sus pensamientos.

—Me ha llamado, ¿verdad?

—Quería verle —Morey gira su portátil y le enseña a Fran un listado— porque me temo que hemos tenido un nuevo robo en comisaría.

—No me joda. ¿Otro? Pero si Quílez está detenido…

—Han avisado del juzgado. Les enviamos los deuvedés, pero falta uno. El 57.

—¿Quien se ocupaba de esto? ¿López, no? —pregunta Fran.

—López y… Mati.

Sin dudarlo un segundo, Fran abre la puerta del despacho y hace una seña a Mati para que se acerque. Ella parpadea, no reacciona con la rapidez habitual. Pero se levanta y entra al despacho, donde Fran, sin rodeos, le pone la lista delante.

—Mati, nos falta un deuvedé. Con el número 57. ¿Te ocupaste tú de ello?

Mati finge leer el listado para ganar tiempo y pensar qué puede decirles. Pero a diferencia de otros, apenas sabe mentir. Deja de nuevo el documento sobre la mesa y sacude la cabeza, sin comprender.

—Pues sí, yo revisé y etiqueté los vídeos de cada deuvedé. Supongo que este se me habrá pasado. Todos cometemos errores. Debe haberse perdido. Deme tiempo para que lo busque. Aparecerá. Se lo prometo.

—Eso espero —añade Fran.

—De todas maneras —Morey puntualiza, incorporándose—, afortunadamente tenemos copias de todo el material requisado. O sea, que la investigación puede proseguir.

—Pero entonces —Mati a duras penas disimula su desconcierto—, ¿por qué me acaban de hacer un tercer grado?

Fran reacciona como cuando huele el más mínimo aroma a insubordinación.

—¿Y según tú, qué tendríamos que hacer cuando desaparece una prueba más del caso que abre todos los días el telediario?

—Perdón —Mati trata de disimular—. Me he puesto nerviosa. La culpa es solo mía. Lo siento.

* * *

Lo que no saben, ni ella, Fran o Morey, o los demás policías de la sala, es que tan pronto Hakim ve a Mati entrar en el despacho, coge de su mesa el teléfono de ella y se va a los vestuarios. Allí, marca un número y habla en árabe.

—*Tengo que salir de aquí… No, no hay tiempo. Vale. Sí. De acuerdo.*

Hakim apunta un número en un papel, y de regreso a la sala, vuelve a dejar el teléfono de su compañera sobre la mesa. Hakim cruza la sala y con movimientos naturales, se acerca al puesto de control de cámaras. Hakim introduce una clave, y con varios clics de ratón, desactiva las cámaras del cuarto de interrogatorios. Momentos después entra en dicha sala, y busca rápidamente entre las cajas, hasta que encuentra una en concreto. Hakim la abre y extrae una agenda. Saca una navaja del bolsillo y separa con ella la guarda de la cubierta. Extrae una tarjeta de memoria.

Momentos después Hakim sale del pasillo de interrogatorios fingiendo una grave tos, y se dirige a la entrada con muy mala cara.

—¿Sales? Si no tienes patrulla ahora —pregunta Fede.

—Estoy hecho polvo. He pasado mala noche, y yo creo que me he enfriado. Será una gripe o algo…

—Mucha fiesta es lo que tienes en el cuerpo. Anda… Vete para casa…

Hakim le ríe la gracia y sale, no sin antes mirar atrás para ver a Mati, aún interrogada por sus jefes.

* * *

Morey, dentro de su despacho, comprueba de nuevo la lista de deuvedés y anota el número del que falta. Llama por teléfono a López, que contesta enseguida.

—Necesito que me envíes uno de los vídeos de los ordenadores de Omar.

—Pero si había copia de todos en deuvedé. Dejé a la chica de ayer ordenándolos.

—Sí, pero no lo encuentra. Esta comisaría es un coladero, y quiero saber si se ha perdido o nos lo han levantado en las narices. Y especialmente, si contenía algo que no querían que viésemos. Era el TR-57.

López busca en su ordenador, con el teléfono en el hombro, doliéndose de la espalda. Tampoco ha dormido precisamente bien. Encuentra el archivo y lo abre.

—Era un archivo de cuatro horas. Madre mía. Esto es peor que los vídeos de las vacaciones de mi cuñado. Espera, que echo un vistazo por si acaso.

López va pasando el vídeo haciendo clic en la línea de tiempo cada pocos minutos. Y entonces, ve algo que le hace enderezar el cuerpo. El teléfono por poco cae al suelo.

—Hostias. Javi… esto no ha desaparecido por casualidad. Te mando una captura.

La imagen llega inmediatamente al escritorio de Morey, que lo abre, sintiendo la misma sorpresa que su compañero. En ese momento Fran entra en su despacho, pero por la expresión de Morey sabe que algo malo ocurre. Y cuando ve la foto de Hakim en la pantalla con un subfusil, la respuesta es inmediata:

—No puede ser.

Morey amplía la foto que le ha mandado López, y Fran no da crédito. Su cerebro va a toda velocidad, pero se niega a asimilar la verdad: que el chico al que prácticamente recogió de la calle y dio el futuro que ningún otro muchacho del Príncipe se había atrevido a aceptar, es un yihadista.

—No puede ser, no —insiste Fran.

—¿Cómo que no? ¿Porque trabaja para usted? ¿Dónde está?

—¡Le digo que no puede ser! Vamos a hablar con Quílez.

* * *

Minutos después, ambos entran en interrogatorios, donde un alicaído Quílez está sentado y esposado, mientras un uniformado le custodia. Morey hace una señal al policía para que salga.

—Hablamos de lo que queráis, pero por lo menos, quitadme las esposas, joder.

Fran coge una silla y se sienta en ella con el respaldo hacia adelante, cerca de Quílez. Morey se queda de pie, al lado de la pared.

—Vas a tener que esperar. Quiero que hagas memoria. ¿Te acuerdas del cadáver que apareció en la playa? El que confundieron con Abdú. Cuéntame exactamente qué pasó cuando Hakim y tú le encontrasteis.

—Fran, ¿a qué viene esto ahora? —Quílez está perplejo—. Pero si mi cuñado ya ha ratificado ante el juez que él me dio el dinero…

—Quílez. —Morey se sienta al otro lado—. Le queremos dar la oportunidad de demostrar que es inocente de colaborar con Akrab. Pero esta oportunidad es la última. ¿Cómo encontraron el cadáver?

—Fran, te lo contamos entonces. Esa noche faltaba gente para patrullar. Hakim y yo nos comimos otro turno. Y entonces llegó el aviso de que habían encontrado a un chaval con un tiro en la cara.

—Por favor, sea exacto en los detalles —precisa Morey—. ¿Les avisaron por radio? ¿H-50?

—Mmm... No, bueno, yo no lo oí. Me había bajado a buscar unos bocatas y Hakim me lo contó, me dijo que teníamos que ir para allá. Le había dado el aviso un «confite» suyo.

Fran y Morey intercambian una mirada. ¿Tuvo realmente lugar esa llamada?

—Un «confite». —Fran continúa la búsqueda de detalles—. Quílez, sabes que Hakim no tiene confidentes.

—Fran, joder, en un momento así, no me voy a poner a preguntar. Hay que ir a un sitio, pues voy...

—Déjeme que le informe —interviene Morey— de que Hakim no recibió ninguna llamada esa noche. Lo hemos comprobado, ni de H-50, ni de ningún confidente. Así que si es usted cómplice de Hakim...

—A ver —Quílez le interrumpe, molesto y genuinamente confuso—. ¿Cómplice de qué? No sé de qué me están hablando.

—Vale, cálmate y rebobina, Quílez —prosigue Fran—, vamos a volver a los detalles. Tú vuelves con los bocadillos, Hakim te cuenta lo de la llamada, llegáis adonde el cuerpo, y ¿qué?

—Pues ya lo sabes... Le registramos, le identificamos por la foto y la medalla... Y como pensamos que Aníbal estaría de por medio, pues te llamamos. Y el resto ya lo sabes tú, Fran, no me quieras colgar ningún marrón porque fue idea tuya: lo tiramos al mar para evitar una guerra de bandas. Total, ya estaba muerto.

Fran y Morey piensan unos momentos en silencio. Fran asiente lentamente, atando cabos.

—¿De quién fue la idea de llamarme?

—De Hakim, creo. Pero si no lo llega a pensar él, lo hubiese dicho yo. Siempre que hay problemas, te llamamos a ti.

Morey y Fran hablan como si Quílez no estuviera delante. Este sigue sin saber qué está ocurriendo, pero empieza a imaginárselo. Pero no. No pueden tener razón.

—Seguramente querían que archiváramos el caso de Abdú —concluye Morey—. Como Tarek había desaparecido y luego se había inmolado, no querrían que relacionásemos los dos casos. Eso levantaría sospechas.

Pero Fran no está dispuesto a creerlo del todo. Quiere aprovechar hasta el más mínimo resquicio que demuestre la inocencia de Hakim.

—¿Y la pistola que tenía Tarek cuando explotó en Tánger? —Fran se vuelve hacia Quílez de nuevo—. Se la disteis a Belinchón, ¿no? Él sabía a quién vendérselas. Pero ¿estabas delante cuando le disteis la pipa a Belinchón? ¿Se la diste tú o se la dio Hakim?

—Ese día no pude ir. Se la dio Hakim.

Fran agacha la cabeza. Levanta la vista para encontrarse con la dura mirada de Morey. Ya no hay ninguna duda. A estas alturas, Quílez imagina lo que está ocurriendo. Y como Fran, incluso más que él porque Hakim es su compañero de patrulla, cree que no es verdad.

—Ayer era yo el colaborador. Hoy es Hakim. Fran, venga ya. Hakim es como nosotros. No es un puto fanático. Se harta de jamón y cerveza, como tú y yo, y se está cepillando a la Mati, lo disimulan, pero lo sabe todo el mundo.

—Y así nos engañó a todos —añade Morey—. ¿Recuerdan que alguien intentó asesinar a Karim en la celda? Hakim estaba allí. No es difícil incluso que le pasara el arma a otro prisionero. Hasta eso encaja.

Un momento de silencio. Ahora todos saben lo que han de hacer.

—¿Qué va a pasar conmigo? —pregunta Quílez.

—Contamos con usted para ayudarnos a encontrarle. —Sin dudarlo, Morey pone sobre la mesa la placa y la pistola—. Pero como nos haya mentido y colaboren, me voy a encargar de que no vuelva a ver la luz del día. —Sin más, Morey sale llamando por el móvil.

En la celda, Quílez levanta las manos para que Fran le quite los grilletes.

—Joder, Fran. ¿Cómo nos ha podido engañar todo este tiempo...? ¿Cómo? Pero si soy su compañero, su amigo... Me siento como...

—Traicionado. Como cuando yo me enteré de que habías estado tapando a tu hijo. Traicionado.

* * *

Minutos después Quílez, ya como un policía rehabilitado (aunque con mucho que demostrar), se encuentra en el despacho de Morey, con este y Fran. Este le enseña la captura impresa de Hakim tomada del vídeo, y aún negando con la cabeza, poco a poco acepta lo evidente.

—No está en casa, ni coge el teléfono —concluye Morey—. Ya imaginará que vamos a ir tras él, así que hay que moverse. Den una foto suya a todas las unidades.

—No creo que haga falta —aventura Quílez—, todos los compañeros de Ceuta lo conocen.

—Lo sé, pero quiero que muestren su foto puerta a puerta por si alguien le ha visto.

—En este barrio no se lleva lo de ser un chivato —apunta Fran—. Pero si es para detener a un policía, van a hacer cola en la puerta.

—No es un policía. Es un puto terrorista —lo acepta, por fin, Quílez.

Pero a Fran, aunque por fuera está dispuesto a buscarle, en su interior todavía le cuesta aceptar esta idea, más que a su compañero. Porque para él era lo más parecido a un hijo que le quedaba. Y él que creía que ya era suficiente perder a uno.

—Muy importante —precisa Morey—, de momento no quiero que se mencione que puede ser un yihadista. La versión oficial es que le buscamos por robar droga a Aníbal y Faruq. La gente del Príncipe querrá ayudar a uno o a otro, y las dos bandas tendrán un interés común en ayudarnos a encontrarle. Fran, usted hable con Aníbal, y cuéntele que le lleva robando durante meses. Yo hablaré con Faruq.

Fran no contesta automáticamente. Está de brazos cruzados, con los nudillos ante la boca.

—Morey, no creo que eso sea prudente. Puede que quieran encontrarlo antes que nosotros y ajustar cuentas. Es posible que no lo entreguen. O que lo entreguen muerto.

—Tendremos que correr ese riesgo.

* * *

—*Supongo que sabes lo que tienes que hacer cuando suene la señal.* —El contestador de Hakim salta de nuevo.

Mati cuelga, por enésima vez, sin dejar mensaje. Está nerviosa porque ha escuchado lo que se dice en la comisaría de Hakim, y sabe que es cuestión de minutos que se emita una orden de busca. Pero no quiere asustarle. Por fin, se decide, llama de nuevo y le deja un mensaje.

—Hakim, ¿dónde estás? Ya se han dado cuenta de que me llevé el deuvedé, pero para más inri, tenían una copia. Vuelve con tu primo lo antes posible o les vas a mosquear de verdad. Llámame, por favor. Por favor.

Lejos de allí, en el apartamento de Morey, López acaba de pulsar el botón de detener grabación. Se ha recostado en su silla, suspirando con tristeza, y ha pensado en la pena que le da esa chica, que además de estarle cayendo muy bien, en no pocas maneras le recuerda a Carvajal. Pero tiene que hacer una llamada.

—Morey. Ya sé quién robó el deuvedé.

* * *

Brazos cruzados, manos en los bolsillos, miradas al suelo. Todos los policías escuchan a Fran con una gravedad poco acostumbrada. No es para menos: están hablando de la busca y captura de un compañero.

—Hace tiempo que la UDYCO está detrás de Hakim —y la actitud de Fran es igualmente seria. No pueden verle dudar, y más porque todo el mundo conoce su historia personal con Hakim—. Sospechaban que sustraía droga a los narcos porque sabía bien que no iban a denunciar los robos. En confianza —las miradas gachas se levantan para observarle—, todos nos hemos callado en alguna ocasión para proteger a algún compañero. Pero ahora es diferente. Hakim es sospechoso de algo muy grave. Así que cuanto antes le encontremos, mejor para todos. Cualquier pregunta, a Quílez, que dirige esta operación.

Los policías se dispersan para compartir opiniones e información, y aprovechan para dar palmadas en el hombro a Quílez, rehabilitado con la dirección de la operación, quien agradece cada muestra de cariño. Vuelve a ser uno de ellos.

—Mati —pregunta Fran a Morey—, ¿dónde está?

—No está en este operativo, por razones obvias.

—¿Por qué?

—Acabamos de interceptar un mensaje en el contestador de Hakim que la hace sospechosa del robo del deuvedé.

Fran trata de encajar el golpe. Otro de sus agentes se convierte en un sospechoso. «Tiene cojones que al final», piensa con ironía, «el poli más limpio de esta comisaría voy a ser yo». Pero la broma es demasiado real como para decirla. Morey continúa:

—Todos saben que son pareja, o al menos, que tienen relaciones. ¿Cree usted que podrían ser cómplices?

—Mire, Morey, no creo, o al menos, espero que no. Pero ordenaré que la sigan, si así lo quiere.

—A mí tampoco me gusta, pero es lo que hay que hacer.

—Antes tengo una pregunta más —plantea Fran—. Aceptemos que Hakim es lo que parece. Eso no cambia el hecho de que le tenga un… digamos, aprecio especial. Quiero saber qué le va a pasar cuando le encontremos. Todavía me acuerdo de lo que hicieron con Ismail.

—Fran, se equivoca usted en algo fundamental. Ese Hakim al que usted tiene aprecio no existe. No ha existido nunca. Es simplemente una tapadera.

Fran suspira; ni a eso le dejan agarrarse. Y casi sin querer se le escapa:

—Vamos, como usted.

Morey asiente.

—Sí, pero hay una diferencia: Fran, yo a usted no le he traicionado.

* * *

Morey regresa a su despacho y cierra la puerta, deseando al menos tener unos minutos de tranquilidad para pensar en su siguiente paso, pero el teléfono suena una vez más.

—Serra. Dime.

—Estamos de racha, muchacho. Antes de sacarte de Ceuta, seguramente habremos descabezado a Akrab. Los colegas marroquíes de la DGED nos han pasado una llamada de uno de los contactos de Omar allí. Han llamado desde el teléfono, vas a flipar, de una mujer policía de la comisaría, una tal Mati. Eso sí, no llamó ella. El que llamó era un tío, no sé si te dice algo.

—Sería Hakim. Le tengo en busca ahora mismo. Estamos tras ella también ahora.

—Pues encuéntrale, porque este tío tiene línea directa con los peces gordos. En la llamada le pedían una tarjeta de memoria. Al parecer, Omar la tenía oculta en una agenda. Dime que la tienes, porque ahí tienen la información financiera de la red. El premio gordo.

Según Serra menciona la agenda, Morey ya está caminando hacia...

—Estoy entrando en interrogatorios. La agenda tiene que estar aquí. Es el único sitio en que teníamos cámaras.

—Pues dime que hay suerte. Al parecer, tiene que entregarla en mano al líder de Akrab en Marruecos.

—Tengo la agenda en la mano... Mierda, Serra, se nos han adelantado.

—¡No me jodas!

—Debía de estar escondida en las tapas. Seguramente ha sido Hakim. Déjame ver las grabaciones.

Para entonces Morey ya está saliendo de interrogatorios y se dirige al control de vigilancia. Introduce su propia clave y... comprueba que las cámaras de la sala están apagadas.

—Estaban desconectadas. Nos la ha jugado. Espera, que miro el registro.

—Me estás jodiendo a base de bien, Javier. Una cagada tras otra. Delante de tus putas narices.

—Espera. Tengo aquí la clave que han usado. Ha sido Mati, no él.

—¡Me da igual! ¿En qué coño estás pensando!

—Serra, si no estás contento con mi trabajo, no tienes más que decirlo. —Morey vuelve hacia su despacho.

—¿Para qué? ¿Me estás pidiendo que te larguemos? ¿La estás cagando aposta porque quieres irte con tu querida Fátima del alma?

Morey cierra la puerta de su despacho justo a tiempo para gritarle.

—¡Qué coño estás diciendo!

—Javier, que no soy imbécil, que no eres el primero que se cuelga de una confidente y se cree de verdad el rollo James Bond. Que no te enteras de lo que tienes delante porque tienes a esa tía siempre en la cabeza. Y si estás pensando en largarte por tu cuenta, olvídate, Javi, y menos con la hermana de un terrorista, porque sabes que te daría caza hasta el puto fin del mundo. ¡No os dejaríamos ni vivir!

Serra cuelga.

* * *

En casa de los Ben Barek, hay animación y jaleo. En el salón, Faruq, Hassan y Khaled están organizando la gran cena de los hombres de la inminente boda, calculando la comida necesaria, organizando la intendencia y distribuyéndose tareas. La puerta se abre y entran las mujeres: Fátima, Aisha, Leila y Nayat, cargadas con bolsas de la compra. Entre risas, las dejan en el suelo.

—Pero ¡mujer! Os hubiera traído en coche —apunta Hassan.

—No te preocupes, que tú también tienes que hacer. Bueno, ¿al final sois treinta? Pues ¡a ver dónde os metemos! —Ríe Leila, cogiendo a Faruq del brazo.

—Bueno, entre la casa y el cafetín cabremos todos —asegura Aisha—. Nayat, échame una mano con las bolsas.

Fátima va a coger otra, pero Leila la toma del brazo y la lleva aparte.

—Fátima, ahora te lo puedo decir. ¡Cómo me alegro por ti de que haya llegado este día! Ya verás como el matrimonio te va a aportar la paz que necesitas.

—¿Por qué crees que necesito paz? —Fátima trata de disimular su irritación.

—Lo sabrás cuando te cases. Con Khaled, te va a cambiar la vida. Todo lo que necesites, lo tendrás en casa, en tu hombre, y —Leila carga sus palabras— ya no necesitarás buscar a nadie más. El matrimonio será tu tranquilidad, tu paz.

—Leila… Yo no soy como tú.

—A partir de mañana sí que lo serás.

* * *

Un chasquido abre la puerta del apartamento de Hakim. Por un momento la puerta se abre muy lentamente, sin que nadie entre. Mati, guardándose una ganzúa, se asoma con precaución al recibidor, y de ahí, a pasos muy silenciosos, pasa al salón de la casa, decorada con pulcritud y orden, mucho más de lo que cabría esperar para alguien con la fama de desastre que tiene su novio.

—¿Hakim? ¿Hola?

Mati saca el móvil y marca su número, pero ni lo oye sonar por la casa, ni le contesta nadie. Entonces siente una presencia, pero antes de que pueda volverse, una voz la paraliza. La voz de Morey.

—Quieta.

Un rato después, ya en el apartamento del CNI situado sobre el de Morey, este y Fran permanecen de pie, interrogándola, mientras ella responde, sentada en el sofá de casa, confusa y cabizbaja. López permanece en segundo plano, sin intervenir.

—Hakim no ha hecho nada malo —asegura ella.

—Pues ese vídeo no le deja en muy buen lugar —responde Fran— y sabes bien que a mí me duele tanto o más que a ti.

—No, Fran, él me lo explicó: quería ayudar a su primo Mahmoud. Yo también sospechaba, pero ya conoces a Hakim, él no puede ser de esos. Solo quería ayudar a su familia.

—Mati —tercia Morey—, sabes que eso no es verdad. Te crees eso para no aceptar que te ha estado utilizando. ¿Sabes que ha usado tu móvil para hablar con un contacto de Akrab en Marruecos?

Mati solo niega con la cabeza, mirando al suelo. No es suficiente. Morey prosigue.

—Eso no solo le inculpa directamente, sino que te ha convertido en sospechosa. Por no decir que alguien desconectó las cámaras de seguridad de la comisaría para llevarse una prueba… Y usó tu clave.

—¿Se la diste tú a Hakim? —Fran toma el relevo.

—Fran, ni tú ni nadie se sabe su clave de memoria… Todos la tenemos apuntada en un *post-it* en la pantalla del ordenador… Si Hakim se ha ido es porque teme que nadie le va a creer. Que estéis aquí prueba que nadie le considera igual que los demás. Le ven como un… moro, un intruso. Alguien en quien no se puede confiar. Siempre ha intentado ser uno más, pero vosotros…

—Sabes que eso no es verdad —repone Fran, tocado—. Si conoces mi historia con él, sabrás que ha sido casi como un hijo para mí.

—Mati. Fran. —Morey se ve obligado a recordárselo a ambos—. Estáis hablando de alguien que nunca ha existido. Hakim es solo una tapadera. Te engañó a ti, a Fran y a todos.

—No, se equivoca —insiste Mati, adquiriendo un tono quejumbroso—. Solo está asustado. No es un terrorista. Fran, tú le conoces. Convéncele de que dé la cara y oigamos su versión. Estoy segura de que todo va a tener una explicación…

Morey nota que así no van a llegar a ninguna parte. Pero además se extraña de que Fran parezca dudar a ratos. ¿Puede confiar en él? No quiere que en el momento decisivo, Fran tenga dudas… Morey decide reconducir la estrategia.

—Mati, te hemos traído aquí por una razón: si te llevamos a comisaría, te abrirían un expediente y estarías fuera del cuerpo. —Mati, angustiada, finalmente se ha de limpiar las lágrimas—. Así que quiero que, como tú misma sugieres, nos ayudes a encontrar a Hakim. Y veremos qué ocurre entonces. Ahora quiero que te laves la cara, te centres y cojas fuerzas.

Mati se levanta y entra al cuarto de baño. Morey decide reorganizar las prioridades.

—Fran, busque al primo de Hakim y espérenos en comisaría, a ver qué nos cuenta. Como poco, puede que también esté implicado.

—No espere que el primo hable para inculpar a un familiar.

—Lo sé. Pero quiero que ella piense que damos crédito a esa versión. Así seguirá ayudándonos para intentar limpiar su nombre.

El móvil de Morey suena: le ha llegado un mensaje. Lo mira de reojo. Es de Fátima. *«Necesito verte».*

López sacude la cabeza. Ha visto esto muchas veces y no cree que funcione.

—Esa piba no es de fiar, Javier. Síndrome de Estocolmo total. Me cae bien, pero es una bomba de relojería.

—López, yo no he dicho que confíe en ella. Pero está enamorada. Y una mujer enamorada nos es útil porque es capaz de cualquier cosa.

* * *

Momentos después, Morey espera solo, sentado en su piso, nervioso y expectante, sabiendo que Serra tiene razón. Que desde un principio ha cometido serios errores, ha estado a punto de quedarse fuera de la misión, e incluso fuera del cuerpo, por la obsesión que siente por Fátima. Pero también sabe que no es capaz de dejar de pensar en ella, de responder a sus mensajes. Y lo más importante: saben que son su última esperanza recíproca para huir de sus vidas, empezar de cero y rebelarse contra sus destinos.

Morey oye pasos acercarse a la puerta. El timbre suena y sin pensárselo, abre. Fátima entra sin mirar, muy nerviosa, paseando de un lado a otro de la habitación. Salen a la terraza. Muy pronto, su conversación está teñida de algo nuevo, algo parecido a la decepción y el rencor.

—Me caso mañana. He venido a decirte que la boda será mañana.

—Bien —responde Morey, irritado—. Me alegro. Qué fácil lo tienes. Khaled va a solucionar tu vida. Te va a dar todo lo que necesitas, ¿no? Todo lo que has soñado te lo va a dar él. Cásate y todos tus problemas estarán resueltos.

—¡No me hables así! ¿Qué otra opción tengo? —Fátima nota que el escudo que tan cuidadosamente se ha ido preparando según venía a su cita empieza a resquebrajarse.

—Fátima, tenemos otras opciones. Nos queremos, y lo sabes aunque lo niegues. Me importas más que mi misión, que mi futuro, que mi propia vida. Vámonos de aquí… Vámonos juntos y desaparezcamos del mundo… —Morey acerca su rostro más al suyo—. No quiero, ¿me oyes? No quiero que te cases con Khaled.

Fátima se siente desfallecer ante sus palabras, ante su presencia, su fuerza y el desgarro de su tono. Morey acerca su rostro lentamente al de ella, inclinándose para besarla. Fátima nota que esta vez no es como las demás, en que se dejaron llevar. Conscientemente, Morey está reprimiendo sus impulsos para darle tiempo a que ella muestre cualquier señal de rechazo, una vía de escape, un camino de huida. Pero esta vez es Fátima quien se lanza a sus labios.

* * *

Un golpe, otro golpe, otro más. Un puñetazo tras otro doblan el cuerpo y la resistencia de Mahmoud, un árabe de unos treinta y cinco años y que hace unos minutos tenía bastantes más dientes de los que ahora le quedan. Aníbal vuelve a descargar su dolorido puño sobre su cara, combinando el *uppercut* con otro puño a la boca del estómago. Junto a ellos, un camión con la puerta del conductor abierta y el coche de Aníbal bloqueándole el camino.

—Dime dónde cojones está tu primo, que no voy a parar, ¿me oyes?

—Que no lo sé… Que hace meses que no le veo…

Aníbal da un paso atrás y le hunde la puntera de la bota en la entrepierna, justo cuando el coche K de Fran llega junto a ellos. Sin embargo, Fran no muestra mucha prisa por pararle.

—Mira, la policía llega justo cuando se la necesita. —Ríe Aníbal.

—No jodas que has encontrado al primo de Hakim. —Fran se quita las gafas de sol.

—Sí, pero deben ser primos lejanos. Porque a este mira que le cuesta hablar, con lo pesado que es el otro.

—A lo mejor es que no le estás preguntando las cosas con educación. Me lo llevo a comisaría, que le vamos a cuidar mucho más. Y por lo menos no lo hacemos a la luz del día.

—Vale, Fran. Pero que te diga de paso dónde tiene su primo la mercancía que me trincó, o cuando le sueltes le vamos a estar esperando.

Fran mete a Mahmoud en el coche y observa el camión, con la puerta de atrás abierta y algunas cajas desparramadas por detrás.

—No lo mires tanto, que ya le hemos dado un buen repaso. No hay rastro ni del hachís ni de su primo. Si quieres registrarlo...

—Me fío de ti.

Fran monta en el coche y sale haciendo ruedas. Acto seguido, Aníbal y los suyos parten igualmente, en dirección opuesta. Y durante unos minutos nada pasa en la solitaria carretera. Hasta que, de dentro de uno de los asientos del camión, emerge una hoja de navaja, que corta la tapicería limpiamente en sentido vertical. Unas manos terminan de rasgarlo desde dentro. Y el rostro de Hakim busca aire desde su interior. Poco a poco va arrastrándose fuera de su escondrijo.

—Mierda...

* * *

Morey y Fátima están aún abrazados, de pie en medio de la terraza, respirando el aire que envuelve a cada uno y temiendo que sea su último momento juntos... O quizá, deseando que sea el primero de una nueva vida. Pues la verdad que tan esquiva les ha resultado, irónicamente puede ser ahora la base para su separación final... O para un incierto compromiso eterno.

—Sabes bien que yo no puedo ofrecerte lo mismo que Khaled —susurra Morey—. No podríamos vivir aquí. Tu familia no nos dejaría. Ni el CNI. Pero podemos intentar huir y empezar de cero, lejos...

—Pero ¿adónde iríamos? Es una locura, no tiene sentido...

—Lo sé... Pero confía en mí, encontraré la manera... Solo sé que no quiero que te cases con Khaled porque te perdería para siempre, y haré lo que esté en mi mano para impedirlo. Lo que sea.

—Javier..., ¿estás tan seguro de que quieres dejarlo todo por mí?

—Sí. Voy a cambiar mi vida entera por ti. ¿Y tú, estás segura?

—Pero Abdú…

Morey rompe el abrazo con gentileza y la mira directamente a los ojos:

—¿Qué más tiene que pasar para que Abdú os convenza de que no quiere saber nada de vosotros?

—Javier, tengo miedo…

Él le acaricia la cara, no puede evitar sonreír ante su ingenuidad e inocencia. Cuando está así, tan desprotegida, cuando parece una muchacha, es cuando él más siente que rompería con todo para tenerla.

—Yo también… En serio… Pero perderte me da aún más miedo. —Morey no se resiste, le besa las mejillas, la nariz, la frente, los labios, como queriendo saber que podrá hacerlo el resto de su vida—. Solo pensar que Khaled te puede tocar, besar… Me vuelve loco, no lo soporto.

Los ojos de Fátima se desbordan de lágrimas.

—No quiero.

Morey siente un pinchazo en el alma. Se separa de ella, poco a poco, pensando que es un rechazo.

—No quiero perderte —concluye ella.

Fátima le abraza con desesperación y le aprieta contra sí con toda la fuerza que guarda su cuerpo. Morey corresponde con un abrazo firme, que deja entrever su fuerza, pero sin oprimirla: un abrazo protector, que la envuelva y la tranquilice.

—¿Vendrás conmigo, entonces, Fátima?

—Sí.

Ambos se miran de nuevo a los ojos. Y les nace una tierna sonrisa, que pronto se convierte en risa, en carcajadas, en una felicidad desbocada que les emborracha y hace soñar, en un sueño que por fin puede hacerse realidad, en un cielo que parece que ambos están lo suficientemente cerca como para tocar…

Y de repente Morey empuja a Fátima hacia el dormitorio, despertando en ella las fantasías, deseos, ansias y apetitos que se había resignado a reprimir para siempre, pero que sabe que son parte de ella, de su ser como mujer y de su felicidad como amante y amada, y a los que ya no, nunca, piensa renunciar. Morey le aparta el velo y empieza a desnudarla. Ambos están cada vez más excitados… Pero Morey, de repente, se detiene.

—Sabes que no hay vuelta atrás. Que conmigo no conocerás la tranquilidad o la paz.

—No quiero paz. Te quiero a ti. Pase lo que pase. Pero tienes que prometerme que nunca, nunca me dejarás…

Morey asiente, y vuelve a besarla en la boca, en el cuello, en el pecho con una pasión que le ciega y le libera. Pero esta vez es ella quien le detiene.

—Prométemelo.

—Te lo prometo.

Y en minutos, sin moverse, acorralándose el uno al otro contra la pared como las circunstancias lo hacen contra ellos, Fátima y Morey hacen el amor como si de verdad, pese al futuro que desean por delante, no creyesen realmente que algo así pueda ocurrir, e intentan, de forma frenética y desesperada, que ese momento dure para siempre.

* * *

Fran entra en comisaría llevando detenido a Mahmoud, cuyo lamentable aspecto llama la atención y levanta las miradas reprobadoras de media comisaría.

—Eh, a mí no me miréis —aclara Fran— que yo todavía no he empezado con él.

—Pero joder, que yo no sé nada —suplica Mahmoud—. No me hagáis comerme el marrón de mi primo…

Fran le da los papeles a Quílez.

—Anda, haz el ingreso al pájaro este. Que no diga que aquí no tratamos bien a la familia.

—Pero venga —insiste Mahmoud—, si yo no me he metido con nadie, no me habéis encontrado nada.

—Hoy no —explica Fede—. Pero sospechamos que la semana pasada robaste gominolas en una tienda.

—Pero si soy diabético…

—Tiene la misma gracia que su primo —confirma Quílez—. Ni puta.

Quílez tira de Mahmoud hacia los calabozos, y Fran hace una señal a Mati, que nerviosa, se reúne con él.

—Ahí le tienes. El primo de Hakim. Le he salvado de que Aníbal se lo cargara. Vamos a tratarle bien, para ver qué nos puede contar. Llévale un bocadillo, pero no me líes ninguna cuando te pierda de vista, ¿eh?

Mati asiente, esperanzada.

* * *

En la celda, Mahmoud se duele de las heridas de la boca. Con los dedos y la lengua, palpa y cuenta los dientes que le han partido y los que se han desprendido de cuajo. Se incorpora al oír llegar a alguien, extrañándose cuando ve que es una mujer policía la que llega con un bocadillo en un plato.

—Espero que te guste el atún.

Mahmoud sonríe todo lo que el dolor le deja. No va a desaprovechar la ocasión de congraciarse con ella. Y siempre puede comerse la miga…

—Me encanta. Gracias. Oye…, ¿no serás tú la novia de mi primo?

—Bueno… novia… novia… no.

—Vale, bueno, lo que sea. Pero, eh, que sepas que él está que no caga contigo.

—No hace falta que me hagas la pelota. Solo quiero que sepas que yo sigo de parte de Hakim.

Mahmoud decide no seguirle la corriente. Ella podría estar simplemente fingiendo.

—No te pillo —duda él—. No sé de qué me hablas. ¿Por qué estás de su parte?

—¿No ha hablado contigo?

Mahmoud niega con la cabeza. Y Mati muerde el anzuelo:

—Mira… Hakim está metido en un buen marrón. Me dijo que para hacerte un favor, fue a una reunión con yihadistas, y ahora sale en un vídeo que le hace sospechoso. Decía que lo hizo porque tenías miedo de que hubiesen captado a tu hijo.

—Joder. —Mahmoud se lleva una mano a la frente, agobiado—. Joder con el Hakim. ¿Te ha dicho eso?

—Sí, así que ahora voy a mandarte a mis jefes, para que se lo digas y todo esto se aclare. ¿Entendido?

—No, no tía… A mí no me líes, que todavía me como yo el marrón.

—A ver, Mahmoud —insiste ella, paciente—. Sé que me acabas de conocer y no sabes si fiarte de mí. Pero soy la última persona que aún cree en la inocencia de Hakim. ¿Está contigo, o no?

Mahmoud aguanta la mirada a Mati. Le parece sincera, pero no sabe si fiarse de una policía, por muy enamorada que parezca estar. Pero por otro lado… Quizá sea la única manera de salir de allí. Además, sabe en qué situación está Hakim y él no podrá serle de ayuda en la cárcel. Así que…

—Dame un boli.

Mati saca el bolígrafo del bolsillo y se lo da. Mahmoud le coge la palma de la mano y apunta un número.

—Yo también creo en él. Y en ti. No le falles.

Mati asiente y sale del calabozo. Cuando cierra la puerta, siente una presencia: es Fran, que le coge la mano y mira el número.

—Te lo iba a contar…

Morey entra por la puerta de la comisaría, y se dirige a su despacho mientras habla por teléfono. De nuevo, su mente racional, su responsabilidad, su profesionalidad luchan por imponerse al recuerdo de lo que acaba de vivir con Fátima, de todo aquello que se han dicho y prometido, y de las ganas de dejarlo todo, darse la vuelta y huir, esta vez sí, de una vez. Tener a Serra al otro lado de la línea le hace centrarse rápido, muy rápido. Porque para que no sospeche nada, así deben ser sus respuestas para él:

—No, Hakim sigue en paradero desconocido. Serra, toda la policía de Ceuta está movilizada, incluso estamos filtrando a los narcos que era él quien les robaba para que nos ayuden.

—¿Estás loco? ¿Has metido a los narcos en esto?

—Me lo enseñaste tú. Se llama «mover el avispero».

Morey cuelga a Serra, abre la puerta de su despacho y trata de poner su cabeza en orden, decidir cuál es el siguiente paso, qué movimientos tiene que hacer para adelantarse a la imaginación de Hakim, de Serra, de la yihad, de todo el CNI... Y frustrado, descarga un puñetazo contra la pared.

—Y eso que dicen que los espías son gente fría.

Cuando Morey se vuelve, allí está Fran, cerrando la puerta tras de sí igual de sorprendido que él por haberle pillado en ese extraño momento de debilidad y nerviosismo.

—Estoy cansado, Fran. Muy cansado.

—Es normal.

—No. En mí no es normal.

Morey se sienta a su mesa, y por un momento, se tapa la cara con las manos. Fran deduce que la cosa es más grave de lo que pensaba...

—¿Por qué me cuenta esto? —insiste Fran. Pero esta vez, su tono es distinto. Ya no hay sarcasmo ni resentimiento. Es el tono que podría adoptar con un compañero, con un pupilo, tras un percance en la calle. Y la respuesta le sorprende aún más.

—Porque confío en usted.

—Vaya. Pensaba que el CNI les entrenaba para no fiarse de nadie.

Morey se quita las manos de la cara y asiente, convencido.

—Por eso mismo tengo que dejar este trabajo.

—Siempre puedo contratarle yo. —Fran sonríe—. Necesitamos buenos policías en esta comisaría.

Morey levanta la vista, cree que habla en serio. Pero por fin, sonríe también.

—¿Tiene algo más para mí?

—Mati ha conseguido de Mahmoud un teléfono que, creemos, nos pondrá en contacto con Hakim. Supongo que su amigo López tendrá la grabadora lista.

* * *

Un hombre camina con precaución por los callejones del Príncipe. Pese al tiempo caluroso, lleva una cazadora, porta unas grandes gafas de sol y va tocado con una gorra, con cuya visera se va tapando la cara. Va a doblar una esquina, pero se detiene: un par de policías uniformados muestran una foto a unos vecinos. Se esconde de nuevo tras la esquina, mira a izquierda y derecha, considerando qué hacer. Y el sonido de su propio teléfono le sobresalta. Es Mati.

—Hola guapa. Sabía que al final me llamarías.

—¿Dónde estás? Tu primo está aquí, en comisaría.

Hakim mascula una maldición, que ella no oye.

—¿Por qué no vienes? —Mati continúa—. Así todo se aclarará de una vez.

—No, cariño. Nadie va a creerme.

—Yo sí. Te lo prometo.

—Porque tú eres una ricura. ¿Y quién más?

Hay un silencio de unos segundos.

—La verdad es que nadie. —Ella suspira—. He tratado de explicarles el error a Fran y Morey… Pero no me creen. Tienes razón. Aquí ya no puedes volver. Por lo menos hasta que se aclare todo.

Hakim vuelve a mirar fugazmente más allá de la esquina. Los policías siguen allí, hablando con la gente.

—Mira, cielo… Tengo que irme de aquí. Tengo que salir de Ceuta.

—Yo te ayudo. Dime lo que tengo que hacer. Quiero verte. Dime un sitio.

—Donde íbamos a celebrar tu cumpleaños. Dentro de tres horas.

Hakim cuelga… Y Mati también. Levanta la vista con tristeza y observa cómo Fran y Morey se quitan los auriculares. Mati sabe que ella siempre ha tenido dificultades para defender a un compañero cuando estos han tratado de ir más allá de la ley. Se había sentido sola por ello. Pero nunca le había dado a ninguno el beso de judas.

—En tres horas, ¿dónde, Mati?

—En el mirador.

—¿Ibais a celebrar tu cumpleaños en el mirador? —pregunta Fran.

—Bueno… Íbamos a hacer un picnic. Me prometió que se encargaba de la comida, pero yo iba a llevar un par de bocadillos, por si acaso. Si el pobre no sabe ni encender el gas.

* * *

Fátima llega a casa, con solo una idea en mente: darse una ducha antes de que nadie se acerque a ella. De nuevo, quiere sentirse limpia, quiere que el agua la purifique y que el jabón quite de su cuerpo el olor a sexo, quiere frotarse la piel como un castigo hasta dejarla roja y dolorida. Pero precisamente antes de entrar en el salón, se encuentra con Khaled. Y aunque su tono no es tan amable y comprensivo como otras veces, lo que hace que a Fátima le duela menos lo que acaba de hacer, no deja de afectarle el tener que seguir mintiéndole a él y a toda su familia. Pero no volverá a hacerlo más. Una vez que les abandone y les deje atrás, una vez que se aleje de ellos para siempre, no tendrá que volver a mentir a nadie nunca más.

—¿Dónde estabas, Fátima? —inquiere Khaled, molesto.

—Fui a recoger el vestido. Para la fiesta de esta noche.

—Pues no lo veo por ningún lado.

—Khaled, no me quedaba bien. Lo he tenido que dejar para que lo arreglen.

—¿Y cómo es que, teniendo una madre modista, te tienen que arreglar el vestido fuera?

Fátima tuerce el gesto, fastidiada.

—Porque mi madre no está para pensar en vestidos, Khaled.

Fátima pasa por delante de él y camina hacia el salón. Khaled se queda atrás, arrepentido y avergonzado.

—Tienes razón. Es verdad.

—Voy a ducharme —anuncia Fátima.

—Espera. Hassan está en el baño. Se sentía un poco enfermo —le aclara Leila.

—No te preocupes, que cuando te vea, se le quitarán todos los males. —Aisha sonríe.

Y como si le hubieran llamado, Hassan aparece por el pasillo, con un extraño andar vacilante y mareado.

—Hija mía…

Pero antes de llegar a ella, le cambia el gesto y se desvanece. Fátima trata de sujetarle a duras penas. Las mujeres gritan…

* * *

Fran y Morey coordinan por teléfono el operativo desde el Sol y Sombra, cercano al mirador. Aún tienen dos horas y pueden permitirse considerar opciones. Serra llama a Morey para pedirle novedades, y cuando este sale, Fran, en la barra, se permite un momento de intimidad con Marina.

—Así que ya ves. Hakim también.

—Fran, cielo… Yo lo siento por ti, que menuda decepción te has tenido que llevar… Pero también lo siento por Mati, que la niña es un amor y lo debe estar pasando muy mal.

Fran reflexiona sobre sus palabras, cuando Morey cuelga y se sienta a su lado, expresando una preocupación similar.

—Sigo pensando en Mati. ¿Y si no nos ha dicho la verdad? Puede que hayan quedado en el mirador… O puede que no. A lo mejor nos quiere distraer para ayudarle a pasar a Marruecos.

—Es razonable. ¿Tiene algo en mente?

—Dejarla hacer. Usted, Quílez y los demás irán al mirador. —Morey reflexiona unos momentos—. De hecho, vamos a dejar que toda la comisaría participe en ese operativo. Todos, menos ella.

—¿Cree que así nos llevará ante Hakim?

—Creo que es solo posible. Pero merece la pena probar. ¿Qué le parece?

Fran lo piensa un momento, quizá unos segundos más de lo que Morey espera. Y cuando Fran se vuelve de nuevo hacia él y le habla, le dice mucho más de lo que Morey esperaba escuchar.

—Que siento mucho que esté arruinando su vida, su carrera y su futuro por enamorarse de quien no debía. Me refiero a Mati, claro.

* * *

Minutos después, Morey está de vuelta en la comisaría y se encuentra a Mati, sentada cabizbaja en la zona de descanso. Morey decide no dar rodeos y tratar la cuestión como algo profesional, por mucho que en el fondo entienda lo que ella está haciendo.

—He cambiado de idea: no vas a ir a la cita con Hakim.

—Pero… inspector, si no estoy ahí, va a sospechar.

—Mati, obviamente, él no sabrá que no estarás ahí, ¿lo comprendes, verdad? Además, puede ser peligroso. No sabemos cómo va a reaccionar. Ya no es un compañero. Es un terrorista.

—Usted no le conoce como yo.

—Mati, por favor. Entiéndelo. Tú tampoco le conoces. —Ella agacha la cabeza, incapaz de creer lo que él le dice. Morey insiste—: Además, va a haber muchas armas apuntando al mirador. No quiero que se cree una situación de crisis y que te pueda coger como rehén.

Mati no levanta la cabeza. Tan solo, con un hilo de voz, habla:

—Quiero ir…

—No. Punto.

Morey se aleja de ella, tratando de quitar de su cabeza lo que sería para Fátima que alguien la prohibiera ir con él en su inminente huida. Pero ¿hay alguien que tenga esa autoridad sobre ellos? ¿Podría alguien hacerles agachar la cabeza de esa manera? ¿Cedería Fátima tan rápido, o igualmente, como sospecha de Mati, fingiría cualquier cosa para escapar con él? Morey confía en que sea esta última opción la que finalmente suceda… en ambos casos. Su teléfono suena, y como si se hubieran dado cuenta una vez más de que estaban pensando el uno en el otro, Morey ve que quien llama es Fátima.

* * *

—Ha ocurrido una desgracia —Fátima habla con Morey desde el hospital. Está al fondo de un pasillo, mientras su familia, especialmente Faruq, lidia con Asun, su amiga enfermera.

—¿Cómo que no sabéis lo que tiene? —clama Faruq.

—Le estamos haciendo pruebas, es lo usual. Sabéis que estará bien atendido. En cuanto sepa algo, os lo diré.

—¡Quiero que le atienda el mejor médico que haya! ¡Pagaré lo que sea!

—Faruq, cálmate —le aplaca Asun—, aquí tu dinero no vale. Esto es la seguridad social.

—¿Quieres ver si vale o no? Llama a vuestro mejor médico y cuando le enseñe la pasta, verás si se esmera.

Khaled coge a Faruq del brazo y se lo lleva para que Asun pueda continuar con su trabajo.

—Vamos. Siéntate. Le van a atender bien. Todos debemos tener paciencia.

Faruq se sienta, pero enseguida se levanta de nuevo, inquieto.

—Tengo que andar. Tengo que salir de aquí. Ahora vengo. Madre, ¿quieres algo de la cafetería?

—No, hijo, gracias.

Faruq camina por el pasillo a grandes zancadas, tratando de sacar la rabia, el nerviosismo y la frustración que lleva acumulando durante todo el día. Se está acercando peligrosamente a Fátima, que sigue hablando por el móvil con Morey.

—Mi padre. Ha perdido el conocimiento. Estamos en Urgencias. No. No, no. No vengas. Sería peor. No. Yo te llamaré. Lo siento. Adiós.

Cuando Fátima se vuelve, se encuentra a Faruq a su lado. Fátima repasa mentalmente la conversación que acaba de tener, buscando algo que la incrimine.

—¿Con quién hablabas?

—Con Pilar. Para decirle que no habrá cena de despedida esta noche. Le he dicho que no hace falta que venga al hospital, pero ya sabes cómo es.

* * *

Ya cerca de la hora convenida, Fran y Quílez vigilan con prismáticos el mirador con prismáticos desde un punto distante desde el que pueden controlar igualmente al resto de los agentes que, de paisano, se han situado por la zona para el momento de la intervención. Aunque de momento, nada se mueve.

—¿Crees que de verdad vendrá? —pregunta Quílez.

—Más le vale y más nos vale.

—Joder, Fran. Todavía no me lo creo. Con las juergas que nos hemos pegado. Y era todo una mentira.

Fran no contesta. Tan solo mira por los prismáticos. Nota adónde está llevando la conversación su amigo, pero no es su tema favorito ni lo va a ser en un tiempo.

—Fran… Siento en el alma que Hakim tampoco haya sido… lo que tú esperabas. Pero no es culpa tuya si algunos hemos traicionado tu confianza. Hay circunstancias…

—Quílez. Hazte un favor a ti mismo y cállate.

El móvil de Fran vibra: es Morey. Antes de escuchar nada, informa:

—Ni rastro de Hakim.

—Me acaba de llamar López —confirma Morey—. Mati va para el puerto deportivo. Yo salgo para allá.

—Nos vemos allí.

Fran cuelga y arranca el coche. Quílez le mira, perplejo.

—Pero… ¿adónde coño vamos?

—A evitar que Mati se joda la vida para siempre.

—¿Pongo la sirena, Fran?

Fran se vuelve hacia él, incrédulo.

—El cerebro. Ponte el cerebro en la cabeza de una vez, Quílez.

* * *

En el hospital, Fátima y sus dos amigas han hecho un aparte mientras aguardan noticias del estado de salud de Hassan. Fátima observa a su madre al otro lado del pasillo, abrazada a Leila, y a Nayat, que se ha quedado dormida sobre la pierna de Faruq. Este parece taciturno y triste, dividido por la preocupación que siente por su padre, la tristeza por su estado de salud y el nerviosismo de saber que quizá muy pronto él sea el cabeza de familia.

—No me voy a casar.

Fátima pronuncia estas palabras en voz baja, aunque para sus amigas suenan como si las hubiese gritado. Las dos miran alrededor, se aseguran de que nadie las ha oído.

—¿Qué? ¿Qué dices?

—Me voy con Morey. Mañana, o esta noche. No lo sé aún.

—Pero ¿estás loca? ¿Adónde os iréis? —inquiere Pilar.

—Tampoco lo sé. Y no lo quiero saber. Adonde me quiera llevar. Por favor, no se lo digáis a nadie. Todo el mundo tiene que pensar que mañana habrá boda.

—Estás loca —tercia la siempre prudente Asun—, o sea, que vas a plantar a tu prometido para fugarte con un tío, ¿y ni siquiera sabes adónde te va a llevar? Fátima, ¿estás bien? ¿Estás segura?

Pero Fátima no contesta a ninguna de sus preguntas. No tiene respuesta, y no la quiere buscar. Pero tampoco hay vuelta atrás para ella.

—Solo quiero que lo sepáis vosotras. Os lo cuento porque si le pasa algo a mi familia, necesito saberlo.

—Fátima, pero esto no está bien. —Esta vez, ni la soñadora y venturosa Pilar parece de acuerdo—. ¿Por qué tenéis que iros así, como si fueseis unos criminales?

—Además, Fátima —añade Asun—, tu hermano sigue desaparecido, tu padre está ahora mismo en la UCI, y tienes una boda mañana. ¿Por qué tienes que hacer todo esto?

—Por favor, no me lo digáis más. Confiad en mí, solo os pido eso. Y si le pasa algo a alguien de mi familia, avisadme. Solo eso.

—Pero ¿es que no te vamos a ver más? —Pilar, emocionada, no puede contenerse y la abraza.

En ese momento Aisha se acerca al grupo, y todas disimulan.

—Fátima, ven conmigo a casa. Vamos a buscar ropa para tu padre, que no sabemos cuánto tiempo estará ingresado.

—Claro, mamá. Vamos.

* * *

Desde una distancia segura Morey observa por los prismáticos a Mati, sentada al volante de su coche en el aparcamiento, cerca del puerto. Ella se muerde el labio, nerviosa, como si estuviese cogiendo fuerzas. Finalmente respira hondo y sale del coche. Morey y López observan cómo camina por el embarcadero y se sienta a la mesa de una terraza vacía. El día es nublado, hace algo de viento y amenaza lluvia: el lugar está bien elegido para que no haya mucha gente cerca. Morey escucha a otro coche llegar junto a él. De él bajan Fran y Quílez, que se acercan a ellos con sus propios prismáticos.

—Justo a tiempo. Aquí está el hombre del día —anuncia López.

Y efectivamente, todos ellos pueden ver a Hakim caminando por el embarcadero hacia Mati, mirando en todas direcciones. Ven cómo ella se levanta para abrazarle, pero él la detiene con un gesto.

—¿Te han seguido?

—No. Les he dicho que íbamos a vernos en el mirador.

Pero aunque ella espera una sonrisa de satisfacción, Hakim se quita las gafas, molesto y sorprendido.

—¿Eres tonta? ¿Saben que hemos hablado?

—Sí, pero les he engañado, te lo estoy diciendo —repone ella—. Yo nunca haría algo como lo que estás pensando.

—Mati, me puedes joder. —Hakim mira a su alrededor, nervioso—. Me puedes joder pero bien.

—Tranquilo. Confía en mí. Me he escabullido, nadie me ha seguido, lo sé. Por fin estamos juntos y podremos irnos.

Hakim considera si es sincera. Pero, en cualquier caso, ya sin la ayuda de Mahmoud, la necesita para salir de Ceuta, pues solo no tendría ninguna oportunidad. Así que por fin Hakim parece recuperar su antiguo ser, y saca su sonrisa socarrona.

—Si es que al final, me he liado con la lista de la clase.

Mati sonríe aliviada por fin, pero vuelve la cabeza, asustada, cuando siente que alguien viene hacia ellos. Es solo el camarero.

—¿Qué va a ser, señores?

Hakim aprovecha la distracción para sacar del bolsillo la tarjeta de memoria y dejarla en un vaso con azucarillos. Distraída, Mati decide que resultaría sospechoso no pedir nada, aunque vayan a irse enseguida.

—Dos aguas. Por favor.

El camarero asiente, pasa la bayeta a la mesa y se lleva el vaso.

* * *

La casa de los Ben Barek parece más triste y vacía que nunca. Mientras su madre recoge la ropa de Hassan, Fátima trata de

409

memorizar cada uno de los objetos, rincones y muebles que, no importa cuántos años hayamos vivido con ellos, nuestra memoria olvidará si nunca los hemos relacionado con un momento concreto. Entre todos ellos, Fátima solo cogería una cosa para guardar como recuerdo: la foto de su hermano Abdú. Sumida en sus pensamientos, casi no escucha a su madre entrar en el salón con la bolsa de ropa.

—Bueno, pues como no he encontrado las zapatillas nuevas, las viejas le tendrán que servir. De todas maneras le gustan más.

Fátima se vuelve y sonríe para tranquilizarla.

—No te preocupes, madre. Asun me ha dicho que seguramente mañana ya le den el alta.

—A tiempo para tu boda.

Fátima desvía la mirada. Por fin están solas, y las dos saben perfectamente lo que ocurre. No tiene sentido disimular. Es más, posiblemente es la última vez que Fátima podrá tener ese tipo de confianza con su madre. Pues sabe que si se quedase, como le dijo la misma Aisha, algún día le preguntaría lo que es sentirse enamorada, cuando eso ya no pudiese volver a ocurrir. Aisha se hace cargo de su gesto, y se acerca a su hija.

—Aprenderás a quererle.

—Ya lo sé. Pero no, mira, madre, no voy a…

Fátima no puede seguir hablando cuando ve el miedo, la angustia, la decepción asomarse a los ojos de su madre.

—¿No vas… a qué?

Fátima tarda un poco. Pero por fin, lo dice.

—No voy a ser como Leila.

Aisha respira, aliviada. Abre los brazos con una sonrisa y abraza a su hija.

—Nadie, nadie te ha pedido eso. Recuerda que Khaled no es como Faruq. Sé que quizá ahora no le quieras, y creas que no es posible amarle. Pero mírame a mí. Yo nunca estuve enamorada de tu padre. Pero ahora pienso en perderle... Y se me viene el mundo encima.

* * *

No han pasado ni unos segundos desde que pidieran el agua, y con Hakim y Mati en el punto de mira, Fran pide instrucciones a Morey:

—¿Procedemos a detenerle?

—Ni se le ocurra —dice taxativamente Morey—. No vamos a detenerle. Le seguiremos para que nos lleve hasta los jefes de Akrab.

Antes de que Fran pueda protestar, la voz de López le hace mirar a lo lejos.

—¡Me cago en la puta! ¿Esos de dónde coño salen?

Todos levantan sus prismáticos y alcanzan a ver a un coche patrulla que se acerca al restaurante.

—Son de la comisaría centro —aclara Quílez—, vendrán por otra cosa.

—Pues nos van a joder, pero bien. ¿Qué hacemos? —pregunta López.

Abajo, en la terraza, todos ven cómo Hakim se agita al ver el coche acercarse.

—Puta. Me has engañado.

Mati casi se atraganta al oírle. Y se queda totalmente blanca cuando ve que Hakim ha sacado una pistola y le está apuntando con ella por debajo de la mesa.

—¿Qué haces? Yo no... Tío, ¿por qué dices eso? —Mati repara en el coche y le ve pasar de largo—. Hakim, tío... Guarda la pistola... Que no vienen aquí... Mira, se van...

Desde el alto, Fran y los demás ven la pistola. Fran no resiste más.

—Mierda. Voy a bajar.

—¡Espere, Fran! Ahora se calmará, verá que la patrulla se larga. No me contradiga, las órdenes son…

—¡Que me la sudan las órdenes, Morey! Que hay una compañera en peligro. ¡Hakim!

Sin dudarlo, Fran sale a pecho descubierto y echa a andar hacia el embarcadero, seguido por Quílez.

—Me cago en…

Hakim levanta la mirada y se quita las gafas de sol. No puede creer lo que está viendo. Atrás, Morey maldice su suerte y sale también, haciéndole una seña a López para que se quede en la retaguardia. Con la tapadera perdida, Hakim saca la pistola a la vista, coge a Mati del brazo y la encañona sin disimular.

—Zorra puta. Así que no te habían seguido. Me has jodido bien. Me está bien empleado, por confiar en una furcia como tú. Putas mujeres…

Hakim la arrastra hacia el embarcadero, por donde vienen Fran y Quílez.

—Hakim, vamos a hablar —comienza Fran.

—No te acerques. Fran, ¡no te acerques!

Pero aunque más despacio, Fran sigue avanzando: camina hacia Hakim con las manos a la vista, sin sacar su arma.

—Hay que joderse contigo, Hakim. Cómo te gusta complicar las cosas.

—¡No me hables como a un niño! ¡Soy un soldado de Alá!

Para demostrarlo, Hakim levanta la pistola hacia Fran. En una fracción de segundo todos saben que va a disparar.

—¡Fran, no!

Quílez aparta a Fran y recibe el disparo en el brazo. Cae al suelo, sangrando. Morey busca refugio detrás de un muro a la entrada del embarcadero. En la retaguardia, López llama por radio.

—Agente herido.

Fran se levanta de nuevo, evalúa la situación en apenas un segundo: Morey está fuera de la línea de fuego. Al disparar Hakim soltó a Mati, que ha corrido a esconderse dentro del restaurante. Quílez está tras él, tumbado, consciente pero sangrando con abundancia del brazo. En pie solo están Hakim, que le apunta todavía con su arma, y Fran, que decide volver a levantar las manos y seguir andando hacia él.

—¡Fuera, Fran! ¡Déjame ir!

—¡Hakim! ¡Para ya esta mierda! ¡Me lo estás poniendo muy difícil! ¡Tira el arma!

Hakim sigue apuntándole, nervioso, sin saber qué hacer. Fran baja la voz, sigue avanzando muy lentamente hacia él.

—Vamos a hablar, Hakim. Dime por qué. Con todo lo que he hecho por ti. Con toda la gente con que me tuve que pelear para que confiaran en ti. Te saqué de la calle e hice de ti un policía.

—¡Porque te convenía tener un poli moro!

Fran camina erguido, las manos ligeramente levantadas. Y Hakim, aunque tiene el arma, da la impresión de no poder enfrentarse a él. Retrocede poco a poco, paso a paso.

—No. Tú sabes que no es verdad. Te he tratado como a todos. Baja el arma.

—¡Y una mierda, Fran! ¡Nunca me has tomado en serio! Ni tú, ni ninguno. Pero ellos sí lo hicieron. Ellos confiaron en mí. Y nunca, nunca les he tenido que demostrar nada. No como a vosotros.

Fran da uno, dos, tres pasos más. Hakim sigue retrocediendo. Se está acercando al borde donde acaba el embarcadero, y lo sabe.

—«Ellos». Claro, ellos son los que te han jodido la vida de verdad, Hakim. El mundo no es fácil, ¿sabes? Ni para mí, ni para Quílez, ni para Mati. Pero ninguno de nosotros nos hacemos terroristas y mandamos a unos pobres niños al martirio. ¿Qué pasa, Hakim? ¿Que querías evitarles el gran sufrimiento que tú has tenido? No, Hakim. Tú has podido elegir. Y lo has hecho. Pero a ellos no les dais elección: les ponéis una bomba en el cuerpo y apretáis el botón.

—¡Cállate, Fran! ¡Cállate, que te pego un tiro, joder! Tu vida, tu vida me importa una puta mierda. Yo tengo una misión, tengo un destino, que es ayudar a mis hermanos, y para ello morir si hace falta. ¡Como ellos harían por mí! Pero no, no lo podéis entender. Vosotros no podéis entenderlo. Y tú menos que nadie.

Fran da un paso más, y se detiene al ver que Hakim está al borde del embarcadero. No quiere presionarle más acercándose a él. Quiere derribarle psicológicamente.

—Vale, Hakim, pues hazlo. Pégame un tiro. Aquí y ahora. Eres un terrorista convencido, ¿no? Pues si de verdad me odias, si no soy nada para ti, si no me debes nada… Pégame un tiro ahora mismo. Un… ¿cómo nos llamáis? Un infiel menos, ¿no? ¡Mándame al infierno!

Pero la voz de Hakim parece más débil que antes.

—Atrás, Fran, ¡atrás!

Fran abre los brazos, pone todo el pecho a tiro. Espera unos segundos. Hakim está temblando. Y cuando Fran vuelve a hablar, su voz es tranquila, calmada, la de un padre. La voz con la que tantas veces le retuvo en el coche patrulla cuando le pillaba robando y le explicaba lo que podía llegar a ser. Lo que ha llegado a ser. Y lo que aún puede ser. Solo gracias a él.

—Hakim. Somos tu familia. Te queremos y queremos que tengas una vida por delante. Ellos no son nada. Te han manipulado, y el único destino que te ofrecen es morir. Eres como esos muchachos del barrio. Pero no tienes por qué acabar como ellos. Tira esa pistola y ven conmigo.

Hakim no puede más. Baja el arma y se echa a llorar.

—Yo voy a ayudarte a salir de esto. Como te ayudé cuando eras un niño. Confía en mí.

Fran baja los brazos y echa a andar hacia él, despacio, pero seguro. Esta vez no va a detenerse, y los dos lo saben. Hakim, sin previo aviso, levanta el arma. Esta vez, va a disparar, y los dos lo saben.

—*Allahu Akbar.*

—¡No!

Hakim se dispara un tiro en la boca.

—¡No!

Y su cuerpo cae como un fardo a las negras aguas…

—No…

* * *

Ya ha anochecido, y el puerto está lleno de sirenas, coches de policía y agentes yendo de un lado para otro. Unos sanitarios cargan a Quílez en la ambulancia. Fran se acerca a él.

—¿Estás bien, grandullón?

—No. Con la pasta que le debo a mi cuñado, mejor me hubiera ido con la bala metida en el pecho.

—Anda. —Sonríe Fran—. No digas tonterías. Me has salvado la vida.

—Te lo debía, Fran. —Quílez no se atreve a mirarle—. Fui yo quien te la destrozó.

Fran inspira. Hay tantas cosas que decir… Que a veces es mejor dejarlas sin pronunciar. Habrá tiempo. Fran le palmea el hombro sano. Quílez alcanza a cogerle la mano, y se la aprieta fuerte. Los sanitarios cierran la ambulancia. Fran se aleja, y ve, en la distancia, a otros sanitarios atendiendo a Mati, consciente, pero con la mirada perdida. Fran siente un pinchazo de pena. Intuye que nunca volverá a ser la misma. Y mientras se aleja, Fran pasa cerca de Morey. Ninguno de los dos se dice nada. No se saludan, ni se despiden. Solo cruzan una mirada. No hacen falta palabras para entenderse entre personas que ya son más que amigos.

***

En el hospital, Fátima, y Khaled entran a la habitación de Hassan, que está consciente y sonríe al verles.

—Menudo susto nos has dado, padre…

—Vale por todos los que nos has dado tú a nosotros, hija.

Fátima y Khaled ríen, felices de verle bromear.

—¿Cómo te encuentras? —pregunta Khaled—. ¿Te sientes mejor?

—Con las fuerzas necesarias para ir mañana a vuestra boda.

—Padre, no sé si sería mejor…

Aunque le cuesta un esfuerzo, el anciano levanta una mano para mandarla callar. Y esta vez, no habla a su hija, sino a Khaled.

—No vamos a retrasar la boda. Tus padres me lo han pedido también, pero yo no quiero. Mañana estaré fuerte. Mañana quiero casar a mi hija. Eso me hará muy feliz. Y no hay mejor medicina que la felicidad.

Hassan ve que Fátima ha desviado la mirada.

—Y ahora, Khaled, por favor, déjame solo con ella.

Ambos esperan a que su prometido salga.

—Pareces tan triste, mi niña.

—Estaba muy preocupada por ti.

—No te preocupes. No tienes que estarlo. No voy a morirme sin verte casada. Es el mayor regalo que me puedes hacer como padre. Así que prométeme que te casarás con Khaled.

Fátima asiente, y se queda en silencio. Pero su padre la toma de la mano y la aprieta con la escasa fuerza que puede tener un moribundo.

—Prométemelo. Por favor.

—Te lo prometo. Me casaré con él.

* * *

Fátima sale de la habitación y camina en dirección opuesta a su familia, con la mirada perdida. Faruq se levanta para ir tras ella, pero Khaled le hace un gesto para que la deje sola. Fátima nota su móvil vibrar en el bolso. Camina hasta la calle y responde a Morey.

—Si algún día he sabido que quería desaparecer, ha sido hoy, Fátima.

Morey le habla desde el extremo del espigón, donde acaba la tierra y delante solo hay un infranqueable mar. Frente a él, los parpadeos de los faros, de las boyas, de los barcos en la distancia. Y un viento que se levanta poco a poco, creciendo en intensidad como preludio a la tormenta.

—¿Qué ha pasado?

—Todo ha terminado. Hakim ha muerto. Se acaban las pistas. No tengo nada más que hacer aquí.

—Lo siento mucho.

—Así que… Dime dónde te recojo. Mañana. Esta noche. Antes de la boda. No hace falta que hagas maleta. Tengo dinero, pasaportes. Solo dime el sitio y la hora.

Fátima mira atrás, al fondo del pasillo, donde su familia la espera. Y vuelve la vista en dirección opuesta, hacia la calle vacía, una calle que, de seguirla, la conducirá a ese lugar desconocido, poblado de posibilidades, pero también cubierto por las sombras que él le ofrece. No hace falta que diga nada más. Morey habla por ella:

—No nos vamos a ir, ¿verdad?

—Perdóname.

Fátima cuelga. Morey, solo en el espigón, agacha la cabeza, triste. Siente que el mundo se le derrumba, como si cada ola que estallase a su alrededor fueran sus esperanzas, disolviéndose en el negro mar que también es la frontera entre la ilusión y la mentira.

* * *

Fátima regresa lentamente, paso a paso, ante la mirada de su familia, hasta que está sentada entre ellos. De la aprobación de Aisha, a la reprobación de Leila, de la satisfacción de Faruq, a la inquietud de Nayat. De entre todas esas miradas, solo hay una que muestra una sonrisa. Una sonrisa queda, tranquila y reconfortante. Sin pasión, sin lujuria, sin emoción. Khaled. Fátima le corresponde con una sonrisa exactamente igual, y se sorprende, o mejor dicho, a estas alturas ya no se sorprende de ser capaz de sonreírle de la misma manera que tantas veces ha visto hacer a Leila o a su madre. Fátima se sienta junto a su futuro marido.

Por un pasillo aparece un hombre que nadie conoce. Al verle, Khaled musita una disculpa y se levanta. Dobla la esquina, y se encuentra con el camarero del restaurante. Con disimulo este pone la tarjeta de memoria en su mano. Khaled la guarda.

—Hakim ha muerto —susurra el camarero.

—Pagarán con sangre.

13

FE CIEGA

La llamada a la oración se superpone a los sonidos de la primera hora de la mañana en la ciudad de Tánger: al tráfico, a la música, la radio y la televisión, y a las miles de conversaciones matutinas de sus habitantes. De entre esos miles, hay un joven atractivo, alegre e inteligente, al que sus amigos conocen por su generosidad y su bondad, por su amplia sonrisa, sonora carcajada y muy especialmente, por sus profundos ojos verdes, tan característicos de su familia. Sentado en la cama, lee en voz alta y clara, en árabe, una sura del Corán:

—*Y la otra vida será mejor para ti que esta. Y ciertamente tu Señor te agraciará y te complacerá... ¿Acaso no te encontró huérfano y te amparó, y te encontró sin tener conocimiento y te guio...?*

No lejos de él, en la misma habitación, otro hombre al que llaman Didi, mayor y con barba, le escucha con placidez mientras hace el equipaje de su pupilo. En una maleta, dispone un móvil y algunos cables, un plano de Ceuta y una carpeta con información sobre los horarios del ferry a la Península.

—Es la hora.

El joven de la cama asiente y deja de leer. Didi se sienta a su lado y le pone la mano en el hombro. Por un momento ambos comparten una mirada cómplice, la del que siente, y deja ver que felizmente siente, una viva envidia sana, y la del que le gustaría compartir con su maestro el gayo destino que le colmará de la más pura alegría, satisfacción y plenitud.

—Por fin ha llegado el día —prosigue Didi—. Dime, ¿tienes miedo de entrar en el paraíso?

—No, señor —responde el joven con una sonrisa—. ¿Por qué iba a tener miedo? Es lo más grande que puede desear un buen musulmán.

Didi sonríe, reconfortado, y le pone un viejo móvil en la mano.

—Bien. Pues todo está dispuesto. Este móvil solo tiene un número en la agenda. Con él se te abrirán las puertas del paraíso. Ahora, vas a tomar un autobús turístico. En un par de horas llegaréis a Ceuta y el autobús entrará en el aparcamiento del ferry. Mézclate con los pasajeros y compórtate en todo momento como si fueses uno más. Cuando llevéis media hora de navegación, en medio del Estrecho, llama a este número. Cientos de infieles caerán en el infierno y tú, mi bello pupilo, entrarás por fin en el paraíso.

El joven toma el móvil y con él en la mano, mira a la maleta que ha de portar.

—¿Adelante? —pregunta Didi.

—Adelante, hermano —responde Abdú.

* * *

Kamal es una persona feliz, porque hace lo que le gusta. A sus veintitantos años ya siente que ha elegido la profesión ideal: guía turístico. Mientras otros se aburrían de lidiar con turistas rebeldes, repetir una y otra vez las mismas descripciones y ocuparse de mucho más papeleo del que la gente cree, Kamal disfruta conociendo cada día a gente nueva e ilusionada por viajar.

Precisamente una de las personas con las que más congenió ayer en la recepción a los viajeros acaba de salir por la puerta del hotel, arrastrando su maleta, un chico avispado llamado Abdú.

—*Salamo Aleikum*, Abdú... —exclama Kamal— ya no sabía si vendrías o no! No te he visto esta mañana en el desayuno.

—*Aleikum Salam...* Sí, se me han pegado un poco las sábanas.

—Pues no soy el único que se ha percatado de tu ausencia —Kamal le guiña un ojo—, la chica de la cena te andaba buscando...

Abdú observa a Silvia, una guapa adolescente de diecisiete años, que esta mañana se ha maquillado con un poco más de atención que de costumbre, y que ahora trata de ayudar a subir su pesada maleta a Matías, su abuelo, profesor de Historia jubilado.

—Por favor, déjeme ayudarle.

Con una sonrisa, Abdú levanta la maleta de Matías, y logra colocarla en el maletero. Al lado, pone la suya propia, sin fijarse demasiado en que ambas tienen un color marrón café y un tamaño muy similar.

—Muchas gracias, muchacho. —Matías le da la mano—. Ayer te vi en la cena, creo que viajas solo. ¿Es así? Pues en ese caso, ¿quieres acompañarnos en el autobús a mi nieta y a mí? Yo siempre me duermo, y me parece que la pobre se va a aburrir sin remedio. Así os dais conversación, ¿te parece bien, Silvia?

Matías se gira de forma que Abdú no pueda ver el evidente guiño de complicidad que el bueno del abuelo le dedica a su nieta. Ella se sonroja, en parte avergonzada y en parte agradecida.

—Claro. Lo que tú quieras, abuelo. ¿Eras Abdú, no? Yo soy Silvia, ¿te acuerdas?

—Claro, ¿cómo no me voy a acordar?

Kamal da unas palmas y el resto de viajeros se reúnen a su alrededor, charlando.

—Bien, como saben, hoy entramos en territorio de España, así que tengan a mano los pasaportes. Les recuerdo que esta ruta Al-Ándalus nos llevará a ciudades que conservan gran parte del esplendor islámico: Granada, Córdoba, Sevilla, Ronda y Cádiz… ¡Les prometemos que va a ser un viaje inolvidable!

Los viajeros suben, mientras las puertas de los maleteros se cierran automáticamente. El autobús se pone en marcha.

* * *

Es una tradición que la novia llore mientras recibe el tatuaje de henna que lucirá en su boda. Esto se considera auspicioso y favorable, algo que traerá felicidad y años de alegría al matrimonio que está a punto de tener lugar. Pero Fátima no está llorando. La neggafa, esa mujer que tradicionalmente ayuda, viste, peina y cambia de ropa a la novia antes, durante y después de la ceremonia, está terminando el tatuaje temporal que Fátima llevará en las manos, mientras a su alrededor las mujeres de la familia Ben Barek recogen, limpian y preparan el salón para los invitados.

—¿Qué tal anda Hassan? —inquiere, curiosa, la neggafa.

—Está mejor, *al-Hamdouli-lah*. Le tendremos aquí dentro de un rato. —Aisha responde y se acerca para examinar el tatuaje, poniendo mala cara. La neggafa se da cuenta.

—Aisha, no me mires así, que ya te avisé esta mañana de que no daba tiempo a hacer el que habíais pedido.

—No te preocupes, madre —aclara Fátima—, de todas maneras, el otro era muy cargado. A mí me gusta más este.

Aisha esconde un gesto de desagrado y sigue limpiando.

—Sí que han cambiado los tiempos. Antes nos preparábamos toda la vida, desde niñas, para este momento. Y ahora todo son prisas…

* * *

En el apartamento del CNI, tras recoger su exiguo equipaje, Morey se ocupa de desmontar el panel de sospechosos. Fran le observa indolente, entre cansado y todavía afectado por los hechos del día anterior.

—O sea, que ahora os vais y nos dejáis el marrón a la policía. Así da gusto trabajar en el CNI, Morey…

—No crea que no me gustaría continuar en este caso. Pero los de arriba lo consideran cerrado, al menos la parte de la que yo me ocupo. Mi trabajo como infiltrado en la comisaría ha terminado: encontramos al topo y la célula de Akrab en Ceuta está desactivada.

Fran toma su propia foto del tablero y la observa, curioso.

—Me quedaría —continúa Morey— pero tampoco le envidio, Fran. Akrab ni mucho menos ha sido derrotado. Es muy posible que pronto haya represalias. Esto no acaba nunca.

Fran observa el panel casi vacío, en el que quedan solo dos elementos marcados con interrogantes. Uno es una nota con la palabra «¿Financiación?». La otra es una foto de…

—Dice usted que su misión ha terminado, pero falta por aparecer el hermano de Fátima… Y le recuerdo que todo esto empezó por ese muchacho.

—Faltarían él y saber quién les ha financiado desde el principio. Si hubiésemos encontrado la tarjeta que robó Hakim, sabríamos quién es, pero…

Morey guarda la caja con todos los papeles que había en el panel. Parece ausente.

—Queda un tema pendiente más, ¿verdad Morey? Está pensando en ella y en la boda con el francés.

—Eso también es agua pasada. O, como me dijo usted... agua salada. Al final, tenía razón. O mejor dicho —él le hace un guiño y vuelve al tuteo—, tenías razón.

Fran esboza una sonrisa sincera.

—Supongo que a ninguno de los dos se nos dan bien estas cosas, pero tengo que decirlo. Has sido un gran policía, Javier. Te echaré de menos.

Morey asiente y da su paso: abraza a Fran, que le corresponde.

—Y tú has sido un gran espía, Fran. Yo también te echaré de menos. Gracias por todo.

Unas palmadas en la espalda, y ambos se separan, sin decir más, sin mirar atrás.

* * *

Por un día Faruq está realmente contento, y por eso aguanta de buena gana, y con esa sonrisa que es tan difícil de ver en él, las bromas de los muchachos de la plaza cuando sale de casa vestido como un pincel. Lugartenientes, camellos y rateros le abrazan y se alegran con sinceridad. Todos ellos saben que en su mundo, en su profesión, cuando se puede reír, hay que hacerlo hasta que las lágrimas lleguen.

Ellos y los músicos, camareros, invitados y curiosos están logrando que la engalanada plaza se revista de ese ambiente mágico que solo las uniones por amor parecen ser capaces de convocar. Sin embargo, puede que ni siquiera hoy vaya a ser el día en que Faruq pueda dejar de sentir rabia e ira. Porque en un extremo de la plaza hay dos hombres apoyados en un coche y con gafas de sol, cuyo aspecto anodino resulta imposible de obviar para quien tiene suficientes horas de calle. Son policías de paisano.

—Vosotros. Fuera. Esto es la boda de mi hermana. Hoy no os quiero ver aquí.

Faruq empuja a uno de ellos, que se envalentona y va a contraatacar, cuando la voz de Morey (aún «inspector» Morey para los policías del Príncipe) les aplaca.

—No tienen nada que hacer aquí. Patrullen fuera de la plaza. Dejen a esta gente tranquila.

Los policías, fastidiados, entran en el K y se alejan. Y como de costumbre, Faruq no tiene nada que agradecer y camina de vuelta a casa. Pero vuelve la cabeza al oírle revelar algo importante.

—Faruq, déjales al menos que guarden la plaza. Es por vuestra seguridad. Nos han informado de que Aníbal piensa que alguno de tus invitados estuvo implicado en el asesinato de su padre. Yo de eso no quiero saber nada, pero prefiero decírtelo para que no haya ningún problema en la boda.

—Eso espero, por el bien de Aníbal. Pero supongo que usted no ha venido aquí solo a contarme todo esto.

—Te acabo de hacer un favor —sonríe Morey— y quiero cobrármelo. He venido a despedirme de ella.

El príncipe de la plaza mira a los ojos a Morey, considerando su insolencia. Y termina asintiendo, no del todo de mala gana.

—En fin, de todas maneras, está casi casada. No puedo asegurar que ella quiera verle. Pero puede pasar. ¡Nayat! —La niña se acerca correteando—. Acompáñale dentro. Dile a madre que le mando yo. Va a despedirse de Fátima.

—Gracias, Faruq.

—No hace falta que las dé. Y no tarde.

Nayat trota hacia la casa, alegre e ilusionada, con Morey detrás.

—¡Fátima, Fátima! El inspector ha venido a verte.

Al entrar en la casa detrás de la niña, Morey nota cómo las risas y alboroto se cortan en seco. Morey se queda en el recibidor, mientras oye hablar a la pequeña:

—Faruq le ha dejado pasar.

—No quiero molestar —Morey se asoma por la esquina, saludando con cara de circunstancias—. Me voy de Ceuta. Solo quería despedirme y desearles mucha felicidad.

Todas las mujeres tienen la mirada clavada en Fátima, y ella solo tiene ojos para él. Ya no esperaba verle. ¿Cómo se atreve a venir a su casa, a plena luz del día, delante de su familia? ¿Qué viene a decirle? ¿A pedirle? Debería echarle de allí ahora mismo…

—Madre, ¿puedo?

—Solo un momento. En el pasillo. Nayat, quédate con ellos.

Fátima guía a Morey y a Nayat al pasillo entre la cocina y el salón y como gesto de rebeldía ante su madre, cierra las puertas de ambas habitaciones. Es una intimidad precaria, pero es todo lo que tienen.

—Nayat, ¿puedes entrar al baño? Yo te aviso de cuándo salir.

Con un guiño de complicidad, la niña obedece, y la pareja por fin se queda a solas. La mirada de Morey no se cansa de observar cada uno de los detalles de su tocado, su maquillaje y esa piel que conoce tan bien.

—Estás tan hermosa.

—¿A qué has venido? —Fátima tose, trata de mantener la postura, la compostura y la impostura.

—Me voy de Ceuta. Ayer no me respondiste, y no sabía si me volverías a coger el teléfono. Así que he venido a verte para despedirme. —Morey hace una pausa—. Y para que me digas a los ojos que ya no me quieres.

Fátima aprieta los labios. ¿Hasta cuándo va a durar su insistencia? ¿Hasta cuándo tiene que recordarle que nunca podrán estar juntos? ¿Por qué se lo sigue poniendo tan difícil?

—Javier, sabes bien que te quiero.

—Pero te vas a casar con otro.

—Tanto tiempo, y sigues sin entenderlo. —Fátima suspira—. Mi padre está enfermo. Esta boda es una esperanza para mi familia, y me va a dar la seguridad que necesito. Khaled es un buen hombre. No puedo hacer otra cosa.

Morey le coge una mano. Fátima mira a ambos lados, rezando porque nadie abra la puerta.

—Fátima, yo voy a dejar atrás en mi vida todo eso que a ti te ata a la tuya. Voy a dejar el CNI. Ni siquiera voy a volver a Madrid. Y si tú quieres venir conmigo —Fátima levanta la vista hacia él, mitad horrorizada y mitad esperanzada—, tengo sitio para ti en esa nueva vida que te ofrezco.

Morey se inclina para besarla, pero ella se suelta y le empuja.

—Javier, creo que deberías irte.

—No lo entiendo. Hace dos días me dijiste…

—Por favor, se lo he prometido a mi padre.

—Y antes me lo prometiste a mí.

Aisha toca con los nudillos en la puerta.

—Fátima, vamos. Se hace tarde.

Fátima da dos pasos hacia la puerta, pero Morey la retiene tomándola del brazo. Otra vez, esa fuerza, esa decisión, ese poder que tiene su tacto sobre su piel…

—Fátima. Es tu última oportunidad. Me voy al paso de la frontera. Te esperaré allí hasta las once y media. Tienes dos horas. Si no apareces, no nos volveremos a ver.

Fátima se vuelve hacia él, desesperada… Y Aisha abre la puerta por sorpresa.

—Agente, le agradecemos mucho la visita. Pero como comprenderá, tenemos mucho que hacer. Así que, si no le importa…

Morey avanza por el pasillo, y al llegar junto a Aisha, se detiene.

—También quería decirle algo a usted, señora Ben Barek. Quiero disculparme por no haberle traído a su hijo. Créame que lo siento.

Aisha asiente, afectada por el recuerdo de Abdú. «Es un hombre decente hasta el final», piensa ella. Morey desaparece por el salón hacia la salida. Fátima no ha podido dejar de mirar cómo se va. Las palabras de su madre parecen leerle la mente.

—Te arrepentirías el resto de tu vida. Y no tendrías a nadie a tu alrededor que te consolara. Estarías completamente sola.

Fátima asiente, dócil y sumisa. Aisha desaparece igualmente por el pasillo. La puerta del baño se abre, y Nayat se abraza a su hermana.

* * *

Fede pulsa el botón que da paso a la comisaría de bastante mala gana. Por la puerta, uno a uno, entran Fran, Quílez con el brazo aún con cabestrillo y Mati, todos vestidos de un uniforme muy distinto al que llevan diariamente. Van de luto.

—Hombre, por fin llegan los *boy scouts*… ¿Qué? Hoy no se trabajaba, ¿o qué?

—Nosotros también te hemos echado en falta, Fede —contraataca Fran—. ¿Te pesaban tanto los huevos que no has podido venir al entierro de Hakim, o qué?

—Anda, coño. No jodas que habéis ido.

—Era un compañero —repone Quílez.

—Bueno, aquí el amigo no se había enterado todavía… —contesta Fede—. Que no era un compañero, que era un jodido terrorista…

Mati se emociona al oírle hablar así y echa a correr hacia los vestuarios.

—De verdad, Fede, ni por un muerto eres capaz de mostrar un poco de respeto, joder... —Fran sale detrás de Mati.

—¿Respeto a qué? ¿Qué he dicho? ¿Qué ha pasado?

—Si hubieses venido al entierro, a lo mejor sabrías cómo hemos decidido recordarle —concluye Quílez—. Pero tú vas a tu puta bola.

Dentro del vestuario Fran halla a Mati sacando de su taquilla los objetos personales de Hakim.

—Venga, Mati, deja eso. No te castigues, mujer, ya la vacío yo.

—Fran... Si es que aún no me lo puedo creer. —Mati apenas puede hablar porque solloza. Pero como en otros aspectos de su vida, como desde que tomó la decisión de ser policía, se obliga a seguir adelante pese al esfuerzo, la rabia, el dolor—. Era un tipo alegre, tan divertido, tan... tan capullo... ¿Cómo podía ser todo eso una mentira? Yo nunca, nunca la vi en él. No puede ser verdad.

—Mati, ninguno fuimos capaces de verla. Nos engañó a todos. No lo pienses más.

Mati pierde los nervios y cierra la taquilla de un golpe.

—¡No lo entiendes, Fran! ¡Yo me acostaba con él! Quién era cuando me acariciaba, y me besaba, ¿eh? ¿También se puede mentir en eso? —Y esta vez sí, por primera vez desde que todo comenzó, Mati se derrumba y llora, dejando salir las lágrimas, la frustración y la tristeza que siente desde ayer, desde que le vio apuntarla con un arma en el embarcadero, desde que le oyó amenazarla con dispararla, desde que le vio matarse de un tiro... Fran abraza a Mati. Un abrazo profesional, reconfortante, firme, como le daría a cualquier hombre a su mando.

—Vale, ya está. Venga.

—Fran, joder... —Mati habla cada vez más despacio, sorbiéndose la nariz, sollozando y casi ahogándose de lágrimas y de pena—. Que yo le quería… Que le sigo queriendo, y que ese no podía ser él… Que os oigo a todos hablar y es como si no hablarais de él en realidad… ¿Qué pasó, Fran? ¿Quién era? ¿Quién era?

—Mati, nunca lo sabremos. A todos nos engañan alguna vez. Todos sufrimos que gente de nuestra confianza nos traicione. Lo raro es ser como tú, que tratas de seguir confiando en quién era él en realidad. ¿Sabes? Creo que eso es una lección para todos nosotros. Creo que ahora que ha muerto, podemos recordarle como queramos. Creo, Mati, que gracias a ti, Hakim seguirá siendo nuestro compañero para siempre.

Fran levanta la vista, por encima del hombro de ella. Es Quílez, que entra igualmente llorando. Todo lo que ha dicho Fran es también para él.

* * *

En el autobús, los pasajeros comienzan a conocerse entre ellos. Miradas, saludos, presentaciones, guiños de complicidad que levantan barreras entre los extraños, que los convierten ahora en compañeros de viaje: mañana, en conocidos; en unos días, en amigos, y en algunos casos, en algo que durará el resto de la vida. Abdú consulta su reloj y no puede evitar sonreír cuando pilla a Silvia mirándole. Ella retira la mirada y sonríe también.

—En unos minutos llegaremos a Ceuta —anuncia Kamal—. Pararemos en las murallas de la ciudad para que aprovechen a comprar postales que seguramente nadie enviará y que luego solo servirán de marcapáginas. —Kamal aguarda a que las risas se extingan, como un experto *showman*—. Luego embarcaremos en el ferry que cruza el estrecho de Gibraltar: esa porción de agua que separa ambos continentes y cuya situación estratégica para el control del tráfico marítimo ha supuesto tantos enfrentamientos a lo largo de la historia.

Matías se deja poseer por el profesor de historia que no hace mucho dejó de ser, y trata de introducir a Silvia y a Abdú en su explicación:

—¡La de barcos que se han hundido en sus aguas! Toda la historia de la humanidad se explica a través de los conflictos por la situación geográfica o el control de los recursos de las tierras más deseadas. Eso es suficiente para explicarlo todo...

Abdú asiente y trata de mirar para otro lado, mientras, compulsivamente, pasa las cuentas de su rosario musulmán, o másbaha. Entre dientes, musita oraciones.

* * *

Pilar y Asun toman aire antes de llamar a la puerta de los Ben Barek. Recuerdan lo que les dijo Fátima el día anterior en el hospital: que no habrá boda entre Khaled y ella. Que piensa huir con Morey y desaparecer del mapa. Que van a dejar de verla para siempre... Por fin, Pilar llama, y el nerviosismo vuelve a atenazarla: ¿y si se ha ido ya? Pero cuando la puerta se abre, y Aisha las recibe con una sonrisa, saben que algo no va bien. ¿O es al contrario?

En el centro de la sala encuentran a Fátima sentada en una lujosa silla, sonriendo y vestida para la boda. El rostro de Fátima se ilumina de alegría al verlas llegar.

—Madre, me voy a la terraza un momento con ellas. Por los viejos tiempos. Ya no sé si podremos celebrar más nuestras fiestas...

—Señora Ben Barek —confirma Pilar—, le prometo que hoy no vamos a armar escándalo, ni traemos cerveza escondida en el bolso. ¡Huy, se me ha escapado!

Aisha tiñe su sonrisa con un dedo levantado como advertencia para que guarden la compostura.

—Podéis subir, pero no me la entretengáis demasiado.

Las tres amigas suben a la terraza, y cuando Fátima cierra la puerta tras de sí, Pilar y Asun no tardan en pedir explicaciones en voz baja.

—Pero ¿a ti qué te pasa? —empieza la primera—. O no te vas, o cuando te vayas, busca trabajo de actriz, porque, guapa, el papel de la novia feliz me lo estoy creyendo hasta yo.

—Fátima, ¿te lo has pensado mejor? —insiste Asun—. ¿Ya no te vas?

Fátima niega con la cabeza y busca aire en el borde de la terraza.

—No. No me voy a ningún sitio. Me caso. —Sus dos amigas aguardan una explicación—. Ayer mi padre se puso muy malo. Creíamos que se moría. Pero me dijo que se iba a poner bien para venir a la boda. Así que le prometí que me casaría con Khaled.

—Ya está, ¿no? Como siempre —prosigue Pilar, indignada—. Tu familia en la Edad Media, hablándote de lo que les interesa a ellos, pero nunca, nunca te han preguntado qué quieres para tu futuro o a quién amas realmente…

—Pilar, lo sé. No me presiones más —Fátima se molesta—. Es muy fácil hablar desde tu vida y tu posición. Ponte en mi lugar, a ver si es tan fácil…

—Bueno, niñas, tranquilas —media Asun.

—No, no me voy a callar, porque si me callo ya nunca te podré decir esto. Te conozco desde hace años, sé lo que quieres y no es esto —prosigue Pilar—. Ya no es solo que no ames a Khaled, o que estés loca por Morey. Es por el tipo de vida que te espera, una vida como la de tu cuñada Leila: en casa, sometida, sin trabajar… Con lo que eres tú, que te comes el mundo. ¿Es eso lo que quieres para ti? No para ellos, no para Khaled, ni para Morey. ¿Es lo que quieres para ti?

Fátima trata de sostenerle la mirada, pero no puede. Se lleva una mano a la frente, tratando de ordenar sus pensamientos. Cada vez que ha tomado una decisión, viene alguien y la echa por tierra. Si no tuviesen tanta razón...

—Fátima, somos tus amigas. —Es ahora Asun quien insiste—. No tu familia, ni marido, ni tu amante. Claro que ellos importan más. Pero ninguno de ellos te ha preguntado qué es lo que tú quieres en realidad. Y nosotras sí. Y no queremos que te arrepientas el resto de tu vida de perderla por los demás.

Fátima niega con la cabeza, pero cuando va a contestar, la puerta de la terraza se abre. Es Nayat que trae algo en las manos:

—Mira, Fátima, Khaled ha mandado esto. Son las alianzas.

Fátima toma el estuche y da unos pasos adelante, hasta que se siente a suficiente distancia como para creerse sola, pensar sola, sentir sola: algo que nunca se permite hacer. Pues se ha dado cuenta de que lleva años haciendo lo que los demás mandan, quieren, esperan de ella. Y por una vez, quizá por primera vez, Fátima quiere dejar a un lado sus responsabilidades y pensar en sí misma. Ansía dejar de complacer a su familia, de obedecer a su hermano, de seguirle el juego a Khaled, de dejarse arrastrar por Morey. Dejar de querer la vida que ellos le exigen que viva, y pensar en qué quiere para ella. ¿Es eso egoísta? No, piensa. Todo lo contrario. Egoístas son los demás por querer disponer de sus sentimientos, de su tiempo, de su buena voluntad y del resto de su vida. Un tiempo, un «para siempre» que ahora está en sus manos. Pero debe decidir ya.

Fátima abre el estuche y se pone una de las alianzas. Eleva la mano hacia el sol, y trata de verse con ella, de sentir su peso, de imaginarse cómo será llevarla puesta el resto de su vida. Y solo entonces, lo sabe con certeza. Ese anillo le aprieta. No por el tamaño de su dedo, no por su circunferencia, sino porque su vida entera, la vida que quiere vivir, no cabe por ese anillo. Ha tomado una decisión. Fátima se lo quita y detrás de ella, sus amigas no pueden esconder un grito de júbilo. Fátima sonríe, no puede hacer otra cosa. No sería ella misma, la que es y la que quiere ser. Se acerca a su hermanita y se lo pone en las manos.

—Nayat. Te regalo este anillo. Yo no lo voy a llevar.

La pequeña, consciente de todo por lo que está pasando su hermana, y quizá por vivir en un mundo más pequeño, más simple y donde los deseos son impulsos lógicos y naturales, la entiende perfectamente.

—Te voy a echar de menos. Pero está bien.

Minutos después, Pilar y Asun bajan las escaleras tirando de Fátima, que se resiste entre risas y gritos. Aisha ríe con ellas, atraída por el alegre jolgorio.

—¡Niñas! ¡No me la tiréis por las escaleras justo hoy!

—Señora Ben Barek, le vamos a robar a Fátima. Nos la llevamos a la peluquería de mi madre.

—Pilar, te lo agradezco —responde Aisha, que no quiere líos a estas alturas— pero no es necesario molestar a tu madre para algo que podemos hacer en casa. —Aisha señala a la neggafa, que está peinando a Leila—. ¿Por qué no os quedáis todas aquí? Así os peinan a vosotras también y aprendéis algo de unas casadas, que falta os hace…

—Señora Ben Barek —Pilar tira de nuevo de Fátima—, le agradezco que no nos dé por perdidas… Pero nos la llevamos sí o sí.

Asun interviene, lo que tiene no poco peso en Aisha, que conoce su prudencia.

—Piense que ayer al final no tuvimos despedida de las chicas… Que nos conocemos desde pequeñas…

—Es nuestro regalo. Queremos regalarle el peinado de su boda. No es mucho pedir, ¿no?

Aisha considera la situación… Y al final cede.

—Asun, tú que eres la más formal, te hago responsable. Traédmela a la hora de comer. No más tarde.

***

Abdú mira el reloj de nuevo. El autobús está ya cerca de la frontera con España. En los asientos contiguos, al otro lado del pasillo, escucha hablar a Matías.

—Ay, Silvia, que me he dejado la insulina en la maleta…

—Bueno, abuelo. Pero ¿la necesitas ahora? Hasta la hora de comer no te toca. Cuando lleguemos al ferry, podrás cogerla.

Abdú observa a Matías: no está contento con la respuesta.

—Pero… ¿Y si me pongo nervioso? Me puede dar una subida de azúcar.

—Pues con más razón, abuelo. Siéntate, que ya queda poco para llegar y lo podrás coger.

Matías obedece, pero tras unos segundos, se levanta de nuevo.

—Mira, no… Voy a decirle al guía que si pueden parar un momentín. Así la cojo y estamos todos tranquilos.

Matías se levanta y empieza a avanzar con cuidado por el pasillo, agarrándose a los reposacabezas. Pero por el camino, le suena el móvil y empieza a buscarlo. Silvia resopla. Adora a su abuelo, pero siempre ha sido un poco hipocondriaco. Nota la mirada de Abdú y se encoge de hombros con una sonrisa forzada. Él se la devuelve, pero la pierde también al poco. Matías vuelve, con el móvil en la mano:

—Sí… Todo muy bien, un tiempo estupendo. Yo creo que sí, anda, te la paso y ya te cuenta ella. —Matías tapa el micrófono y se lo da a Silvia—. Tu madre.

Matías vuelve a caminar pasillo abajo, paciente pero decidido, tratando de no desequilibrarse en las curvas, hasta que llega junto a Kamal.

—Perdone… Siento incordiar, pero… Me he dejado las medicinas en la maleta, abajo… ¿Podría cogerla? Sería solo un momento, se lo prometo.

—Señor, le dije que lo cogieran todo, pero… Bueno, trataré de que paremos un momento al cruzar la frontera. ¿Puede esperar hasta entonces, verdad?

—Por supuesto que sí. Muchas gracias.

* * *

Fátima, Pilar y Asun salen de casa y cruzan la plaza con la sensación de haber robado un banco y tener que huir lo más lejos posible antes de que suene la alarma. Las tres caminan en silencio, tomando conciencia poco a poco de lo que van a hacer, y de que no hay vuelta atrás. Pero Fátima no puede dejar de pensar que le hubiera gustado despedirse de su madre. Al menos, como mínimo, darle un beso.

—Vamos… —Asun trata de darse y darles ánimos—. Que cuanto antes nos vayamos, antes está hecho.

—¿Adónde vais? —Pero para el terror de las tres, Faruq se pone en su camino. A unos metros, su padre, Hassan—. ¿No tenéis que preparar la boda?

Pilar y Asun se quedan paralizadas de terror; no esperaban encontrarse con él. Pero Fátima nunca ha tenido problema en enfrentarse a su severo hermano, aunque esta vez, decide jugar una carta simpática:

—A la pelu, Faruq. Allí los chicos tampoco pueden entrar.

—¿Cómo que a la peluquería? ¿No está dentro la negaffa?

—Sí, tonto —interviene por fin Pilar, guiñándole un ojo—. Es nuestro regalo de despedida. De soltera.

—Pues hija —Hassan se lo toma con humor y le quita importancia—, yo siempre te he visto tan guapa…, te podrías casar en bata y zapatillas.

—Hassan, usted la veía guapa hasta cuando tuvo paperas —repone Pilar, causando la hilaridad de todos y suavizando el ambiente.

Las amigas aprovechan el momento para empujar adelante a Fátima y seguir su camino. Y de nuevo ella pasa de largo de su padre y piensa que le hubiese gustado tanto darle un último beso... Faruq las ve alejarse juntas. Y por un momento piensa si no debería mandar a uno de sus hombres para que las siga. Pero esta vez, por ser el día que es, no lo hace.

* * *

Un coche se detiene cerca de la frontera del Tarajal, del que se baja un hombre nervioso que consulta su reloj. Son las once y veinticinco y Morey no ve a Fátima en el sitio convenido. Sabe que aún queda un rato, que incluso alguien como ella puede retrasarse, pero no puede evitar sentir una impaciencia desconocida en él. Morey abre una bolsa de viaje. En ella hay preparados dos pasaportes falsos, con sus nombres cambiados. «Una nueva vida necesita nuevos nombres», se dice.

Entonces su móvil suena, y aunque por deformación profesional va a cogerlo al primer timbre, se detiene al ver el nombre del llamador. Morey lo deja sonar, sin poder decidir si debe cogerlo o no. Pero finalmente, lo hace.

—Dime, Serra. Estaba cogiendo la maleta. ¿Qué pasa?

—Estás ya en Madrid, supongo.

Morey se apoya en el coche. Mientras habla, observa a todas las jóvenes con velo que pasan a su alrededor. Todas le parecen Fátima.

—Claro.

—Bien, pues mañana te veo en la Casa. Resulta que ha llegado una cajita con cierta medallita que los jefazos te quieren plantar en el pecho, así que ven duchado y perfumado. Ah, y para que te olvides de tu mal de amores, te diré que la asistente de la ministra está buenísima, así que dale un poco de palique y mojas el churro seguro.

Morey no contesta. No le está escuchando realmente. Pero le está oyendo. Y en ello, le viene a la cabeza lo que ha pensado tantas y tantas veces: que no le soporta.

—Bueno, ya que hablamos… Tú te vas a ir de vacaciones, pero que sepas que nosotros nos quedamos en alerta roja. Estamos esperando un movimiento por parte de Akrab, quizá algo dramático. Pero por lo que respecta a tu operación, podemos ir relajando los glúteos.

—Qué bien.

—Y con las mismas, te digo en «petit comité» que casi me han garantizado el ascenso, así que cuando vuelvas de vacaciones, estoy pensando en mandarte a…

En un arranque, Morey cuelga el teléfono, saca la tarjeta SIM y la tira sobre el asiento. Su reloj digital marca ahora las 11:35 y Morey sabe que por mucho más que quiera esperar, ya no hay esperanza. Ella ha elegido quedarse. No se puede hacer nada. Así que Morey entra en el coche y lo arranca. Y justo cuando va a soltar el embrague, un coche se detiene a su lado con un frenazo. Por un momento Morey está seguro: Akrab le ha encontrado y van a matarle allí mismo. Pero cuando se vuelve… ve su sonrisa. Fátima. Sin mediar palabra, ambos se bajan de los coches y se funden en un profundo abrazo hecho de toda la tensión acumulada, una tensión de días, semanas, meses, que acaba de saltar por los aires…

—Creí que no vendrías…

—Ni yo… Esto es una locura…

Ambos se separan, y Morey mira a Asun y Pilar, a las que se les cae la baba y algunos lagrimones. Morey se muestra algo contrariado:

—Te dije que no hablaras con nadie.

—Necesitaba su ayuda para irme de casa. Se supone que estoy con ellas en la peluquería, así que no tengo mucho tiempo. Pronto empezarán a buscarme.

—Vale. Dame tu móvil. —Ella se lo alarga, y como hizo con el suyo, lo desmonta y le saca la tarjeta—. Es para que no te localicen al usarlo. Toma esta tarjeta nueva. Este es el número.

Fátima coge la nueva tarjeta y se vuelve a abrazar a sus amigas, que están emocionadas.

—Tapadme en casa, ¿vale? Les decís que me dejasteis en la peluquería y que no sabéis nada más. Gracias por aguantar la que os va a caer... Pero vosotras no me habéis visto, ni sabéis nada de mí.

—Fátima, ¿nos llamarás, o escribirás, o lo que sea?

—Claro. Apuntad este número, es mi móvil nuevo, solo para vuestros ojos, ¿eh? Sois las mejores amigas...

Las tres se abrazan otra vez, y antes de emocionarse de nuevo, Fátima entra en el coche con Morey. Y dentro, por fin se besan otra vez, con la misma prisa y ansia por hacerlo, que por irse de allí lo antes posible. Cuando se separan, él parece tranquilo, aliviado, satisfecho por fin. Ella está expectante, exultante, y con un rápido gesto, se quita el velo.

—Vámonos...

El coche se dirige hacia la frontera, mientras Asun y Pilar les dicen adiós... Y se cruza con cierto autobús, que viene en dirección contraria. Abdú ya está en Ceuta.

* * *

Khaled aparca su lujoso coche de alta gama en la plaza provocando la admiración, no solo de los chavales habituales, sino de todos los invitados a la boda. Hassan y Faruq se acercan a él, sonrientes y con los brazos abiertos.

—*Salamo Aleikum*, cuñado... Y *Salamo Aleikum*, tío.

Los tres se besan y Hassan responde:

—*Aleikum Salam*. Bueno, técnicamente ya casi eres hijo mío, ¿eh?

Khaled ríe, y añade, con una mano en su hombro.

—Vaya susto que nos dio usted ayer, ¿eh?

—Bueno, bueno, que hoy el centro de atención no debo ser yo. Una boda es la mejor medicina que hay. ¿Qué tal tus padres?

—Ahora vendrán. Están en el hotel, discutiendo, como siempre. Tío, ¿no serán así todos los matrimonios? —Le hace un guiño—. Porque de verdad espero que el mío sea distinto.

Hassan ríe, y le dice en confidencia:

—No discutir con la mujer solo depende de ti. Ellas siempre lo intentan… —Hassan ríe con ganas, pero para en seco cuando alguien le da un manotazo en el hombro. Se vuelve, asustado, para ver a Aisha.

—¡Tendrás tú queja! —le espeta ella.

Y la plaza entera estalla en risas… Khaled mira alrededor, buscando a Fátima.

—No la busques ahora, hijo —responde Aisha—. Está con sus amigas en la peluquería, peinándose, porque no ha tenido fiesta con ellas. Pero estate tranquilo, que a partir de mañana vas a tener toda la vida para mirarla.

* * *

El autobús por fin se detiene en el área de descanso de una gasolinera. Los viajeros se miran, extrañados, pues no es una parada programada.

—Señoras y señores —aclara Kamal—, vamos a realizar una pequeña parada técnica, y enseguida continuaremos la marcha. —Kamal baja el micrófono y mira por el pasillo—. Baje, por favor.

Matías ya viene por el pasillo del autobús, dejando atrás filas y filas de viajeros que se preguntan, curiosos, por el motivo de la parada. Entre ellos, Abdú.

—¿Qué le pasa a tu abuelo?

—Que es un poco hipocondriaco —suspira Silvia. El abuelo hoy no le está haciendo ganar muchos puntos con Abdú, pero al menos tiene la oportunidad de hablar con él—. Se ha dejado la insulina en la maleta, y no va a estar tranquilo hasta que no la coja.

Un escalofrío baja por la espalda de Abdú, e instintivamente, acaricia el móvil en su bolsillo. Las maletas eran muy parecidas, recuerda. ¿Y si…? Abdú se levanta de su asiento y camina hacia la parte delantera. Pero Kamal, con una sonrisa experta, le detiene.

—Abdú, no se puede bajar. Lo siento.

—Pero es que… Voy a ayudarle a…

—Por favor. Si bajas tú, va a querer bajar todo el mundo y nos vamos a tirar aquí hasta mañana. Yo le ayudo, no te preocupes.

Abdú piensa durante un momento si debe insistir… Pero se da cuenta de que ya hay demasiada gente mirándole. No debe levantar sospechas antes de llegar al ferry. Abdú vuelve a su asiento. Pero desde donde está no puede ver lo que ocurre fuera.

Mientras, Matías espera a que se abra la puerta hidráulica del maletero, y entonces comprueba que por lo saturado que está, le va a ser difícil llegar a su maleta. Mueve una mochila… Tira de una bolsa… Y bingo, ahí está su maleta marrón, con la buena fortuna de que la cremallera está a mano. Matías la baja todo lo que puede, que no es mucho, y con ambas manos trata de abrir un hueco, apartando con la mano un montón de ropa blanca. Y entonces, se detiene, confundido. Eso no es su botiquín. Eso son cables, trozos de hierro… Y cartuchos de dinamita. Matías da un salto atrás y contiene un grito. Su corazón va a cien, trata de calmarse, no quiere que le dé una subida justo en ese momento.

«Piensa, piensa con calma, Matías. Lo que ves no es un error, eso son explosivos. No puede ser de otra manera: hay un terrorista en el autobús. Dios mío. Dios mío. Estamos corriendo un grave peligro. No puede saber que lo sé. No puede enterarse, porque podría detonarlos en cualquier momento. Incluso ahora mismo, si sospecha de algo. La niña. La niña está arriba. Tengo que arreglármelas para que baje. Para que venga conmigo, sin que nadie sospeche. Tengo que sacarla de aquí y avisar a la policía».

—Matías, ¿lo tiene ya? —insiste Kamal—. Tenemos que irnos.

—Lo siento, pero, por favor…, llame a mi nieta. Se me ha olvidado la insulina en el hotel.

—Matías… Mire, suba y cuando lleguemos…

—No, me estoy sintiendo mal. Por favor.

Kamal entra de nuevo en el autobús. Está empezando a perder el buen humor. Siempre hay algún turista recalcitrante, pero ya sabe quién le va a dar el resto del viaje.

—Oye… Tú… Sí, la chica. Baja, por favor. Te llama tu abuelo.

Todas las miradas del autobús se giran hacia ella. Silvia, cortadísima, se hunde en el asiento, tratando de evitar la atención. Pero, finalmente, se levanta. Enfadada, recorre el pasillo y baja con la cabeza gacha.

—Silvia, hija… Perdona, que ya sabes que tu abuelo es un desastre… Me he dejado la insulina en el hotel. —Matías mira con disimulo al autobús, no queriendo parecer que se alarma—. Anda, vamos, que tenemos que ir a buscar más.

—Abuelo, no. La compraremos al llegar. Sube al autocar, venga.

—No me atrevo a seguir sin insulina, hija… Venga, tomamos un taxi hasta una farmacia y vamos directamente al ferry, ¿vale?

—Abuelo, no puedes hacerme esto. —El genio adolescente empieza a poseer a Silvia—. Y menos delante de…, de todo el mundo. Sé razonable: te faltan tres horas hasta la siguiente toma.

—Silvia, vale ya. —Matías no contaba con su rebeldía, y hace lo equivocado en estos casos: subir la tensión y el nivel de desafío—. El enfermo soy yo y no me la quiero jugar, así que baja.

Silvia refunfuña y se cruza de brazos. Kamal ve que la discusión se está alargando y decide presionar.

—Por favor, no podemos estar aquí más tiempo. Nos están retrasando a todos.

Matías observa las ventanas del autobús: todos los viajeros les están mirando, incluso los del otro lado se han levantado y les observan. No quiere tanta atención. Si el terrorista sospecha algo, puede actuar allí mismo y explosionar la bomba. Así que, sintiéndose mal como nunca se ha sentido en su vida, toma una decisión:

—Mira, hija… Mejor no discutir. Sube al autobús. Yo llamo a un taxi y te veo en el puerto.

Silvia no se lo esperaba. ¿Es una técnica de su abuelo para que se ablande? ¿Realmente debe separarse de él? ¿Y si le pasa algo? Ante sus dudas, Kamal insiste:

—Silvia, te llamas, ¿no? Por favor, haz caso a tu abuelo. Te prometo que luego le veremos en el puerto.

—De verdad, hija, sube al autocar. —Matías, por fin, sonríe—. Nos vemos allí. Lo mismo hasta llego antes que vosotros, que os vais a encontrar tráfico al llegar.

—Llámame al móvil cuando la encuentres —Silvia opta por cruzarse de brazos y asentir. Le falta un rato para que se le pase el cabreo—. Te veo allí.

Silvia sube al autobús, y Kamal pregunta a Matías con la mirada una última vez: «¿Seguro?». Matías asiente. Y ve cómo el autobús arranca y se aleja. Dentro, Silvia vuelve a su sitio, avergonzada y enfadada. Pero trata de forzar una sonrisa cuando oye la voz de Abdú.

—¿Qué pasaba? ¿Todo bien?

—Ya sabes… Cosas de viejos.

Abdú ríe con ganas y ella le acompaña enseguida. Matías, ya cientos de metros más atrás, cuando el autobús se ha alejado lo suficiente, reacciona y saca el móvil.

—¡Policía! ¡Policía!

* * *

En la comisaría del Príncipe, sentado en el despacho de Morey, ahora temporalmente ocupado por Fran, un jadeante Matías casi ni puede hablar por los nervios y la excitación. Quílez, aún de paisano y con el brazo escayolado, y Mati le observan preocupados. Parece que podría colapsar en cualquier momento.

—Que sí, que le entiendo, que hay prisa —insiste Fran— pero los agentes han hecho bien en traerle. Lo que nos está contando es muy grave y yo tenía que hablar con usted en persona. Tenemos que estar muy seguros de lo que nos dice. Así que, por favor, cuéntemelo de nuevo. Mati, por favor, tráele un poco de agua.

—Le repito que iba en el autobús, bajé a buscar la insulina al maletero y abrí la maleta equivocada, y… —Matías se ahoga, tiene que respirar. Bebe de un trago el agua que Mati le trae, casi se atraganta—, y vi cables, explosivos, metralla. Se lo aseguro, puede dudar de mí, pero sé lo que vi.

Fran y Quílez intercambian una mirada gravísima. Matías continúa:

—Miren, mi nieta va en el autobús. Intenté que bajara, pero la muchacha… Bueno, está pasándolo mal con el divorcio de sus padres, no quiso hacerme caso. Pensé que el terrorista podía detonar la bomba allí mismo, así que lo único que podía era dejarles ir y llamarles a ustedes. —A Matías le comen las dudas—. ¿Cree que he hecho bien dejándola allí? Porque no podía hacer otra cosa, ¿verdad? Si le pasa algo a Silvia…

Fran le pone una mano en el hombro para calmarle.

—Matías, no se preocupe. De verdad ha hecho usted lo correcto. Nosotros nos encargaremos de que no le pase nada, se lo prometo. Ahora le haré unas preguntas más. De momento espéreme en la sala de descanso. Mati, acompáñale, por favor.

Matías va a seguirla, pero cuando se da la vuelta para salir, ve algo en la puerta. Hay varios pasquines con fotos de desaparecidos, colgados allí para poder repasar visualmente sus caras el entrar y salir del despacho. Matías casi desfallece de la impresión.

—¡Este chico! —Fran levanta la vista—. Este, el de la foto… Iba en el autobús, sentado con nosotros.

Mati, Fran y Quílez no aciertan a decirse nada por unos segundos. La cosa puede ser peor de lo que se imaginaban.

—Matías, lo que le voy a preguntar es muy importante. ¿Está usted absoluta y totalmente seguro de que ese es el chico que va en el autobús?

—Puedo jurarlo. —Matías asiente con toda la determinación que puede expresar.

—Es Abdú —confirma Fran a sus subordinados—. Tenemos que avisar a Morey. Por favor, Matías, espere fuera un momento.

Matías obedece y Fran marca el número de Morey. Una. Dos. Tres veces.

—No me lo coge. —Fran cuelga.

—¿Hoy no se iba para Madrid? —propone Quílez—. A lo mejor está volando.

—No lo sé… Pero tenemos que reaccionar. Hay que desviar ese autocar. No puede subir al ferry bajo ningún concepto. Quílez, ve llamando a los TEDAX. Tenemos que pensar en cómo ver o escuchar lo que pasa dentro del vehículo, quizá intentar contactar con alguien…

—Tenemos a la nieta del hombre —apunta Mati—. En realidad, es la única en quien podemos confiar.

—Eso estaba pensando. Pídele a Fede que se encargue del abuelo, que tenga un médico a mano por si le da una subida. Que te dé el número de la nieta. No, mejor, que te preste su móvil. Avisa a todas las unidades y reúnelas, pero, por Dios, no digas nada todavía de la bomba.

Cuando Mati sale, Fran trata de llamar de nuevo a Morey. Pero no contesta. Solo le queda una opción.

* * *

La media mañana siempre ha sido un buen momento para tomarse un tentempié, piensa Serra. Aunque sea tan consistente como un café con una hamburguesa. Serra se echa la corbata sobre el hombro, y cuando va a meterle el primer mordisco… Suena el teléfono. Y a Serra se le pasa la inmediata irritación cuando ve el identificador de la llamada. Y le resulta muy, muy interesante. Por fin muerde su hamburguesa y descuelga con el manos libres.

—¿Ya me echa de menos, Fran? ¿O le han echado por fin y quiere darme su currículo?

—Serra, tenemos a Abdessalam Ben Barek en un autobús con una bomba y no localizo a Morey.

Serra escupe el bocado sobre la mesa.

—Repítalo. Joder. Explíquese.

—Un turista descubrió la bomba y escapó para contárnoslo. Abdú no se ha dado cuenta de que lo sabemos. Si lo hace, puede detonarla. Sería una masacre.

—Joder, y Morey de camino a Madrid. —Serra se levanta, frustrado—. Intente localizarle, Fran, nosotros lo haremos también. Voy a mover cielo y tierra. Haga lo que quiera, pero que esa bomba no estalle.

Fran asiente y va a colgar, pero la voz de Serra le detiene. Su tono ha cambiado. Fran lo conoce bien.

—Y por cierto, Fran… No hace falta decirlo, pero usted sigue siendo nuestro. Ahora está solo. Demuestre lo que ha aprendido de nosotros.

* * *

—¡Estamos por fin en Ceuta, señores! Pronto podrán ver las antiguas murallas de la ciudad y la catedral, en ambos casos levantadas sobre la construcción original de época de los califatos árabes.

El autobús prosigue su camino sin que ninguno de sus ocupantes sospeche nada, incluyendo, por supuesto, a su máximo interesado: un sonriente chico de ojos casi transparentes que tienen encandilada a Silvia. Que en este momento trata abiertamente de mostrarse lo más interesada posible en sus palabras, pues Abdú parece de esos que no se enteran de que están ligando con ellos.

—Entonces —continúa ella—. ¿Por qué haces este viaje tú solo? ¿Vas a estudiar Historia?

—Algo así… Oye, ¿no es raro que tu abuelo no haya llamado?

Silvia comprueba el móvil. No ha tenido llamadas.

—De verdad… Es como viajar con un niño… Ah, mira, justo a tiempo —Silvia contesta el móvil—. Dime, abuelo. ¿Has comprado ya la insulina?

—Silvia, escúchame bien. —La voz de su abuelo tiene un fondo de apremio—. No te alteres, no te extrañes de nada de lo que vas a oír y, sobre todo, mantén la calma. Tienes que disimular para que nadie a tu alrededor se extrañe, ¿de acuerdo?

Silvia trata de no reaccionar, pero le resulta imposible. Su rostro se tensa, se incorpora en su asiento, preocupada. Abdú la mira y ella esboza una tensa sonrisa. Le enseña el dedo pulgar y hace un gesto de «qué pesado». Abdú sonríe y vuelve la vista a la ventana.

—Sí, pero ¿estás bien, abuelo?

—Sí, tranquila. Estoy con la policía. Ahora te voy a pasar con ellos. Y no te preocupes, que nos vamos a ver en el puerto, tal y como habíamos quedado.

Matías le da el teléfono a Mati, que habla con un tono a la vez dulce y firme que transmite la seguridad que ella necesita escuchar.

—Hola, Silvia. Soy la agente Matilde Vila. Necesito que hagas una cosa: que me contestes a todo lo que yo te diga con un «bien» o un «claro». ¿De acuerdo?

—Claro.

—Vale, mira, estamos buscando a una persona dentro del autobús. No sabemos si viaja solo, pero puede ser un individuo peligroso.

—Bien. —Silvia lo está pasando fatal. Está empezando a sudar y su respiración se acelera.

—Necesitamos tu colaboración, pero para no ponerte en peligro, vamos a comunicarnos contigo por mensajería móvil.

—Vale. Digo, bien. Bien.

—Ahora despídete de mí como si fuese tu abuelo. Si te preguntan, di que está yendo al ferry en taxi. Lo vas a hacer genial, ¿vale?

—Vale, abuelo, pues te veo allí. Un beso.

Silvia cuelga y trata de no suspirar, o resoplar. Silencia el teléfono y mira alrededor por si alguien la observa. Se encuentra con la amable mirada de Abdú.

—¿Todo bien?

—Sí, mi abuelo… Bueno, es como un niño. Ha comprado la insulina, pero está enfadado porque no me fui con él. Si es que cuanto más mayores, más niños… Huy, perdona, un mensaje, mi madre.

Abdú asiente y vuelve a mirar por la ventana. Silvia recibe los mensajes del móvil de su abuelo.

Matías: ¿Es este el chico con el que viajas?

Matías: Ha recibido un archivo adjunto. ¿Abrir?

Horrorizada por la posibilidad de que Abdú vea la foto, Silvia decide no abrirlo. Mira de reojo a Abdú, que nota que le sonríe de nuevo. En un movimiento rápido, Silvia se pone junto a él y se tira una autofoto de ambos.

—Es para una amiga —se explica, sonrojándose—. Le he dicho que viajo con un chico muy guapo, y se ha puesto pesada. ¿No te importa, no?

Abdú, por un momento, está a punto de mostrarle su contrariedad… Pero no puede discutir a esas alturas, ya está hecho. Y tampoco es inmune a un piropo. Así que simplemente le sonríe de nuevo.

—Mírala. Con la carita de buena que tienes…

* * *

En la comisaría, Mati recibe un mensaje con la foto de los dos.

—Fran, efectivamente: es él.

—Confirmado —Fran asiente y vuelve a su explicación. Toda la comisaría le escucha en silencio—. En el autocar viaja Abdessalam Ben Barek, hermano pequeño de Faruq, del que se sospechaba hace tiempo que estaba captado por una red yihadista. Desconocemos si tiene algún colaborador o si actúa solo. —Fran señala el puerto en el mapa de Ceuta que tiene detrás—. Nuestro objetivo es desviar el autobús a un lugar seguro, y allí trataremos de desalojar a los turistas. —Todos asienten. Fran prosigue—: Tenemos una ventaja, y es que el terrorista no sospecha nada. Así que usaremos la excusa de una avería que va a retrasar la salida del ferry. Tomaremos posiciones alrededor, pero en ningún momento nadie puede sospechar que está rodeado de policías. Esto es extremadamente importante: hay muchas vidas en juego, entre ellas, las vuestras. ¿Alguna pregunta? ¿No? Pues todos al puerto. —El grupo de policías va a salir, pero Fran insiste una vez más, deteniéndoles momentáneamente—. Sobre todo, sobre todo: que el terrorista no note nuestra presencia.

Satisfecho, Fran se vuelve hacia Mati, pero le suena el móvil.

—Serra, no he conseguido localizarle.

—Yo tampoco. —Fran nunca le ha oído tan nervioso—. Esto no es normal. Me había dicho que estaba en Madrid. Fran, no se habrá quedado unos días con Fátima, ¿no?

—Lo dudo. La chica se casa hoy. Con otro, por si lo dudaba.

—Tenemos que tirar de ahí. Localícela, tiene que saber algo, o de Morey o de Abdú.

—Mire, yo debería ir al puerto, se va a liar una que...

—Hay tiempo. Quiero saber dónde está mi agente y si está bien. Obedezca una orden directa.

Serra cuelga. Fran mira el móvil, fastidiado, y Mati le aborda:

—¿Vas ya para el puerto?

—No... —Fran mira su reloj—. Tengo algo de tiempo. Voy a intentar localizar a Morey. Id para allá y mantenedme al tanto de cualquier dato nuevo.

—Pero es muy raro, Fran —cuestiona Mati—. ¿Dónde puede estar el jefe?

Fran se vuelve hacia la salida y susurra para sí:

—Cometiendo el mayor error de su vida.

* * *

Minutos después un coche K aparca en la plaza del cafetín, donde de inmediato llama la atención de Faruq, que se acerca de nuevo. Se extraña al ver precisamente a Fran. No puede traerle nada bueno.

—Estoy bastante seguro de que no te tengo en la lista de invitados.

—Tengo que hablar con tu hermana… —Fran intenta sortearle.

—Ni se te ocurra pasar. —Faruq se interpone con los brazos abiertos y en alerta—. Deja a mi hermana en paz.

Pero esta vez Fran no tiene tiempo de discutir. Se quita las gafas de sol y le enseña la foto de Abdú en el móvil.

—Tu hermano va en un autobús cargado de dinamita de camino al puerto. Faruq, no quiero alarmar a nadie ni llenarte la casa de policías, pero no aparecen ni el inspector ni tu hermana y necesito hablar con ellos.

Faruq recibe las noticias como un puñetazo. Su proverbial estoicismo parece tambalearse a la vez que su cuerpo.

—¿Es… esto es verdad? Fran, como sea mentira, te juro que…

—No te mentiría con una cosa tan grave, Faruq. Necesito tu ayuda. Ahora —Fran asiente, insistente.

—Él… Morey estuvo aquí esta mañana, habló con ella. Luego se fue solo. Mi hermana está en la peluquería.

—Pues tengo que hablar con ella como sea.

Faruq mira atrás, a su familia. Khaled le sonríe y sigue hablando con su padre. Nadie le presta atención. No es anormal que esté discutiendo con un policía. Podría irse sin levantar sospechas. Y por fin, acepta:

—Vamos a buscarla. Te acompaño.

Minutos después, Fran y Faruq doblan la esquina de la calle de la peluquería, a tiempo para ver a Asun y a Pilar bajándose del coche de Fátima. Y las dos amigas se quedan completamente frías al verle.

—¿Dónde está Fátima? —pregunta Fran—. La estamos buscando.

Ninguna de ellas acierta a responder; de entre todas las situaciones que han venido imaginando y ensayando durante el trayecto de vuelta, este encuentro es el único con el que no contaban.

—¿De dónde venís con su coche? —insiste Faruq.

—Pues es que nos ha pedido que se lo aparcásemos —aventura Pilar.

—Dime ahora mismo dónde está mi hermana. —Faruq se acerca a ella, consciente de lo que le impone.

—No lo sabemos, Faruq.

—Es la verdad. No lo sabemos. —Asun interviene, pensando que a ella la creerán. Al fin y al cabo, dicen la verdad.

Fran decide presionarlas:

—La vida de muchas personas está en juego, así que pensadlo dos veces si nos estáis mintiendo.

Pilar busca apoyo en Asun, pero las dos están completamente paralizadas. Saben las consecuencias que tendrá para Fátima que la delaten. Pero no esperaban que la situación fuera tan grave. La mentira se les está yendo de las manos. Faruq pronuncia lo que está en la mente de todos.

—Se ha largado con el poli, ¿verdad?

—Va en serio. Necesitamos encontrarles. —Fran lo da por hecho.

—Es muy importante. —Faruq no puede evitar que la desesperación tiña su voz—. Mi hermano pequeño está en Ceuta. Puede ocurrirle algo muy grave. Necesitamos hablar con Fátima…

Y solo entonces, al ver tan afectado a un hombre duro como una estatua, las dos amigas son conscientes de lo importante que debe de ser lo que sea que está ocurriendo. Asun da un codazo a Pilar y esta cede, acongojada. Saca de su bolso el papel y se lo alarga a Faruq. Intentan salvar la cara:

—Se ha ido con él, sí… Pero es la verdad, no sabemos adónde. Este es su número nuevo. Faruq saca su móvil, pero Fran le detiene.

—Se lo ha dado a ella. Déjala que llame.

* * *

Muy lejos de allí, el coche de Fátima y Morey se abre camino por la carretera de la playa, pasada la frontera y con todo un mundo, una vida y cientos de sueños que ya parecen a su alcance. Fátima va en el asiento del copiloto, relajada por fin, con los ojos entrecerrados y sintiendo un alivio, tranquilidad y satisfacción que no conocía desde hacía meses, observando a ratos la carretera, a ratos a su amado, sin poder evitar sentir escalofríos de felicidad cada vez que sus miradas se cruzan. Morey, al volante, le acaricia la mejilla con dulzura.

Pero para sorpresa de ambos el móvil nuevo comienza a sonar. Los dos se extrañan; no contaban con ello, y menos, tan pronto. Durante unos segundos, ninguno dice nada, ni se mueve. Pero la seriedad cubre ahora sus facciones. Fátima no soporta más ese silencio entre timbrazos y lo busca en su bolso.

—Javier, es el número de Pilar.

—No lo cojas. Déjalo sonar.

Tras muchos timbres más y la tensión resultante entre ambos, el teléfono deja de sonar. Pero unos segundos después el timbre vuelve a sobresaltarles. Fátima comprueba el número.

—Ahora es Faruq.

—¿Cómo tiene el número? ¿Se lo habrán dado?

—No lo sé... No creo...

Morey piensa durante unos segundos, aprieta la mandíbula.

—Ya se han enterado de que nos hemos ido y les han sacado el número. Esto iba a pasar. Tenemos que ser fuertes y seguir adelante.

Fátima deja el móvil de nuevo en el bolso. Su expresión ha cambiado. Es de preocupación. Morey le acaricia, pero ella ya no sonríe.

* * *

—No lo cogen... —Faruq cuelga.

Fran toma el papel de su mano y decide poner en práctica su propio plan, que incluye tapar a su amigo.

—Seguramente el inspector está yendo para el puerto ahora y no puede contestar. Yo iré hacia allí también. Faruq, vuelve con tu familia, y por favor, no les digas nada de esto. Necesitamos evitar la alarma para no ponerles en peligro, ni a ellos, ni a tu hermano.

Faruq asiente, por una vez, dispuesto a colaborar. Satisfecho, Fran vuelve corriendo hacia su coche. Ya solo con las mujeres, Faruq recupera su entereza.

—No quiero que mi familia se preocupe. No sé cómo va a acabar esto, pero si os preguntan, decid que sigue en la peluquería. ¿Entendido?

* * *

Y en el coche de Morey vuelve a sonar por tercera vez el teléfono. Los amantes se miran, preocupados y tensos. Antes de que Morey diga nada, Fátima mira la pantalla.

—No conozco este número.

Morey lo mira, y golpea el volante con la mano. Una, otra vez. De rabia, de frustración, de impotencia.

—Es Fran.

—Javier, si te llama él, quizá pase algo.

—No. No lo vamos a coger. —El móvil sigue sonando. Morey mete otra marcha más y acelera—.Ya hemos dejado todo eso atrás.

Pero el móvil sigue sonando, un timbre tras otro, durante lo que parecen minutos. Fátima no se atreve a contestar, ni a decirle nada más. Hasta que el móvil finalmente se queda en silencio. Y vuelven a sobresaltarse cuando entra un mensaje. Fátima, sin preguntarle esta vez, lo abre y se queda mirándolo, sin entender.

—¿Qué es? ¿Qué dice?

Ella le enseña el móvil. Y automáticamente, Morey clava los frenos y detiene el coche en la cuneta. No puede dejar de mirar la pantalla, en la que hay una simple palabra, que como un fantasma del pasado, les persigue más allá de cualquier frontera humana. Y Morey sabe que les seguirá persiguiendo el resto de sus recién comenzadas vidas, si no hace algo. «*Akrab*». Por fin, Morey marca el número de Fran.

* * *

Minutos después, apoyado en el coche, y con Fátima a unos pasos de él, Morey cuelga. Ella se vuelve, expectante, pero él todavía se toma unos momentos para hablar. Sabe que todo ha terminado. Que ya no hay ninguna oportunidad para su huida, para ellos, ni posiblemente, para su relación. Todo se ha complicado demasiado, y eso que ella todavía no sabe lo que está ocurriendo.

—¿Qué ha pasado?

Morey piensa cuántas maneras pueden existir de no contar nada. De ignorar lo que ha ocurrido, proseguir su viaje y esta vez sí, olvidarlo para siempre. Pero entonces lo que acaban de crear, su nuevo mundo, su vida futura y todos sus planes perderían la pureza, la limpieza, la verdad que han tenido que conquistar con dolor y lágrimas desde que se conocieron.

—Fátima. Si te lo cuento, te voy a perder.

Ella se acerca a él y le abraza, apoyando la cabeza en su pecho.

—Pero si te lo oculto, nuestra nueva vida va a crecer sobre una mentira. Y eso también sería perderte.

Ella, aún abrazada a él, le habla con seriedad y una convicción tranquila y serena.

—A mí no me vas a perder, pase lo que pase. No va a haber más mentiras entre nosotros. Ya hemos tenido suficiente de eso. Pase lo que pase, ocurra lo que ocurra, necesito saber la verdad.

Morey la mira por fin a los ojos, y lo dice sin ningún rodeo.

—Abdú ha llegado a Ceuta. Está en un autobús turístico y lleva una bomba encima.

Fátima se separa de él, da dos pasos atrás. Se coge la cabeza con las manos. Trata de recuperar el aliento, de decir algo, pero no le salen las palabras. Finalmente, perdida y desorientada, solo puede dirigirse a él con una súplica en forma de pregunta.

—¿Qué vamos a hacer?

Morey asiente y acepta la responsabilidad de decidir.

—Si fuese una misión cualquiera, la dejaría atrás para que la resolvieran ellos. Pero es tu hermano. Y te prometí encontrarle y ponerle a salvo.

Ella asiente con gravedad, expresando lo que también es un agradecimiento.

—Quiero hablar con él, Javier. Quiero convencerle de que se entregue. No solo por si muere él. No podría vivir en paz conmigo misma si a alguien le pasara algo por su culpa.

Morey simplemente asiente. Ella vuelve a abrazarse a él. Tratan de disfrutar ese momento, de prolongar unos segundos más la fantasía de que están solos y tienen toda la vida por delante, una vida larga, recta y prometedora como la carretera que tienen ante ellos. Pero Morey gira el volante en dirección opuesta. De vuelta hacia Ceuta.

* * *

Mati, vestida de calle y con una tarjeta de identificación de la compañía naviera al cuello, contempla en la distancia el autobús de la «Ruta Al-Ándalus» acercándose al puerto donde el ferry lo espera.

—Lo tengo a la vista. Está a cien metros del desvío. Cambio.

Mati observa, en la distancia, a un «operario» con el uniforme de la compañía de seguridad del puerto (en realidad, un policía) redirigir el tráfico en un cruce.

—*Afirmativo. Procedo. Cambio* —contesta por radio.

El autocar, siguiendo la fila de coches que también se va desviando, se detiene al lado del operario, que habla con el conductor y con Kamal. Ambos asienten y el segundo coge el micrófono.

—Queridos viajeros, nos comunican que una avería en el ferry nos va a hacer esperar hasta las dos de la tarde. De momento, vamos a parar en un área de descanso para que puedan estirar las piernas.

Abdú se inquieta. Esto puede ser un simple contratiempo, o que la misión va terriblemente mal. Y decide que la situación justifica llamar por su móvil personal:

—Didi. Nos han desviado. Dicen que hay una avería en el ferry.

—¿Qué? No, no puede ser verdad, llamé antes para ver si habría algún retraso. Tienes que lograr entrar en el barco. Cuelga, rápido.

Abdú se siente solo y sin preparación para esta contingencia. Su misión es detonar la bomba en el ferry, y si la avería es real, todavía podrá hacerlo. Pero si es una trampa... Quizá tenga que hacer estallar el autobús. Incluso quizá tenga que hacerlo ya... Abdú está sudando. Mira fuera, en busca de uniformes policiales, de algo sospechoso, pero no alcanza a identificar una amenaza real. Aunque si se confía, puede estar cayendo en una trampa. Todo puede fracasar, y no quiere perder su oportunidad. El autobús se detiene y Abdú ve cómo múltiples personas circulan a su alrededor. Podrían ser policías, o simples trabajadores. No hay manera de saberlo. Silvia se pone en pie:

—Voy a bajar a ver si mi abuelo ha llegado ya, porque con todo este lío, a saber dónde está.

Y súbitamente Abdú entiende que si el autobús se vacía de gente, él perderá toda protección. Su única alternativa es quedarse allí y resistir. Aunque eso suponga descubrirse. Abdú saca una pistola y se la pone a Silvia en el costado. Tira de ella para que se siente y le habla entre dientes.

—No vas a ninguna parte. Siéntate y cállate.

—No, no me hagas daño, por favor —suplica ella.

—Que te calles. —Abdú sigue mirando alrededor, buscando algo que le confirme sus sospechas. Un uniforme, una pistola, una radio.

—Por favor, no hagas ninguna tontería. Todos podemos salir vivos de aquí.

Y la clave se la acaba de dar ella. Es una trampa.

* * *

En la plaza del cafetín, la orquesta ha comenzado a tocar para entretener a los asistentes, que ríen, bromean y se hacen fotos con el novio. Khaled nota que le suena el móvil y para contestar se aleja unos pasos. Habla en árabe.

—¿Qué pasa?

—*Salamo Aleikum, sheikh. Hay problemas en el ferry.*

—*Soluciónalos. No me llames hasta que estén resueltos.*

Khaled cuelga y, sonriente, vuelve a unirse a los invitados de la boda.

* * *

Abdú lo sospecha, pero aún no lo sabe con certeza: esos trabajadores de la compañía naviera son policías. Y de hecho, Quílez, Mati y Fran, y muchos otros agentes están camuflados como limpiadores, viajeros o maleteros, y ahora mismo toman posiciones alrededor del autobús. Pero Abdú no puede asegurarlo, y la situación no justifica aún que lo precipite todo.

Es precisamente Fran quien se acerca al conductor, que baja la ventana para escucharle.

—Buenos días —comienza Fran, intentando sin éxito localizar a Abdú mientras habla—, esto va para largo, nos tememos. ¿Puede avanzar hasta aquel hueco con el autocar? Así dejamos espacio para los siguientes.

El conductor asiente y avanza unas decenas de metros hasta la zona indicada. Pero cuando Abdú ve a dos maleteros dirigirse con carros hacia los laterales del autocar, se pone más nervioso. Un silbido hidráulico, y las puertas del guardaequipajes empiezan a abrirse.

Abdú sabe que ha llegado el momento. Está preparado. Más que nunca.

—¡Que nadie se mueva! ¡O la mato!

Todos los viajeros se vuelven, horrorizados, para ver a Abdú avanzando por el pasillo, empujando a Silvia. Abdú separa la pistola de su cabeza en ocasiones para apuntar a los pasajeros y mantenerles amedrentados, hasta que logra llegar al conductor.

—Abdú…

El interpelado dispara, sin más, para demostrar que va en serio. Kamal cae de espaldas al exterior con un brote de sangre en el pecho.

—¡Cierre las puertas! ¡Ciérrelas!

Al oír el tiro, los policías reaccionan. Fran tira del cuerpo de Kamal, y le deja junto a unos asistentes sanitarios. Observa cómo dos policías logran atascar el mecanismo de cierre del maletero y se retiran, dando paso a un agente camuflado que arrastra dos pesadas bolsas de material. El agente se sitúa justo bajo la puerta semiabierta, aprovechando que Abdú no tiene ángulo para verle o dispararle por las ventanas. Rápidamente, comienza a vestirse con el traje protector de los TEDAX. Mucho más lejos, los GEO se preparan para una posible intervención, y sus francotiradores toman posiciones.

—Mati, consígueme un megáfono —le pide Fran.

Dentro del autobús, Abdú sigue andando arriba y abajo del pasillo, llevando a Silvia como protección.

—¡Vamos! ¡En pie! —Abdú empieza a repartir culatazos sin mirar si golpea a mujeres, niños o ancianos—. ¡Todos contra las ventanillas! ¡Todos mirando hacia fuera! —Y logra que todas las ventanas laterales estén cubiertas de escudos humanos, ocupándose personalmente de echar todas las cortinas, incluyendo la frontal y posterior, para evitar cualquier oportunidad de ser visto o abatido de lejos. La penumbra invade el interior, lo que acentúa el terror de los viajeros.

Fuera del autobús, la actividad policial es frenética: haciendo retroceder a los curiosos ya congregados, definiendo el perímetro policial a una distancia segura, organizando a los sanitarios y previendo el peor de los desenlaces, Fran da instrucciones a sus hombres.

—Estableced circular 50… Vamos, atrás, vamos, vamos… —Fran alcanza a Quílez y Mati, apostados tras un coche. Ella le da el megáfono requerido. Con ellos está Matías.

—¿Qué ha sido ese disparo? ¿Cómo está mi nieta? ¿Dónde está?

Desde donde se ocultan, Fran puede ver a los pasajeros pegados a las ventanas, pero no distingue a Silvia entre ellos. Mala señal.

—No se preocupe. Todo va a salir bien. Mati, llévatelo de aquí, le quiero fuera del cordón. —Y mientras ella cumple la orden, Fran toma la iniciativa y grita por el megáfono—. ¡Abdessalam! ¡Abdú! ¿Eres tú?

En el autobús, a Abdú se le congela la sangre al oír su nombre.

—¿Cómo saben que estoy aquí? ¿Se lo has dicho tú?

Silvia niega, lloriqueando, sin poder articular palabra. Abdú le da un golpe con el arma en las costillas.

—Llámales por teléfono y diles que hay una bomba.

Ella obedece, temblorosa.

Fuera, el teléfono de su abuelo suena en el bolsillo de Mati, que corre junto a Fran.

—Está llamando, Fran, está llamando. —Y Fran lo coge sin dudarlo un segundo.

—Sí. ¿Con quién hablo?

—S-soy yo… Hay una bomba…

Dentro del autobús se desatan murmullos y gritos contenidos. Fuera, miradas y comentarios de preocupación entre los policías.

—Lo sabemos. Dime qué quiere.

—Dice… Que o le dejáis subir al ferry… O nos va a matar a todos…

Abdú le arranca el móvil y grita:

—¡O salgo en quince minutos, o los mato!

Abdú tira el móvil con rabia, destrozándolo y asustando aún más a los pasajeros.

El policía que guarda el cruce da paso a Morey, que avanza a toda velocidad hacia el operativo. Cuando llegan al perímetro de seguridad, antes de bajar Fátima le toma la mano, deteniéndole unos tensos instantes.

—Solo quiero que recuerdes que, pase lo que pase… no me vas a perder.

Morey asiente, reconfortado. Y ambos salen, con él enseñando su placa para cruzar el cordón. Y es entonces cuando Fátima se lleva una mano a la boca, impresionada: ambos contemplan la terrible escena del autobús en medio de la explanada, lleno de aterrorizados escudos humanos en las ventanas. Morey avanza agachándose hasta Fran y le toca el hombro.

—Dichosos los ojos, inspector Morey.

—¿Qué tenemos?

Fran señala al TEDAX, que está buscando la bomba en el maletero.

—Una bomba, que vamos a intentar desactivar antes de que la situación se descontrole… Y al hermano dentro, con rehenes y un arma. Ya ha disparado, hay un herido grave.

—Déjenme hablar con él —propone Fátima. Pero Morey la detiene.

—Por favor. Vamos a hacerlo a nuestra manera. No podemos arriesgarnos.

—No quiere negociar —explica Fran—. Ha cortado la vía de comunicación que teníamos con él.

Dentro del autobús suena un móvil y Abdú se sobresalta. Le arrebata su móvil a uno de los pasajeros y le golpea en la cara con el cañón del arma.

—¡Vamos, apagad todos los móviles y lanzadlos al pasillo! ¡Al que le suene, me lo cargo! —Tras un momento de silencio, un móvil vuelve a sonar. Todos los pasajeros ahogan un grito—. ¿No me habéis oído? ¿Quién es el que…? —Entonces Abdú se da cuenta de que es su propio móvil el que suena en su mochila. Lo saca presuroso, mira quién llama, musita una maldición y responde—: ¿Por qué me colgaste antes? ¡Cobarde!

—Soy un soldado. Solo obedezco órdenes —contesta Didi—. Y tengo una para ti. Has de abortar la misión.

No. No pueden pedirle eso. No cuando todo está en marcha. No cuando las puertas están abiertas, a su alcance. Las puertas del paraíso.

—Quien habla es tu miedo, Didi. Eres impuro. A ti no voy a obedecerte ya.

—Abdessalam, entra en razón. Yo también quiero entrar al paraíso pronto. Pero hoy no es el día de nuestra gloria.

—¿Qué sugieres? ¿Que me entregue y me pudra en una cárcel, entre infieles? No.

Abdú cuelga.

* * *

En la plaza del cafetín, la familia poco puede hacer ya por disimular ante los invitados que algo está ocurriendo. Si tan solo supieran lo que es… Y por mucho que la orquesta trate de entretenerles, por mucho que Khaled se esfuerce por ser el mejor anfitrión posible, por mucho que Aisha trate de no perder la sonrisa, los cuchicheos, los comentarios y los rumores van en aumento. Y no solo porque Fátima no ha vuelto, sino porque nadie sabe tampoco dónde está Faruq. En un rincón, Aisha habla con Leila. La pequeña Nayat está con ellos. Leila habla con los brazos cruzados, inquieta, mirando la pantalla de su móvil.

—Le he llamado a todos los teléfonos que sé que tiene, pero no contesta, y sus hombres no me dicen nada. —Aisha se gira con disimulo para darle una calada al cigarrillo que esconde a la espalda—. Nunca, nunca me imaginé que pasaríamos por una vergüenza semejante... No vamos a poder mirar a la cara a la familia nunca más.

Aisha pisa el cigarro y vuelve, junto a Leila, con los demás invitados. Y es Nayat, que se queda atrás, la única que ve a Khaled discutiendo por teléfono, en árabe. Pero está demasiado lejos para entender lo que dice.

—¿*Cómo que no está en el ferry? ¡Hemos dado una orden y debe cumplirse! Dame su número. ¡Envíamelo!*

Khaled cuelga y comprueba que inmediatamente le llega un mensaje con el número que acaba de pedir. Cuando ve que Aisha ha notado su cara de preocupación, decide cambiar de estrategia y camina directamente hacia ella.

—Khaled, ¿te has enterado de algo? Dime la verdad.

—Sí, tía... Tengo noticias de Abdú.

Aisha siente que su cuerpo pierde las fuerzas. Al verla flaquear madre, mujer y suegra, Hassan, Nayat y Leila acuden a su lado. Khaled la sostiene, y Aisha se esfuerza por mantenerse estable.

—Dime... ¿Qué ha pasado?

—Solo me han dicho que está metido en un buen lío. En el puerto.

—Por eso no está Faruq. Habrá ido a ayudarle —aventura Leila, aliviada.

—¡Explícate! ¿En qué lío? —exige Hassan.

—No me lo han sabido explicar, tío. Voy a acercarme, a ver qué pasa.

—Vamos contigo...

—No, no, tía. Yo me encargo. Es mejor que os quedéis con los invitados. Además, mis padres no van a tardar. Avisad de que la ceremonia se retrasará un poco más. Confiad en mí.

Khaled les sonríe y sale corriendo hacia su coche.

—Dios mío… ¿Y ahora qué…?

* * *

En el puerto, nada ha cambiado: los francotiradores cubren con sus miras el autobús. Fran y Morey solo aguardan: hasta que no haya algún acontecimiento, no pueden mover ficha. Morey ve algo en la distancia, toca el hombro de Fran, y ambos distinguen un coche que viene hacia ellos a toda velocidad, más allá del cordón policial.

—Esto va a ser un gran problema… O parte de la solución.

El coche se detiene, y de él baja Faruq, que se abre paso entre la gente, salta el precinto sin preguntar a nadie y echa a andar hacia el autobús. Un agente se acerca hasta Faruq con la mano levantada, pero este le aparta de un manotazo.

—¡Oiga, usted no puede… Oiga!

Inmediatamente dos de los tres francotiradores fijan sus miras en él.

—Tranquilos. Bajad las armas. Es mío. —Fran echa a andar hacia Faruq, avisándoles por radio.

Mientras, Morey trata de retener a Fátima.

—¡Es mi hermano! ¡Quiero ir con él!

—Tranquila, es peligroso.

Fran camina junto a Faruq, haciendo señas a los francotiradores para que se calmen. El TEDAX que está abriendo la bomba les ve acercarse y da unos pasos atrás, pero Fran le indica que siga trabajando.

—Faruq, ¿qué pretendes con esto?

—Es mi hermano pequeño, y me va a escuchar.

—¿No comprendes que…?

—No.

Fran lo da por imposible y retrocede, aprovechando para señalarse al reloj mientras mira al desactivador de explosivos, quien le hace un gesto de calma: aún falta para que acabe. Fran llega de nuevo junto a Morey.

—¿Está seguro de lo que ha hecho, Fran?

—No estoy seguro de nada. Pero no creo que haga explotar la bomba con su hermano cerca. — Mira su reloj—. Necesitamos ganar tiempo. Yo me hago responsable.

Faruq llega a la puerta del autobús y comienza a aporrearla.

—¡Abdú! ¡Abre! ¡Soy tu hermano!

Dentro del autobús todos los pasajeros se sobresaltan. Abdú no puede creer lo que está oyendo.

—¡Abre! ¡Soy yo!

Abdú aprieta a Silvia contra sí y se dirige al chófer:

—¡Abra la puerta!

Este obedece, y hay un momento, largo momento, de silencio, que rompe el sonido sordo de un paso. Otro. Otro. Y finalmente, Abdú contempla, avanzando por el pasillo hacia él a su hermano, vestido de boda, con los brazos abiertos para abrazarle. Pero Abdú retrocede y le apunta con la pistola. Faruq convierte su conato de abrazo en un gesto de calma, pero su voz no se altera.

—*Salamo Aleikum,* Abdessalam. Me alegro tanto de verte, hermano mío…

Todos los pasajeros le miran con respeto e incredulidad. Abdú sigue apuntando a Silvia, pero su decisión no parece ya tan firme. Faruq, como hermano mayor que es, le impone respeto.

—Hemos estado tan preocupados por ti… —Faruq avanza muy lentamente hacia él, sin dejar de hablar—. Me alegra verte bien. Le vas a dar una alegría a nuestros padres, que te están esperando. Así tenemos otra cosa más que celebrar hoy. Claro, ¿tú no lo sabes, verdad?

Abdú parece sentirse intrigado por lo que dice, pero no baja el arma ni retrocede.

—Nuestra hermana. Nuestra querida hermana, Abdú. Fátima se casa hoy.

Abdú parece perplejo. No esperaba nada de esto. Él ya había olvidado a su familia. ¿Por qué tienen que reaparecer así? Automáticamente, sin pensarlo, empieza a hablar en un tono bien ensayado:

—Me alegro por vosotros. Pero yo ya he dejado atrás ese tipo de actos terrenales. Yo he elegido seguir el camino de Alá, y es por eso por lo que os deberíais alegrar.

Faruq cambia su expresión bondadosa y comprensiva por una de reproche, y su voz lo refleja.

—¿Cómo que «has elegido»? No mientas a tu hermano mayor. Tú no has elegido nada. A ti te han lavado el cerebro con la idea de que hay algo noble en el hecho de meterte en un autobús a aterrorizar a esta pobre gente, que no tiene culpa de nada. ¿Es un acto tan despreciable como este lo que quiere «tu» Dios?

Faruq hace un gesto amplio para señalar a los rehenes. De improviso coge del brazo a una anciana y la pone entre él y su hermano.

—Abdú: esta mujer podría ser tu madre. Dime, ¿en qué ha ofendido a Alá?

Abdú parpadea, confundido. Está buscando la respuesta. Retrocede un par de pasos. Faruq deja a la señora tras de sí y la empuja con disimulo para que baje del autobús. La señora no sabe bien qué hacer, pero al verse cubierta tras las anchas espaldas de Faruq, decide bajar. Fuera del autobús Fran y los demás ven salir a la mujer.

—¿Está soltando rehenes?

Un par de policías corren hacia la señora, la cubren con escudos antibala y la llevan hasta donde aguardan los sanitarios.

Dentro del autobús, la situación continúa siendo tensa. Abdú sigue avanzando a pasos muy lentos hacia su hermano y levanta el dedo para señalar a Silvia.

—Y ella, Abdú. Esta chica podría ser nuestra hermana Nayat. ¿Tienes hermanos? —Silvia responde afirmativamente—. Ponte en el lugar de su hermano, Abdú. Yo me volvería loco si alguien les hiciera esto a mis hermanas. ¿Tú no?

Mientras el confuso Abdú piensa en la respuesta, Faruq, muy lentamente, alarga la mano y toma a Silvia del brazo.

—¿Quieres ser un héroe, Abdú? —susurra su hermano—. ¿Un héroe de verdad? Déjalos ir. Suéltales a todos.

Faruq tira de Silvia con suavidad y la separa de su hermano, atrayéndola hacia sí. Viéndose al descubierto, Abdú coge la pistola con las dos manos.

—No estoy a tus órdenes. No soy uno de tus matones. Vete de aquí, Faruq.

Lentamente, Faruq, pasa a Silvia tras él, y ella aprovecha para escabullirse. Al fondo, cerca de la puerta, algunos rehenes se atreven a salir, pero otros están demasiado atemorizados para moverse. Abdú se da cuenta y se pone nervioso.

—¡Quita! ¡Quita de en medio!

—No, Abdú. Déjales salir o tendrás que matarme.

Ambos se miran durante un largo momento. Faruq sabe que no va a disparar. Pero entonces ve algo raro en sus ojos.

* * *

Fuera del autobús todos oyen el disparo. Cunde la alerta: Fran, Morey y el resto de policías sacan sus armas por instinto. Los francotiradores buscan a través de sus miras para saber qué ha podido pasar. El TEDAX, alarmado, detiene la desactivación, pendiente de si debe ponerse a cubierto. Si la bomba explota ahora, ni el más grueso traje podrá salvarle. En la retaguardia,

junto al cordón policial y siendo atendida por Mati y unos psi-
cólogos, Silvia ya está con su abuelo, que la abraza.

—¡Ahí! ¡Sale!

Todo el mundo fija sus ojos en la puerta, de donde un
hombre alto y vestido de boda baja los escalones del autobús,
sangrando copiosamente por su brazo izquierdo. Dos policías
corren a proteger a Faruq, que no aprieta el paso lo más mínimo, y sigue caminando con orgullo, pese a su herida. Ya junto
a Fran y Morey, mientras los paramédicos le descubren el brazo para atenderle, Faruq solo puede negar con la cabeza.

—He visto esa mirada otras veces, en otras personas. Iba
a matarme. Es mi hermano, pero iba a matarme. Si no llego a
girarme… Fátima, nuestro propio hermano me ha disparado
—Faruq habla a Morey, traumatizado—. Yo lavé su cuerpo,
usted me oyó llorar su muerte. ¿Sabe? Ojalá le hubiésemos en-
terrado realmente ese día…

Los paramédicos se llevan a Faruq. Fátima decide quedarse junto a Morey. Fran hace una seña al TEDAX, quien
niega con la cabeza y vuelve al trabajo. Aún no ha terminado.

* * *

Dentro del autobús, Abdú ha recuperado su templanza y seguridad. Es más, algo parece haber cambiado en él. Quizá haya
sido el hecho de disparar a su hermano, a su hermano mayor,
precisamente, o que este no haya podido convencerle con su
palabrería. Pero ahora, pasada esa prueba, Abdú lo sabe: está
más dispuesto que nunca a morir matando. Su móvil suena. Es
Didi de nuevo. Pero esta vez, no piensa cogerlo.

—Otra vez el traidor… No voy a hacerte caso… Yo soy
el elegido para esta misión y sé cómo cumplirla…

Los pasajeros le observan enajenarse. Abdú saca el viejo
teléfono detonador y lo aprieta nerviosamente en su mano.

Muchos pasajeros deducen para qué sirve ese móvil, y cierran los ojos, asustados. Abdú camina hasta el frontal del autobús y coge el micrófono para hablar por megafonía.

—¡Al-Ándalus volverá a ser el reino de los fieles con la ayuda de Alá!

Sus palabras pueden escucharse desde fuera. Los ojos de Fátima se abren al oírle por primera vez en meses, desde antes de aquella lejana noche en que Abdú desapareció de sus vidas. Su voz sigue llegando hasta ellos.

—¡Libraremos de la corrupción de los infieles toda la tierra que los malditos usurpadores arrebataron al islam!

—Tengo que entrar —suplica Fátima.

—Ni hablar. —Morey se vuelve hacia ella, sorprendido. Niega con la cabeza con toda la convicción que tiene—. Mira lo que le ha pasado a tu hermano.

—A mí me va a escuchar. No me hará daño. Fran, dígaselo.

—¡Y la lucha entrará en vuestras casas, sin distinciones, al igual que ocurre en los territorios ocupados!

Fran observa las señales del TEDAX. Queda trabajo. Muchos minutos por delante. Fran no quiere decirlo, y sabe que Morey no quiere oírlo. Pero no ve otra opción. Abdú se está volviendo impredecible y tienen que hacer algo para entretenerle más tiempo.

—Morey, puede ser una buena idea.

—¡No!

—El TEDAX me dice que aún le quedan diez o quince minutos. Necesitamos más tiempo.

Morey se lo piensa. No quiere autorizarlo. Es demasiado arriesgado.

—Por favor. Amor mío. Déjame intentarlo. Por favor. Es mi hermano.

Morey inclina la cabeza… Y finalmente, asiente.

—Pero traedle un chaleco antibala. Otro para mí. Yo la escoltaré hasta el autobús.

Fran sale a por los chalecos. Morey y ella aprovechan ese momento de intimidad, que ambos saben que puede ser el último que tengan en sus vidas.

—¿Estás segura? Aún puedes negarte. Es demasiado arriesgado, ha disparado contra Faruq, y…

—No, Javier. Llevo meses buscándole y quiero verle. Y estoy segura de que puedo convencerle para que venga conmigo.

Fran vuelve con los pesados chalecos y un pequeño micrófono. Tras suspirar… Morey ayuda a Fátima a colocarse el chaleco, ocultando el micro bajo su ropa.

—Te quiero —le dice él, conteniendo su desgarro—. Recuérdalo ahí dentro.

—No me vas a perder. Te lo he prometido. No me vas a perder.

Morey y ella están listos. Él se pone delante, para protegerla.

—Camina detrás de mí. Si sales… Cuando salgas con él, no te pongas delante. Camina de lado, junto a él, pero no muy cerca, para no hacer pantalla.

Ella asiente, y ambos echan a andar hacia el autobús. Abdú, por megafonía, ha comenzado a rezar.

—*Allahu Akbar… Ashhadu an la ilha illa Llah…*

* * *

No lejos de allí, al lado opuesto del cordón policial, llega Khaled. Desde donde está, no puede ver a Fátima y a Morey avanzando porque el mismo autobús le tapa la visión. Khaled marca el número que Didi le mandó.

Dentro del autobús, el móvil de Abdú comienza a sonar. Pero no sale un número, ni un nombre de persona. Solo pone

«Akrab». Impresionado, Abdú responde en árabe con un tono completamente sumiso.

—*Salamo Aleikum.*

—*Aleikum Salam. Hermano, te doy la enhorabuena. Hoy era un día importante y han surgido problemas que has manejado con valentía. Has resistido y eso te honra.*

—*¿Quién eres, sheikh?*

—*¿No me conoces? ¿No reconoces mi voz?*

—*No…*

—*Soy tu jefe. Tu primo Khaled.*

Abdú se sorprende. ¿Puede realmente fiarse de su llamada? Si le dice que abandone la misión, estará seguro de que es una trampa.

—*No te creo. Me quieres engañar.*

—*Mira por la ventana. A tu izquierda.*

Abdú obedece y ve a Khaled haciendo un gesto discreto.

—*¿Qué quieres de mí, primo?*

—*Solo que obedezcas. Abdú… Abandona la idea de llegar al ferry. Eso ya no importa. Con tus actos y tu valentía, ya te has ganado el paraíso. Así que… obedece a Alá y acaba ahora mismo con todos esos infieles.*

Abdú asiente de forma instintiva. Ahora sí puede creerle. Acaricia el móvil detonador en su bolsillo.

—*Sí, sheikh.*

Khaled cuelga el teléfono y echa a andar hacia el otro lado del autobús, donde está la mayor parte de los efectivos policiales. Pero entonces, su rostro pierde el color…

—¡No…!

… cuando ve a Fátima subiendo al autobús.

Khaled trata de llamarle de nuevo, pero Abdú lo ha apagado. Era la última llamada que esperaba recibir.

* * *

Dentro del autobús, Abdú abre la agenda del móvil detonador. En ella, hay un solo número. Abdú va a marcarlo, pero una dulce voz detiene su dedo, ya sobre el botón.

—Abdú...

La voz le sobresalta. Abdú deja caer el móvil para coger de nuevo la pistola y apunta al pasillo. Pero su gesto se congela al ver que la recién llegada no se asusta. Y que su expresión sigue siendo de alegría y de esperanza.

—Abdú, soy yo, tu hermana Fátima.

Por fin, parece reconocerla. Pero su gesto no cambia.

—¿Qué... qué haces aquí? ¡Vete! —Abdú palpa el asiento a su lado, en busca del detonador y lo coge de nuevo.

—He venido a verte y a hablar contigo.

—No deberías estar aquí. Es el día de tu boda. Vete.

—No podía no venir. Estaba muy preocupada. Llevo meses buscándote.

—¿Y por eso traes eso puesto? ¿Qué crees que te voy a hacer? ¿No te fías de mí?

Sin pensarlo, Fátima se quita el chaleco antibalas y lo deja caer al suelo.

—Cómo no me voy a fiar de mi hermano pequeño...

De nuevo fuera, Morey y Fran escuchan la conversación que tiene lugar en el interior. Morey se desespera cuando se da cuenta de que Fátima se ha quitado el chaleco. Fran le da ánimos con una palmada en el brazo. En las ventanas, los pasajeros de cara a los cristales parecen agotados por la tensión, el miedo y el cansancio. Fran vuelve a mirar al TEDAX. No parece que vaya a terminar aún.

—¿Por qué te fuiste, Abdú? —prosigue Fátima.

—¿Que por qué? Porque creéis, creemos que somos felices, pero esa felicidad es algo completamente vacío sin vivir por Alá. Vivís al modo occidental, o primidos por su poder, sus costumbres y su dinero. Yo quiero acabar con esas vidas huecas para que solo haya buenos musulmanes bajo la égida del islam.

—Abdú, ¿de verdad pensabas así? ¿Pudiste abandonar a tu familia, tu casa, tu novia… para marcharte a hacer una guerra que no tenía nada que ver contigo?

—¡Esa guerra es por la vida eterna! Y tú hablándome de cosas terrenas, como las mujeres. Mi hogar será el paraíso, y mi familia son mis hermanos en la lucha.

Fátima se detiene un momento antes de decir lo que tiene en mente. Lo que lleva tanto tiempo guardándose. Lo que una hermana mayor debe decir a su hermano pequeño. Por mucho que lo sienta.

—¿Llamas familia a aquellos que asesinaron a tu novia Sara? ¿Y a vuestro futuro hijo?

Abdú se queda paralizado unos instantes. Por un momento le cuesta encontrar las palabras.

—¿De qué estás hablando?

—Sara estaba embarazada de ti, Abdú.

Abdú continúa en silencio. No puede creerlo. Fátima decide revelar el resto.

—Nos lo ocultó porque Karim la asustaba diciendo que no volveríamos a verte si ella lo contaba. Y la engañaba diciéndole que la iba a llevar contigo para que tuvieseis al bebé.

Abdú baja la pistola, busca apoyo en uno de los asientos. Poco a poco, según Fátima habla, termina por sentarse y las fuerzas le abandonan.

—Un día —continúa Fátima—, Karim le dijo que iba a verte por fin, y la convocó a una cita contigo… Pero el que llegó fue él, con tu moto y tu casco… Sara creyó que eras tú, y cuando se acercó a Karim… —A Fátima se le quiebra la voz—. Él la apuñaló… En el vientre, Abdú… Y la mató a ella y a tu hijo de un solo navajazo…

—No puede ser… Es mentira…

—Abdú… Yo estaba allí… Lo vi todo… Ocurrió delante de mis ojos…

—¿Por qué no me dijo nada…? —Abdú trata de controlar el llanto—. Embarazada… mi… mi hijo… Sara…

—Abdú… —Fátima coge fuerzas y sigue—. Yo solo he venido a decirte que tu verdadera familia somos nosotros… Y que aún te esperamos, y te queremos. Que te perdonamos por todo lo que ha pasado… Y que vamos a apoyarte con todo lo que venga por delante. Porque sigues siendo nuestro hermano… Nuestro hijo… Nuestro Abdú…

Fátima se acerca a él, y sin dudarlo, le acaricia la cabeza. Él rompe por fin a llorar, como un niño pequeño.

—Vámonos a casa, Abdú…

* * *

En el exterior del autobús la tensión se vuelve máxima cuando Fátima aparece bajando las escaleras sin chaleco antibalas.

—¡Va a salir! ¡Atención!

Todos los prismáticos y las miras telescópicas se fijan en la puerta. Fran y Morey no han vuelto a la línea policial, aguardan, armas en alto, acuclillados a cada lado de la puerta. Ven a Fátima empezando a bajar las escaleras e intercambian un asentimiento. Están listos.

Antes de que Fátima ponga un pie fuera, se vuelve a Abdú y le dice algo. Todos los testigos observan al chico dejar su pistola sobre el salpicadero del autobús. Fran confirma por radio.

—Atención, que nadie dispare. La hermana va a salir delante del terrorista. Repito: no disparen. Vamos a intentar que el terrorista se entregue.

Fátima baja el último peldaño, y Abdú aparece tras ella.

Los francotiradores ajustan sus miras, la policía toma posiciones. Faruq y Khaled, lejos el uno del otro, aprietan los dientes, aguardando el desenlace. Serra, recién llegado, recorre los últimos metros hasta el cordón policial a toda prisa, lo cruza enseñando su identificación y se apuesta junto a Mati y Quílez, sin poder contener su sorpresa:

—Virgen santa…

Fátima da unos pasos lentamente, tratando, al contrario de lo que le han pedido, de no dejar de hacer pantalla para proteger a su hermano. Fran y Morey salen de ambos lados de la puerta, con las armas bajadas. Abdú se alarma al verles, y en un acto reflejo, saca del bolsillo la mano con el detonador. Morey lo nota, y lucha interiormente por no subir su arma. Podría precipitarlo todo. Decide hablarle.

—Abdessalam. —Su tono es firme, pero amable—. Lo estás haciendo muy bien, pero necesito que tires el móvil. Por favor.

Fátima sigue avanzado y Abdú con ella, sin hacer ningún caso y mirando al frente. Morey sigue hablándole.

—Abdú —insiste Morey—, ya has hecho lo más difícil. Todo va a acabar bien. Por favor. Suelta el móvil.

Nervioso, Abdú mira a su alrededor. Ve a Fran haciendo un gesto al TEDAX para que se dé prisa en desactivar la bomba. Abdú se pone nervioso. Algo está pasando a su alrededor. Siente que es una trampa.

—¿Qué hacen? ¿Quién es ese?

—Nada —le tranquiliza Fátima—. Solo sígueme.

—Suelta el móvil, Abdessalam. —Morey levanta la mano para pedirle que se lo entregue—. Por favor. Dámelo. Dámelo.

Abdú les mira a ambos, y observa al TEDAX. Se siente acorralado. Echa un vistazo a su alrededor: a los policías, a los civiles, a los rehenes aún en el autobús, a Morey, a Fran, al TEDAX. Y empieza a rezar.

—*Lā ʿilāha ʿillā-llāhu Muhammadun rasūlu-llāh…*

A Fran, a Morey y a Fátima se les dispara la adrenalina. Saben que algo va a ocurrir.

476

—¡Morey, lo va a hacer, lo va a hacer!

El TEDAX trabaja a toda la velocidad de que es capaz. Morey empuja hacia atrás a Fátima y apunta a Abdú con su pistola.

—¡Abdú! ¡Suelta el móvil! ¡Suéltalo!

—*Allahu Akbar.*

Morey se vuelve un segundo hacia Fátima, que niega con la cabeza para que no lo haga. Mira al TEDAX, que sigue trabajando en la bomba. A Fran, que continúa gritándole. Y a Abdú, que está levantando la mano en que sostiene el móvil.

—*ALLAHU AKBAR!*

Y Morey dispara, alcanzándole en la cabeza.

El TEDAX se vuelve, con las manos abiertas: acaba de desactivar la bomba. Abdú cae al suelo. Fátima grita con desgarro.

Morey trata de sujetarla, pero ella se zafa y abraza a su hermano muerto.

En casa de los Ben Barek suena el móvil de Aisha. Es Faruq quien le da la noticia que la hace caer al suelo, desvanecida. Hassan, Leila y Nayat corren a auxiliarla…

En la pista, Morey se arrodilla junto a Fátima tratando de tocarla. Pero ella está completamente fuera de sí, y le rechaza.

—¿Qué has hecho…? ¿Qué has hecho…?

La policía llega y aparta a Fátima del cadáver. Ella lucha por liberarse. Faruq y Khaled se saltan la cinta y corren hacia ellos. Khaled la toma, y por instinto, Fátima le abraza con sus últimas fuerzas… Y se desvanece. Khaled la toma en brazos y se aleja, acompañado de Faruq, que aún lanza una última mirada de odio, resentimiento y furia contra Morey. Este se deja caer al suelo, aún con la pistola en la mano, mientras Fran a su lado le pasa el brazo por el hombro.

Y mientras les observa irse, Fran percibe algo que el resto de los allí presentes no ve. Algo que en secreto, y durante todo el tiempo que ha durado la misión, esperaba sinceramente, como una última esperanza, no ver. Al menos no esta vez. Al menos no entre ellos. No entre dos amantes de dos mundos, no entre dos personas que se querían con pureza, con sinceridad y con la verdad de sus sentimientos de por medio. Porque mientras Faruq, Khaled y Fátima se alejan de allí, lo que Fran ve es cómo se levanta entre ellos de nuevo esa frontera.

Tan invisible como el momento en que el día se convierte en noche, como el lugar donde se unen a lo lejos el mar y el cielo, como la línea misma entre la vida y la muerte. Ese sitio que los hombres imaginan, desean, esperan que no exista: una muralla de aire invisible, infranqueable e impenetrable contra la que él lleva luchando toda su vida.

La frontera que separa el destino de dos pueblos, la paz de la guerra, el amor del odio. Pues si había algo que hubiese podido demostrarle que alguien podía atravesar, derribar, superar esa muralla, eran Fátima y Morey.

Pero como su última esperanza, Fátima ya está cautiva para siempre al otro lado, alejándose de ellos para siempre. Y a este lado, arrodillado junto a Fran, Morey deja por fin caer de sus ojos las lágrimas que lleva toda la vida guardando, lágrimas de pérdida, de desesperanza, de rendición y de locura.

Lágrimas que caen hasta su boca abierta, que apenas puede tomar aire.

Lágrimas que saben a agua salada.